从书中，孩子们会获得想象、勇气与希望……

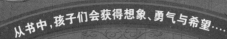

大王虫奇幻历险记

DA WANG CHONG QI HUAN LI XIAN JI

①

鸽子窝里的飞船基地

尹奇峰 著

北京理工大学出版社
BEIJING INSTITUTE OF TECHNOLOGY PRESS

图书在版编目（CIP）数据

鸽子窝里的飞船基地 / 尹奇峰著. --北京：北京
理工大学出版社，2023.4
（大王虫奇幻历险记）
ISBN 978-7-5763-2120-3

Ⅰ．①鸽… Ⅱ．①尹… Ⅲ．①童话－中国－当代
Ⅳ.①I287.7

中国国家版本馆CIP数据核字（2023）第032380号

出版发行 / 北京理工大学出版社有限责任公司
社　　址 / 北京市海淀区中关村南大街5号
邮　　编 / 100081
电　　话 / （010）68914775（总编室）
　　　　　 （010）82562903（教材售后服务热线）
　　　　　 （010）68944723（其他图书服务热线）
网　　址 / http://www.bitpress.com.cn
经　　销 / 全国各地新华书店
印　　刷 / 三河市华骏印务包装有限公司
开　　本 / 880毫米×1230毫米　1/32
印　　张 / 4.875　　　　　　　　　　　　　责任编辑 / 徐艳君
字　　数 / 86千字　　　　　　　　　　　　 文案编辑 / 徐艳君
版　　次 / 2023年4月第1版　2023年4月第1次印刷　责任校对 / 刘亚男
定　　价 / 139.00元（全5册）　　　　　　　 责任印制 / 施胜娟

作者简介

尹奇峰，浙江省作家协会会员。出版有少儿幻想小说《我是愤怒的青蛙》《大鹏奇遇记》，魔幻暴龙—恐龙宠物"懒怪怪"系列《抓只恐龙当宠物》《恐龙大战机器猫》《这只恐龙来自外星球》等著作，著有绘本《温柔的泡泡》《妈妈一直都在》，科幻小说《探险左世界》曾在《小学生世界》连载。有作品收录入中小学生课外阅读书籍，曾获优秀科普作品奖。

序言 / Preface

遨游幻想世界　激发科学思维

用科学事实和预见、想象等为内容进行文学创作的科幻小说，往往让人充满好奇，因为其表现的未来世界和科学技术远景及宇宙天体等都充满着未知数，可以极大地拓展想象空间，所以科幻小说及由其衍生出的相关作品受到大家的关注。如凡尔纳的《海底两万里》《地心游记》及阿西莫夫的《基地》等深深地影响着读者，带动了读者对科幻小说的热爱。国内也出版了不少科幻作品，如《飞向人马座》《三体》《天年》等，形成了一阵科幻热潮。

少年儿童富于想象力和探究性，科幻文学对于少儿读者来说，有着很大的价值，可以让想象力得到极大的发挥，延伸思维的边界，从而使其强烈的好奇心和求知欲得到一定满足。在儿童科幻领域，也有不少作家都走出了新世纪儿童科幻的新路径。

《大王虫奇幻历险记》这套由北京理工大学出版社出版的少儿科幻书，以近乎魔幻般的想象力勾勒出《鸽子窝里的飞船基地》《大战湖底昆虫军》《闯出 X 星迷境》《宇宙巨怪的献礼》四个故事，在湖底和宇宙外太空等独特别致、新奇的背景之下，塑造出了一群鸽子、昆虫、外星生物等非人类对手，通过这些对手，又展现了一个有趣的童话世界。故事中三个人物性格鲜明，智慧又勇敢，历经险境而沉静应对、相互鼓励、顽强奋斗，最终战胜了对手，顺利地完成了任务，激励小朋友们面对困难，要不惧艰险、团结合作、勇往直前。

各种科学小发明的运用和科学知识的普及也是该书一大特色，书中有各种稀奇古怪的科学小工具，如带人起飞的飞行包、发出高温红光的火指环、可大可小的通体刺猬球、能负重飞行的智能飞天鸟等。这些科学小发明用途奇特，设计巧妙，成为主人公探险中的有力武器，反映了科学技术应用的重要性，还延伸出许多科普知识，激发小朋友们对学习科学知识的向往。

书中还展现不少的天体知识，如《闯出 X 星迷境》一书里，X 星球因为所在的星系发生碰撞，成为一颗流浪的行星，所在恒星将告别主序星阶段成为红巨星，让小朋友们知道恒星会经历氢聚变、氦聚变等演变过程；在《宇宙巨怪的献礼》里提到因为宇宙不断地膨胀，出现无数的太空小泡泡，而宇宙巨怪就是住在这样的太空小泡泡里，让小朋友们明白宇宙不是静止，而是在膨胀。

这几个故事情节曲折跌宕、充满惊险，故事的发展层层推进，具有很强的逻辑推理性，过程却又出人意料，令人难以推断出故事发生的结果。每个故事创造出令人惊奇又感觉真实的幻想世界，有着很强的代入感。书中语言风趣幽默，让人忍不住捧腹大笑。

阅读此书后，既能带来阅读快感，也能潜移默化地学到相关知识。

《大王虫奇幻历险记》系列书作者尹奇峰始终坚持着这类少儿题材小说的创作，曾经出版不少同类的书，有着一定创作的功底，也积累了不少的创作经验，希望他能在这类少儿题材小说的创作道路上越走越远。

Contents

第一章　会说话的鸽子

今天是星期天，王大聪慢悠悠地起床，伸了个懒腰。清晨的太阳从东边天空升起，明媚的阳光照射着四周，微风轻轻地吹过，周围不时传来叽叽的鸟啼声，秋高气爽的天气让人非常舒服。

吃过早饭，大聪来到了院子的走廊，在书桌前坐下准备做作业。见眼前的书桌有些乱，大聪挠了挠头，决定先整理下书桌：叠齐书本放在桌角，收齐了笔、橡皮和尺放进雕花笔筒。书桌被他弄得咔啦直响。

"喵——"一只黄猫跃上了桌子，用僵硬的语气开口问："主人，你在干什么？"大聪一边整理书桌，一边回道："我在清理我的书桌。"黄猫没有出声，闪了下眼中的红光，便下了桌。

这是一只智能生物猫，是大聪爸爸研制出来送给大聪当宠物的。大聪爸爸是位智能技术方面的专家，专门研究智能生物。大聪有时会去爸爸的实验室，发现爸爸设计制作的智能鸟、狗、牛都非常逼真。大聪好奇极了，不断地向爸爸询问关于智能生物研究的知识，渐渐地了解其中的基本原理，并学会了简单的编程设计。

刚打开课本，大聪就被第一道题难住了："一辆汽车每小时能行驶 64 千米，按照这样的速度，从甲地到乙地用了 3/4 小时，甲乙两地相距多少千米？"

大聪挠了挠头，歪着胖圆脑袋，认真地想着解题的方法。大聪是红胥小学五年级的学生，属老虎，老虎又叫"大虫"，同学们送他雅号"大王虫"。大聪觉得老虎是兽中之王，威风凛凛，谁都不敢惹，所以他也很喜欢这个雅号。

正当他冥思苦想时，身边忽然有声音响起："这道题不难啊！你仔细想一想，汽车每小时行驶 64 千米，可是现在的距离只需要汽车行驶 3/4 小时，那会是多少千米？乘下就可以了，64 × 3/4=48 千米。"

大聪循着声音看去，只见桌上站着一只鸽子，又看了看四周，没有人啊，难道是鸽子在说话？

"去——去——"大聪用手赶着鸽子，鸽子却张开了尖嘴，说着人话："请不要赶我走，这道题目我教你怎么做！"说完鸽子咂吧了一下尖嘴。

大聪愣了一下，看了看眼前的鸽子，和平日里广场上的鸽子一模一样，难道这是爸爸最新研制出来的智能鸽子？可是看它的眼睛并没有红点——这是智能生物与普通生物的区别。再说智能生物没有能够帮助解题这么高的智商。大聪还是不死心，想确定下，便一把抓过鸽子，用手摸着鸽子的身体——全身柔软，应该是真的鸽子。

大聪放下它，瞪大了眼问："你是真的鸽子？"

"当然啊！我不是鸽子，还是老鹰啊？"

"我不是这个意思？"大聪盯着眼前的鸽子支吾着，"你是一只……普通鸽子，怎么……会说话？"

那鸽子得意地说："我不仅会说话，还认识字，也能做你们的作业。"说着张开翅膀挥了挥。

"怎么会这样？"大聪吃惊地看着它，吓得往后缩着身子，"你是从哪里来的？"

"我是从天上来的！"鸽子俏皮地说。

见大聪仍是吃惊地看着自己，鸽子安慰他说："你别怕，我可是你的朋友！"

大聪看着眼前奇怪的鸽子，心想：难道是爸爸最新研制出的智能生物，故意给自己一个惊喜？可又不像。

"别胡思乱想了，还有几道题目，我和你一起完成。"鸽子的声音有些尖，像是人捏着嗓子在说话。鸽子一边说着一边上前用爪子翻开作业本，看起第二道题目来。

大聪犹豫着没有动，鸽子却不耐烦了："难道怕我吃了你？快看题目！"

大聪慢慢地拿起笔，看看鸽子又看了下题目。鸽子认真教他做起作业来。大聪慢慢地静下心，奇怪的是，这些题目鸽子都会辅导，很快做好了几道题。大聪渐渐放松下来，一边做作业，一边和鸽子聊天。大聪问鸽子为什么会说话和辅导作业，鸽子说它天生有这本领。大聪摇头表示不相信，鸽子说以后自然会知道，并说自己就是他的朋友。大聪不再问它的事了。有了鸽子的辅导，不一会儿，

作业都做好了。

这鸽子可是真聪明啊！想着之前一直让爸爸妈妈给自己养只宠物，所以爸爸研制了一只智能生物猫送自己做宠物，可是自己不喜欢那黄猫，它就会几句简单的对话，而且还经常摔跤。现在有了这只怪鸽子，正好将它当宠物养。

"你叫什么名字？我们交个朋友吧！"大聪问，这时他已经完全放下了戒备心。

"好啊！我叫一只会说话的鸽子！"

"这根本不是名字！"大聪沉思了一会儿，"你说话时，老是夹着'咕噜'声，就叫'咕噜'吧。"

大聪现在很开心，自己有了一只会说话的宠物。大聪带着它来到自己的房间认识了智能生物猫，咕噜不喜欢智能生物猫，马上就躲开了。咕噜玩起了大聪其他的玩具，奇怪的是，这些玩具咕噜都玩得很溜，它和大聪还交流玩的心得。

一天很快过去了，晚上，大聪将咕噜留在了家里。

第二天，大聪匆匆地洗漱了下，吃完早饭便去了学校。他要将收留咕噜这个消息告诉同学米贵。米贵长着小眼睛，个子瘦小，性格外向，喜爱说笑，因为走路时和动画片中的那只老鼠有些像，所以同学们称他"米小鼠"。

到了教室，早自习还没开始，大聪四处寻找米贵，原来他正蹲在教室后面院子的角落里，拨弄着一个瓶子。

"米小鼠，告诉你件稀奇的事！"

米贵不耐烦地转了个身，屁股对着大聪——他正为眼前这个瓶子的事烦着呢！

大聪又跑到他面前，将昨天发现咕噜这只会说话、会思考的鸽子的事说了一遍。也不知米贵听了没有，他一边拨弄着瓶盖，一边嘴里随意地应着。

"我说的话你听见没有？你在弄什么东西啊？"大聪没好气地问。

"听着呢，不就是只会说话的鸽子吗？你的猫不是也会说话？"

"那不一样。"接着大聪强调咕噜不是人工智能生物，是真的鸽子，不仅会说话，还会帮助解题目。

米贵愣了一下，用快速的语气回道："这有什么稀奇，告诉你，我这瓶子里的东西才神奇呢！"

"你这瓶子里是什么东西啊？"大聪好奇地问。

"我这瓶子里装的可是有名的怪人——阿基德博士的变幻液，要知道他的东西是非常难弄到的。"

大聪知道阿基德博士是位科学怪才，以前好像曾在科研所工作，平日非常喜欢研究发明一些稀奇古怪的东西。他每隔一段时间就会出现在街头，向大家展示最新科研小成果，然后又消失不见，而且居无定所，让人感觉非常神秘。

大聪不以为然，"我知道你和他是交往已久的好朋友。"

米贵摇了摇那大拇指大小的瓶子，"这变幻液可神奇了，如果你在一个东西上滴一滴，喊上一声你想要变的东西的名字，它就会变成你想要的东西了。"

　　米贵抬起尖瘦的脸，推了下挂在鼻子上的眼镜，得意地摇着那瓶子。大聪睁大了眼睛看着米贵，充满了怀疑。

　　"你不信？我做个试验给你看。"说着，米贵旋开瓶盖，向前面正慢慢爬行的蚂蚁身上倒了一滴变幻液，接着喊："变、变、变苍蝇。"

第二章　丢失的电池

顿时，眼前发生了神奇一幕：那蚂蚁的身体渐渐膨胀，背上一下子长出两只薄翅，接着它扇动翅膀嗡的一声飞走了。

这太神奇了！大聪叫着："米小鼠，让我试试！"

"那可不行，阿基德博士说这些东西不能随便给别人玩的。"

"没事，就让我玩儿一下！"大聪哀求着。

米贵狡猾地一笑，"要不我们交换着玩？你把你那只会说话的鸽子借我玩儿几天。"

"你不是不稀罕吗？"

米贵坚持着："怎么样？换不换？"

大聪咬了咬牙，"换！"两人拉钩应下。

"丁零零！"上课铃声响了，两人急忙回到教室坐好，班主任尹老师走上讲台。

"同学们，今天为大家介绍一位新来的同学。"说着，老师朝门外招了招手，只见一位穿裙子的女同学走进来，高个头，大眼睛，头上有着天然的黄卷短发。

大聪嘀咕着："这不是我家隔壁的那位女生吗？"

那女生大方地介绍起自己："我叫曲丽丽，来自隔壁万源小学，希望以后各位同学多多帮助我。"

尹老师让曲丽丽到大聪后面的座位坐下。大聪和她打了声招呼，曲丽丽一下叫起来："原来你也在这里上学啊！"

曲丽丽一惊一乍的表情让大家轰地笑开了。大聪的胖脸一下子红了。

放学后，米贵跟着大聪去了他家，准备拿变幻液换咕噜。

回到家里，走进自己的房间，大聪发现咕噜不见了，明明自己临走时将窗户关好了，还叫它老实待在房内，它会去哪呢？

大聪不断地呼唤着，寻找着。

"吵死了，我在睡觉呢！"咕噜抖了抖翅膀，从床下走了出来。

米贵吓了一大跳，真是只会说话的高智商鸽子！

"你好，鸽子先生！"

"你好，戴眼镜的小同学——"咕噜故意拖长了声调。

大聪扑哧笑出声。米贵眨了眨眼，"真是只没礼貌的鸽子，看我以后怎么收拾你！"说着，一把抱起鸽子，"以后几天你就是我的了。"米贵边说边把身上的变幻液扔给了大聪。

"你们在干什么？"

突然冒出来的声音将两人吓了一大跳，原来是曲丽丽。

"你怎么进来的？"

"你家房门开着啊！"

大聪这才想起，刚才进门时忘记将门关上了。

"你好，美女同学！"

曲丽丽瞪大了眼睛，盯着鸽子，忽然一把抢过米贵手中的咕噜，"这鸽子会说话，太奇怪了！"说着用手摸了摸咕噜，嘴里嘀咕，"不会是个智能玩具吧！"

"美女同学，你弄疼我了！"咕噜张着尖嘴叫着。

大聪用眼神示意了下米贵，米贵抢过曲丽丽手中的咕噜，飞快地跑走了。大聪见了，也想跟着离开。曲丽丽拦住了他，看见大聪的胖手里捏着一个小瓶子，"你手里拿的是什么东西？"说着抢过大聪手里的变幻液，读着上面的字："变幻液！可以让任何东西变成你喜欢的东西。"接着曲丽丽笑着说："这个好玩，等我玩够了还给你！"转眼已不见人影。

"怎么可以这样啊？女生变成强盗了！"大聪沮丧地坐在地上想，到时可怎么向米贵交代？

以后几天，无论是上课还是下课放学回家，大聪总是躲着米贵，怕他追问起变幻液的事。奇怪的是，米贵也不再找自己，想必他与咕噜玩得正开心。

渐渐地，大聪不再想咕噜与变幻液的事情。

一天早上，大聪正走在上学的路上，突然，米贵从路边跳了出来，大叫一声。大聪吓了一跳，没好气地说："这么大声干什么？"

米贵推了下眼镜，气鼓鼓地说，"还不是因为你的咕噜？"说着指了下肩膀上的咕噜，"你可知道，它是个小偷？"

"我不是小偷！"咕噜张着尖嘴为自己辩解。

"怎么回事？"大聪相信咕噜，它在自己房间里时可是从来没有拿过什么东西！

米贵从身后的书包里拿出几个玩具。"你看看，这里面的小电池都没有了，我看见是它啄开叼走的。还有我家里的几个遥控器上的小电池也都被它弄走了。"

"还以为什么宝贵的东西，原来是这些小电池！"大聪大大地松了口气，问咕噜，"你为什么要这些小电池啊？"

"我想用这些小电池在我的窝里做一盏电灯。"咕噜张着尖嘴说。

大聪与米贵立刻好奇起来，这倒是有想法，可比得上人的智慧了！

两人正要追问它的窝在哪，却听它连续叫喊："美女同学来了！"

没等两人反应过来，只听有人喊着："大王虫，你快还我的小黑狗。"

原来是曲丽丽，她的一双大眼正狠狠地瞪着大聪。

"你这又是怎么了？"大聪觉得自己今天已经够倒霉了，现在又碰上个更倒霉的。曲丽丽手举着变幻液："我在我的宠物狗黑天子身上滴了几滴，本想让它变个小人，没承想说成了小鸟，最后飞走了。"

"这不是我的变幻液吗？怎么到她手里了？"米贵大声责问大聪。

"快还我的小黑狗！"

"你怎么把变幻液给她了？"

"快还我的小黑狗！"

……

两人不断地和大聪争吵，大聪的两只耳朵都被吵麻了，他大喊着："你们别吵了，吵死了！"说着一把抱过咕噜朝学校走去。以后接连几天，三人互相不理睬。

渐渐地，大聪也发现了一件奇怪的事情，自己放在房间里的旧玩具的电池盒，还有录音机的后盖都被打开，里面的小电池都没有了。大聪偷偷地观察着咕噜，发现它经常趁自己不注意时飞去外面！

一天傍晚，大聪发现咕噜飞进了小区后面的山林里。这山林大聪经常去玩儿，还是挺熟悉的。大聪一路跟着咕噜，发现它飞的路线自己从未走过，杂草丛生，非常偏僻。大聪跟着它走过一大片树林，发现前面有条小路，沿着小路径直往前走，越走越空旷。走了几分钟，大聪吓了一跳：前面树林豁然开朗，出现一片大空地，空地中间有一棵大榕树，树皮干裂，有圆桌那么粗，树不高，枝叶却非常茂密，纷纷垂在地上。

大聪发现那粗大的树干上有一个由细树枝搭成的鸟窝。这鸟窝和别的鸟窝不同，别的鸟窝都是口朝上，而这个鸟窝的入口是横着的，更像个洞，鸟窝口有碗碟大小。大聪听见里面传来一阵哗啦的声音，顿时一惊，连忙在边上躲起来，却见一只鸽子从里面走了出来，正是咕噜，它甩了甩头，张开翅膀飞走了。

这是它的窝，为什么会在山林里这么偏僻的地方？大聪爬上树伸头看了看，里面黑乎乎的什么也看不清。

第三章　另一个世界

　　这时，树上传来叽叽的声音，大聪抬头朝上看去，那是一只松鼠，真可爱，全身灰褐色的毛，可爱乌黑的眼睛，拖着卷曲的大尾巴。大聪正想伸手逗它，忽然听见哗啦的响声——是咕噜回来了，大聪连忙爬下树躲了起来。咕噜飞落到树干上收起翅膀，用尖嘴叼着细小的电池，左右看了看，慢慢地进入树窝。

　　它真的用电池做照明的电源？

　　令人惊讶的是，那只松鼠飞快地沿着树干往下爬，跟着咕噜进了树窝。大聪好奇极了，连忙凑上去，屏息静静地听着里面的动静，树窝里不时传出热闹的声音，好像洞里不只是咕噜和那只松鼠，还有其他的动物！

　　以后几天，大聪悄悄地盯着咕噜，发现咕噜总是趁自己不注意偷偷地将自己以前的玩具和遥控器里的小电池啄下来，叼着飞出窗外。有一天大聪又悄悄地跟着咕噜来到那山林的树窝前，看着它钻进了里面，过了大约半个小时，咕噜出来了。令人惊奇的是，这次大聪听到里面响起个尖尖的声音："上头有命令，这段时间不需要电池了，可以弄些磁铁！"咕噜"嗯"地应了声。

这真是太不可思议了！

回到学校里，大聪再也忍不住了，便将山林里发生的奇怪事告诉了米贵。米贵推了推眼镜，大叫："怎么样！我没骗你吧，我说咕噜会偷偷叼走电池吧！"

大聪摇了摇头，"不仅仅是咕噜奇怪，还有那个山林里的树窝更是神秘！"

米贵愣了下，忽然叫着："我们可以进树窝里去看个究竟，看看里面到底有什么！"

"什么？"这下轮到大聪大叫起来，"怎么进去？那么小的地方。"

"你放心，我有办法！"米贵得意地说。

"你们在说什么？"曲丽丽冲到两人面前。

大聪和米贵两人连忙摇头，结巴着："没……没什么呀！"

曲丽丽瞪着眼："你们不告诉我，我就去告诉尹老师，说你们抓了只会说话的鸽子！"

"看你风风火火的模样，还喜欢和我们男孩一起玩儿，怪不得同学们叫你曲木兰！"米贵说。

谁知曲丽丽不但不生气，反而还开心地说："好啊！我喜欢这个称呼。"接着又吓唬他们。

大聪和米贵可不想让尹老师知道这些奇奇怪怪的事，相互看了看，只好将事情经过说了出来。

谁知曲丽丽听后也是兴奋不已："好啊！我和你们一

起探险去。"

"可是怎么进去啊？"大聪看着米贵。

"是啊！快说，我们怎么进去？"曲丽丽也对着米贵问。

米贵看了看曲丽丽，用手推了推鼻尖上的眼镜，说出一个办法……

放学后，三人回家准备了下，带上一些东西去了山林里。来到了那树窝前，米贵拿出变幻液在大聪和曲丽丽手上滴了一滴，说："变、变、变，变只鸽子！"

顿时两人身体不断缩小，渐渐地还长出两只翅膀，不断地走动着，嘴里咕咕地叫着。

"你快变啊！"

"好的！"米贵托了下鼻子上的眼镜，在手上滴了一滴，大叫一声："变、变、变，变只鸽子！"马上，米贵也变成了一只鸽子。

三人相互看了看，径直进了树窝里。眼前是一个向上的大斜坡，看上去有些暗。三人小心地朝前面走去，翻过斜坡，眼前是一个宽阔高大的洞，洞的前面有条小溪，发出哗哗的水流声。三人非常吃惊，这树窝里怎么会有溪流，从外面看根本就没有水流过啊！看来这树窝里有着与外面完全不一样的世界。

小溪水不深，三人蹚过去，上了对岸，不由得愣住了：眼前又出现了一个宽阔的洞口，呈扁平状，有着高高的顶，洞口的两边长着两排郁郁葱葱的树木。

"真是别有洞天啊！"曲丽丽感叹地说。

"这是一个神秘的树窝，肯定不同于一般的洞。"米贵迈着鸽子步朝前走了几步，来到那些树木下面，发现这些树非常熟悉，树叶是完整的一片，树干呈淡绿色，抬头看树顶，一个尾巴样的东西垂着。

"还以为是什么大树呢，原来就是狗尾巴草！"

米贵和曲丽丽也走上前仔细看了看那些"树木"，除了一丛丛的狗尾巴草，还有矮一些的蓬蓬杂草。

"现在变小了，看什么都是庞然大物！"米贵用尖嘴啄了啄身边一棵狗尾巴草的根，想不到一下啄断了。

狗尾巴草朝着曲丽丽倒了下来，曲丽丽咕咕地叫个不停，用两只翅膀捂住头："完了，我要被压住了。"狗尾巴草压在了曲丽丽的身上，还好不重。

"叽……"三人一看，从那些杂草里跳出一只蚂蚱，全身褐色，头上有两根触角，瞪着黑色大眼。

三人吓了一大跳，不过又马上镇定下来，看这蚂蚱高不过到自己的鸽子大腿，曲丽丽张嘴发着咕咕的叫声。

那蚂蚱没有理会他们，若无其事地蹦走了。

"这只蚂蚱不会说话，好像很正常啊！"曲丽丽顿了顿继续说，"我们还是快进洞里去吧！"

三人走进了洞口，里面竟隐约发着彩色的光线，像是梦境一般。走进去后，感觉越来越热，渐渐地眩晕起来，身不由己地朝前走着。走了一会儿，周围的温度慢慢变得正常了，三人终于清醒了许多，忽然前面出现了一个深洞，却非常明亮。

这时响起一个尖尖的声音："你们在干什么？鬼鬼祟祟的！"

三人吓了一跳，只见在洞的两边闪出来两只和咕噜一样的鸽子，它们眼冒凶光，脖子上系着一条灰带子，带子正前方有一个黑黑的小洞口，很像枪口。看它们的模样有些严肃。

"我们是新来的鸽子！"大聪连忙解释。

两只鸽子朝大聪三人看了看，很是怀疑。

这时，又从后面过来两只鸽子。三人不由一惊，刚才来时并没有看见后面还跟着两只鸽子。那两只鸽子转身问新来的两只鸽子："你们的暗号？"原来它们是把守洞口的鸽子守卫。

还要暗号！三人看了看，这下可怎么办？大聪的鸽子头都出汗了。

"我们是敌人！"那两只新来的鸽子张着尖嘴喊着。一名鸽子守卫用翅膀夹着仪器对着它们的嘴扫了下："声音正确！"便放那两只鸽子进去了。

"你们的暗号？"

大聪随口叫了出来："我们是敌人！"

鸽子守卫嘀咕了会儿，接着挥了下翅膀，也让他们进去了。

"想不到就这样过了，这些鸽子还是不够聪明啊！"米贵轻声笑着。

大聪和曲丽丽也跟着笑起来。渐渐地前面洞口出现了三条通道，三人呆住了，相互看着。

"我们怎么办？该走哪个洞？"曲丽丽问。

"要不分开走吧！"米贵说。

"那不行，我们不熟悉这洞的情况，若分开了，万一遇不到了怎么办？"大聪不断地摇头。

　　"它们在那里！"

　　三人听到声音，扭头看去。正是那两只守卫的鸽子，身后还跟着几只鸽子，它们都跑了过来。好像情况不妙！三人相互看了看。

　　一只鸽子守卫对身边一只淡红尖嘴、高个子的鸽子恭敬地说："报告红鸽队长，他们的声音与我们的不同，所以我怀疑他们是敌人派来的间谍。"

第四章　疯狂的追捕

红鸽队长眨了眨鸽子眼，嘀咕着："难道敌人这么快就知道我们的秘密了，还派了间谍过来？"

"所以请队长对他们再检查一次！"

它们竟然有敌人？还有，这些鸽子到底有什么样的秘密？三人好奇极了。

红鸽队长走上前看了看大聪他们三个，张开鸽子嘴："我们每一段时间设置一个暗号，你们可知道前面的暗号是什么？"

这下三人可蒙了，相互看了看。米贵嘀咕着："它们现在的暗号是'我们是敌人'，"马上用快速的语气回道，"前面的暗号应该是'我们是朋友'！"

大聪和曲丽丽忍不住笑了起来，张着鸽子嘴发出哈哈的笑声。

"怎么可能是这么简单的暗号，真是笨蛋！"曲丽丽用一只翅膀指着米贵说。

"曲木兰，你知道这个暗号？"米贵气鼓鼓地瞪大鸽子眼回道。曲丽丽想了一会儿，"我觉得这暗号应该是'我们是鸽子'。"

"不对！"大聪摇着鸽子头反对道："现在是'我们'，前面应该用'它们'，所以我认为前面的暗号是'它们是敌人'。"

"你们在猜谜语吗？"红鸽队长冷冷地说，"看来是间谍没错了。"

大聪见势不妙，大喊声："快逃！我们分开逃！"说着跑进了前面的洞，米贵与曲丽丽迟疑了下，迅速地朝着另外两个洞跑去。

"站住！"

"快射击！"大聪回头见红鸽队长用翅膀按下脖子上灰带子的按钮，顿时枪口射出道红光，打在了大聪身边的洞壁上，"哗"地炸开了，小木屑乱飞。

幸好射偏了，前面已是洞的尽头，怎么办？大聪回头，见后面的红鸽队长与一只鸽子守卫正朝自己追来。大聪上前用翅膀摸了摸洞壁，希望能够找到另外的洞口。

大聪绝望了，两只鸽子渐渐地靠近了。他不断地用头磕着那洞壁，完了，刚进来就被抓了。咔嚓一声，洞壁好像动了下。大聪用翅膀又推了推，果然可以推动，再用力推，竟露出个大缝来。大聪头一伸，双腿一蹬，身子滚进里面，马上感觉身子直往下坠去，原来里面是个洞穴。

大聪大叫着，挥舞着翅膀，身子竟然飘了起来，慢慢地落在地上。收起翅膀，大聪笑了，亏得有双翅膀，否则从这么高的地方摔下来可就死定了。抬头朝上面看去，总

有十几米高，不对，自己现在是只鸽子，应该没有十几米，不过一两米吧。

大聪马上惊讶起来，眼前是个大平台，平台两边有两条通道，大平台顶上挂着一盏灯。大聪想，这灯就是用咕噜偷的电池点亮的吗？平台中间有间圆柱形的房子，而这房子却是透明的，从里面发出蓝莹莹的光。

大聪好奇地上前贴着房子外壁看去，可是一接近就听到"啮"的一声，原来是自己的尖嘴碰到了房子外壁。大聪往后退了退，再看里面模模糊糊的，根本看不清。他越来越觉得这个树窝神秘了，究竟这是个怎么样的鸽子窝啊！

大聪摇了摇头，决定不再想这些，还是找到米贵与曲丽丽要紧。大聪朝左边的洞走去，长长的通道径直朝里面延伸，这洞里通亮，不知从哪里射来的光。走了不一会儿，听见哗哗的流水声，大聪好奇起来，加快了速度，又走了约十几分钟，前面豁然开朗，四周变得宽阔，没有了洞壁，只有一条小道通向对面的洞口。洞下面有着很大的空间，朝下看去，大聪惊叹不已，真漂亮！有条湍急的大溪流从洞下穿过，溪流在这里形成了一条大瀑布，郁郁葱葱的花草遍布在瀑布周围，水清草绿，花香气爽。

大聪来不及多看，沿着窄道朝对面的洞跳去。这时，对面传来一阵急促的鸽子脚步声。大聪愣住了，这下怎么办，这小道只能容下一只鸽子，躲也没地方躲，下面就是条大瀑布。

大聪忍不住紧张起来，要是被那些鸽子抓住，不知会受到什么样的处罚。正狠狠心准备往下跳时，洞里一下飞出来一只鸽子，紧紧地抓住了大聪的尾巴。

"放开我，我是不会被你们抓住的！"大聪大喊。"是我，米小鼠！"大聪回头看去，只见是只灰羽毛的鸽子，看他的眼神，有些木讷，没错，正是米贵那双近视眼。

这时，米贵被大聪往外拉着，两人失去重心，掉了下去……

米贵大喊："快张开翅膀！"可是两人紧紧地粘在一起，翅膀都无法张开，"砰——"狠狠的一下撞击，两人摔得头昏眼花。

米贵站起身，用尖嘴啄着大聪："大王虫，快起来！"大聪摇了摇头，看了看身下，幸亏落在了一大堆花草上，站起身，没好气地说："你压在我身上了，当然没事！"

米贵张着尖嘴说："大王虫，我刚才看见曲木兰了。"

大聪马上来了精神，问："她在哪里？"

"被它们抓了，正在里面被那些鸽子逼着做苦力活！"

"做苦力活！什么样的苦力活？"大聪顿时好奇起来。

"我只瞄了一眼，看见里面有一处非常宽阔的地方，曲木兰在那里被逼着搬运东西，和其他松鼠之类的小家伙一起，它们好像在建造一个大东西。"

"什么样的大东西？"

"我没看清楚，反正这东西很大！"米贵用翅膀比画着。

大聪应了一声，好奇地问："你说它们不仅抓了其他鸽子，还有其他小动物？"

"是的，有松鼠、小兔子，奇怪的是，它们都能讲人话。那些鸽子守卫看押着它们，如果不听话，便用脖子带上的枪朝它们射击！"

大聪想起了之前看见的那只褐色松鼠，也一定在里面做着苦力活。"看来那些动物和咕噜一样，都被改造了。对了……"大聪叫起来，"你说咕噜会到哪里去？"

米贵瞪了大聪一眼，"还好意思提那只鸽子，就是它引我们进入了这个树窝，它肯定和那些凶鸽子是一伙的！"

大聪摇摇头，"应该不是它们一伙的，肯定是被逼迫的。"

"糟了！"米贵突然叫了起来。

"怎么了，一惊一乍的，还嫌不够烦！"

"我们用的变幻液只有 24 个小时的有效期，超过这个时间就会变回原形。"

大聪也叫了起来："现在好像已经过去不少时间了，到时会怎么样啊？"

"到时变成人，会憋坏在这树窝里！"

"这可怎么办？"大聪紧张起来。

"能怎么办？我们必须赶紧找到曲木兰从这里逃出去！"

第五章　逃出铁笼

大聪点了点头，两人正要起身爬上通道，这时，听到一个声音："他们在这里！"

朝上面的小道看去，正是那些鸽子。那只红鸽队长瞪着凶狠的鸽眼，"他们在这里！"说着朝上用翅膀一挥，"蜘蛛捕手，撒网抓他们。"

大聪和米贵相互看了看，还没反应过来，只见顶上掉下两只铅球大小的蜘蛛。

知识点

蜘蛛：节肢动物，全世界有记载的蜘蛛种类有4万余种。它们的体长在1毫米至90毫米不等，整个身体分头胸部和腹部两部分，头胸部有附肢6对，腹部下面有纺绩器，排出的分泌物接触空气成丝。蜘蛛大部分有毒腺，多以昆虫、其他蜘蛛、多足类为食，小部分蜘蛛也会以小型动物为食。

米贵大叫："快跑！"两人急忙朝前面跳着，可是刚向前跳了没几下，就感觉后面有东西拉住了他们。

大聪转过身一看。天啊！是蜘蛛嘴中喷出的一条丝线黏住了他的尾巴。大聪使劲晃动身体，想甩掉那根丝线，可丝线就像长在了他身上一样，根本就甩不掉。大聪感觉那丝线正往后拉自己，再看米贵也被另一只蜘蛛的丝线缠住了。

红鸽队长带领两名鸽子守卫跳到跟前，死死地看着大聪和米贵问："快说，你们是不是间谍？"

"什么间谍？你看我们哪点像间谍？我们可是你们的同类！"米贵大声说。大聪也点了点头。

红鸽队长有些恼火，对身后的两名守卫说："把他们关在高空笼子里，叫黄蜂卫队审讯他们！"

两名守卫立刻将大聪与米贵拉出来，朝上面推去。到了上面的小通道，顶上降下两只大铁笼子，落到了跟前，"咔嚓——"铁笼子的门打开了。

大聪与米贵被关进了笼子，接着两只铁笼升起，高高地挂在顶上。

大聪动了动身体，发现全身都被蜘蛛的丝线缠住了，于是大声朝外面喊着："难受极了，快帮我们弄去这些蜘蛛丝。"米贵也跟着喊。

见他们两个人已成为笼中之鸟，红鸽队长朝两名守卫挥了下翅膀，两名守卫飞上去用尖嘴伸进两人的铁笼，叼住他们身上的蜘蛛丝往外抽着，不一会儿，抽完了他们身上的蜘蛛丝。

大聪和米贵伸了伸翅膀，在笼子里走了走，叹口气说："真是轻松了许多。"

这时红鸽队长和两个鸽子守卫飞着离开了，四周一下安静下来。

"米小鼠，怎么办？我从小就怕黄蜂！"

"别说了，我也怕啊！前段时间还在放学回来的路上被它们蜇过！"

"现在估计不是一只两只，而是一群！米小鼠，你的宝贝多，快想想办法啊！"大聪带着哭腔。

"想不到你号称大王虫，却胆小如鼠。"米贵顿了顿，"你不要哭了，让我好好想想！"

这时一阵嗡嗡声传来，大聪惊恐地叫着："来了，那些黄蜂来了，怎么办啊？"

前面的洞口一下子飞出来一群黑乎乎的东西。大聪睁大鸽子眼，看清了那是一群黄蜂，吓得又哭叫起来："我们惨了，要被它们蜇了！"

那些黄蜂飞到两只铁笼前，迅速地分成两队排开，一队对着大聪的铁笼，另一队对着米贵的铁笼。

这时，后面有只体形偏大的黄蜂喊着："准备发射尾刺！"

大聪与米贵闭起了眼睛。大聪的两条鸽子腿抖动得非常厉害，米贵也是全身哆嗦着。

"报告队长，我们的尾刺在对付那群叛徒时用完了，现在必须等上几个小时，让它再长出来！"

"可恶，怎么不早报告啊？应该将你们的尾刺培育成

可以快速循环生长的。"黄蜂队长恶狠狠地说。

知识点

黄蜂的尾刺又叫螫针，螫针上有倒刺，与内脏相连，所以黄蜂一旦用螫针进行了攻击，就不能存活了，螫针更不可能再生。书中的黄蜂是作者假想经过改造的，所以能不断长出螫针。

大聪马上睁眼看着米贵，大喊："米小鼠，它们是改造过的黄蜂，尾刺可以再生，不过，需要时间。快想办法啊！否则我们要被关在这里任由它们折腾了！"米贵睁大了鸽眼，"可我能有什么办法啊？"

黄蜂队长又命令道："留下两名看守，其余的休息去！"那些黄蜂散开了。

大聪用尖嘴啄了啄铁笼，铁笼很坚固，根本啄不开，"难道我们就永远被关在这笼子里了？"他忍不住发出了哀伤的叹息声。

"别出声了，正烦着呢！"

大聪停止了叹息，过了会儿又忍不住问道："米小鼠，你说它们会一直把我们关在这里吗？"

米贵回道："我们会从这里逃出去的！"忽然又大叫道，"我有办法了！"

"什么办法啊？"大聪顿时惊讶地问。

米贵说："有没有看见我左腿上有个圆环？"

大聪朝他的左腿看去，果然，那长长的腿上有个灰色的圆环，连忙好奇地问："你是怎么弄上去的？这个是什么东西？"

"在变成鸽子前我就戴在身上了！这是阿基德博士的火指环，能够射出光来，温度极高，可以瞬间熔化铁器。"

"真的？那太好了，我们有希望了！"大聪又忍不住叫了起来。

"轻点！"米贵用尖嘴发出嘘声。

大聪看了一眼两名黄蜂守卫，发现它们居然在打瞌睡，连忙放低了声音，轻轻地说："米小鼠，那你快点让这指环发出光！"

"我从没有试过这东西，听阿基德博士说，要快速地旋转它，让它得到初始能量才能发出光。"

"那你就快试下！"

米贵点了点头，转过身去，背对着看守的黄蜂，用翅膀转动着腿上指环，可是指环转动的速度很慢，而且根本没有冒光的迹象。

"米小鼠，会不会是阿基德博士骗了你？"

"不会的，变幻液不就是他给的？"

"那这个指环怎么一点反应也没有？"

"我再试试！"

米贵继续用翅膀旋转指环，这时指环旋转得好像快了许多。米贵加大了力气，指环飞速地旋转着，好像在慢慢地变红。

在米贵不停用力的旋转下，指环变红了。大聪的心绷紧了——马上就要成功了。这时米贵却停了下来。

"怎么停了？"

米贵喘着粗气，"没见我累成这样了？让我歇下行不？"

"不是马上就要成功了？"大聪心急地说。

"再怎么也不能让我累死啊！"米贵没好气地回答。

"你就不能再忍一忍？"

"好了，别再叫了，我现在继续旋转指环。你准备好，我让那指环第一道光射在你的铁笼上，然后你迅速逃出去！"

"那你呢？"大聪忙问。

"你引开那两只黄蜂，我再弄开我的铁笼逃出去。"说完，米贵又用翅膀旋转起指环来。不一会儿，那指环越来越红。米贵还在不停地用翅膀旋转着指环，突然，指环中间发出一道红光，正好射在大聪铁笼上方。

大聪吓了一跳，差点又叫出声来。等他冷静下来，仔细看那铁笼，被红光射过的地方正在冒烟——铁笼的一根铁条被红光熔化了，可是没有断。米贵立刻又用翅膀旋转指环，射出一道红光，这下那根铁条被彻底熔断，露出一个洞来。

"真是太神奇了！"大聪惊叫着。

第六章　可怕的蝙蝠兄弟

这时，两名黄蜂守卫被惊动了，朝着大聪的铁笼飞来。大聪缩起了鸽子身体钻出了洞，大叫一声，抖了抖翅膀飞出铁笼。

两名黄蜂守卫马上飞来拦在前面，大声喊着："别跑，立刻回去！"

大聪懒得理它们，扇动翅膀朝上面飞，之后在上面盘旋着——他要看看米贵有没有出铁笼。此时米贵已经逃出铁笼在低空盘旋！不过形势不妙，那些黄蜂已经全部飞来了。

"米小鼠，它们追来了，我们快走。"

米贵却一点也不慌张，扇动着翅膀，唖吧着尖嘴，发出轻快的叫声。大聪想不通，那些该死的黄蜂来了，他怎么还这么淡定？大聪连忙使劲挥舞着翅膀，飞到米贵身边："大黄蜂来了，你还愣着干吗？"

"你傻啊！它们的刺这么短时间根本就没有长好，如果它们硬冲过来，凭个头，它们没有我们大，我们用嘴啄它们，它们岂是我们的对手？"

"对啊！我怎么就没有想到这点？"

这时，黄蜂队长大喊："给我冲过去狠狠地咬他们！"

"嗡——"顿时一群黄蜂冲了过来。

大聪马上用尖嘴朝黄蜂啄去，那些黄蜂叫着掉落下去。大聪高兴地叫了起来："米小鼠，这挺好玩的。"他转头看米贵，发现米贵正用嘴巴咬着一只黄蜂。"没有了刺，你们是玩不过我们的！"大聪用尖嘴又啄落一只黄蜂。

黄蜂队长见势不妙，大喊："快撤！快调蝙蝠兄弟来对付他们！"

"蝙蝠兄弟？"米贵惊恐地朝大聪看了看，"这又是什么东西啊？"

"我也不知道！不过肯定比这些黄蜂要厉害！"

米贵挥舞着翅膀，"别管那么多，我们还是快逃吧！"

"你们想逃？没这么容易！"不知什么时候，红鸽队长带着一名守卫拦在了他们前面，用小枪口对着两人。大聪和米贵愣了下，两人相互使了个眼色，忽然扇动翅膀朝两边飞去……

就在这时，有两道黑影飞到了面前，一阵风吹得大聪与米贵睁不开眼，接着冷冷的声音响起："报告队长，蝙蝠兄弟前来报到。"

大聪和米贵睁眼看了下，果然是两只吓人的蝙蝠，全身乌黑，两只大耳竖起，露着黑洞洞的小眼，伸着双翼前的一对锋利爪子，像是幽灵。

两人忍不住打了个寒战。

"怎么样？说说你们进洞的目的吧！"红鸽队长威胁着，"否则，这两位蝙蝠兄弟可不会饶过你们，他们会在你们身上抓出几道深痕来！"

"什么？抓几道痕？那可是要疼死人了！"米贵挥动着翅膀浑身发抖，看着大聪，小声说，"我们还是投降吧！"大聪没有理会他，转身对红鸽队长说："我们进这树窝里根本没有目的！"

"胡说，没有目的，你们为什么进来？"说着，朝那两只蝙蝠挥了下手，"蝙蝠兄弟，这两只鸽子是你们的了！

"太好了，我们好久没有与敌人过招了！"蝙蝠说着张开大嘴，露出尖牙。

大聪的尖嘴直打战，敲得直响。"快跑！"米贵大喊一声，立刻挥动翅膀朝里面飞去。大聪反应过来，也跟着米贵飞逃。

米贵也不管他，只顾往前飞。大聪狠狠地说："米小鼠，逃起来比谁都快！"说着转身朝后看了眼，妈呀，蝙蝠正紧紧地跟着自己。它们张着黑黑的嘴，吐着长长的舌头。

知识点

蝙蝠的舌头：蝙蝠不仅有舌头，而且有些蝙蝠的舌头还很长。它没有像鸟类一样细长的喙和蜜蜂一样细长的口器，舌头上却有凹槽结构的多毛附器，可以将液体传送至口中。它们窄长的脸和长舌头可以让它们深入花的深处喝花蜜。

追兵好像近些了，大聪加速扇动翅膀。"快！前面往左！"米贵用快速的语气提醒着。前面洞口果然向左斜着，这左飞怎么飞啊——大聪想着，不由得慢了下来，"嗖——"后面蝙蝠的舌头一下伸过来。大聪连忙低头，蝙蝠舌头从头上划过。好险！大聪将整个身子往左斜，再扇动翅膀，身子顿时一个漂亮的斜飞，顺利地进了前面的洞。

　　"米小鼠！"大聪叫着，前面已不见米贵，"他飞到哪里去了？"大聪暗暗地有些着急，扇动着翅膀一个加速，飞出了一段距离，还是没有看见米贵，看来两人是走散了。

　　"你跑不掉了，再跑对你不客气了！"后面传来低沉的蝙蝠声音。

　　大聪没有理会它，只顾往前飞着，前面有个黑洞口，刚飞进去，身旁轻轻地响起一个声音，"大王虫，快藏起来！"是米小鼠！大聪高兴地四处寻找起来，可里面有些暗，哪里看得见？

　　"在你上面，飞上来贴着洞顶保持不动！"

　　大聪听了立刻飞上去轻轻扇动翅膀贴近洞顶。

　　不一会儿，听见身下两阵风飘过的声音，是那两只蝙蝠飞过去了。

　　"米小鼠，这样被追也不是个事！快想想办法啊！"大聪压低声音说。

　　"我能有什么办法？只要被它们的舌头粘住，我们就被抓了！"

　　"刚才不是你想办法逃出铁笼的吗？再想想！"大聪说。

米贵似乎被提醒了，忽然说："我就用那火指环攻击它！"

"对！那指环发出的光能够射穿铁笼，更不要说它们了！"大聪开心地叫着。

"可必须要有东西引它们上钩！不如你去引诱它们！"

"什么？那可不行！"大聪全身哆嗦了下。

"你不去的话，我们只有不断逃命！"

大聪哆嗦着，"我怕还没有引它们上钩，就被抓住了！"

"不会的，我会抢在蝙蝠抓住你之前用指环攻击它们。"

大聪还是不放心，"那你可一定要把握好时机，千万别让蝙蝠抓住我！"

说完他迟疑着慢慢朝下飞去，由于紧张害怕，他飞得颤颤巍巍。

"大王虫，你飞得稳一些，不要让它们看出你是在引诱它们！"

大聪非常不服气地回道："你来试试，诱饵哪有这么好当？"

第七章　老鼠别动队

　　这时，前面闪过两道黑影。"它们来了！"米贵一边叫着，一边飞快地转动指环。大聪看到两只蝙蝠一前一后地飞过来，吓得翅膀挥动的节奏都变慢了，身体下降了不少。

　　"看你还往哪里逃！"前面的蝙蝠竖起大耳朵，发出低沉的声音，"别以为我们看不见就抓不住你们。告诉你们，我们可以发出声波，不论你们跑到哪里，都能找到你们！"

知识点

　　蝙蝠的超声波：蝙蝠在飞行中能不断发出频率高于2万赫兹的超声波，这种超声波信号碰到任何物体，都会被反射回来。蝙蝠正是依靠自己的声呐系统来发现目标和探测距离。蝙蝠的这种方法叫回声定位，科学家根据回声定位原理发明了声呐系统。

大聪没敢吭声，闭着眼睛，默默地祈祷着："快点，米小鼠，快攻击！"

蝙蝠在大聪前面停下来，张嘴露出前面的两颗尖牙，大聪吓得整个身子都抖了起来。

"还有一只呢？快说，在哪里？"蝙蝠恶狠狠地吼道。

大聪闭眼摇头，嘴里嘣出三个字："不知道！"

"快跟我走！"前面的蝙蝠命令着。

"不行，我还要等我的兄弟！"大聪坚定地说。

蝙蝠哈哈地笑了起来，"放心吧！你的兄弟不会在外面待太长时间！"

"看清楚了，我在这里！"米贵在上面大喊一声。

两只蝙蝠一惊，抬头朝上面用超声波探测着。

这时，米贵正用翅膀飞快地旋转着已发红的指环。突然指环射出一道红光，一下射中了前面的蝙蝠。蝙蝠大叫一声，不断扇动着双翼，黑色身体上面冒起一丝烟，接着开始往下沉。

后面的蝙蝠大叫："大哥，你这是怎么了？"

"我受到了敌人的攻击！"受伤的蝙蝠抽搐着身体，拖着长长的声调朝洞底坠去。

米贵继续用翅膀旋转着指环，大聪高兴地看着后面的蝙蝠，歪着鸽子头，朝它做着鬼脸。

那只蝙蝠有点害怕了，迅速朝米贵飞去，张开了嘴巴，伸出猩红的舌头。米贵将戒指对准了它，顿时一道火红的光线朝对方射去。蝙蝠大叫一声，身子直往下落。

"哇！成功了！"大聪开心地叫起来，"这宝贝太好了！米小鼠，要藏好它！"

"那是当然了！我们快走吧！去找曲木兰！"

"好嘞！"大聪扇动着翅膀朝前面飞去，"对了，变幻液还有十几个小时的效果，过了这十几个小时我们就会变回人。"

"那我们找到曲木兰就回地面去！"

"你不是说看见她和其他小动物关在一起，被那些鸽子逼着做苦力吗？"

"是呀！你说这些鸽子在树窝里搞什么鬼啊？"

"不清楚，不过，我想不会是简单的事情！"大聪说。

"它们好像非常警惕，会不会正在做什么见不得人的事情啊？"米贵说。

"这些小东西能做什么坏事情？"大聪摇头说。

两人在低空边飞边说着话，忽然周围传来嗖嗖的声音。

"好像有动静！"大聪伸着鸽子头前后看着。

"不会又有什么家伙来抓我们了吧？"米贵说。

"那两个间谍在这里，大家准备围捕他们。"一道尖尖的声音传来。

两人朝前面看去，只见快速地过来一串长长的黑影子，这长队伍由七八只芒果大小的东西构成，仔细一看，尖嘴长须，豆样小眼——原来是老鼠，背上黏着尘土，像是刚从地里钻出来，为首的体形要大一些。

"这些老鼠也来凑热闹了！"米贵说。

"我们在空中，看它们怎么抓我们，除非它们也会飞。"大聪跟着说。

那为首的老鼠好像听到了他们的谈话，嘟着三瓣嘴不服气地说："我们可是老鼠别动队，任何敌人都逃不过我们的爪子。"

知识点

老鼠的三瓣嘴：老鼠属于啮齿类动物，它的嘴巴和兔子一样都是三瓣嘴。老鼠的牙齿一生都在生长，而且经常要啃物以磨掉多长出来的牙齿，否则牙齿会越来越长，戳穿它们嘴巴上的皮。

大聪和米贵相互看了看，不屑地一笑，"你们在地上怎么抓我们？"

为首的老鼠发出吱的一声，它身后的老鼠一下散开来，动作非常敏捷，飞快地沿着洞壁爬了上来，然后腾空伸着爪子朝大聪和米贵跃过来。

大聪和米贵吓了一跳，急忙分开朝两边飞去，避开了老鼠的攻击，一只老鼠的尖爪差点在米贵的头上划出一道口子。

"米小鼠，我们快往前飞，甩开它们。"大聪大声叫着。现在他们可不敢再小看这些老鼠了。两人挥动翅膀快速飞进了前面的斜洞口。

"真是洞中有洞。"米贵道。

"给我追！"为首的老鼠命令道。

大聪和米贵沿着洞快速飞翔，还不时朝身后张望。天啊，它们跑得真快！老鼠们分成了三组，地面一组，沿着两侧洞壁各一组，借助飞快的速度跑在洞壁上。

前面又出现了两个洞口。

"大王虫，现在怎么办？我可不想和你分开。"米贵问。

大聪扇动着翅膀，沉思一下说："那你跟着我，我们杀它们一个回马枪！"

米贵点了点头，两人飞到洞口前，突然一个转身，向着原路飞去。紧跟在身后的老鼠没有防备，一下冲进了那两个洞口。只有为首的老鼠来了个急停，高高跃起，用前爪来抓米贵的鸽子腿，米贵想缩回，可是来不及了，被那只老鼠紧紧地抓住了。

米贵吓得大叫："大王虫，快——快救我。"米贵使劲地扇动翅膀想甩开那只老鼠，可是怎么也甩不脱，渐渐地越飞越低。那只老鼠异常凶猛，使劲地将米贵往下面拉，还不时发着吱吱声，看来它是在召唤同伴。

大聪急了，想到了那枚火指环，可那指环套在米贵的腿上，现在怎么办？大聪在低空盘旋，眼看着那些老鼠从那两个洞往这里飞跑过来。大聪急了，不顾一切地飞过去，伸着长长的尖嘴去啄那只老鼠的脸，那只老鼠伸着爪子阻止大聪，大聪变换着位置啄老鼠。

米贵已被拖到地面了，扇动翅膀扑腾着，显然已经力不从心了。那些老鼠越来越近，眼看他就要被它们抓住了。

大聪不顾一切，疯狂地用尖嘴使劲向那只老鼠啄去。慌乱中，那只老鼠发出吱的一声，原来大聪的尖嘴啄到了它的鼻子。

那只老鼠爪子一松，米贵迅速飞高了。他抖了抖身子，"好险啊！多亏你啄到了它的鼻子。"

"我们还是快走吧！"大聪在前面飞着。身后那些老鼠围着为首的那只老鼠，正关心地问候它呢！

两人快速地飞出了一段距离，见那些老鼠没有再追上来，顿时长长地出了口气。

前面出现一个小洞口，米贵缩紧了身子，一个滑翔，进了那洞里面。大聪跟着缩起身子，顺着洞口滑进去，忽然听到前面的米贵一阵大叫。大聪感觉不妙，抬头看去，只见米贵已被一张巨大的蜘蛛网粘住了。

大聪连忙掉头，但是已经来不及了，从上面落下一张蜘蛛网，将他也黏得不能动弹一丝。"真倒霉！对付了蝙蝠兄弟和老鼠们，却被这些蜘蛛抓了！"大聪叹着气。

两只蜘蛛慢慢地从网上爬了出来，对着米贵和大聪哈哈大笑，"没人能逃出我的网啊！"

"还是蜘蛛捕手厉害！"这时，红鸽队长和两名守卫飞到了蜘蛛面前夸着。

"队长，我们怎么处置这两个间谍啊？"

红鸽队长沉默了一会儿说："星球 N 号工程时间紧，将这两个间谍派去干活吧！"两名守卫敬了个礼，抓着蜘蛛网将大聪和米贵朝洞深处拖去……

不一会儿，他们被带到了一处地方。"哇！这里可真大啊！"大聪叫着，被眼前的场景惊呆了，心里没有了恐惧，尽是好奇。只见眼前一片通亮，整个地方非常宽敞，呈圆形，可以容纳上万只鸽子。场地中间竖立着一个上尖下圆类似宇宙飞船模样的东西，通体银色，非常高大，一眼看不到那飞船的顶，尾部粗得有半个篮球场那么大。

里面的鸽子非常忙碌，飞上飞下用嘴不断啄着飞船的外壳，下面有不少的松鼠、兔子用嘴叼着东西进入飞船底部，还有一支长长的黑色蚂蚁队伍，这些蚂蚁个头有人的拳头大，正努力地搬运着各种形状的材料，径直运至飞船内。沿着洞壁筑有一圈高高的通道，鸽子守卫在通道上巡逻着，监督那些干活的小动物。

"米小鼠，这是什么地方？"

"那鸽子队长不是说什么星球 N 号工程嘛！这里就是建造这工程的地方吧！"

"有没有看见曲木兰？"大聪又问。

米贵看了眼那些鸽子，正要摇头，两名鸽子守卫将两人扔在了通道上。

两人倒在地上，大聪痛苦地叫着："该死的，不能轻轻地放我们下来啊？"米贵也叫喊着："就是啊，摔坏了我们，就不能干活了！"

两人还在叫喊时，有名鸽子守卫走到他们面前，瞪着鸽子眼对两人凶道："快起来，干活去！"说着用翅膀卷起长鞭抽下来。鞭子落在大聪身上，大聪痛得大叫，身上被抽下几根羽毛。

那鸽子卷起鞭子又要抽来，大聪马上伸出翅膀阻止："别抽了，我干活还不行？"那鸽子这才收回翅膀上的鞭子，指着前面通道关着黑门的小洞口，"你们两个将这里面堆积的磁性材料运到飞船头部那里，垒起来。"

大聪站在通道上，隔着栏杆朝下看了看，下面除了鸽

子，还有松鼠、兔子、蚂蚁，黑压压一片都在干着活。飞船高耸不见顶。天啊！这飞船头部这么高！怎么将那些磁性材料垒上去啊？大聪朝米贵看了看，他也正迷惑着呢！

两人走到前面的洞口，洞门自动打开，磁性材料从里面一个机器里吐出来，方方正正，银灰色，肥皂大小。大聪和米贵扇动翅膀飞上前，用爪子抓起磁性材料朝飞船顶部飞去！

第八章　材料竟有辐射

　　米贵飞到了飞船的顶部，那里有一个小洞，里面整齐地摆放着那些磁性材料，米贵爪子一松，将材料填进去，里面马上伸出一条银色带子将这些材料扎紧了。

　　大聪也将材料放了进去，"这些鸽子到底在造什么东西啊？"

　　"不是在造这个大飞船吗？"米贵用快速的语气说。

　　"这大飞船造了做什么用呢？"

　　"不知道啊！"米贵摇了摇鸽子头。

　　大聪看着下面那些正在干活的鸽子、松鼠、兔子、蚂蚁，忽然问："米小鼠，你不是说看见曲木兰和那些松鼠、兔子、蚂蚁在一起吗，是不是就在下面啊？"

　　米贵应着："有可能！"

　　"那我悄悄地找下！"大聪在运磁性材料时故意飞低了，努力地寻找着曲丽丽。来回飞了几次，大聪终于看见下面有只鸽子，正费力地用嘴叼着长长的材料，塞进那飞船底部的一道缝里，他认定那只鸽子就是曲丽丽。

　　大聪故意发出"曲丽丽"的叫声。米贵听见了，好奇地问："这么多的鸽子，你怎么就认为那只鸽子是她？"

　　"曲木兰是黄头发，你仔细看下面那只鸽子，她头上有黄毛！"

　　"对啊！"米贵叫了起来。两人往下飞时，不断轻轻地呼唤着"曲丽丽"，果然头顶有黄毛的鸽子开始抬头寻找声音来源，她看清是上面两只鸽子在叫着自己的名字，也反应过来，开心地回应着："大王虫、米小鼠！"

　　"不准乱叫，好好干活！"鸽子守卫举着鞭子喝道。

　　"报告，我有重要事情要说！"大聪大声喊道。

　　那鸽子守卫有些不开心，"什么事情？"

　　"报告，下面有只头上长黄毛的鸽子，她飞得很快，可以在上面帮助运更多的磁性材料！"

　　鸽子守卫看了看大聪，愣了一会儿问："你说的是真的？那只鸽子飞得很快？"

　　大聪和米贵两人一起点了点头。

　　"那好吧！叫她上来运磁性材料！"

　　大聪开心地应了声，立刻扇动翅膀飞到了下面，告诉了曲丽丽。两人一起飞回了上面，见到米贵，曲丽丽开心极了，张着尖嘴欢叫着。

　　"曲木兰，这个树窝真够神奇的，这么多鸽子到底来自哪里？它们建造这艘大飞船有什么用？"大聪问。

　　曲丽丽用爪子抓起一块磁性材料，"我也不知道！不过好像听那些松鼠说，这个飞船是要飞离地球用的！"

　　大聪有些不相信自己的耳朵，"什么？飞离地球！就凭那些鸽子？"

米贵也不由得大笑起来，"这些是什么鸽子，还想离开地球探索太空？"

"你们不要笑，这些鸽子绝对不是一般的鸽子！这里的鸽子还分成许多类，有鸽子工程师、鸽子设计师、鸽子建造队等。你们想想看，它们会讲话，会建造飞船，还抓进来这么多的松鼠、兔子、蚂蚁帮着干活！"曲丽丽提醒着。

"是啊！我也觉得奇怪！不过这些鸽子好像分成两派。"大聪说。

米贵好奇地问："你怎么知道这些鸽子分成了两派？"

"你没听红鸽队长说，黄蜂卫队先是攻击了一些鸽子叛徒，身上的尾刺都发射完了！还有，我们就被它们认为是另一派鸽子派来的间谍！"

米贵点了下头，恍然大悟，"对啊！好像是一派鸽子征服了另一派鸽子，然后再将那些被征服的鸽子抓来干活，看来这是一场鸽子之间的战争。"

"真是太奇怪了，这些是什么样的鸽子啊？"曲丽丽充满了好奇。

"不管这些，既然已经找到了你，我们现在三人在一起了，就要赶紧想办法逃出这鸽子窝！要知道变幻液只剩下不过十个小时的功效了！"

曲丽丽担心着，"这可怎么逃啊？身边有鸽子看守，外面的洞口曲曲折折，根本就不认识出路，还有那些鸽子卫兵不断地巡逻着。"

大聪和米贵相互看了看，没有出声，要想逃出这个树窝，确实不那么容易。

"不如我去发动下那些松鼠和兔子，大家想想办法一起逃出去！"曲丽丽用爪子抓起一块磁性材料放进了那个洞里。

大聪马上摇头，"这样目标太多了！"沉默了一会儿，忽然又说，"我倒是有个办法！我们都假装身体不舒服，向那些鸽子守卫请假，然后借机逃出去！"

米贵笑起来，"你以为那些鸽子守卫都这么傻？哪会三个人身体一起不舒服？"

"我们就说这环境对我们的身体造成了影响！"曲丽丽说。

"对啊，这个理由充分！"大聪连忙点着头。

米贵愣了一下，正想点头附和，大聪就已经大叫起来，不断地喊着疼。那边的两名鸽子守卫听到喊声飞了过来，挥着鞭子要打大聪。大聪连忙挥翅膀："不要打我们，我们头晕，不能干活了！"

鸽子守卫疑惑地看了看三人。

大聪用眼睛示意米贵与曲丽丽也喊起来。

"可能是这些磁性材料有辐射吧！所以感觉到头晕，全身无力，现在连翅膀都挥不动了！"大聪故意将翅膀耷拉下来。

米贵和曲丽丽也跟着做同样的动作。

知识点

辐射：由场源发出的电磁能量中的一部分脱离场源向远处传播，而后不再返回场源的现象。能量以电磁波或粒子（如阿尔法粒子、贝塔粒子等）的形式向外扩散。

在我们赖以生存的环境中，辐射无处不在，主要分为电离辐射与非电离辐射两类。电离辐射，包括伽马射线、X射线与部分紫外线，它们对人体健康是有影响的，特别是单次大剂量的电离辐射，可以破坏细胞内部微结构，损毁DNA等生命活性物质，从而致病、致死。如宇宙中的"伽马射线爆"，还有地球上的核爆，释放出的电离辐射足以摧毁周围的生物。

非电离辐射，包括无线电波、微波、可见光、部分紫外线等。除了紫外线，其他电磁波对人体健康的影响不大，仅仅是令人发热。

鸽子守卫看了看三人，没有斥责他们，而是愣愣地盯着他们，相互之间轻轻交谈起来。

过了一会儿，一名鸽子守卫开口说："我带你们去斯坦博士那儿打辐射防护针！"大聪听了差点儿晕倒。天啊！这磁性材料真的有辐射啊？那自己肯定接收了不少的辐射！

第九章　逃跑计划

　　"你们有没有真的头晕啊？"大聪悄悄地问米贵和曲丽丽。

　　"好像是有点儿！"米贵说。曲丽丽也焦急起来，用翅膀挠了挠那黄色的头毛。

　　鸽子守卫带着三人飞出洞，到了外面一个四周围着栏杆的密封房间。房间里面站着只鸽子，头上的鸽子毛不多，看上去与其他鸽子很是不同，目光似乎有些呆滞。

　　鸽子守卫上前说："斯坦博士，快点给他们打一支辐射防护针！"

　　"怎么了？又受到辐射了！"斯坦博士发出轻微的声音，同时用翅膀从身边的铁柜子里挑出一个工具盒，打开了，用翅膀卷出一支针筒，在大聪、米贵和曲丽丽身上戳了几下。

　　大聪感觉一阵痛，接着身体麻木，没有了感觉。

　　"怎么会这样，我怎么全身没有知觉了啊？"

　　斯坦博士咳嗽了声，"这很正常！防护针里有麻醉剂，等你被麻醉后，防护药水才慢慢地进入你的体内！"

大聪和米贵、曲丽丽在一旁待了一会儿，渐渐地麻醉退去，有了感觉。鸽子守卫见时间差不多了，上来准备赶他们回大洞里继续干活，就在这时，只见米贵猛地推了一下斯坦博士，用翅膀卷起防护针刺入鸽子守卫体内。

大聪看见了，连忙大叫："快逃！"说着绕过斯坦博士，一边朝门口走去，一边扇动翅膀飞了起来。

身后曲丽丽和米贵也扇动翅膀跟着飞起。

那鸽子守卫想去追他们，可是防护针的药效起作用了，它全身软绵绵的，扑腾了几次都没有飞起来。

三人扇动着翅膀沿着洞朝前飞去。不一会儿，前面出现了两个洞口，飞在最前面的米贵停了下来！

大聪飞到米贵身边，"我看应该朝左边的洞飞，那里好像大些，应该是出口的洞！"

"不对，我记得来时见过右边的洞口有个大凹口，那里才是出口的方向！"曲丽丽提出了相反的意见。

"应该是左边的洞！"

"不是，右边的洞才是！"

两人争吵起来。"你们两个不要争了！"米贵叫着。

这时，后面隐约响起一道声音："他们就在前面！"三人不由一惊。

"想不到它们这么快就追来了，我们还是走右边的洞吧！"曲丽丽说。

"我去看看左边的洞！"说着大聪一抖翅膀进了左边的洞，里面顿时暗了许多！

　　飞了一会儿，大聪回身看去，天啊，米贵和曲丽丽没有在后面，看来他们进了右边的洞。现在该怎么办？回去找他们？就算被抓也要和他们在一起，大聪狠了狠心转身朝原路飞回去……

　　进了右边洞的曲丽丽和米贵发现大聪没有跟上来，也叫了起来。米贵大骂："这个大王虫，怎么不看看我们啊？"

　　"我们快去找他吧！"曲丽丽说。

　　米贵点了点头。两人正准备转身原路返回，听到身后传来一阵嗡嗡的声音。

　　"不好，那些鸽子守卫追来了！"曲丽丽大叫。

　　"快逃！"米贵说，同时扇动翅膀朝前飞去。曲丽丽紧跟其后。

　　身后的嗡嗡声越来越响了！

　　"它们飞得可真快！"曲丽丽惊叫着。

　　"好像不是那些鸽子守卫！"米贵大叫，"是那些可恶的黄蜂卫队！"

　　曲丽丽不知道什么黄蜂卫队，问米贵。米贵简单说了一下黄蜂卫队的情况，还特意说它们非常厉害。

　　曲丽丽听了哆嗦地问："真的这么厉害？看来我们要被它们刺了！"

　　前面竟然是条死路，一堵厚厚的墙壁挡住了洞的通道。

　　"这可怎么办啊？"曲丽丽停止了飞翔，扇动着翅膀悬空身子。

米贵甩了甩头，"大不了投降，再被它们抓去做苦力！"

曲丽丽沮丧地说："我可不想去做苦力，早知道听大王虫的走另一个洞！"

"哈哈，终于又抓到你们了，想从这里跑出去，那是不可能的，要知道这里可有几十个洞岔口，要想从这里跑出去，简直比登天还难！"

又是那只红鸽队长，它身边正是那名被米贵扎了辐射防护针的鸽子守卫。

曲丽丽叫起来："它们身后黑压压的一群是什么东西啊？"

"就是那黄蜂卫队啊！"

曲丽丽顿时被吓得说不出话来。

"你们快跟我回去，否则就让你们尝尝黄蜂卫队的厉害！"红鸽队长张着淡红色的尖嘴说。

"既然我们出来了，就不想再回去了！"米贵坚定地回答。

红鸽队长转身对后面的黄蜂卫队发出命令："黄蜂卫队，准备攻击！"

顿时，"嗡——"黑压压的黄蜂群停在了米贵他们前面。一只大黄蜂从蜂群里飞出来，那是黄蜂卫队的头领，它将尾部对准了米贵与曲丽丽！

看来它们的尾刺已经长好了！"先看我的！"那只大黄蜂一用力，"嗖——"尾针似箭一样射了过来。米贵大叫一声不好，吓得忘记扇动翅膀了，身体立刻掉了下去。

那尾针贴着米贵的头顶飞过，射进了后面墙壁上，溅起不少小碎块。

好险啊！要是被射中就没命了！

曲丽丽吓得两只爪子发抖，身上掉下几根羽毛。米贵慢慢地飞上来，飞到曲丽丽身边。

"怎么样？还是乖乖地跟我们回去吧！"红鸽队长大喊。米贵仍是摇着头。曲丽丽着急起来，小声地对米贵说："我们还是跟它们回去，这样不会受到它们的攻击！"

米贵固执地摇着头。那只大黄蜂下了命令，其余的黄蜂全部将尾部对准了他们！

"我跟你们回去！"曲丽丽张开尖嘴说。

第十章　鸽子宇航员

忽然，那些黄蜂嗡嗡地叫着，队伍也乱了起来。曲丽丽和米贵相互看了看，这是怎么回事？

"上面有东西在砸我们！"大黄蜂对红鸽队长说。

米贵和曲丽丽朝上看去，不由得大叫起来："是大王虫！"原来是大聪正在用尖嘴叼着上面的石头砸那些黄蜂。

"快去抓住他！"红鸽队长大叫。几只黄蜂迅速地朝上飞去。

"大王虫快逃！"曲丽丽喊着。米贵看了也紧张起来，正要扇动翅膀飞去帮助大聪，只听见一阵嗡嗡声传来。不好！那些黄蜂又飞过来了。

"上面左边的洞壁有白光，好像是个洞，我们不如飞进去躲一下。"大聪大声说。"那会不会是圈套啊？"米贵有些担忧。

"现在来不及多想了，飞进去再说！"大聪说着扇动翅膀，转身朝那里飞去。米贵和曲丽丽紧紧地跟在后面。

那洞口呈圆形，有一道透明的门，大聪用嘴啄了下门，门竟然开了，大聪飞了进去，米贵和曲丽丽也跟了进去，门自动关上了。马上大聪、米贵和曲丽丽立刻惊呆了，里面是一处非常宽敞的空荡荡的大场地，充满了白色的荧光。大聪小心地收起翅膀，发现自己竟然没有掉下去，扇动翅膀，也不能向前飞。

"这是什么地方？怎么像在太空中失重状态下一样飘浮着？"大聪惊讶地说。

"不能前进也不能后退。"曲丽丽想要挪动身体，她身体稍微动了一下就停了下来。

> ## 知识点
>
> 太空失重：太空中因为没有地球引力，所以人可以处于飘浮的状态。在失重状态下，物体的质量不变。

"这里好像没有重力！"米贵说。

后面一阵嗡嗡声传来，红鸽队长和鸽子守卫，还有那些黄蜂卫队飞了进来。

只见它们的背包上系着一个小背包，不断地朝后喷着气流，推动它们前进。"想不到它们在这里配有装备啊！"米贵说。

红鸽队长对着他们大喊："你们跑不了了，还是乖乖地跟我走吧！"见他们三人没有回话，转身命令着："黄蜂卫队，准备攻击！"

那些黄蜂翘着尾部，对准了大聪三人。

"怎么办啊？逃又不能逃，只能让它们攻击了，完了，我们要成为它们刺下的靶子了！"曲丽丽几乎哭了出来。

大聪也紧张得不知所措，鸽子头上冒着冷汗。

正当红鸽队长要挥下翅膀命令黄蜂卫队射击时，米贵突然大喊："我们投降！"说着举起了翅膀。

大聪和曲丽丽看了看米贵，也跟着举起了翅膀，无力地说："我们投降！"

红鸽队长得意地看了看三人："告诉你们，这里是太空模拟训练基地，是没有重力的，任何运动物体都无法像在有重力环境下那样自由行动。里面还有我们的兄弟在训练呢！"顿了顿又说："不把你们逼到这里，你们就是不死心。"

鸽子守卫正要启动喷气背包喷射气流前行，忽然，一道红光射过来，从黄蜂卫队中间穿过，打得它们后面的洞壁上溅起碎屑来。

红鸽队长和鸽子守卫、黄蜂卫队都吓了一跳。

原来是米贵偷偷地旋转了火指环。他现在将一只翅膀搭在火指环上，"你们别动，快给我离开这里，否则我用激光射击你们。"说着还将火指环瞄准了红鸽队长。

由于相距不过一米远，红鸽队长不敢轻举妄动，它小心地说："你可不要乱来。"说着慢慢地朝后面退去，鸽子守卫和黄蜂卫队也慢慢后退着。

渐渐地，红鸽队长和鸽子守卫、黄蜂卫队都退到了门外。

三人松了口气，米贵收回了翅膀。三人朝里面看去，只见里面有处阴暗的地方，亮光闪烁，像极了星光，有几

只鸽子裹着一层厚厚的衣服悬浮在空中，不断地飘来飘去。"天啊！它们在模拟太空行走，难道它们真的打算进入太空？"米贵吃惊地问。

"它们根本就不像普通鸽子！难道是外星人培育出来的变异鸽子？"大聪好奇地说。

"别再讨论这些鸽子是谁了，还是赶紧想办法逃出去吧！"曲丽丽提醒着。

这时，那几只鸽子从里面飞了过来，渐渐地看清了它们的装扮：身上穿着白色的圆桶般的衣服，头上戴着圆形的玻璃罩，身后一条小白带，喷出热气推动着它们前行。这不是宇航员的打扮嘛！难道这些鸽子宇航员真的跟人类一样要探索宇宙？

正当三人发愣之际，那些宇航员鸽子从宇航服里伸出了一支枪，对准了大聪三人，然后枪口射出一道红线，射在三人身上。

大聪马上感到眩晕，不一会儿，昏昏沉沉地睡了过去……

不知过了多长时间，大聪醒了过来，发觉被关在一间狭小的房内，再看四周，米贵和曲丽丽正肚皮朝天躺在一边。大聪站起身，摇了摇头，有点晕沉沉，他走过去用翅膀推了推两人。

曲丽丽渐渐地苏醒过来，翻过身站起来，耷拉着头用低沉嘶哑的声音问："大王虫，我们这是被关在哪里啊？"

大聪摇了摇头，"我也不知道！"说着要继续去推米贵，却听到他发出了呼噜声，笑着说："你看这米小鼠睡得正香呢，真像只米老鼠！"

曲丽丽走上前，用爪子朝他脸上踩去。米贵一下疼得叫起来，大叫："曲木兰，你疯了！居然用你这臭爪子踩我！"

"你还睡得着，快起来了！"曲丽丽不服气地反驳着。

这时，房间的门打开了，进来两名鸽子守卫，冲到他们面前，用翅膀在他们的鸽子头上戴上一个细小的铁环。大聪马上叫起："你们给我们戴了什么鬼东西？"

米贵和曲丽丽也跟着大叫。那鸽子守卫给他们戴好铁环，推着他们出了门，又回到了那个建造飞船的地方，好像这东西又高了许多，依然能听见下面那些小动物搬运东西的喘息声。

"快点下去干活！"鸽子守卫在后面大声命令着。

大聪三人晃动着身子向前走了几步，前面有个长长的楼梯，三人在那鸽子守卫的注视下，慢慢地走下了楼梯。那楼梯真够长的，不知绕了几个圈，还是没有走到底。

第十一章　重逢咕噜

曲丽丽叫着："从来还没有用这爪子走过这么长的路，真是疼死了！"

"那是小事。糟糕的是，变幻液仅剩几个小时的功效了，如果我们再不离开这树窝，到时就会被憋死在这里！"米贵叹了口气，显得有些着急。

"那怎么办啊？"曲丽丽着急地问。

"能怎么办？只能再设法逃出去了！"大聪回道。

走下了最后一圈楼梯，米贵悲伤地说："又回到了原来的地方！"

大聪看去，这下面也是够热闹的。除了鸽子、松鼠和兔子，还有一片片的蚂蚁群，都密密麻麻地围着火箭干着活。松鼠和兔子费力地用嘴咬着拖运那些长长短短的材料，有的运到飞船里面去，有的则运到飞船的最下面。那些蚂蚁一个个机械般传递着材料，动作整齐有序。

这些鸽子，应该是那些叛变的鸽子，为什么它们会叛变呢？边上也站着几名鸽子守卫，它们脖子上都系着条带子，上面有黑乎乎的小枪口，翅膀下卷着条长鞭。

"快去干活！"身边的一名鸽子守卫对他们喝道。

大聪和米贵、曲丽丽相互看了看。曲丽丽逃走之前就是在这里干活，她走进了那些鸽子的队伍。大聪和米贵跟在后面。那些鸽子走到了一堆靠近洞壁摞着的方正铁块前，搬运起那些铁块来。

大聪跟在那些鸽子后面，用嘴叼起那些铁块，奇怪的是，这些铁块很轻，好像不是铁质材料，不知是什么高科技的东西。走近了飞船底部，发现有一个黑乎乎的大洞，里面似乎冒着火花。

大聪见那些鸽子将嘴里的铁块扔了进去，顿时冒出一团蓝色的火花，那些材料马上熔化成液体——看来这是在熔化这些材料。

米贵和曲丽丽跟在那些鸽子后面，也将嘴里的铁块扔进了洞里。

"你说它们真的能够探索太空？"大聪好奇地问。

米贵摇了摇头，"谁知道啊？不过让人奇怪的是，它们既然能够造出这样高科技的东西，为什么还在使用这么落后的人力？"

"可能是这些动物数量多，使用起来既廉价又方便。"大聪继续说，"自从进入这个洞里，看到的一切都是谜！这些鸽子、松鼠、兔子、蚂蚁被押着做苦力，鸽子宇航员又做着太空训练。"

曲丽丽接过话："好像一切都围绕着这飞船在运转。它们就是为了完成飞船的建造，送这些鸽子宇航员上太空，这可能就是那红鸽队长说的星球 N 号工程吧！"

大聪用翅膀夹起一块铁块说："这肯定是个大工程。它们既然要飞离地球，造的飞船不会就这么一艘，应该会有很多艘，说不定其他地方也在建造呢！"

曲丽丽走在前面说："为什么我们人类就没有发现这秘密呢？"

"它们隐蔽得好，藏在山林、地下，谁会想到？要不是我们无意中发现，也不会来到这里。"

米贵赞成地点了一下头，又提醒道："我们的时间不多了，还是赶紧想办法逃出去吧！"

"大聪？你是王大聪吗？"好像有鸽子在轻轻地呼唤着大聪的名字。大聪吓了一跳，自己在这里也会有朋友？他找寻着，四周的鸽子都长得一模一样。

身边的那些松鼠缩卷起大尾巴，睁着大眼，用嘴叼着拖运那些材料朝巨型飞船里面去，后面有几只松鼠用前面的两脚小心翼翼地推着材料车跟着。兔子睁着呆呆的眼睛，有气无力地用三瓣嘴将小银珠推送到巨型飞船的外壳边，然后由鸽子用嘴叼起来嵌进银色的外壳。那些蚂蚁用前面的第一对足机械地搬运着大大小小的不规则条形材料。

仍有小动物叫着"王大聪"的名字，这下连米贵和曲丽丽也听见了，他们惊奇地寻找着。这时有只鸽子偷偷地挤过来，走到大聪面前："嘿，王大聪，我是咕噜！"

"咕噜！"大聪差点儿叫出声，马上压低了声音，"你怎么也在这里干活？之前你不是帮着它们偷我们人类的小电池吗？"米贵和曲丽丽也好奇地看着它。

咕噜叹了口气，"我本来就是被逼迫的！"

"对了，你怎么知道我是王大聪？"大聪好奇地问，米贵和曲丽丽也好奇地等待着对方回答。

"你的声音先粗后尖，再看你的屁股每次走动时会翘得很高，之前知道你们有变幻液，我想便是你了。"咕噜坚定地说。

听到它说的几个特征，米贵与曲丽丽差点儿笑出声来。

"有什么好笑的？"大聪斜了他们一眼。

"快点干活！"上面的鸽子守卫挥着鞭子提醒着。

几人不再说话，咕噜也和大聪他们一起搬运着铁块。米贵还是忍不住悄悄地好奇问："咕噜，你和外面普通的鸽子是否一样？"

咕噜点了点头，"当然一样！"

"那你是怎么会说话的？"

咕噜用翅膀夹着一铁块，说："我也不知道，记得那次我突然昏了过去，醒来便会说话了！"

大聪三人不由得奇怪，这咕噜怎么突然间就能够说话了？米贵接着又问："你怎么会在这里干活？和鸽子守卫不是一类吗？"

咕噜摇着头，张着尖嘴，"不是一类！我们这里有两派，鸽子守卫一派属于乎希舍派鸽子，像我们是木卧里派鸽子。记得很久以前，我们木卧里派鸽子被它们乎希舍派鸽子击败了，以后木卧里派鸽子就成了乎希舍派鸽子的俘虏，必须听从它们的吩咐。我偷小电池就是它们的命令！"

"怎么样？我之前推理的一点都没错！我说是一派鸽子征服了另一派鸽子，然后再将那些被征服的鸽子抓来干活。"米贵得意地说。

大聪和曲丽丽点了点头，"原来如此！"

大聪又好奇地问："那这些乎希舍派鸽子究竟是什么样的鸽子？它们好像有很高的智商，在这树窝里又是建造巨型飞船，又是训练宇航员，它们究竟要做什么？"

"这个我就不知道了！"咕噜摇着鸽子头。

大聪三人没有再问它，想来它也是被那些鸽子抓来干活的，具体的事情它也不会知道得很多。

三人有气无力地搬运着铁块，他们现在着急的是怎么样能够逃出去，因为变幻液的有效时间不多了。

"大王虫，变幻液只有一两小时了，我们得赶快想个办法逃出去！"米贵显得有些着急。

大聪不断地摇着鸽子头，"能有什么好办法？要不我们还是硬往外闯吧！"

"那些鸽子已经对我们有防备了，硬闯肯定不行。"曲丽丽说。

"我有个办法！"咕噜上前说。

第十二章　煽动叛乱

　　大聪三人一惊，"你有什么好办法？"

　　"那些松鼠和兔子是被逼干活的，如果这里混乱起来，它们也一定会跟着起哄捣乱，到时可以趁机逃出去。"咕噜张着鸽子嘴快速地说。

　　曲丽丽摇了一下头，"关键这里怎么会乱？有这些鸽子守卫看守着，那些松鼠、兔子、蚂蚁不要说捣乱，就连偷下懒都不敢！"

　　咕噜笑了一下，"你们是人类，要比我们聪明得多，你们可以想个办法弄出动乱来！"

　　大聪和米贵相互看了看，认为它说得有些道理。大聪看了看四周，那些小动物正干着活，不远处鸽子守卫拿着鞭子看着它们。大聪暗暗地数了一下，总共有几十名鸽子守卫。

　　"大王虫，你有没有想出什么办法？"米贵将翅膀上的铁块扔进飞船的大洞口里，一下发出蓝色的火苗。

　　"米小鼠，你不是有个火指环吗？我们就用它来弄出些动静！"

这时，米贵不断地甩着左边的爪子。

大聪叫着："你这是干什么？"

"我把这指环弄下来戴在你的爪子上，这样你就知道你这办法有多危险了！"

"怕什么怕？我们这么多鸽子都会帮助你。"大聪说，曲丽丽和咕噜也点头附和。

鸽子守卫看到他们几人在说话，挥了下鞭子，走了过来。

"米小鼠，别再犹豫了，我们没有时间了，快点行动！"大聪催着他。

说话间，那守卫越走越近。"米小鼠，快点行动！"曲丽丽、咕噜也连忙催促着。米贵不再犹豫，他用翅膀旋转着火指环。

大聪和曲丽丽张大了尖嘴紧张地看着。米贵的鸽子头上渗出了汗水，仍使劲用翅膀旋转着火指环，指环渐渐地亮起了红色。

鸽子守卫冲到近前，将鞭子狠狠地挥了下来。米贵抬起鸽子头，迅速地跳开，正好避开那鞭子，侧倒在地，将火指环对准了鸽子守卫，顿时一道红光从火指环射出，正好射在对方头上。鸽子守卫惨叫一声倒地，不断抽搐着。

这时，咕噜大喊起来："木卧里派鸽子来救我们了，大家和乎希舍派鸽子拼啊！"

那些干活的鸽子、松鼠、兔子、蚂蚁都停了下来，只

是愣着朝这里看过来。大聪急了，这些呆呆的小动物怎么没有反应呢！快点儿一起冲出去啊！

咕噜也愣住了，它没想到这些小动物竟然没有反应，又喊了几声，那些小动物仍旧呆在原地看着。大聪、米贵和曲丽丽相互看了看，心里叫着：完了，看来要被抓了，要被重重惩罚了。

曲丽丽显然还是不甘心，对咕噜说："怎么你们这些鸽子，还有那些松鼠和兔子都没反应啊？"然后她抬起鸽子头朝着身边的那些松鼠和兔子大声喊着："怪不得，那些乎希舍派鸽子都说你们只是些会干活、没脑子的低级动物！"

大聪和米贵正好奇着，那些鸽子什么时候说过这些话？想不到的是，松鼠和兔子听了纷纷开始骚动起来，接着有松鼠立起身来喊："我们要自由，大家和它们拼了，我们要出洞！"随着这一声喊，所有鸽子、松鼠和兔子都跟着喊了起来，蚂蚁们也四散开去。

上面的鸽子守卫慌了。大聪和米贵也不断起哄，那些鸽子、松鼠和兔子扔下搬运的东西，朝着四周的守卫冲去，也有的朝着门口挤去。

咕噜带领着身边的那些鸽子冲上楼梯朝通道跑去，上面的守卫连忙想用脖子带枪攻击，慌乱之中竟然没有按下按钮，咕噜它们冲上来一下将那守卫给扑到了。更多鸽子、松鼠、兔子、蚂蚁冲上了通道，场面立刻混乱起来。一名鸽子守卫摁下了脖子带上的按钮，那枪口顿时射出一道道红光，可是更多的鸽子守卫或被松鼠咬住了翅膀，或让兔子压住了身体，或被一些蚂蚁团团围住了，还有不少鸽子已经来到了门口，不断地用尖嘴啄着大黑门。

大聪和米贵、曲丽丽开心地相互叫着："我们还是快逃吧！"大聪边说边展开翅膀不断扇动，可就是飞不起来。大聪很奇怪，他见米贵也在使劲扇动翅膀，身体却不能腾空。曲丽丽吃惊地问："这是怎么回事？"

大聪叹了口气，"那些鸽子肯定在我们身上做了手脚。"

"不能飞，我们怎么逃出洞去？如果没有估计错的话，变幻液只有不到一个小时的功效了！"米贵说着身子不由得哆嗦起来，他看上去显得担心极了。

四周响起一片混乱的喊叫声，曲丽丽沮丧地说："看来我们要困在这个树窝里面了！"大聪朝曲丽丽大喊："不会的，我们会逃出去的！"

曲丽丽朝大聪点了点头。

"虽然不能飞，我们不是还有爪子吗？"大聪边说边抬起爪子往前跑。米贵和曲丽丽朝大聪看去，米贵张着鸽子嘴反驳说："靠这爪子要跑到什么时候？"

"不要再说了，我们快点跑吧！"说着大聪朝大门口猛冲。米贵和曲丽丽也跟着跑起来。他们绕过正在冲突的鸽子守卫和松鼠、兔子们来到大黑门口，咕噜正带着大群的鸽子啄门。

米贵大叫一声："让开！"鸽子立刻让开了一条通道。米贵用火指环在门上射出了一个小洞，接着那些鸽子沿着小洞不断地啄，渐渐地，小洞变得越来越大。

不一会儿，门上露出一个拳头大小的洞，鸽子能够轻

松地从这里钻出去。

"我们快点逃吧！"咕噜叫着，四周响起一片欢呼声。

正在此时，有几只鸽子不断叫喊着头疼。大家奇怪地看着那几只鸽子，只见它们纷纷垂下头，歪着身体。

大聪和米贵、曲丽丽大吃一惊，朝远处看去，刚才还生龙活虎的松鼠、兔子和蚂蚁也都拍着头，无力地瘫坐在地上。

三人奇怪，为什么自己就没有头疼呢?

第十三章　除去头上"紧箍咒"

这时，两边通道上来了一大群鸽子守卫，原来是对方的援兵到了。又是那个红鸽队长，它对着大聪三人喝问："是不是你们三个间谍搞的鬼啊？我早劝大王将你们三个间谍给关押起来，可大王就是不听！"

三人不觉好奇起来，这里还有大王？红鸽队长对着身边墙上的一个黑东西说："催眠师，发出更响的声音吧！我要让那些叛徒痛苦不堪！"

黑东西马上发出了更响的声音，那些鸽子、松鼠、兔子、蚂蚁听到后，开始瘫倒，趴在地上不断呻吟起来。大聪三人听到这声音觉得非常熟悉，曲丽丽脱口说："这不是知了的叫声吗？"

"没错，那催眠师就是知了！"米贵肯定地说。

曲丽丽哈哈笑了起来，"还以为是什么？原来就是只小知了！"

通道上的红鸽队长问身边的鸽子守卫："为什么他们三人不受催眠师声音的影响？"

那名鸽子守卫也疑惑地摇了摇头。

"现在那些鸽子、松鼠和兔子都倒下了，只剩下我们，那岂不是会轻易地被它们捉住？"大聪看了看四周说。

曲丽丽忽然惊叫："你们有没有看到那些松鼠的头上和兔子的脖子上都有个东西在闪着光？"

大聪和米贵连忙看去，果然发现它们那里有一个小圈在不断地闪烁着亮光。

"这是什么东西？看来是它在作怪！"米贵说。

"我们头上好像也有个类似的东西，你们忘记了？这次被抓时，它们在我们的头上套了个小环！"大聪说着凑到米贵面前，只见他鸽子头的白毛中扣着一个细细的环。

"我把它给取下来！"说着大聪用尖嘴去挑米贵头上的环，可那环好像扎根了一样，根本挑不下来。

这时，红鸽队长对身边的守卫说："快带守卫去抓这三个间谍，这次再也不能让他们给跑了！"

几名鸽子守卫扇动翅膀朝大聪飞过来，它们将脖子灰带上的枪口对准了大聪他们，大声喊："不要动，否则我们就开火了，这光线枪会在你们身上射个大洞。"

大聪和米贵相互看了看，怎么办？就这样被它们抓吗！

曲丽丽也着急起来，不断地骂着："该死的知了，吵死了！"

忽然，大聪说："米小鼠，不如用你的火指环将那知了给射下来！"

米贵叫起来："又叫我用火指环，知不知道用起来很费劲！"

"别啰唆了，快点！"大聪催促着。

"距离这么远，我怕瞄不准啊！"米贵有些担心。

"你行的！"大聪和曲丽丽不断地鼓励着他。

米贵用翅膀旋转着腿上的火指环，不一会儿，指环发出了红光，只见它朝上面通道射去，在墙面上溅起了小碎块。

知了顿时没了声音。曲丽丽开心叫着："知了被射中了！"再看那些鸽子、松鼠和兔子都慢慢地站了起来。刚飞到下面的几名鸽子守卫见势不妙，正准备返回，有兔子一下跃起，用两条后腿狠狠地朝一名鸽子守卫蹬去。

这是兔子蹬鹰的脚法啊！真是太漂亮了。曲丽丽连声叫好。看来兔子蹬鹰的脚法现实中确实存在。大聪和米贵张着鸽子嘴大声说："趁现在混乱，我们赶紧逃出去吧！"米贵和曲丽丽点了点头，使劲地往那大黑门挤去。几个人有些着急，因为这变幻液的有效时间不到半个小时了。

这时，那知了的叫声又响了起来，鸽子、松鼠和兔子又马上摇晃着倒在了地上，蚂蚁原地转着圈。"米小鼠，你没有射中它，快点再来一次！"大聪催着。这时那些鸽子守卫飞出了通道，它们飞成一排，准备用脖子上的光线枪来对付大聪他们。

"快点啊！"大聪催着米贵。

米贵用翅膀旋转着腿上的火指环，"这下可一定要射准了！"曲丽丽提醒着。不一会儿，一道耀眼的红光朝知了射去，知了没有了声音。鸽子、松鼠和兔子又站起来，那些鸽子守卫连忙叫喊着往回飞。

"大家快逃啊！"也不知谁叫了一声，整个洞中混乱起来。大聪身边一下涌来不少的鸽子、松鼠、兔子、蚂蚁，它们有的啄门，有的啃门。大聪三人开心地看着大黑门的洞越来越大。

正当大家欢呼着要逃出去的时候，突然一声巨响，只见在那大黑门后面落下一道铁网，大家愣住了，看来这些乎希舍派鸽子早有防备。红鸽队长大喊："你们别想逃走！"接着命令身边的鸽子守卫，"快请地蜈蚣过来！"

大聪一愣，和米贵、曲丽丽相互看了看，不知红鸽队长又有什么新花样。过了一会儿，那通道上出现了一个长长的黑乎乎的东西，伸着几只脚朝前爬动着。"报告队长，地蜈蚣前来报到！"一道尖尖的声音响起。

"原来是只蜈蚣啊！那可是有毒的家伙，被它咬上一口，可就没命了！"曲丽丽紧张地说。

"地蜈蚣，快点儿用你强大的特殊功能，释放毒气。"红鸽队长命令着。

知识点

地蜈蚣：属于节肢动物门、唇足纲、地蜈蚣科。它是我国特有的一种蜈蚣，南方常见，外形较多，主要以体细长为主，有31对至181对足。地蜈蚣毒性较小，一般以小型昆虫为食物。书中的地蜈蚣是作者假想经过改造的，所以能喷毒气。

"什么！毒气！完了，看来我们要被熏晕在这里了！"曲丽丽悲伤地说。

那地蜈蚣将腹部靠近铁网，从里面冒出一股股的黑色雾气来。大聪大叫："大家憋着，不要吸气！"米贵苦笑道："总不能老是憋着不吸气！"

那些松鼠和兔子摇晃着身体倒在了地上，四肢不住地抽搐着，蚂蚁们则一动不动了。

曲丽丽惊恐地看着那些小动物，不断地问着大聪："大王虫，你说它们都死了吗？"

"应该不会吧，估计只是暂时将它们麻痹了，以后还要靠它们干活！"米贵说。

大聪感到头有些晕，心口发闷。

"关键我们不能够飞，如果能飞到上面就吸不到这毒气了！"曲丽丽说。

"奇怪！好端端的我们怎么会飞不起来呢？"大聪努力地扇动着翅膀，可就是飞不起来。

米贵突然大喊："大王虫小心！"只见在通道上有鸽子守卫射过来一道红光，多亏米贵推了一下大聪，红光贴着大聪的鸽子脑袋射过。

"好险啊！"曲丽丽叫着，接着对大聪说，"你头上的那个环好像掉了！"

"真的啊！"大聪高兴着扇动着翅膀。

"你可以飞起来了！"米贵和曲丽丽惊叫着，"原来都是头上这小环的原因！"大聪感叹着。

米贵马上对曲丽丽说："快用你的尖嘴把我头上的环挑下来！"

第十四章　闯入飞船舱内

曲丽丽连忙用尖嘴在米贵头上挑着，米贵疼得叫起来："你怎么都刺进我的肉里去了！"

"米小鼠，别叫，这点儿疼都受不了，还算什么男子汉？"

曲丽丽一点点将米贵头上细环往外挑着，不一会儿，终于挑了下来。头上的细环没了，米贵马上开心地扇动翅膀飞起来。

这时，红鸽队长命令鸽子守卫朝着他们三人开火，不时射过来一道道红光。大聪和米贵小心地避让着。

"快点把我头上的环也给弄掉！"曲丽丽张着鸽子嘴叫着。

大聪和米贵飞了过来，用尖嘴不断地挑着她头上的环，不一会儿，她头上的环也被挑下来了。

"我们快逃吧！"曲丽丽说。

"可现在往哪里逃啊？"米贵看着四周，几名鸽子守卫已经朝这里飞来。

　　"米小鼠，快看我们的头顶上，那里好像没有鸽子守卫，我们就朝上面飞吧，说不定上面有藏身的地方！"大聪提醒着。

　　米贵和曲丽丽连忙点头应着。

　　三人扇动起翅膀朝上飞去，后面的鸽子守卫紧追不舍。三人左躲右闪，不断地避开射来的红光，绕着大飞船与它们周旋着。这时，他们才发现飞船有三层楼那么高，有半个篮球场那么大，而且非常漂亮，椭圆的头部，优美的弧线，银色光洁的外壳，足以和人类的飞船相媲美。

　　忽然一道红光从大聪翅膀下射过，大聪感到一阵灼热，好险啊！那红光射中了大飞船，奇怪的是，没有留下一点痕迹，看来这大飞船非常坚固。

　　"大王虫，我们这样逃也不是个办法，应该找个地方躲起来。"米贵边飞边说。

　　"是啊！可我们能够躲到哪里去啊？"

　　"我有个办法，要不我们躲到大飞船里面去？"曲丽丽说，"你们看，前面有个小方口，可能就是进入大飞船的通道，要不我们飞进去吧！"说着她展翅飞进了那个小方口。

　　大聪和米贵一惊，但此刻也只能跟着飞进去了，两人刚飞进那小方口，就听到后面一声响，洞口被一道厚门封住，看来那些鸽子守卫一时半会儿进不来了。

　　里面先是漆黑一片，马上亮起了荧光，只见前面有道门，门口散发着雾气，门中间把手的地方有一小块液晶显示板，估计那便是开门的锁。

"别说，这还真像我们人类的宇宙飞船啊！"米贵感叹着。

大聪嘲笑地说："宇宙飞船你进去过？"

米贵不服气地反驳："曾经在一些媒体上见过！"

"视频和真实的情景可不一样！"大聪说。

"差不了多少！"米贵回道。

"那可是完全不一样的好吧！"大聪不服气地说。

"有什么不一样呢？"

两人竟你一言我一语地争吵了起来，曲丽丽大声地阻止："你们两个有完没完，现在都什么时候了，还在争吵！"

大聪和米贵听了顿时冷静下来。

米贵没好气地对大聪说："大王虫，你这电脑高手，快去看看，怎样才能打开这门！"

大聪扇动翅膀飞到那液晶显示板前，里面显示着一些奇怪的符号，从来都没有见过。米贵和曲丽丽也飞到面前，好奇地问："这些是什么符号呀？怎么一个都不认识？"

大聪说："这些应该是它们鸽子的符号，不过设备的原理是相通的！"说着，他用尖嘴对着那些符号随便啄了几下，门没有动。

大聪又啄了几下，门依旧没有动，连续弄了几次，门还是没有动静。

曲丽丽显得不耐烦起来，"还是我来吧！"她上前用尖嘴随意地啄了几下，又大喊一声："开门！"令人意想不到的是，门竟然开了。

米贵坏笑地说："还是曲木兰厉害！"大聪没好气地瞪了眼米贵。三人飞了进去。"其实这就是个声控的门！"曲丽丽说着转身又说了一声，"关门！"果然，门关上了。

一进门，三人都吓了一大跳，只见里面整齐地排列着几排座位，前面的墙壁上有一排电子屏幕，屏幕下方还有许多红色按钮。四周安装着各式各样的设备，让人眼花缭乱。这可完全是按照人类的身高设计的！大聪一下跳进了身边宽大的座位里，两条带子马上自动伸出来将他的鸽子身绑紧了，这是安全带。

奇怪！这明明是给人类设计的飞船！难道是地球上的人类操纵着这些小动物制造的？可是又不像。这究竟是怎么回事？

三人好奇地环顾着四周，这儿看看，那儿摸摸。

突然，"哐啷"一声响，前面的屏幕上先是吱吱一片杂纹，接着非常清晰地显示了飞船外面的图像，看来这是对外观察器。只见外面那些松鼠和兔子、蚂蚁正无力地干着活。鸽子守卫扇动着翅膀聚集在三人进飞船的洞口，不知它们在商量着什么。

飞船出现了一次剧烈的震动，屏幕上发出了一道声音："天宇飞船将在三分钟后启动！"什么！飞船怎么会突然启动了？三人惊呆了。"肯定是你们谁碰到那个飞船启动的按钮了！"大聪对着米贵和曲丽丽叫着。

曲丽丽尖叫起来，指了指屏幕下面的黑色按钮，"刚才我按了这个按钮，会不会就是启动按钮啊？"

"肯定是了！完了，这飞船要启动发射了，不知会把我们带到哪里去？"大聪苦恼地说道。

"我试下能否关闭！"曲丽丽说着用翅膀不断地按着那黑色按钮，好像没什么动静。这时，屏幕上又发出了一道声音："天宇飞船将在两分钟后启动！"

大聪说："看来这飞船关不了了，我们还是赶紧熟悉下怎么操纵吧！"

"大王虫，你在说傻话吧，这飞船我们谁操纵过？再说了，这上面的符号，可是一点儿都看不懂！"米贵大喊。

米贵又在各个按钮上按了一遍，根本没什么反应！

"天宇飞船将在一分钟后启动！"

第十五章　驾驶飞船升空

　　三人立即紧张起来，大聪连忙看向屏幕下面的几个按钮，他注意到最前面的座椅上有一个"V"杆，"V"杆两杆柄距离和人的肩膀差不多，像是操作杆。

　　大聪上前用翅膀夹紧了"V"杆一个杆柄，晃动着，然后发现中间大屏幕上显示飞船的上空正徐徐打开一个大洞口。天啊！原来这树窝的顶是可以开启的。

　　"天宇飞船发射！反重力装置启动，十，九，八，……，一。"

　　飞船抖动了一下，大聪三人大叫起来，不过这抖动不大，马上就恢复了平静。屏幕上显示出整个飞船启动升空的画面。三人终于看清了飞船的全身，真漂亮啊！和那些宇宙飞船的形状差不多，不过尾部多出一个大方块。

　　"大王虫、曲木兰，你们有没有发现，它的尾部是不喷火焰的！"米贵提醒着。

　　大聪和曲丽丽看了看那尾部，确实如此。"那屏幕刚才说什么，反重力装置！可能它是不用燃料来推动的吧！这是比人类还先进的高科技，难道这飞船真的是那些鸽子造的？"大聪惊讶地问。

知识点

反重力：如果给物体一个反作用力，当这个反作用力大于物体的重力时，物体可以脱离地球的引力，当物体重力和反作用力之间达到平衡时，物体可以悬浮在大气和地面之间。

自从英国科幻小说家威尔斯描述了"反重力"后，反重力已经成为人类一个多世纪的梦想。如果证实，反重力确实存在，它将改变整个世界。汽车、火车、轮船……所有你能想到的交通系统，都能通过反重力场获取能量驱动。

"可不就是它们造的嘛！这里从大王到队长，再到守卫，完全是一个鸽子的世界啊！"曲丽丽张着尖嘴说。

"可它们又是怎样一群鸽子呢？会说人话，能控制松鼠、兔子和蚂蚁，能够利用蜘蛛、蜈蚣、黄蜂来对付敌人，关键是能够造这样先进的飞船和培训宇航员！根本就不是普通的鸽子！"米贵感叹着。

"你们说咕噜偷的小电池，还有我们帮着搬运的磁性材料，都运进了这飞船里，会不会与反重力装置有关？"大聪问。

米贵和曲丽丽点了点头，"有可能啊！"

大聪用翅膀动了动那操纵杆，屏幕马上提醒着："现在是自动驾驶状态，进入太空后将恢复手动驾驶！"

"看来这就是操纵杆！"大聪兴奋地说。

这时，最上方的屏幕亮了，出现一只头毛稀少的鸽子，它神情严肃地警告着他们："请你们驾驶飞船迅速返回基地！"

"这不是斯坦博士吗？"米贵说。看来这飞船与树窝是有信号连接的。

曲丽丽马上回道："我们不会回去的，反正操纵杆在我们手中，我们爱到哪儿就到哪儿！"

屏幕上的斯坦博士消失了。

"你们快看我们现在所处的地方！"大聪指着大屏幕喊。米贵和曲丽丽连忙看着大屏幕，只见四周一片漆黑，不远处有星星闪亮！这时，大屏幕上显示飞船的尾部开始喷射出一道道蓝色的气流。

渐渐地，屏幕上显示飞船缓缓地进入太空，四周一片黑暗，闪烁着大大小小的亮点，不时有一些亮光从附近闪过。这时屏幕上出现提示：飞船已顺利到达预定的轨道——离地球 350 千米。大屏幕上显示着太空，好美呀！黑漆漆的四周闪烁着无数的星星，有的光线强，直刺眼睛，有的光线弱，像是在对你眨眼，不时有亮光划过太空，留下道道亮痕。

大屏幕还显示出下方的地球，地球看上去就是个非常大的圆球，有着巨大的弧线，可以清楚地看到蓝色区域，那是海洋，还有白色、暗黑色区域。火红的太阳正悬在地球右边，脸盆大小，发着亮光，此刻就像一个小火球安静地悬挂在一边。

"太阳就像涂了红色的大圆球，看上去不大，其实它可是太阳系唯一的恒星啊！"大聪感叹地说。

　　米贵指了指离太阳不远处的一个小点，"大王虫，你看那颗红红的星球，是不是木星啊？"

　　大聪笑了起来，"这明显是火星，有着橘红色的外表，那是因为火星地表被赤铁矿也就是氧化铁所覆盖。"

　　"我看应该是木星！"米贵说。

　　"我反正是不知道，对天文知识不甚了解。"曲丽丽摇了摇鸽子头说。

　　大聪反驳说："我看你是糊涂了，木星可是要大许多，而且与地球的距离要远些。"

　　"不对，应该是木星，火星应该是那一颗！"米贵指着前面的一颗略小的星星说。

　　大聪坚持说那是火星。这时大屏幕上显示出飞船与太阳的距离是 1.49 亿千米，与那颗红色星球——火星距离 2.2 亿千米。

知识点

　　火星：太阳系八大行星中距离太阳第四近的行星，也是太阳系中第二小的行星，为太阳系里四颗类地行星之一，与地球最近距离约为5500万千米，最远距离则超过4亿千米。火星的直径为6779千米，约为地球的一半，自转轴倾角、自转周期则与地球相近，但公转周期是地球的两倍。火星亮度最高可达-2.9等，但在大部分时间里比木星暗。火星大气以二氧化碳为主，既稀薄又寒冷。火星表面遍布撞击坑、峡谷、沙丘和砾石，没有稳定的液态水。火星有两个天然卫星，火卫一和火卫二，形状不规则，可能是捕获的小行星。

大聪马上用着得意的眼神看着米贵，米贵将头偏向一边，轻声嘀咕着："我也觉得这应该就是火星，木星比这可要大得多。"

知识点

木星：太阳系八大行星中距离太阳第五近的行星，是太阳系中最大的行星。古代中国称木星为岁星。木星是继月球和金星之后，夜空平均亮度第三的天体。木星公转太阳一周要11.8地球年。木星赤道直径为142984千米，质量是太阳的千分之一，却是太阳系其他行星质量总和的2.5倍。木星是气态行星，即以非固体物质为主要组成的行星。环绕着木星的还有微弱的行星环和强大的磁层，目前已发现有79颗卫星。

这时，中间屏幕出现了一个完整的太空图案，准确地显示出飞船飞行的路线以及周围的位置。虽然标注的符号看不懂，可还是能看得出，现在飞船飞往的地方应该是月球。

屏幕上响起了一个富有磁性的声音："启动手动飞行模式！"

大聪用翅膀夹紧了操纵杆，飞船平稳地朝前面飞行着！"如果我们变成人形该多好！"

"变幻液的时间差不多要到了，马上我们就会变成人了！"米贵说。

"刚才在升空飞行过程中，你们有没有发现地球上许多地方出现了电火花，空中闪着耀眼的亮光，大批飞鸟坠落下去？不知道地球出了什么事。"大聪指着屏幕说。

米贵摇了摇头，"我没有注意看！"

曲丽丽惊讶地说："我们既然已经进入太空，为什么没有飘浮起来呢？"

大聪和米贵这时也反应过来，"是啊！难道飞船里还有地球的重力？"

大聪马上说："不会吧！应该是这艘飞船能够生成与地球相当的重力。"

"那真是太神奇了！好像现在人类都没有这样的科学技术啊！"曲丽丽说，过了一会儿，又好奇地说，"你们有没有发现，在这艘飞船里我们都不需要穿宇航服？应该有着充足的空气。"

"是啊！如果人类乘坐这样的飞船，那么星际航行就要轻松多了！"米贵感叹着。

这时，前面大屏幕上出现两道示意航线，一道转弯朝着一个小点而去，另一道直接朝向太空。

曲丽丽看那小点正围绕着地球，知道是月亮，张着尖嘴开心地叫着："大王虫，我们去月亮上玩玩！"

"米小鼠，你说我们走哪条路线？"大聪问米贵。

米贵沉默了一会儿说："我们还是去月球吧！然后再回家，如果去了太空，很有可能就回不去了！"

"好的！"大聪用翅膀夹紧操纵杆朝左边拨转。

"大聪，我怎么感觉全身在变热，而且胀痛？"曲丽丽叫着。

"我感觉也是啊！"说着大聪睁大鸽子眼，张开翅膀哆嗦着。

米贵叫了起来，"可能变幻液要失效，我们要变成人了！"

第十六章　遇到陨石群

话刚说完，曲丽丽的羽毛开始渐渐褪去，身体不断膨胀，不一会儿就变回了人形。她马上叫了起来，原来她身上衣服都皱了，她连忙朝里面的舱室跑去。

米贵和大聪也慢慢地恢复了人形。米贵露出开心的笑容，"大王虫，多亏我们来到这飞船里，否则在树窝里恢复人形，那就死定了！"

大聪看了看自己，再看了看米贵，两人完全恢复了原来的人形，就是衣服有些皱，头发杂乱，脸上粘着几根鸽子的羽毛。总算恢复过来，大聪和米贵开心地跳着，掸着身上的脏物。

曲丽丽从里面走了出来，扔给大聪和米贵一套银白色衣服，两人急忙穿上。"这里面有衣服？"大聪好奇地问。

"不仅有衣服，还有面包、罐头、水和各种饮料！"

大聪和米贵飞快地跑了进去。里面有大半个教室大小，柜子上摆满了人类吃的、用的东西。中间还有个大棚，天啊！里面种满了各种新鲜蔬菜，架子上挂满了茄子、黄瓜、扁豆。大棚后面有个大水池，里面的水真清澈，汩汩地不断流动着。各项物资准备得挺齐全，真是太奇怪了！

"别说，我肚子还真饿了！"说着米贵抓起身边的黄油面包，撕开包装，大口吃起来。

大聪也打开一个饼干罐，抓了两三块往嘴里塞去。

米贵一边吃着面包一边问："大王虫，看这飞船的座位、操纵杆、显示屏，好像都是为人类设计和制造的，还有这么多的食物、水果、水，也是给人类备用的！"

"难道这树窝是我们人类的一个秘密研究基地？"大聪反问。

米贵愣了愣，点了下头，"也许人类为了降低飞船建造的人力成本，偷偷地改造了这些小动物的基因，让它们来建造廉价啊。"米贵推了下眼镜，边咀嚼嘴里的面包边说。

大聪一口吞下饼干，点了点头，"米小鼠，平时你说话没一次说到点子上，这次倒说得有些道理。"

米贵瞪了眼大聪，将手中最后一点面包塞进嘴里，鼓着大嘴说："不过我看这又不像我们地球人类建造的，建造飞船时用了许多磁性材料，起飞时也不用燃料，和我们地球人类目前使用的航天飞船技术不同，还有那红鸽队长怀疑我们是敌人的间谍，说是泄露了它们的秘密！"

"是啊！我都不知道这些鸽子会有什么秘密，难不成是外星生物来到了地球操控着它们？可又不像，外星生物肯定有着非常高的科技，何必还要到地球上造飞船？"

"那到底是怎么回事？"

大聪摊了摊手，"谁也不知道，只有那些鸽子最清楚！"

"恐怕它们自己也不知道自己在做什么，又是在为谁工作。就像咕噜一样，什么都不知道！"米贵呆呆地说，"这真是个奇怪的童话世界啊！"

"你们在叽咕什么啊？快点过来！不好了！我们遇到麻烦了！"外面的曲丽丽喊着。

两人一愣，急忙跑了出去。只见曲丽丽坐在驾驶座位上，使劲地摆动着操纵杆，再看前面的屏幕上，天啊！竟然出现了无数大大小小的石块，冲着飞船而来。

"我们好像进入了月球外围轨道的陨石群，马上就要撞到那些该死的石块了！"曲丽丽一边摆动着操纵杆，一边说。

这时，一块大的陨石飞过来，贴着飞船的头部而过。好险啊！

知识点

陨石：也称"陨星"，地球以外脱离原有运行轨道的宇宙流星或尘埃碎块散落到地球，或是其他行星表面未燃尽的石质、铁质以及石铁混合的物质。

曲丽丽刚放开操纵杆想松口气，大聪马上叫起来："快握紧了！"曲丽丽连忙看屏幕，心弦再次绷紧了，这次冲过来的可是一大波陨石！

米贵叫了起来："快往左！"曲丽丽连忙将操纵杆朝左扳去。

"往右！"大聪伸手将操纵杆往右扳过来。

飞船摇晃着到了那波陨石的中间，两边的陨石不断地擦边飞过。

"快到一边去，让我来！"大聪说着一把推开曲丽丽，由于用力过大，曲丽丽被推出座位。

曲丽丽火了，正要上前责怪大聪，这时屏幕上出现了一个巨大的尖形陨石！三人惊呆了，这陨石不比飞船小啊，而且还有一面非常尖锐，如果被撞上了，后果可是不堪设想。

巨大的陨石不断地翻滚着飞过来，屏幕上显示出 300 的数字，应该只有 300 千米了。

"完了！我们要被撞成碎片了！"曲丽丽大叫着，吓得愣在那里不知所措。

米贵也紧张地看着大屏幕，嘴里嘀咕着："完了，这下避不开了。"

忽然，曲丽丽捂住眼睛哭了起来，大聪正心烦着，喝道："不要哭了，哭又不管用！"

飞船在大聪的操纵下，避开了前面几块小陨石。大陨石飞近了，它比刚才远远看着的还要大出许多，最糟糕的是，那尖尖的头正朝向飞船。

这时，一块小陨石飞来撞到了它，马上被弹开了，而且碎成无数小块。三人惊住了，想避已经来不及了。三人相互看了看，这下米贵也跟着曲丽丽哭起来。大聪失望极了。

"你们快启动磁暴防御系统和攻击系统！"突然最上面的屏幕亮起来，斯坦博士出现在屏幕上。

三人愣了一下，顿时充满了惊喜。大聪连忙问："这系统怎么启动啊？"

"在操纵杆的下面有两个按钮，黑的就是磁暴防御系统，红的就是磁暴攻击系统。"斯坦博士快速地说。

大聪看了下操作杆下面，果然有两个按钮，一个黑一个红，连忙用手按下，大屏幕上马上响起一个声音："磁暴防御系统和攻击系统启动！"再看大屏幕，飞船四周出现了一道闪着亮点的圆圈，正好将飞船围在里面，就像是道防护屏。

这时，大屏幕上能清楚地看见大陨石的表面，坑坑洼洼，闪着小点，显示距离只有2000米。"攻击开始！"大屏幕上声音响起，飞船顶部出现一道蓝色电弧，射在大陨石上，大陨石前面的尖头一下爆裂开去。

没有了尖头的大陨石依然庞大，带着强大的冲力撞过来，令人惊奇的是，那大陨石撞在防护屏上，马上被弹开了。

曲丽丽破涕为笑，"太好了，我们安全了！"

米贵也开心地叫着："这飞船真是厉害，不仅有防御系统，还有攻击武器！乘坐这飞船真安全，真是太神奇了！"

大聪继续驾驶飞船朝前飞去。

第十七章　被操控的飞船

　　屏幕又亮了起来，斯坦博士张着鸽子嘴说："你们快点返回基地，否则再遇到危险，我将不会提醒你们！"这时，画面切换了一下，出现了另一只鸽子，三人仔细看去，正是红鸽队长，它瞪大鸽子眼狠狠地喝道："你们终于现形了，果然是间谍，只是我们猜错了，以为你们是木卧里派鸽子的间谍，原来你们是人类的间谍，确实聪明狡猾无比。"说着红鸽队长冷笑一声，"你们这些人类的间谍，我奉劝你们不要再做错事了，快给我回来，否则你们将受到严厉的惩罚！"

　　红鸽队长话音刚落，屏幕灭了。

　　曲丽丽做了个鬼脸，"傻瓜才回去呢！"说着对大聪和米贵说，"别理它，我们先去月亮看看，然后再回家！"

　　大聪和米贵点了点头。

　　"那好吧！我们就去月球！"大聪驾驶飞船继续前行。这时，屏幕上显示数字19136，距离月球还有将近200000千米。

"加速前进！"大聪将操纵杆朝前面扳去。飞船震动了一下，屏幕上显示飞船移动的速度加快了许多，径直朝着月亮飞去。

几个小时后，飞船的速度慢下来，屏幕上出现了一个灰褐色的巨大圆形天体，上面有不少阴暗的部分，亮眼的是坑坑洼洼的大小洞坑，还有弯弯曲曲的一条条黑色大裂缝。高高突起的环形山周围有着向四面延伸的亮带，形成辐射纹路，像是四散流去的水流，天体靠上的大弧边线与茫茫的太空融合在一起不可分辨。

"天啊！难道这就是月球？看去一片荒凉啊！"曲丽丽睁大了双眼看着屏幕惊叫着，失望地说，"看来那些美好的传说都是假的，什么嫦娥、吴刚、玉兔都是不存在的！"

米贵笑着说："你到现在才知道啊！本来那就是古人编造的美丽神话，小时候听听还差不多，现在还相信，那就是没脑子！"

"谁没有脑子啊？只是我愿意相信这样美丽的神话，多有意境啊！"曲丽丽气恼地说。

"你们别吵了！"大聪打断他们的争吵，用手将操纵杆往后扳，飞船缓缓地朝下面飞去。

飞船有些轻微的摇晃。

"大王虫真是巧手啊，还会驾驶飞船！"米贵抓紧了座位的扶手。

"那是当然了，你没看每次学校里的航模比赛我都是冠军吗？"大聪不无得意地说。

这时，屏幕上显示的距离只有3023米了，月球表面越来越清晰，被漆黑的天空笼罩着，四周非常空旷，沉寂无声，乳白色的光线四处弥漫，没有一点生气，望去白茫茫的一片，发白的地面好像布满沙尘，坑坑洼洼，不远处出现几道丘陵，没有任何绿色植物，远处隐约有着高高的山脉。

"这月球就像是黑夜里一个没有人迹的大荒野！"曲丽丽感叹地说。

"以前看过关于阿波罗号登月的电视纪录片，里面的月球影像看上去和现在差不多。"大聪说，接着问米贵和曲丽丽，"要不我们将飞船在月球上着陆，下去看看怎么样？"

"说得轻巧，我们怎么出去？这可是要经过专门训练的，我们没有宇航服，月球上面没有空气，引力只有地球的六分之一，到了上面不小心被月球风给吹走了怎么办？"米贵急忙地说。

大聪不由得笑出声，"月球上没有空气，哪来的风啊？"

知识点

月球上没有大气和风。风是大气流动的结果，由于月球的引力很小，不足以吸引足够的气体形成大气层，所以没有风。月球上没有大气，再加上月面物质的热容量和导热率又很低，因而月球表面昼夜的温差很大。白天，月球表面在阳光垂直照射的地方温度高达127℃；夜晚其表面温度可降低到-183℃。

曲丽丽则显得无所谓，"既然都到了这里，不如去上面转转！"

大聪也附和："就是嘛！下去看看又有什么关系，我们又不走远，就在飞船附近转悠下。"

"疯了！我看你们两个彻底疯了！你们以为到月球上就像去商场啊？没有任何的准备想去就去！"米贵从座椅上站起来大叫着。

"我看见里面好像有宇航服！"曲丽丽说着径直走进里面的船舱去拿宇航服。

"你们不能去！"米贵阻拦着，接着问大聪，"你知道怎样开启、关闭这飞船的出舱口吗？你知道宇航服如何操纵吗？你知道在太空中行走需要注意的事项吗？"

大聪看着米贵，摇了摇头，然后慢悠悠地辩道："我们可以摸索下啊！"

"还摸索呢！人家宇航员可是要训练几年的。你们什么都不知道，怎么到月球上去？我们能够驾驶飞船已经是个奇迹了！"米贵大声地喊着，现在他必须阻止他们两个下飞船。

大聪没有听米贵的话，将飞船的操纵杆慢慢地往后扳着，努力地使飞船减速，屏幕上显示的距离只有五六百米，飞船的尾部已慢慢地调转着朝向月球，看来马上要着陆了。

屏幕上响起一个声音："飞船即将着落，请注意安全，穿戴好宇航服，系上安全带，防止冲撞受伤！"

大聪看着屏幕操纵着操纵杆，慢慢地调整飞船的平衡，看他那副模样，还真像一个经过训练的宇航员。屏幕上出现了月球的地面，天空一片漆黑，却有着白色的光线，地面像是积满了厚厚的尘土，夹着小小的石粒，不远处是慢慢隆起的丘陵。

"月球，我们来了！"正当大聪得意地向米贵炫耀自己的本领时，飞船突然不停地摇晃起来，人都站不稳。

"怎么回事啊？"曲丽丽正好拿着银色的宇航服和透明的圆形头盔出来，一下跌倒在地。

"米小鼠，糟了，我控制不了这艘飞船了，怎么办啊？"大聪惊叫着，不断地晃动手中的操纵杆。

飞船果然晃动得更厉害了。米贵紧紧地抓住了座椅，身体还是往下滑去。曲丽丽大叫一声，身子朝下一甩，撞在了座椅上。

"完了，飞船要坠毁了！米小鼠，我们怎么办啊？还是你说得对，这飞船不是那么好驾驶的啊！"大聪连续叫着米贵，多亏身上有两条保险带紧紧地固定着。

飞船在飞速地旋转，米贵头晕目眩，大叫着。屏幕上出现了紧急提示的声音："受到外来神秘力量控制，飞船即将坠毁！"

"什么神秘力量啊？难道真的有外星人啊！完了，我们要困在这月球上了！"大聪哭叫着，身子紧紧地被保险带系在座椅上不断地旋转，不一会儿就头晕目眩，接着就什么也不知道了。那边米贵已经说不出话，失去了意识。

飞船还在旋转，屏幕上亮起了一片红光……

不知过了多长时间，大聪慢慢地睁开了双眼，吃力地

抬起头，看了看四周，发现仍是在飞船里，再看前面的屏幕，飞船正平稳地飞行着，不知飞向哪里。他摇了摇头，打开保险带，走下座椅，不觉有些奇怪，飞船不是要坠毁了吗？怎么现在还好好的！他连忙寻找着米贵和曲丽丽，只见他们一个横躺在座椅前，一个蜷缩在角落里。

大聪连忙上前推米贵和曲丽丽，他们慢慢醒了，看看四周，也觉得奇怪极了。米贵挠着头，"飞船不是坠毁在月球上了吗？怎么现在又恢复了飞行？"

"难道是飞船启动了自救模式？"曲丽丽揉了揉眼睛说。

这时，屏幕亮起，斯坦博士出现了，它张着鸽子嘴狠狠地责怪着："你们差点毁了我这天宇飞船，多亏我急忙研发出了远程控制模式，及时控制住了飞船，否则这天宇飞船就完了。"

关键时刻想的还是飞船！就不会想到人员的安全！

大聪连忙上前去扳动操纵杆，但是操纵杆已经失去了控制能力。

第十八章　重返鸽子窝

斯坦博士大张着尖嘴气愤地说："现在飞船已被我控制，10小时后将返回基地！"说着屏幕熄灭了。

"又要返回那个树窝？"曲丽丽大叫，摇着头，"我可不想再回去了！"

大聪和米贵呆呆地说："不回去又能怎么样？你能逃得出去吗？至少它救了我们一命。"

飞船在快速平稳地飞行着，三人太累了，昏沉沉地睡了过去。不知过了多长时间，三人醒了过来，感觉好像飞船快要到达地球了，米贵拿出变幻液，在自己和大聪身上滴了两滴，两人又变成了鸽子。

曲丽丽不肯再变回鸽子，不断地试着那操纵杆，显然是徒劳的。

飞船好像加快了速度，屏幕上它正朝着地球的方向飞去，距离也在不断在缩小。渐渐地，屏幕上地球蓝色海洋区域已是清楚地呈现在眼前。接着，飞船进入了大气层，被一团橘红色的火焰包围着。

"曲木兰，你快变回去吧！否则到树窝里就惨了！"大聪和米贵抬头看着曲丽丽，张着鸽子尖嘴说。曲丽丽朝两人看了看，然后走上前在他们的鸽子头上狠狠地敲了几下，"和你们一起玩真是倒霉，变成鸽子跟着你们进了树窝，差点被害死，上了飞船好不容易到了月球，飞船又差点坠毁！"

米贵被敲疼了，用尖嘴来啄她的手，曲丽丽忙将手缩回，偷偷地将手伸到他的后面一把紧紧地抓住了他，又伸手在他头上敲了下，边敲边埋怨。

"曲木兰，快放开我，又不是我们让你来的，是你自己硬要跟来的啊！"说着，米贵又用尖嘴啄她。

这时，屏幕上响起声音："飞船马上进入基地，请做好准备！"几人朝着屏幕上看去，下面是一片壮观的蓝色海洋，一些发光的小点在海洋中缓缓地移动，身边不时有客机飞过。

"大王虫，你说奇怪不？这么大的飞船飞回地面，我们地球人类就不能侦察到？就算侦察不到，那至少应该有人看得到吧？"米贵好奇地说。

"是啊！难道这飞船有彻底的隐身功能？"

"你们看啊！飞船已启动磁暴防御系统！"曲丽丽指着屏幕说。两人看去，飞船四周闪现着一圈小亮点。难道这防御系统具有隐身功能？

屏幕上已经能很清楚地看到群山绵绵，高峰耸立，绿色葱郁。"这是哪里啊？"大聪和米贵吃惊地问。

"这不就是我们家后面的森林公园吗？"曲丽丽说。

"对啊！就是那个森林公园。"大聪明白过来。这时屏幕上那山顶的绿色森林一下退去，露出红褐色的泥土，慢慢地泥土裂开来，先是一条缝，后来不断在变大，最后露出一个大洞。

飞船一阵晃动，看屏幕显示它应该在调整位置，将尾部对准洞口，慢慢地降低高度。

"这飞船的自动化程度真是高！看这飞行的情况，好像要超出人类的科技水平！"米贵感叹着，用尖嘴向后刮了刮自己的翅膀。他现在的举止真像只鸽子。

庞大的飞船一半已经进入洞中，四周没有一丝声响。

"曲木兰，你还不赶快变过来啊！"大聪叫着。

曲丽丽这才拿起变幻液，在身上滴了几下，变成了鸽子，鸽子头上仍旧有一丛黄毛。

飞船徐徐地下降，三人相互看着，没有说话。不一会儿，飞船一阵摇晃震动，马上恢复平稳，像是在洞中停稳了。三人惊奇地看着四周，仪器和显示灯慢慢地熄灭了，整个船舱安静下来。

四周一片静悄悄，三人不觉好奇，外面那些鸽子在做什么啊？

过了一会儿，"咣当！"船舱的门开了，进来三只鸽子，三人一看，正是红鸽队长和两名鸽子守卫。

红鸽队长站在门口说："人类的间谍，你们总算回来了，差点让你们逃走了！这次无论如何我都不会轻饶你们了。"接着红鸽队长睁大鸽子眼，挥了下翅膀喝道，"先给我带出来！"那两名鸽子守卫进了驾驶舱，用脖子带上

的枪口对准了大聪三人，大声叫道："快出去！"

大聪朝米贵和曲丽丽看了看，只得向船舱门口走去。鸽子守卫用翅膀推了下曲丽丽，曲丽丽马上大叫起来："推什么推！我不会走啊？"三人走到那扇银色船舱门前。

红鸽队长转身在他们前面走出了门，大聪三人在鸽子守卫的推搡下，慢慢地也跟着走出去。出门一看，大聪三人吓了一跳，飞船外的走廊通道上站满了鸽子守卫，它们站成一排，紧紧地盯着飞船。在飞船下面围满了鸽子、松鼠、兔子和蚂蚁，它们也都抬头静静地看着上面。

大聪朝飞船的下面挥动着翅膀，米贵和曲丽丽也跟着挥动翅膀，三人感觉就像是从太空凯旋的宇航英雄，正接受大家列队欢迎。

下面的鸽子、松鼠和兔子们发出阵阵的欢呼声！

"你们给我严肃点！"前面的红鸽队长转身对它们喝道。大聪张着尖嘴，笑着说："队长，别说，你们的飞船确实挺先进，也不知你们是怎么建造出来的，能否告诉我们一下？对了，还有一件奇怪的事，那艘飞船里面的座位和设备完全是按照人类的体形设计的，食物、水、衣服也完全是人类需要的，这究竟是怎么回事？难道你们在帮助我们人类建造大飞船？"

红鸽队长不屑地说："你以为地球上就你们一支人类吗？"

"什么？"三人同时叫出声来，惊讶地看着红鸽队长，"你的意思是这地球上还有另外一支人类，那他们生活在地球的哪里啊？"

三人觉得有些不可思议，继续问："他们和我们长得一模一样吗？和我们有什么不一样的地方吗？还有你们和他们又有着什么样的关系？"

　　鸽子守卫喝道："你们问得这么清楚做什么？我们是不会告诉你们这些无耻的人类间谍的！"

　　"我们是人类间谍！那你们效力的不也是人类吗？不过是另一支人类罢了，但大家都是地球上的人类啊！所以说大家是一伙的，快放了我们。"米贵飞快地说。

　　"谁和你们是一伙的！你们给我好好待着，刚才驾驶飞船逃离的事还没找你们算账呢！"红鸽队长瞪着鸽子眼喝道。

　　奇怪，那会是什么样的人类啊？三人面面相觑，觉得这件事情太古怪了。难道这洞中的一切，那些会说话的鸽子，都与那支人类有关？看来这艘飞船就是那些人类建造的！那些鸽子不过是在他们控制下干活。

　　可是这支人类同样在地球上生活着，为什么一直以来我们人类都没有发现呢？

　　突然，大聪大叫："我要见那些人类，我有话问他们！"

　　红鸽队长转过身，靠近了大聪，那淡红色的尖嘴差不多戳到大聪的鸽子脸上，一字一句地说："你还是给我乖乖的，不要乱动。若不是大王拦着，我早就将你们永远地送出地球了！"

　　大聪连忙闭住了张开的尖嘴，米贵和曲丽丽也不敢再说话了。

第十九章　木卧里派鸽子

　　红鸽队长和鸽子守卫押着他们三人朝着通道尽头走去，下面的鸽子、松鼠、兔子和蚂蚁紧紧地看着他们三人。大聪还是忍不住问着："报告队长，我能否问下，你把我们带到哪里去吗？"

　　红鸽队长停下身来，"这个我倒可以告诉你，现在带你们去面见大王，由它下令来处理你们。"

　　"好啊！好啊！"曲丽丽竟挥舞着翅膀欢叫起来。

　　大聪和米贵睁大眼愣愣地看着曲丽丽，"这有什么好开心的，真不知道你在想些什么！"

　　曲丽丽看着他们两人，不服气地反驳道："我就想看看那鸽子大王和这些鸽子队长、守卫有什么不一样！"说着，还跳了几下走到了大聪的前面。

　　"可是你要知道，我们现在是去受罚，不是去看热闹！"米贵对曲丽丽说。

　　红鸽队长和鸽子守卫三人也不理他们，只顾着往前走。

马上就要走到走廊的尽头了，前面是一座拱形门，门上的灯闪着红光。正当红鸽队长上前按门边的一个按钮时，下面突然响起一阵爆炸声，接着一阵骚动传来，有松鼠大声喊："有东西攻进来了！"

接着又听到一个声音："木卧里派鸽子来了，它们来解救我们了！"

伴随一阵爆炸声，下面的大门被炸开了一个大口子，一下涌进来不少飞行器，发着嗡嗡的声音。细看那些飞行器，全是银色圆形，和飞碟形状非常相似，这飞行器不大，里面最多能够容纳一只鸽子。

那些小飞碟不断围绕着飞船飞行，好像目标就是这艘飞船。

三人奇怪地看着眼前这一幕，那些驾驶着小飞碟的鸽子就是乎希舍派鸽子的敌人——木卧里派鸽子，真是太神奇了！

红鸽队长大叫不好，看着成群的小飞碟狠狠地骂道："这些该死的叛徒！"接着朝飞船那边大喊："快！启动飞船防卫系统！"话音刚落，那些小飞碟朝着飞船发出了一道道红光，射在飞船上溅起一团团小火花。

下面的鸽子、松鼠和兔子、蚂蚁乱成一团。红鸽队长和守卫一边朝飞船猛冲，一边启动通信器，不断地呼叫着："警备总司令部，天宇飞船受到敌人攻击，请即刻派出战机前来保护！"

大聪三人趁乱躲到一个角落里，听到红鸽队长的呼叫，不由得惊呆了，这鸽子也有战机啊？那可好看了，一

场激烈的空战即将到来。

这时，那些小飞碟不断地用红光攻击飞船，飞船在遭到射击后，渐渐地腾起了浓烟。

"它们为什么要攻击飞船啊？这可是一艘先进的飞船！"曲丽丽不解地问。

"难道这艘飞船曾经攻击过它们？"大聪猜测着。

米贵点头附和，"这倒是有可能！不过看情形，好像木卧里派鸽子对此次攻击早有预谋了！"

大聪和曲丽丽点了点头，"这下可有好戏看了！"

这时，飞船头部的灯闪了几下下，飞船周围出现了不少闪亮的小光点，小光点开始放电，发出嗞嗞的声音，形成一道很大的圆圈，将飞船正好包围起来。

"它们启动了飞船的磁暴防御系统！"曲丽丽说。再看那些小飞碟射出的红光，击在那道防御屏障上，不是弹射出去，就是被吸收没影了。

"这艘飞船的防御系统果然厉害！如果我们人类有这种系统就好了！"大聪感叹着。那些小飞碟显然急了，它们聚集一起，射出了一道道加粗的红光线，可是马上被防御系统弹开了。

这种防御系统非常坚固，小飞碟射出的红光怎么都射不到飞船。这时，大聪身后响起声音，他连忙朝后看去。洞壁上出现一个大门，涌出来不少飞行器，大小和小飞碟差不多，形状为三角形，这些飞行器灵活地冲进了小飞碟群中。

小飞碟不再攻击飞船，开始迎击三角形飞行器，朝着敌方射出了道道红光。三角形飞行器也不断进行还击,它们攻击的武器竟和天宇飞船的攻击武器一样,用磁暴闪击,像闪电一样攻击对方,不过射出的是白色电弧光。

三角形飞行器在数量上明显要多,而且它们还和天宇飞船一样有着磁暴防御系统,小飞碟射出的红光根本射不到对方。三角形飞行器发射的电弧光不断地击中对方,不少小飞碟拖着黑烟摇晃着朝下掉去。

不过,还有几架小飞碟的飞行本领非常高,它们穿梭在众多的三角形飞行器中间,忽上忽下,时斜飞时正飞,不断地躲避着那些三角形飞行器的攻击。奇怪的是,三角形飞行器周围的磁暴防御圈是能够被穿透的,不知这是什么原理。

红鸽队长挥了下翅膀兴奋得大叫:"打得好,这些叛徒应该抓起来全部枪毙。"接着对准身上的通信器大喊:"警备总司令部,给我调三架战斗飞行器,我也要驾驶飞行器狠狠地攻击它们。"

身边两名鸽子守卫也纷纷点头。

"队长,这三个人类间谍怎么办?"

红鸽队长朝大聪三人看了看,张了张淡红色的尖长嘴,厉声说:"用黏固液将他们与栏杆黏起来。"一名鸽子守卫立刻用嘴叼来一个方形盒子,翅膀在上面按了下,盒子口落下一摊白色黏稠液体,正好落在大聪右腿和通道栏杆上,液体冒着泡沫,发出嗞嗞声,随后马上凝固成透明固体。

大聪使劲拉了拉腿,真的很牢固啊,丝毫不能动弹。

米贵和曲丽丽也是各有一条腿被那黏固液紧紧地黏在栏杆上。

红鸽队长和鸽子守卫耐心地等待着飞行器的到来。三人则继续看着空中搏斗的场面小。小飞碟只剩下不到十个了，可是这几个小飞碟却非常灵活，在几十架三角形飞行器空隙中穿梭着。其中有一个小飞碟趁着三角形飞行器发射电弧光的瞬间逃离了对方的射程，侧飞着穿到了另一架三角形飞行器的下面，伸出半个机身，用飞行器的边去挑三角形飞行器的翼角，三角形飞行器顿时晃悠悠地朝角落掉去。

下面的鸽子、松鼠和兔子、蚂蚁发出一阵叫好和欢呼声。

红鸽队长微微闭起鸽子眼，叹着气："怎么水平这么差，就连这几架敌人的飞行器都不能击落。"

正在这时，从里面又飞出来三架三角形飞行器。

大聪朝米贵使了个眼色，米贵马上反应过来，偷偷地用另一只爪子伸向了火指环，旋转着火指环，不一会儿，指环射出一道红光，擦着大聪腿上的黏固液而过。

第二十章 飞行大战

大聪动了动腿，好像有些松动，用力拉了下，黏固液断掉了。米贵朝大聪使了个眼色，大聪马上明白过来，悄悄地移动到米贵身边，用爪子转动着米贵腿上的火指环，瞄准另一条腿上的黏固液，渐渐地，一道红光射中目标，米贵扯断了黏固液，也离开了栏杆。

曲丽丽见了大叫："快点帮我也烧断啊！"

红鸽队长和守卫看见大聪和米贵已经逃脱，大吃一惊。红鸽队长连忙大喊："快抓住他们！"两名鸽子守卫打开了脖子带上的光线枪，两道红光朝大聪和米贵射去。

大聪和米贵身子一缩，两道红光擦过翅膀。这时，三架三角形飞行器飞到红鸽队长面前，座舱盖徐徐打开，竟是自动飞过来的。"米小鼠，快上那架飞行器！"大聪大叫，趁着红鸽队长转身，一个飞跃，正好落到飞行器的驾驶舱里面。

米贵也跟着跳进了另一架飞行器，座舱的盖子马上合上。

　　红鸽队长气急败坏，用尖嘴不断啄着米贵的舱盖。米贵懒得理他，自顾自看着里面的设备：一个"U"形操纵杆，几排仪表装置，几个灯都亮着红光。米贵用翅膀夹紧了操纵杆，不断地往上扳操纵杆，飞行器顿时升了起来。

　　米贵开心地叫着。看看身后，大聪也驾驶着三角形飞行器飞到了飞船上空。米贵立刻跟着朝那里面飞去。现在小飞碟只剩下五个了，而且尾巴都冒着黑烟。

　　发现又进来两架三角形飞行器，小飞碟一下提升了高度。三角形飞行器见来了同伙，瞬间靠拢过来。米贵正发愣，想着现在是趁乱逃走还是帮助木卧里派鸽子呢，就见大聪驾驶的三角形飞行器发出了电磁光，准确地射在前面一架三角形飞行器上，那架三角形飞行器始料不及，没有启动防御系统，顿时冒出了一股浓烟，摇摇晃晃地朝下落去。

　　其他三角形飞行器一下在空中定住了，大聪趁机降低了飞行器的飞行高度，贴着它们的下面飞过。那些三角形飞行器马上反应过来，一起追过去。"这个王大聪，现在有飞行器了，不想逃跑，而是去帮助那些鸽子，真不知脑子是怎么长的！"米贵埋怨着。

　　虽然是这么说，可现在也只能对乎希舍派鸽子发起攻击。他见前面几架三角形飞行器准备转身去追大聪，这可是个好时机啊！他用翅膀夹着操纵杆，嘀咕着："哪里可以启动攻击系统啊？"忽然想起之前在天宇飞船中，启动攻击和防御系统的按钮就在操纵杆的下面。想到这，米贵连忙去看操纵杆，果然有两个触摸按钮。

米贵先用翅膀按最上面的按钮，发现飞行器启动了磁暴防御系统，接着又按下面的按钮，飞行器的前方射出了电磁光，准确地击中了三角形飞行器。顿时，三角形飞行器冒出黑烟，摇晃着往下掉去。

　　正当米贵准备攻击第二架三角形飞行器时，忽然一架三角形飞行器飞到了前面，挡住了他前进的路线。

　　米贵透过驾驶窗看见那架飞行器正是红鸽队长在驾驶，大叫一声"不好"，连忙向上扳动操纵杆，飞行器一下朝上飞去，对方果然射来一道电弧光，射了个空。

　　米贵驾驶着飞行器左晃右突，身后的红鸽队长紧紧地追着。见前面有两架三角形飞行器正并排飞行，露出一个空隙，米贵连忙将操纵杆往右扳去，飞行器瞬间斜冲了过去，那两架飞行器马上就合拢了空隙。米贵不由得意起来，看来自己还挺有当飞行员的天赋，他激动得大声喊叫着，让飞行器在空中来了个漂亮的翻滚——虽然头有些晕，但能够承受。

　　忽然，飞行器前面的呼叫器响了起来："米小鼠，你在玩什么漂移啊！当心左边——"米贵一惊，连忙看向左边，果然有几架三角形飞行器快速地飞过来了，飞行器头部的炮口已经亮起来了。

　　"不好，它们要发射电弧光了！"米贵紧急向上扳动操纵杆，几道电弧光擦着下面射过。"好险啊！"米贵深深地吸了口气！还没等吸完气，马上发现后面又有一架三角形飞行器追过来了。

　　米贵透过驾驶舱看去，正是红鸽队长！"该死！"米

贵狠狠地骂了句，前面是洞壁，已经转不过弯来，只能往下飞，可是向下有通道的铁杆拦着，那细小的缝隙，必须侧飞过去。

米贵狠狠心，咬咬牙，将操纵杆往下推去，飞行器迅速下降，接着他将操纵杆往右推去，一个漂亮的侧飞正好从栏杆缝隙穿过。米贵顿时欢呼起来，可他马上又尖声大叫，呼叫器里也不断地响着："米小鼠，当心前面的洞壁！"

已经来不及了，飞行器飞得太快，米贵闭上了眼睛，只听轰的一声巨响，飞行器里一阵震动，米贵感觉被狠狠地撞击了一下，马上失去了意识。

大聪看见飞行器撞在洞壁上，慢慢地掉落下去，伤心极了，大喊："米小鼠，你没事吧？"前面又是几架三角形飞行器冲了过来。大聪拉动操纵杆来了个倒飞，对方射出的电磁光射在了后面的三角形飞行器上，顿时那架三角形飞行器发着呜啊的尖叫，歪斜着朝地面坠去。

"米小鼠，我要为你报仇！"大聪趁着飞行器掉下的瞬间，按下了攻击按钮，顿时前面射出的电弧光击中了一架三角形飞行器。大聪迅速摆正了操纵杆，飞行器马上变成平飞。后面跟过来几架三角形飞行器，大聪想低飞急停到后面，正想往下推操纵杆，前面一架三角形飞行器一个急升冲了过来，机头同时射出了电弧光。

大聪大叫一声"不好"，电弧光擦着他的飞行器上面射过，后面的一架三角形飞行器被击中了。大聪继续推动着操纵杆，可发现不是那么灵活，飞行器爬升起来有点困难，而且不断抖动着，发出呜呜的声音。

他扭过头，发现红鸽队长驾驶的三角形飞行器冲了过来，飞行器前面的炮口已经亮起。"完了，必须离开飞行器！"大聪不断地寻找着能够弹射出舱的按钮，可是用翅膀按了不少按钮，就是没有反应。就在这时，大聪感觉身后一亮，听得一声爆炸，头上仿佛被人用棍子狠狠地敲击了一下……

不知过了多长时间，大聪慢慢地睁开了鸽子眼，看见曲丽丽站在一旁，无力地低着头，她的眼睛好像流过眼泪。"曲木兰，我们在哪里啊？"大聪轻轻问。

"你醒了，太好了！"曲丽丽开心地欢叫着。

大聪站了起来，感到全身无力，头重脚轻，他悲伤地说："对了，米小鼠呢？我看到他撞到了洞壁上！"

"他在那边呢，和你刚才一样一动不动！"曲丽丽朝一边指着。只见米贵横躺在那里，身上几处鸽子毛都烧黑了。大聪抽泣着走过去，用翅膀在米贵尖嘴边摸了摸，然后破涕为笑，大声说："他没事！"

接着他一边喊，一边用翅膀不断地推着米贵。渐渐地，米贵睁开了眼，咳嗽了几下，轻轻地问："这是在哪里？"

"你终于醒了！"大聪开心叫着，"对了，我们这是在哪里啊？"大聪转身问曲丽丽。"你们以为会在哪里啊？"曲丽丽没好气地反问道，接着又说，"我们被那些鸽子抓了，现在关在一个密闭的房间里。"

第二十一章　迟到的真相

　　大聪看了一下四周，都是雪白的墙，没有一扇门和窗。奇怪！这是什么房间啊？它们是怎么将我们几个弄进这里的？正想着，他发现前面角落里站着一只灰白色的鸽子，个子要比一般的鸽子大。大聪悄悄地问曲丽丽："它是谁啊？为什么会和我们关在一起？"

　　"好像是那些木卧里派鸽子的飞行员吧！"曲丽丽说。

　　大聪迈着鸽子腿，朝着对方走去，"你是不是木卧里派鸽子的飞行员？"对方抬起头，鸽子眼中透着几分忧郁。大聪想，如果它是人类肯定是个大帅哥。

　　它点了点头，"你们就是它们说的人类间谍吧？"

　　大聪应了下，"你们其他的鸽子呢？"

　　鸽子流下了眼泪，"都牺牲了！"大聪沉默着没有说话，过了一会儿忍不住问："自从进入这里，发生了不少的事情，对此我很好奇。你们这些鸽子高智商、会说话，和外界的鸽子完全不一样，这是怎么回事？还有为什么你们鸽子会分成两派？那些乎希舍派鸽子为什么防止我们人类进入？它们为什么要造飞船？你们又为什么去攻击飞船？一切都奇怪极了！我们是百思不得其解。"

那只鸽子朝大聪看了看，慢慢地说："你说的这一切的原因，我也是前段时间才知道。那是我们国家的最高机密，因为我前不久被提升为了参谋长。"它停顿了一会儿，"其实我们这些鸽子全部隶属于人类！"

"什么？"大聪一下叫了起来。难道我们人类正在进行着一项绝密计划？他的叫声引来米贵和曲丽丽的注意，曲丽丽用翅膀搀扶着米贵朝这里走来。大聪将刚才那鸽子说的话一五一十说了一遍。

"什么？有这事啊！"两人同时叫出声。

"不过，那不是你们人类，而是地球上的另一支人类！"

米贵点了点鸽子头说："那红鸽队长曾说过，还有另一支人类。"

"那么这支人类在地球的哪里？又是以怎样的方式生存着？"大聪好奇地问。

鸽子继续说："那就要从人类的进化史说起。早前大家都属于一支类人猿，在人类进化过程中，有支人类朝着地下进化，他们也经历了工业化时代、信息化时代，现在已经拥有了先进的高科技，可是地下人类却分裂成了两派，相互间发生了战争。"

"这支人类竟然就在我们地表下面！"米贵惊叫起来，不小心弄疼了受伤的腿，又连忙呻吟起来。

"为什么我们这支人类没有发现过地下人类呢？"曲

丽丽好奇地问。

"可能是他们隐藏得深吧！"那鸽子说。

大聪说："随着科技越来越发达，他们的观点就发生了分歧。这也就是木卧里派鸽子和乎希舍派鸽子的由来吧！但是那些地下人类是如何控制你们的呢？"

鸽子沉思了下，慢悠悠地说："这也属于最高机密。其实在我的脑中有一块芯片，这是地下人为我植入的，像我们的鸽群脑中都有这样一块小芯片，他们利用这芯片开发了我们的头脑，使我们变成了高智商。"

三人长长地叹口气，"原来如此！"

大聪说："你们如此听命于那些地下人，我想就是因为这块芯片产生的神秘电波控制着你们的行为，让你们潜意识里必须服从于他们！"

鸽子点了点头。

曲丽丽也恍然大悟，"这样就不奇怪了！"

米贵感叹地说："怪不得乎希舍派鸽子用知了来对付那些鸽子时，我们一点事都没有，因为我们脑中没有那种芯片！"

大聪和曲丽丽同时又问："这天宇飞船和宇航员又是怎么回事？"

"地下人认为地球已被地上人破坏殆尽，不久的将来地球将不再适宜人类居住，因此趁现在地球尚未被破坏殆尽，开始探索太空，要做好移居火星或其他行星的准备。他们利用地球内部地核岩浆产生的热动力作为飞船的能源。为了不被地球人类发现，飞船在飞离地球时，启动电磁保护系统，使飞船飞行时处于完全的隐身状态。"

曲丽丽听了感叹道："这些科技真是非常先进啊！"

大聪也自语："难道咕噜偷来的小磁铁与这些先进工程有关？"

鸽子继续说道："这种电磁保护系统有个很大的特点：启动时会喷射出强劲的带电粒子流，和太阳风差不多，当然规模要小得多，虽然规模小，但在一定范围内也会大大地抵消掉地球的磁场。

"地球正因为有了磁场，才能阻止宇宙射线进入，防止太阳风的侵蚀，保护了地球大气层和水的存在。现在乎希舍派的人类有个星球 N 号工程计划——在这个基地制造新型飞船。如果成功的话，他们将会在地下和海洋深处建设成百上千的大型基地，同时建造几百艘飞船，然后整体移居其他星球，到时一下启动那么多的飞船，飞船的电磁保护系统将会抵消掉地球的磁场，造成地球磁场长时间消失。要知道，据科学家推测，火星就可能是因为磁极的消失，才失去了水和浓厚的大气层，变成了死星球！"

知识点

地球磁场：地球内部存在天然磁性现象，在地球周围空间形成磁场圈，磁南极和磁北极分别指向地理北极和地理南极附近，地球磁场在赤道附近的方向是水平的，两极附近则垂直地表，赤道处磁场最弱，两极最强。地球的磁场有效地避免了地球被太阳电离辐射（太阳风）袭击，保护了大气层和水的存在，最终为生物圈的出现提供了气候条件。

曲丽丽一下恍然大悟，"怪不得我们驾驶飞船起飞时，地面上出现了不少爆炸的火花，想必就是飞船的电磁保护引起了地球上的一些电网短路。"

　　大聪点了点头，对鸽子说："所以木卧里派人类就派出你们对飞船进行攻击，希望能够摧毁它。"

　　鸽子点了点头。现在关于这个洞中的蹊跷，终于水落石出了。让大聪三人万万没想到的是，自己无意中进入树窝内，却发现了一个惊天的秘密，原来在地球其他的地方竟进化出了另外的人类。

　　"看来我们必须阻止这些乎希舍派人类继续建造飞船，否则地球就会硬生生地毁在他们手中。"米贵说。曲丽丽马上反驳道："就凭我们三人能行吗？我们连他们长什么模样都没见过，再说了他们住在地底下，根本就没办法找到他们。我看我们还是赶紧设法逃出树窝，向世界安全局报告此事。"

　　大聪沉思一下说："恐怕世界安全局不会相信我们的话！"

　　曲丽丽急了，"我们在这树窝里可是受够了折磨，我不想再遇到什么惊险了，还是设法逃出去再说。"

　　"你们别急，我会设法帮助你们的，还有我们的木卧里派人类也想与你们地上人类接触。"鸽子诚恳地说，一双鸽子眼紧紧地看着大聪几人。

　　"你如何帮我们啊？现在你自己也深陷这房中！"曲丽丽不屑地说。

　　鸽子挥了挥翅膀，"你没看见，这外面还有我们不少

木卧里派鸽子？如果能够出去，我就可以带领它们对乎希舍派鸽子发动攻击！"

　　这下曲丽丽更是不屑了，"你的那些鸽子兄弟，只要乎希舍派的鸽子让知了催眠师喊上几下，就像是孙悟空被唐僧念了紧箍咒，痛得直打滚，毫无还手之力。"

　　鸽子沉默了，看来它们都经历过这种事情。

第二十二章　觐见鸽子大王

"请问你叫什么名字？"大聪问。

鸽子挥了下翅膀做了个鞠躬的动作，"我叫星娄哥！"大聪也向它介绍了自己、米贵和曲丽丽。

这时，几人头顶上响起咔嗒咔嗒连续转动的声音。几人连忙抬头看去，发现头顶上出现了一个洞，正渐渐地变大起来，那洞蔓延到四周墙壁，那些墙壁正在消失。

正当几人奇怪地看着眼前的一切时，有声音响起："你们终于醒了！"原来是红鸽队长，在它身边有台机器，伸出一个镜头对着这里。原来这个房间是那机器投射出来的光线形成的，怪不得没有窗户。

红鸽队长挥了下翅膀，两名守卫上前用一个套子套在了大聪三人的脖子上，接着又用翅膀将一个遥控器对着他们的套子按了下。米贵不小心身子偏了一下，碰着那套子，顿时火灼一般地疼。

"这是什么鬼东西啊？"米贵大叫，大聪和曲丽丽两人也不断地问。

红鸽队长没有理会他们，而是鸽子让守卫带着他们往前走。

走了一段路，前面出现一个非常高的瞭望塔，四周有一层平台，平台上挤满了鸽子，它们整齐地站着，两眼直盯前方。

这会是什么地方？大聪、米贵和曲丽丽看了看，觉得这地方守卫还挺高级。

红鸽队长带着大聪他们走上台阶，那些站岗的鸽子挥动翅膀向他们敬礼。大聪三人好奇地看着眼前的一切。

不一会儿，走到台阶的最上面，那有一扇门，门口站着两名鸽子守卫。红鸽队长隔着门恭敬地喊着："报告大王，人类间谍带到！"里面马上传来一个"进来"的声音。

走进门里，大聪发现里面非常宽大明亮，门两边也站满了鸽子守卫，看来这里就是乎希舍派鸽子世界的核心区域。果然，前面出现了一个高台，上面站着一只鸽子。

这只鸽子要比其他鸽子大些，羽毛金黄色，全身通透，非常漂亮。那只鸽子将脖子抬得很高，显得很傲气。红鸽队长到了它面前，展开翅膀，弯身恭敬地说："报告大王，地上人类的间谍带到。"说着，扇动翅膀让守卫将他们脖子上的套子取下。

接着红鸽队长又对三人说："这就是我们的火砰烈大王，是我们乎希舍派鸽子的最高指挥官。"这位大王紧紧地盯着大聪、米贵和曲丽丽，开口问："你们就是那些地上人类的间谍？"

三人连忙摇着头，不断地否定着。

火砗烈大王没有理会，继续问："听说你们地上人类要比我们地下人类更有智慧，更具创造力！"

曲丽丽马上回道："那是当然了，我们建造了高楼大厦，发明了无数现代化工具，将地球改造得越来越漂亮了。"

火砗烈大王哼了一声："正是你们地上人类的贪婪和虚伪，才将我们可爱的地球弄得破败不堪，害得我们还要想办法逃离地球。"

大聪说道："地球破坏没有你们想象得那么严重，如果我们一起联手保护地球，那地球定会焕发新的生机！"

"乎希舍派人类是不会和你们地上人类合作的。"火砗烈大王摇着头坚决地说道。大聪知道这火砗烈大王身体里有乎希舍派人类设置的芯片，它是受乎希舍派人类控制的，所以它的意思也代表着乎希舍派人类的意思。

"看来你们的智商就是不高啊！"曲丽丽讥讽着。

火砗烈大王愣了下，冷笑一声，"既然你认为你们智商比我们高，那就考考你们，我这里有一道推理题，这可是我们乎希舍派世界最难的一道推理题，看看你们是否推理得出来？"

米贵平日最喜欢脑筋急转弯这种费脑的东西了，连忙喊着："好啊！你快说题目吧！"

火砗烈大王朝着红鸽队长示意了一下，红鸽队长点头，张了张尖嘴说："小琴家养了一群小狗，有白色的、黄色的，还有黑色的，三种颜色的小狗共 21 只。又知道白色小狗的数量比黄色小狗多 7 倍多，不到 8 倍。那么小琴养的三种颜色的小狗各有多少只？"

米贵马上沉思起来，嘴里不断地念叨着。大聪和曲丽丽也默默地推理着。火砗烈大王和红鸽队长得意地看着他们。

忽然，米贵开心地大喊起来："我推理出来了，这可是一个简单的推理题啊！"

火砗烈大王觉得不可思议，从台上走了下来，看着米贵，"这么短的时间就推理出来了？那你说下答案！"

米贵大声说："黄色的小狗 2 只，白色的小狗 15 只，黑色的小狗 4 只。"接着又说起推理过程，"题中没有告诉我们黄色的小狗有几只，也没说准白色小狗到底是黄色小狗的几倍。这就给我们解题增加了困难，不过我们可以用假设来推理。

"假设小琴家有 1 只黄色小狗，那白色小狗比 7 只要多，又比 8 只少，这是不可能的；假设小琴家有 2 只黄色小狗，那白色小狗就是比 14 只多，又比 16 只少，显然是 15 只；假设小琴家有 3 只或 3 只以上的黄色小狗，那么三种颜色的小狗的总只数都会超过 21 只，这都是不可能的。

"因此，小琴家有黄色小狗 2 只，白色小狗 15 只，黑色小狗是总数减去黄色小狗和白色小狗的数量，剩下的 4 只就是。"

米贵说着得意地看了看大家，"你们说这道推理题简单不，还说是乎希舍派世界最难的推理题，看来乎希舍派人类智商不够高啊！"

"是啊，否则不会一边建造高度先进的飞船，一边还用松鼠和兔子搬运材料！"曲丽丽连忙附和着。

　　火砗烈大王有些气急败坏，叫喊道："再叫你们猜上几个推理和脑筋急转弯，就不信难不倒你们。"说着，朝红鸽队长示意了一下。

　　红鸽队长继续说："黄昏时分，小唐正漫步街头，突然听到一声枪响，看见不远处有位老人跌向房门，慢慢地倒了下去。小唐和街上仅有的两个人，先后跑了过去，发现老人背部中弹，已经晕死过去，钥匙还插在房门锁眼里。

　　"小唐看见两个人都戴着手套，问他们刚才在做什么。第一个说：'我看见老人刚要锁门，枪一响，他应声而倒，我便立即跑来。'第二个说：'我听到枪声不知发生了什么事情，看到你俩都往这跑，我也就跟了过来。'警察来了，小唐指着第一位说话的人，说把他拘留询问。警察忙问：'为什么？'"

　　红鸽队长朝大聪三人看着说："请你们回答！"

　　米贵马上默默地推理起来，大聪和曲丽丽也跟着不断地想着答案。

第二十三章　开启程序员之路

　　过了一刻钟，三人还是没有说出答案来。火砷烈大王开始得意地看着他们，"怎么样？有点难吧！别以为你们的智商很高，告诉你们……"

　　米贵一下举起翅膀阻止了他，"等下，我好像已经推理出来了！其实，这答案很简单。第一个说话的人既然知道老人是在锁房门，而不是开房门，那么说明他一直在窥视老人行动，所以他最可疑。"

　　火砷烈大王和红鸽队长愣住了，四周一片寂静。曲丽丽欢呼起来，扇动翅膀跳跃着，大聪也不断地用尖嘴啄着米贵，米贵笑着跑着。

　　"好了，不要吵了，真的以为你们很厉害了？再厉害，你们现在也在我们手里。"火砷烈大王狠狠地说，"其实早应该听红鸽队长的劝告，将你们永远地送出地球，只是好奇你们的智慧，所以一直留着你们。"火砷烈大王瞪大了鸽子眼，接着细数起他们的问题，"你们傲慢无礼，目空一切！看来地上人贪婪、虚伪确实不假。"

这时，进来几名鸽子守卫，走到大聪三人面前，用尖嘴啄着他们，准备将他们朝外面赶。曲丽丽吓得哭了，"我不能离开地球啊，我还有很多功课要做！妈妈啊！"说着，大哭起来。

　　大聪也着急了，朝米贵看了看，示意他用那火指环。米贵露出了难色，现在被鸽子守卫赶着，无从下手啊！

　　眼看三人要被赶出这宫殿，外面匆匆地冲进来一只鸽子，它见了火砗烈大王不断地喊着："报告大王，不好了，那些建造星球二号、三号、四号工程的机器人出现了故障，竟相互厮打起来！"

　　"什么？"火砗烈大王忍不住叫起苦来，"乎希舍派人类命令我们在这几个星期内完成这几艘天宇飞船的建造，这可如何是好？"转了几圈，它拿起一个通话器，"斯坦博士，你马上到我这里来一趟！"

　　很快，斯坦博士来了，火砗烈大王又责问斯坦博士，"你不是保证能行吗？现在又是怎么回事？"

　　面对火砗烈大王的责问，斯坦博士支吾着："估计是它们中有程序出错了，这是一个最近研发的自动维护程序，由于时间紧，程序编写可能有点粗糙。"

　　火砗烈大王怒道："那你快去将程序修正过来！"

　　斯坦博士吞吞吐吐地说："那程序因为研发有一段时间了，所以编写的文件格式我已经忘了，不知道如何去修正。"

　　火砗烈大王举起翅膀指着它，显得十分气愤，想说什么却没有说出来。

"报告大王，我会弄，本人可是编程的高手啊！"说话的正是被鸽子守卫往外啄着的大聪。米贵马上悄悄地说："大王虫，我知道你是玩游戏的高手，什么时候变成编程序的高手了？"

大聪低声地回答："有些知识是相通的，现在先应下来再说。"

"不愧是大王虫！"曲丽丽收住了哭声，睁大鸽子眼看着大聪，显得有几分意外。

火砗烈大王听到大聪的话，立即挥动翅膀，示意鸽子守卫停下。它转身对斯坦博士说："他们说会编程，不如让他们试一试！"斯坦博士连忙点头应着。

在一旁的红鸽队长却连忙阻止道："报告大王，这些地上人类的间谍非常狡猾，我怕他们趁这次修理机器人的机会逃走。"

火砗烈大王叹了口气，摇了摇鸽子头，"可是有什么办法呢？"说着挥了挥翅膀，示意带大聪去处理程序的事情。

大聪三人跟着斯坦博士走出了大殿，沿着通道一直往里面走去，通道里没有一只鸽子，空荡荡的。大聪三人好奇地看着四周。米贵故意问道："博士，这里没有一个你们的守卫，不怕我们跑吗？"

斯坦博士轻松地说："有了脖子上的那个身控圈，你们根本逃不掉。"米贵愣住了，确实如此，只要自己动作太大，一碰到这圈，马上一阵麻。

"它这是带我们去哪里？"曲丽丽低声问。

"就是建造飞船的地方啊！"米贵回道。

"想不到这基地里其他的地方也在建造飞船！"曲丽丽一边走着，一边吃惊地说。

"这个基地里的秘密可真不少啊！这些乎希舍派人竟然同时建造了几艘新型飞船。"大聪跟着感叹说。

不一会儿，通道前面出现了一面墙壁，看来这里又是一个建造飞船的地方。到了那墙壁面前，斯坦博士用尖嘴在墙壁上啄了一下，墙壁马上出现了一个口子，正好可以容鸽子进出。

大聪三人一走进去，马上大叫起来，里面又是一艘高大的飞船耸立着，不过，这艘飞船通体呈褐色。三人跟着斯坦博士走上一处通道，透过栏杆朝下望去，下面黑压压的一片，鸽子、松鼠、兔子和蚂蚁在干着搬运的活，它们应该不是先前的那批。

大聪仔细看了看，没有找到咕噜，也没有看到其他熟悉的影子。斯坦博士带着三人继续朝里走着，通道栏杆后面站满了鸽子守卫，翅膀下紧夹着长鞭。

沿着通道渐渐地走到了飞船头部。这里出现一个宽敞的大平台，上面整齐地站立着四个机器人——这就是它们制造的机器人？大聪三人走上前，好奇地仔细看起来，这完全是仿造人的身形建造的，高一米六左右，有双手、双脚，还有脸、眼睛。

"我现在关闭了它们的电源！"斯坦博士用翅膀摁下了机器人脚后跟的一个按钮。

"你让它们干什么活？"曲丽丽问。

"对接飞船的控制系统、武器系统、动力系统，拼接飞船的最主要部位——船头驾驶室，还有检查整个飞船的密封及平衡状况。"斯坦博士睁大了有些呆滞的眼睛说。

这时，从前面的小房间内跳出一只鸽子，用尖嘴叼着一个成人手掌大小的薄显示屏，"博士，你要的仪器！"那鸽子估计是它的助手。

斯坦博士伸出两个翅膀，将显示屏平放在地面，用尖嘴在显示屏上啄了几下，自言自语道："就是这几个运行结果，和预计的不一样，导致了后面的一个小程序出现差错，回不到原来设计的要求上来。我重新检查了文件格式，但检查不出结果。"说着他抬起少毛的头看着大聪，"你帮我看看这个自导模式的程序吧！"

其实，大聪哪会这个程序！平日跟着爸爸也就学习了简单的计算机语言和基础，像这种高端的程序根本就没有接触过。可是现在只能先应付着，大聪走到显示器屏前，假装看了起来。

米贵和曲丽丽也好奇地看着他，不觉被他那认真的模样逗笑了——典型的不懂装懂，但现在也只能帮他掩饰。

第二十四章
游戏高手的高光时刻

大聪马上提出了条件："你把我们脖子上的那个身控圈给取下来吧。"

斯坦博士愣了下，"那不行，把你们的身控圈拿下来，你们还不跑啊？"

大聪说："放心吧！在这洞中我们怎么逃得出去？你给我戴了这个身控圈，我修正程序非常不方便。"

斯坦博士愣了下，"好吧！不过只能打开你的身控圈，他们两人不行！"大聪点头同意了。斯坦博士挥了下翅膀，过来一个鸽子守卫用尖嘴对着大聪脖子啄了一下，大聪脖子上的身控圈掉了下来。

大聪用尖嘴在那显示屏上划拉了几下，对斯坦博士说："好了，你去试试！"米贵和曲丽丽顿时惊讶地看着大聪。斯坦博士半信半疑地叼起显示屏，用线将显示屏连

接在身后机器人的几个插口上，示意助手开启电源。

机器人的眼睛渐渐地亮起，发出绿光，手指轻轻地动了一下。斯坦博士紧张地看着机器人。机器人自然地挥动着双手，突然伸手击打身边另一个机器人。

斯坦博士大叫："故障还存在，快关了电源！"

正当助手要去关电源时，机器人停止了击打，转过身来用绿光眼紧紧地看着斯坦博士，突然张开嘴巴："你这坏鸽子，就是个浑蛋，连个机器人都修不好，还当什么博士啊？"

大聪三人听了大笑起来，斯坦博士气得尖嘴哆嗦着。还是那个助手反应快，连忙上前关了电源。斯坦博士冲到大聪面前，"这是怎么回事？你不是修正了那程序吗？"

大聪连忙争辩："我只是说先试试！"斯坦博士怒气未消，对守卫挥了挥翅膀。鸽子守卫走过来，要将身控圈套在大聪脖子上，大聪连忙叫道："博士，至少这机器人不再打机器人了，也就是说这机器人的程序还是得到了部分修正。"

斯坦博士愣住了，它又朝那守卫挥了挥翅膀，"那你现在必须把它给完全修好，否则我把你们送给大王！"斯坦博士说着和助手走进了那个小房间。

"呸！自己弄不好，还赖别人！"曲丽丽朝着他的背影做了个鬼脸，接着，回过身对大聪说，"大王虫就是大王虫，能够修正机器人的程序。"还用爪子向他摆出"大拇指"造型。

"那当然了！"大聪得意地应着，一边用尖嘴滑动着显示屏，一边卖弄起来，"其实编辑程序不难，我爸在设计智能生物时，曾经教过我简单的程序运用，不过更多的是我在玩游戏时，觉得有些游戏设计得不好，设法自己动手进行程序修改，或是生成补丁，增加游戏的功能。"

米贵白了他一眼，"夸上几句，尾巴就翘起来了！我看你只是想糊弄糊弄它们。"

大聪没有理会他，用尖嘴连续点击几下屏幕后说："好了，我修改好了。"接着朝那个守卫示意了一下。守卫前去通知了斯坦博士。斯坦博士跳跃着到了他们面前，用嘴叼过显示屏，让助手把显示器和机器人连接上。

机器人先是没有动静，只是双眼冒着绿光，呆呆地待在原地。斯坦博士朝大聪看去，大聪走到机器人前，用腿狠狠地踹了下，接着说："好了！"

果然，那机器人走动起来，转身朝飞船顶部走去。只见它轻松地上了飞船的顶端，用机械手在上面操作着，不时发出蓝色的火花。斯坦博士满意地点了点头。助手将显示器分别与其他三个机器人连接，输入程序后，其他三个机器人马上朝飞船走去，它们一个进入了飞船里面，两个在飞船褐色外壳上移动着。

飞船底部正干活的鸽子、松鼠、兔子和蚂蚁热闹起来："它们还是修好了机器人，那我们成多余的了，那些乎希舍派鸽子恐怕会将我们处理掉。"

有松鼠说："不会的，那些机器人不会做搬运的工作，这些材料的搬运还是要靠我们的。"

上面的鸽子守卫用鞭子挥了一下，对它们的议论纷纷发出了警告。

斯坦博士带着大聪三人又去了另一处建造飞船的洞中，大聪又修正了几个机器人的程序。正当大聪准备将显示屏交给斯坦博士时，飞船下面传来一个声音："王大聪，你不能帮它们，有了这些机器人，它们就会肆无忌惮地对付我们！"

大聪三人大惊，连忙朝下面看去，是咕噜！曲丽丽马上回道："如果我们不帮助它们，它们就会将我们永远送出地球。"

咕噜喊着："凭你们人类的智慧，它们是对付不了你们的。"

斯坦博士朝通道上的守卫挥了一下翅膀，那守卫按亮了脖子带上的光线枪，顿时一道红光朝咕噜射去，咕噜应声倒下。马上，身边的鸽子、松鼠和兔子不断地喊着咕噜，蚂蚁们也围在了咕噜身边。这时，有松鼠大喊："他们肯定是一伙的，我们被骗了，大伙和他们拼了！"

大聪连忙劝道："大家别冲动，我会劝它们放了你们的。"那些鸽子、松鼠、兔子和蚂蚁哪会听他的！顿时，飞船下面一阵骚动，场面开始混乱，四周警报声响起。鸽子守卫全体出动，用光线枪对着那些鸽子、松鼠、兔子和蚂蚁射去，那些小动物不时应声倒地抽搐。

"大王虫，我们去帮它们吧！"米贵催促着。奇怪的是，这次大聪呆呆地没有动。米贵朝曲丽丽看了看，曲丽丽也显得有些不可理解。"大王虫，你是怎么了？以前你一定会想办法去救它们。"米贵不解地问。

想不到大聪还是那样的淡定："你看这里这么多守卫，就凭我们三人很难帮得了它们。"

"可你之前不是一直挺有办法的？我们还差点逃出洞去！"米贵说。大聪还是不为所动，"之前能够逃出去，现在恐怕不行了。"

下面的杂乱声越来越大，好像要失控了。曲丽丽急了："大王虫，它们乱起来了，我们不救它们，还可以趁机逃出去啊！"大聪还是没有理会，一直摆弄着翅膀中的显示屏。

"米小鼠，不如我们两个人走吧！"曲丽丽说。米贵摇着鸽子头，大声地说："这怎么行？再怎么样我们也不能扔下他啊！"

第二十五章　叛乱被平息

　　整个现场里一片混乱，鸽子守卫已经控制不住局面，那些松鼠和兔子不断沿着墙壁朝上面的通道爬着。斯坦博士和助手才不管这混乱的场面，淡定地指挥着机器人建造天宇飞船。

　　"这可是逃走的绝佳机会啊！"米贵感叹着，他正想怂恿大聪想法逃走时，"哗啦！"通道墙壁上几道光线一闪，闪开个大口子。三人一惊，连忙看去，吓了一跳。只见红鸽队长带着几十名鸽子守卫怒冲冲地冲了进来。"你们都给我安静，否则我先将它给处理了！"红鸽队长对着下面大声喊着。

　　洞内顿时一片安静，抬头朝那里看过去，三人一下惊呆了。红鸽队长正用着脖子带上的枪口对着星娄哥的鸽子头。曲丽丽叫出了声："星娄哥！"

　　"这是你们尊敬的木卧里派首领，如果你们再捣乱，我就终结它的生命。"红鸽队长凶狠地说。下面的鸽子、松鼠、兔子和蚂蚁沉默起来，爬上墙壁的松鼠也纷纷地退了下去。星娄哥张着鸽子嘴对下面说："你们都去干活吧！不要再做无谓的牺牲了！"

"星娄哥参谋长，如果他们不把你放了，我们就不去干活！"下面有个声音响起。大聪听出那是咕噜，其他鸽子马上纷纷附和。

"你们还不去干活，难道没有看到你们的首领有危险吗？"红鸽队长依旧不依不饶说。

咕噜马上反击道："你们现在有了机器人，还要我们做什么？"

"哈哈！这个放心！它们只会维护些精密的东西，而飞船其他零件的组装还是要你们来完成！"红鸽队长笑着说。

那些鸽子、松鼠、兔子和蚂蚁相互看着，这时，咕噜突然叫道："别相信它说的话！"说着，用尖嘴朝身边的守卫啄去，因为它们的头上都戴着一个圆箍，所以咕噜飞不起来。

其他的鸽子、松鼠、兔子和蚂蚁也纷纷地吵闹起来。红鸽队长见势不妙，想用脖子带上的光线枪来胁迫星娄哥。星娄哥毕竟是木卧里派鸽子的参谋长，身手灵活，一个低头，翻过身边的栏杆，接着朝下跳去。它试图扇动翅膀飞起来，可是没成功，因为头上也戴了那圆箍。

曲丽丽叫了起来，这么高的通道掉下去还不摔死啊？她连忙朝下看去，接着大大出了口气，星娄哥掉在了下面松鼠和兔子组成的肉垫上了。

曲丽丽见大聪还是无动于衷，上前大声喊道："大王虫，你到底是怎么了？怎么没有一点反应。"

下面又混乱起来，这次比刚才还要乱。红鸽队长始料不及，对身边的守卫喊着："快去将知了催眠师、蜘蛛猎手、地蜈蚣、黄蜂卫队、老鼠别动队、蝙蝠兄弟全部叫过来。"

四周的鸽子、松鼠、兔子和蚂蚁都朝着上面的通道爬来。那边松鼠和鸽子用嘴咬的咬、啄的啄，渐渐地在墙上开了个大口子。鸽子守卫则挥舞着鞭子和光线枪朝它们抽着和射击着。

米贵和曲丽丽的心已提到了嗓子眼，大聪却站在栏杆后淡定地看着眼前的一切。鸽子守卫用光线枪不停射击，不时有鸽子、松鼠、兔子和蚂蚁应声掉下去。

那边星娄哥和咕噜不断地挥动翅膀指挥着大家，有了指挥，鸽子、松鼠、兔子和蚂蚁变成了一支训练有素的部队，它们躲避着光线枪，有的躲在角落里悄悄地朝着通道爬去，有的聚集在一边不断地扒拉着门。一切变得秩序井然。

红鸽队长急了，眼看这些小东西们要控制住局面了，那些救兵怎么还没有来啊！正在这时，一道悠长的声音由远及近响起来，下面的鸽子、松鼠和兔子顿时摇摇晃晃倒在地上，蚂蚁变得一动不动，正在往通道上爬的鸽子、松鼠、兔子和蚂蚁纷纷掉落下去。曲丽丽张着尖嘴叫道："是那只可恶的知了！"朝声音来源处看去，墙上果然趴着一只知了，还有爬到洞顶上的蜘蛛、在上空盘旋的一群黄蜂、走过来的一队老鼠、爬过来的蜈蚣，它们都准备就绪了。

"大王虫，你真的见死不救啊？"米贵着急地朝大聪喊道。

大聪看也没看米贵一眼，只是紧紧地看着那些机器人，随口回了一句："放心吧！它们会没事的！"曲丽丽着急地大叫："这些帮凶要联合起来对付它们了。"接着转身对着鸽子守卫大声喊："你们这些可恶的乎希舍派鸽子，助纣为虐，太过分了！"

正在这时，那些在飞船上忙碌的机器人突然停了下来，走到通道上。斯坦博士和助手从小房间里跳跃出来，来到红鸽队长面前，开心地说："队长，机器人的效率确实高，这飞船只用了一天的时间就完成全部安装测试工作，相信以后用这种方法能够快速完成飞船的建造，现在你可以试飞一下这艘飞船了。"

红鸽队长显得很开心，"太好了，这么高的效率，大王一定高兴极了。"接着对斯坦博士说，"我们就先试上一试！"斯坦博士带着红鸽队长进了飞船。

"大王虫，瞧你干的好事！现在它们可以快速地建造很多飞船了！地球的灾难就要来了！"曲丽丽朝大聪瞪着鸽子眼责怪道。

大聪马上反驳："这哪能怪我啊？那些机器人可是斯坦博士造的！"

"可是你修正了机器人的程序啊！"曲丽丽大叫。

"大王虫，我问你，你是不是另外有计划？"米贵问，他相信大聪绝对不会去帮助它们。曲丽丽也疑惑地看着。

正说着，飞船抖动了一下，发出低沉的嗡嗡声，看来它们在里面启动了飞船发射模式。令人意外的是，飞船忽然又一下没有了声响。飞船上的门被打开了，斯坦博士跳出了门，对着助手喊："快去测试下飞船发动机的能源转换情况！为何地核岩浆产生不出热动力？"鸽子助手叼着一件仪器，朝着飞船底部飞去。

知识点

岩浆：产生于上地幔和地壳深处，是含挥发成分的高温黏稠的熔融物质，是各种岩浆岩和有关矿床的物质来源。一般认为，地幔上部的软流层可能是岩浆的主要发源地之一。据测定，岩浆的温度一般在900~1200℃，最高可达1400℃。

米贵和曲丽丽好奇地看着这一切。大聪露出了一丝笑容。红鸽队长走出飞船，问道："怎么会这样？博士，你不是说完成了飞船的建造吗？为什么会启动不起来啊？"

斯坦博士不断地劝着："队长别急，我们正在查找原因，马上就会有结果了！"

第二十六章　胜利逃出鸽子窝

不一会儿，助手飞回来大声叫着："博士，不好了，下面的地核岩浆已泄漏了大半，根本转换不了热动力！"

"这是怎么回事？之前还是好好的啊！是不是那些机器人的缘故……"说着，斯坦博士忽然朝大聪看去，"是不是你在修正程序时搞的鬼？"

这下大家恍然大悟，红鸽队长马上反应过来，大叫："肯定是这个原因，这些人类的间谍狡猾得很，他岂会真心帮助我们修正程序？"

米贵和曲丽丽相互看了看，明白过来，怪不得大聪一副爱理不理的样子。米贵对着曲丽丽说："你看好了，后面还有好戏呢！这个大王虫，他做事情会把下一步都想好了！"

红鸽队长挥动翅膀，身边几名鸽子守卫要过来抓大聪。大聪叫道："你们听我说，我这么做，纯粹是为你们着想！"

"简直就是胡说！"红鸽队长反驳道。

大聪笑了一下，"如果这些机器人都研制成功了，你想乎希舍派人类还会要你们吗？有了这些高效的机器人，他们肯定不会再用你们，而是会将你们处置掉。我将机器人弄成废物，那些乎希舍派人类只得还用你们。你说我是不是在救你们啊？"

其他鸽子守卫一阵沉默，它们被乎希舍派人类植入芯片后，智商大大提高，大聪的话它们觉得不无道理。红鸽队长紧张起来，连忙挥动着翅膀，大叫："快！地蜈蚣、黄蜂卫队、蝙蝠兄弟，将这三个人类的间谍抓起来，省得他们在这里坏我们的事情！"

地蜈蚣和黄蜂队长还有蝙蝠点头答应。大聪放下显示屏，一下来到一个机器人的身后，按动了几个按钮，机器人双眼发出了绿光，慢慢地向前走来。

斯坦博士吃惊地看着那机器人，用嘴不断地划拉着地上的显示屏，那机器人仍是不受它的控制。大聪朝着米贵和曲丽丽示意了一下，两人紧跟在机器人身后。

黄蜂卫队已经排好队亮出了尾刺，齐齐地对着大聪三人。黄蜂队长一声令下，顿时尾刺如箭雨般射向他们。曲丽丽翅膀不小心被一枚黄蜂尾刺射中，疼得大声叫起来。米贵见了，连忙用翅膀去扶她。大聪在机器人身后指挥着机器人挥舞手臂驱赶着那些黄蜂，黄蜂卫队在黄蜂队长的指挥下，灵活地躲避着机器人的手臂。

红鸽队长又命令道："地蜈蚣可以放毒雾了！"地蜈蚣应声抬起了腹部，喷出黑毒雾，那些毒雾慢慢地飘了过来。机器人继续往前走着，大聪用翅膀捂住了前面的尖嘴，可是这根本没有用。曲丽丽已经躺在地上不断哭喊着疼。

大聪听到她的哭声心烦起来，暗暗地叫着："完了，这下真的完了。"

"大王虫，我们怎么办啊？"米贵也带着一副哭腔问。

"快用你的火指环对付它们！"

米贵应着，赶紧去找火指环，马上又喊着："不好了，火指环坏了！"

大聪愣了一下，嗫嚅地说："看来只能指望机器人了！"这时，他发现那个机器人不理会他的控制，只顾自己往前走。大聪不断地大叫："别走！你给我停下。"看来机器人启动了自动程序，这下大聪也忍不住着急了。

红鸽队长不无得意，命令蝙蝠："现在你们可以将他们三个给抓了！"两只蝙蝠穿过毒雾飞过来，吐着舌头，露出了锋利的牙齿。

米贵已瘫坐在地，现在根本没有办法了，头上被它们套了身控圈，又飞不起来。

曲丽丽哭得更加厉害了。大聪念叨着："完了！"正当一只蝙蝠朝这边冲刺过来时，大聪忽然不顾一切地朝前面跳跃过去，追到了机器人身后，使出全身力气，按下了它腰间的一个按钮。

那个机器人震动了一下，顿时发出了嗞嗞的声音，声音越来越大。

令米贵和曲丽丽大为惊讶的是，蝙蝠在空中停止了飞行，一下掉在地上，扑扇着翅膀朝后面爬去。米贵和曲丽丽惊呆了，这是怎么回事啊？

更令人吃惊的是，身边的几名鸽子守卫也低下了头，发着咕咕的声音，用尖嘴不断地啄着地，然后张开翅膀飞走了。它们看上去和普通的鸽子没什么两样。

接着，斯坦博士也像一只普通鸽子一样飞走了。

那个红鸽队长先是挣扎了一番，接着扇动翅膀在洞中盘旋着。

还有那只地蜈蚣一下停住了吐雾，朝角落里爬去。黄蜂卫队一下失去队形，到处乱飞。

"它们好像失去了乎希舍派人类的控制，恢复到了正常的自然状态！"米贵似有所悟地说，用翅膀捂住尖嘴慢慢地站起身。

"这些妖精终于现形了！"曲丽丽好奇地问着大聪，"大王虫，这是怎么回事啊？"

"很简单啊！我在程序中输入了一种可以干扰它们脑电波的秘密程序，通过斯坦博士的显示屏输入了机器人程序中。之前我一直怀疑是不是有效，刚才没有办法，我只有一试——按下了释放干扰信号的按钮。你们看，现在这个机器人就在释放干扰信号，那些鸽子、蜈蚣、蝙蝠脑袋中的芯片接收不到乎希舍派人类控制的信号，也就恢复到了自然状态啊！"

"大王虫，你真聪明！"曲丽丽跳起来，米贵也是张着尖嘴欢叫着。

"我们现在赶紧出树窝吧！"大聪说。他们避开了黑雾，跟着机器人朝前走去。大聪又上前在机器人身后的按钮上按了几下，说："我打开了它的导航系统，它会带着我们出去的！"

这时，三人看到下面的鸽子、松鼠、兔子和蚂蚁已经恢复了常态，鸽子不断振翅飞着，松鼠沿着墙边四周跑着，兔子一跳一跳地向前去，蚂蚁慢慢地朝墙边爬去。

"对了，大王虫，你是如何让飞船启动不起来的？"曲丽丽好奇地问。

"很简单啊！我让机器人对飞船底部储存地核岩浆的能量舱进行了破坏。"

米贵说："不过，我们现在破坏了乎希舍派人类的这个基地，他们一定不会善罢甘休，有机会仍会建立基地，制造这种具有破坏力的飞船！"

"是啊！我们赶紧出洞去向老师们报告，让我们的科学家去对付它们！"大聪说。

"这个世界真是奇妙，想不到在地下还居住着另一支人类！"曲丽丽感叹地说。

"其实我们地球上还有许多没有发现的秘密，在等着我们去探索呢！"米贵说。

三人跟着机器人七拐八转地出了树窝。他们长长地叹了口气，发现已不在原来的大树上，而是到了森林公园的一个山顶上。

秋天的太阳垂挂头顶，远望山峰，重重叠叠，绿色葱葱，空中群鸟飞翔，景色是那样迷人。渐渐地，变幻液的功效在褪去，三人恢复了人形。这时，不远处传来几声巨

响，原来是那个山洞坍塌了。

"想必是乎希舍派人类启动了基地的自毁装置！"大聪说。

"我们还是快回学校吧！"米贵说，大聪和曲丽丽点了点头。

三人开心地跟着机器人下山去了……

从书中，孩子们会获得想象、勇气与希望……

大王虫奇幻历险记

DA WANG CHONG QI HUAN LI XIAN JI

②

大战湖底昆虫军（上）

尹奇峰 著

北京理工大学出版社
BEIJING INSTITUTE OF TECHNOLOGY PRESS

图书在版编目（CIP）数据

大战湖底昆虫军. 上 / 尹奇峰著. -- 北京 ：北京
理工大学出版社，2023.4
　（大王虫奇幻历险记）
　ISBN 978-7-5763-2120-3

　Ⅰ. ①大… 　Ⅱ. ①尹… 　Ⅲ. ①童话－中国－当代
Ⅳ. ①I287.7

　中国国家版本馆CIP数据核字（2023）第032384号

出版发行 / 北京理工大学出版社有限责任公司
社　　址 / 北京市海淀区中关村南大街5号
邮　　编 / 100081
电　　话 / （010）68914775（总编室）
　　　　　 （010）82562903（教材售后服务热线）
　　　　　 （010）68944723（其他图书服务热线）
网　　址 / http://www.bitpress.com.cn
经　　销 / 全国各地新华书店
印　　刷 / 三河市华骏印务包装有限公司
开　　本 / 880毫米 × 1230毫米　1/32
印　　张 / 3.625　　　　　　　　　　　　　　责任编辑 / 徐艳君
字　　数 / 65千字　　　　　　　　　　　　　　文案编辑 / 徐艳君
版　　次 / 2023年4月第1版　2023年4月第1次印刷　责任校对 / 刘亚男
定　　价 / 139.00元（全5册）　　　　　　　　　责任印制 / 施胜娟

作者简介

　　尹奇峰，浙江省作家协会会员。出版有少儿幻想小说《我是愤怒的青蛙》《大鹏奇遇记》，魔幻暴龙—恐龙宠物"懒怪怪"系列《抓只恐龙当宠物》《恐龙大战机器猫》《这只恐龙来自外星球》等著作，著有绘本《温柔的泡泡》《妈妈一直都在》，科幻小说《探险左世界》曾在《小学生世界》连载。有作品收录入中小学生课外阅读书籍，曾获优秀科普作品奖。

序言 / Preface

遨游幻想世界　激发科学思维

用科学事实和预见、想象等为内容进行文学创作的科幻小说，往往让人充满好奇，因为其表现的未来世界和科学技术远景及宇宙天体等都充满着未知数，可以极大地拓展想象空间，所以科幻小说及由其衍生出的相关作品受到大家的关注。如凡尔纳的《海底两万里》《地心游记》及阿西莫夫的《基地》等深深地影响着读者，带动了读者对科幻小说的热爱。国内也出版了不少科幻作品，如《飞向人马座》《三体》《天年》等，形成了一阵科幻热潮。

少年儿童富于想象力和探究性，科幻文学对于少儿读者来说，有着很大的价值，可以让想象力得到极大的发挥，延伸思维的边界，从而使其强烈的好奇心和求知欲得到一定满足。在儿童科幻领域，也有不少作家都走出了新世纪儿童科幻的新路径。

《大王虫奇幻历险记》这套由北京理工大学出版社出版的少儿科幻书，以近乎魔幻般的想象力勾勒出《鸽子窝里的飞船基地》《大战湖底昆虫军》《闯出 X 星迷境》《宇宙巨怪的献礼》四个故事，在湖底和宇宙外太空等独特别致、新奇的背景之下，塑造出了一群鸽子、昆虫、外星生物等非人类对手，通过这些对手，又展现了一个有趣的童话世界。故事中三个人物性格鲜明，智慧又勇敢，历经险境而沉静应对、相互鼓励、顽强奋斗，最终战胜了对手，顺利地完成了任务，激励小朋友们面对困难，要不惧艰险、团结合作、勇往直前。

各种科学小发明的运用和科学知识的普及也是该书一大特色，书中有各种稀奇古怪的科学小工具，如带人起飞的飞行包、发出高温红光的火指环、可大可小的通体刺猬球、能负重飞行的智能飞天鸟等。这些科学小发明用途奇特，设计巧妙，成为主人公探险中的有力武器，反映了科学技术应用的重要性，还延伸出许多科普知识，激发小朋友们对学习科学知识的向往。

书中还展现不少的天体知识，如《闯出 X 星迷境》一书里，X 星球因为所在的星系发生碰撞，成为一颗流浪的行星，所在恒星将告别主序星阶段成为红巨星，让小朋友们知道恒星会经历氢聚变、氦聚变等演变过程；在《宇宙巨怪的献礼》里提到因为宇宙不断地膨胀，出现无数的太空小泡泡，而宇宙巨怪就是住在这样的太空小泡泡里，让小朋友们明白宇宙不是静止，而是在膨胀。

这几个故事情节曲折跌宕、充满惊险，故事的发展层层推进，具有很强的逻辑推理性，过程却又出人意料，令人难以推断出故事发生的结果。每个故事创造出令人惊奇又感觉真实的幻想世界，有着很强的代入感。书中语言风趣幽默，让人忍不住捧腹大笑。

阅读此书后，既能带来阅读快感，也能潜移默化地学到相关知识。

《大王虫奇幻历险记》系列书作者尹奇峰始终坚持着这类少儿题材小说的创作，曾经出版不少同类的书，有着一定创作的功底，也积累了不少的创作经验，希望他能在这类少儿题材小说的创作道路上越走越远。

目录
Contents

第一章　快乐的出游

五月假期里的一天，大聪和米贵、曲丽丽相约来到后山的东湖游玩。东湖水面宽阔，一眼望不到边，湖水清澈，波光粼粼。大大小小的黑白色水鸟，时而低飞，用尖嘴啄着湖水，时而在湖面上空盘旋，发出叽叽的叫声。

"这里可真美啊！好久没有来这里玩了。"曲丽丽对着湖面大声说着，深深地吸了口气，顿时心旷神怡。

"这里有什么美的，就是一个没有人来的湖！"米贵用嫌弃的口气说。

"米小鼠，你怎么没有欣赏风景的审美之心呢，眼里只有那些稀奇古怪的东西。"大聪说着看了看米贵的背包，面露笑容，"这次你从阿基德博士那又淘来什么宝贝啊？"说着伸手想摸那个背包。

"别动！我知道你又在打我的背包的主意了。"

大聪不屑地道："有什么稀奇啊？"说着从身后的背包里掏出一个小圆球，按了一下上面的一个按钮，顿时那个小圆球变大了，不一会儿，竟有半人高，竟然是只狗，还张嘴汪汪地叫着。

曲丽丽愣了一下，然后弯下身，仔细看着。那只狗全身黑白色，有趣的是，两只眼睛正好被两圈黑毛围着。曲丽丽摸着狗背上面软绵绵的毛，不由得惊叹道："这简直和真的一样啊！"

米贵也上前好奇地看着那只狗，"这是什么产品啊？想不到你有这么好的东西！难道你也找到了阿基德博士？"

大聪不屑地一笑，摇了摇大圆头。

这下更是激起了米贵的好奇心，"快告诉我，你是怎么弄来的？"

曲丽丽也跟着问。

这时，湖面上不断有鱼跃出来，那只狗顿时站直身朝那里看去，紧紧地盯着湖面，吐着舌头摇着尾巴，张大嘴汪汪地叫着。大聪上前拍了拍它的头，"咆地犬，怎么了？"

听这狗名叫咆地犬，米贵和曲丽丽不由得笑开了。

"有什么好笑的，古有哮天犬，今有咆地犬。"

咆地犬又汪汪地叫了几声，大聪朝它点了点头，说："它说那里的湖水下出现了一个凶狠的东西，惊吓到了那些鱼。"

"凶狠的东西，会是什么东西啊？"米贵推了下眼镜，紧张地看了看湖面说。

"那东西不会攻击我们吧？"曲丽丽也连忙跟着问，湖风吹乱了她的短发，她撩了下搭在额前的头发。

"不知道什么东西，咆地犬没说。"大聪摇了摇头。

湖面又恢复了平静，湖水不断地拍打着岸堤。

"你还没有告诉我们这咆地犬的由来呢。"

大聪看了一眼那只狗说："这是一只智能生物机器狗，是我爸爸最新研究开发的产品，除了不吃东西，其他功能和真的狗一样。"

知识点

智能机器：现在通常指的是智能机器人。智能机器人是多种高新技术的集成体，它融合了机械、电子、传感器、计算机硬件与软件、人工智能等学科的知识，涉及当今许多科技前沿领域的技术。

智能机器人至少要具备三个要素：感觉要素、运动要素和思考要素，要有形形色色的内部信息传感器和外部信息传感器，如视觉、听觉、触觉、嗅觉。随着科技的发展，以后会制造出各种智能生物。

"你这咆地犬是用电池做能量的吧？"

大聪点了下头，"用高能电池，可以用上一年。"说着用手指了指咆地犬。那咆地犬用它的电子眼扫视了一下米贵和曲丽丽，然后在他们的身上嗅了嗅。

米贵和曲丽丽拍了拍它的头，相互之间成了朋友。

空中不时有飞鸟盘旋，微风吹过，湖水荡漾。

湖面的不远处有一座小岛，上面杂草丛生，荒芜一片。

"那个小岛上不知会有什么！如果我们能弄条船到上

面去就好了!"曲丽丽一边叹了口气,一边环顾四周:两岸边芦苇茂密,树木葱郁,不见人影。

"我有办法。"米贵说着从身后的背包里拿出三件拳头大小的厚布包,拆开一件,布包渐渐变大,像是一个腰包。他将这个东西系在腰间、大腿上,接着拉出一条扁带子连接到手臂上。米贵通过手臂上的那条扁带子操纵着腰间的东西,那腰包下面顿时喷出一股强气流,慢慢地将他带到了空中。

"这东西太神奇了,是什么宝贝啊?是不是从阿基德博士那里弄来的?"大聪好奇地问。

米贵得意地操纵着那个东西在离地近两米高的低空盘旋了两圈,说:"这叫飞行包,是阿基德博士研制的,能喷出强气流将人带到低空,这个东西可以连续飞行半年。"说着用手指了指那边地上的另外两个厚布包,"你们也系上吧!"

大聪和曲丽丽连忙按照米贵的方法操作起飞行包,不一会儿,也飞到了空中。

这时,只听得那边传来哗啦啦的声音,伴着叽叽的叫声,三人在空中放眼看去,在那湖中小岛的岸边,一只纯白色的大飞鸟不断地拍打着翅膀想飞,可是大长腿好像被什么夹住了,怎么也飞不起来。

"这是什么鸟啊?"米贵问。

"好像是白天鹅,我们快飞过去看看。"曲丽丽说。地下的咆地犬也发出汪汪的叫声。

"我们飞过去了,咆地犬怎么办啊?"

"放心吧，它会游泳。"大聪说。

大聪和曲丽丽学着米贵操纵着飞行包朝那边飞去，低空中不时有飞鸟从身边掠过，三人不断挥手驱赶着。身后，呛地犬已跳入湖中，挥舞着四肢朝前划着水，那是标准的狗刨式。

渐渐地，三人操纵着飞行包靠近了小岛。小岛不过一个足球场大，上面杂草密密麻麻，夹杂着几棵大树，看不见岛的表面。令人惊奇的是，这个湖岛很圆，是标准的圆形。

三人飞到了那只白天鹅的上空，盘旋着。米贵托了下眼镜，朝身下看去，"你们快看，那个夹住白天鹅的是什么东西啊？"

大聪和曲丽丽连忙看去，在离岸边不过半米的地方，一处茂密的草丛里，白天鹅努力地蹬缩着右腿，右腿上有一个东西，像是一只大虫子，有半米长，圆头，宽身，黑褐色的身体，长着长长的两根触角，好像还有两对翅膀，尾部还有一对长须，它伸出的两对前足夹着那只白天鹅的右腿。

"这好像是只蟋蟀。"曲丽丽马上摇了摇头，"可是我还从没有见过这么大的蟋蟀。"

大聪也仔细看了看，点头附和："这东西确实像蟋蟀，不过没有见过这么大体形的。"

米贵摇了摇头，"看着像，又不一定是。"

第二章　掉落神秘的洞穴

　　白天鹅又蹬缩了几下腿，终于挣脱了那东西，振翅一下飞高了。三人再看地上，那形似蟋蟀的大虫子不见了，他们又向旁边茂密的杂草丛里看了看，还是没有看到那只大虫子的身影。奇怪，这大家伙去了哪里？

　　这时咆地犬游到了小岛边，拨开茂密的杂草，迈动四肢上了岸。

　　大聪在空中对咆地犬大喊，让它寻找那只大虫子。咆地犬听后应了声，连忙钻入草丛中开始搜寻。大聪三人也四处查看起来，这小岛的四周真圆，也是怪事，天然地形成这么圆的岛！

　　三人飞到了小岛中间，杂草中长着几棵又粗又高的大树，枝繁叶茂，三人发现树下地面的杂草要稀疏些，而且是处大平地。咆地犬已经到了树下，不时地低头在周围嗅着，用爪子抓着泥土，似乎发现了什么。

　　大聪正想问咆地犬怎么回事，忽然，"轰隆"一声巨响，地面塌陷，露出一个黑黑的大洞，咆地犬应声落入

洞中。大聪大声呼唤着咆地犬，米贵和曲丽丽也惊住了，连忙飞低了察看情况。杂草和几棵大树也掉落洞中。三人感到身下有一股吸力紧紧地吸着自己，顿时一惊，操纵着飞行包朝上飞，没想到那股吸力越来越大，飞行包根本抵抗不过它。

洞中强大的吸力终于将三人吸了下去，三人吓得大叫，感觉下坠的速度非常快，耳边响着呼呼的风声。周围越来越热，人也晕晕乎乎，渐渐地眼前出现了一道红晕，红晕越来越清晰，不一会儿，红晕退去，眼前出现了一个若隐若现的画面，画面中走来一个中等个子的人。那人尖头宽肩，穿着褐色衣服，眼睛很小，嘴巴扁大，走路时大脚往外斜，他瞪大了小眼睛，发着尖锐的声音："你们三个年纪小小，可是做的事情却不少！"

接着画面一转，在一个非常宽阔的空间里，一些鸽子、松鼠、兔子正在搬运着材料，不远处，还竖着一艘艘高大铮亮的飞船，上面有不少机器人在修理着。

忽然，一道光闪过，那些鸽子、松鼠、兔子放下材料，咕咕、吱吱地叫着，四处逃散，跑出了那个空间。接着又是一道红光闪过，那些飞船纷纷裂开、碎落，四周一片混乱，不一会儿，空间坍塌，画面消失。

那个人又出现在画面上，狠狠地斥责着："由于你们将我们的信息透露出去，你们地上人使用了精确的地下探测仪器，探测到我们的地下基地，投放各种电子干扰器，干扰小动物对我们信号的接收，又使用了深地炸弹，将我们辛苦建造的飞船和基地毁了。"

那个人板起面孔，大喊："你们会受到惩罚的。"

画面消失了，耳边呼呼的风声又响起来，周围也不再热。三人渐渐地清醒过来，睁开眼看着四周，自己还在下落，连忙朝下看洞还有多深，却感觉被狠狠地撞击了一下，然后停止了下落。

原来到了洞底。三人慢慢地爬了起来，甩了甩胳膊和腿，还好没有受伤。他们好奇地看着周围，这是一个很深的洞，面积不大，不过半个足球场大小，幽暗的光线，不知从哪里射来，四周是黑黑的洞壁，洞壁上稀稀拉拉地有些杂草。三人踩着地面，感到一阵柔软，连忙朝下看去，是一堆厚厚的杂草，刚才从上面掉下来正好压倒了这些杂草，所以才没有受伤。

"这是什么地方？"米贵推了下眼镜问。

"完了！我们掉入这洞里，是不是出不去了？"曲丽丽着急地说。

米贵操纵着飞行包朝上面飞去，飞到了十几米高，盘旋一会儿又飞了下来，"上面很黑，这飞行包估计飞不出去。"

曲丽丽带着哭腔说："那怎么办啊？要被困在这里了。"

"不要哭了，我们四处看看，总有办法的。"大聪安慰着她，接着收起飞行包放进了背包。曲丽丽和米贵也学着他收起了飞行包。

米贵突然大声问大聪："大王虫，刚才掉下来的时候，你是不是看到有个怪人啊，表情严肃，好像在责怪我们透露了什么信息，害得他们的基地和飞船都被毁了。"

大聪皱了下眉，"米小鼠，你一惊一乍干吗？"接着又说，"我也看到了。我想那个人就是地下乎希舍人，那是因为上次我们从那个鸽子窝出来后，将消息报告给了尹老师和世界安全组织，然后他们的基地和飞船被摧毁了。"

"我也觉得是！"曲丽丽点了点头。

"这么说来，这个神秘的小岛很可能就与那些地下乎希舍人有关系。难道又是他们的一个神秘湖底基地？"米贵推了下眼镜说。

"现在不知道，我们还是再看看吧！"大聪说着左看右看，像是在寻找什么。

"你是不是在寻找你的咆地犬？"曲丽丽说。

大聪点了点头，开始轻轻地呼唤起来。这个洞穴不大，却没有听见咆地犬的回应。米贵和曲丽丽也跟着呼叫起来。

"奇怪，看着它掉进这洞里，却怎么都找不到它。"大聪挠了挠脑袋着急地说。他正要从背包里掏出东西帮助寻找咆地犬时，却见咆地犬从一个黑暗角落里钻出来，飞奔过来。

大聪开心地迎了过去，咆地犬也围着大聪转着圈，汪汪地叫着，大聪抚摸着它的头。米贵和曲丽丽走了过来，咆地犬抬头看着米贵，简直就像是一只真的狗，难以想象这是一只智能生物狗。

咆地犬连续朝大聪发出叫声，还不断地将头扭向那个角落。

大聪抬头向那角落看去，光线阴暗，模糊一片，"看来那角落里有秘密啊！"说着小心翼翼地朝那里走去。咆地犬、米贵和曲丽丽紧跟在他的身后。

那个角落黑乎乎一片，可是在洞壁下方隐约有蓝光闪现，可以看见洞壁上有一处光滑平整的方形块，有课桌大小，蓝光就是从这个方形的中间发出来的。

"奇怪，这会是什么啊？"米贵推了下眼镜盯着看。

咆地犬对着那个方形洞壁汪汪地叫了几声。

"我看这是地下乎希舍人的陷阱，我们还是离得远点儿吧！"曲丽丽说。

大聪沉思了一下，"这应该不会有什么危险！"

第三章　洞穴中的探索

　　米贵看见那蓝光不时从中间闪现，不由得伸手摸去，那里冰冷光滑。米贵轻轻地用力推了一下，那方形块中间顿时一圈圈地退去，露出一个一人高的洞口。三人愣住了。

　　"我觉得这是个陷阱！"曲丽丽说。

　　"这里面会是什么？"米贵说着探身进入那个洞里，洞里有一级级向下的台阶，米贵慢慢地下了台阶。

　　"米小鼠，快出来，你不怕进去了出不来啊？"曲丽丽着急地喊着。

　　大聪也喊："我们可以先让咆地犬进去探探路。"见米贵没有回头，他连忙摸了下咆地犬的头，咆地犬跑进了洞里。

　　大聪和曲丽丽在外面听了一会儿，渐渐地，里面没有了动静。两人相互看了看，"我们还是进去看看米小鼠吧！"大聪说，曲丽丽怯怯地点了点头。

　　进入洞里，光线亮了不少，脚下的台阶呈褐色，好像是由石头砌起来的。大聪小心地朝下走去，台阶平缓，他

朝下看去，幽暗看不清。奇怪的是，并不见米贵。大聪急了，大叫着"米小鼠"，里面传来阵阵回声，却没有听见米贵的回应。后面的曲丽丽也急了，大声呼唤起来。

大聪又大声呼叫咆地犬，过了一会儿，咆地犬从下面的台阶跑了上来，汪汪地回应着。

"咆地犬，有没有看见米小鼠？"

咆地犬摇了摇头，甩了甩尾巴。

"奇怪，就这么一会儿，怎么就不见人影了？"曲丽丽惊慌地叫了起来。

大聪拍了拍咆地犬的背，示意它快下去找。大聪和曲丽丽也加快了下台阶的速度。

不知走了多少级台阶，好像到了一处平台，这里四周幽暗，洞好像变大了，这会是什么地方？大聪和曲丽丽惊奇地看了看四周，洞壁光滑，像是砌了石头，光滑平整。大聪向前看了看，这十几平方米的平台前面又是一道台阶，咆地犬已经不见了，估计已经下了台阶。

两人连忙走过平台，下了台阶，发现台阶很深，望不到底。两人又往下走了一段台阶，发现有道亮光从顶上照下来，抬头看去却有些透明，可以看见湖水，还有茂密的水草，不时有鱼穿过，真奇怪，这上面竟是湖底。大聪想要用手去摸，可是太高了，根本摸不着。

两人继续沿着台阶走下去，洞里越来越暗了。

米贵一直在快速地下着台阶，开始还没有反应过来，慢慢地发现跑得太快，离大聪和曲丽丽太远了。由于洞里黑，他就从背包里拿出了擦亮棒，拿在手里使劲摩擦起

来，渐渐地擦亮棒发出了亮光，于是他沿着台阶继续往下走。

洞内发着蓝莹莹的光芒，四周的洞壁整齐光滑，不知是用什么材料建成的。米贵继续朝下走了几步，踏着石阶，脚步声轻轻地在洞里回荡，渐渐地，米贵发现越往下走，洞变得越大。

前面出现了两个洞口，米贵愣住了，用擦亮棒对着左边的洞扫了一下，那个洞要小一些。要进哪个洞呢？米贵抓了抓头，如果与大聪和曲丽丽在一起的话，还可以相互商量。他朝身后看了看，后面黑乎乎一片，四周寂静无声，不由得让人感到害怕。

米贵开始为自己独自行动而后悔，转身朝上走了几步，马上又想，如果回去了，肯定要被他们嘲笑一番。犹豫了一会儿，米贵决定先进其中一个洞里。来到岔洞口，米贵仔细地看了看两个洞口，都呈方形，洞壁发着蓝莹莹的光芒。米贵决定还是进右边的洞。刚走几步，他忽然想到了什么，又回到洞口外，他想留个记号。他想在地面上找个石块，可没有找到，于是就用手指在洞壁上划了一下，那个洞壁很硬，留不下痕迹；他又在脚下的石阶上划了一下，倒是留下一条长长的划痕，他划了一个箭头指着洞口。

米贵这才放心地进入了右边的洞口。洞里面仍是黑乎乎的，擦亮棒的光照着前面一小块区域，地面变得平坦了，没有了石头台阶。四周一片寂静，只有自己的脚步声，米贵有些害怕，深吸一口气，手摸着洞壁小心地朝前

走着。洞的大小和公交车车厢差不多。米贵沿着洞朝前走了十几米，四周静得可怕，没有任何声响，在擦亮棒的光照区域外是一片暗黑。

米贵越来越感到害怕。现在他感觉好像陷入了泥潭中，前进不是，后退也不是，此刻他意识到了团队的重要性，人多力量大啊！米贵狠了狠心，继续小心地朝前走着。前面有个转弯，米贵走到前面正想转弯，忽然听到咄的一声，声音在洞里不断响着回声。

米贵愣住了，会是什么东西啊？米贵忍不住大喊一声："谁啊？"洞里除了响起一阵回音，还是一片沉寂。

米贵愣了一会儿，深吸一口气，摸着洞壁转过弯，继续朝洞里走去。还是一片黑暗，这个洞到底通到哪里？走了几分钟，还是一片黑暗，米贵有些失望，看来这只是一条废弃的通道。米贵想转身回去，可就在转身那一瞬间，感到眼角闪过一丝亮光。米贵马上回过身，睁大双眼朝前看去，好像有亮光。他将擦亮棒藏进黑色运动服里，果然黑暗的通道前面隐隐发亮。米贵来了精神，前面有出口！他小心地朝前走去，四周越来越亮。米贵走两步就停一下，听听有没有其他声音。

渐渐地，米贵看到一个发出亮光的大口子，看来那就是出口了。他不由得加快了脚步，踢踏的脚步声在洞里回荡。米贵跑了起来，一口气跑到了有亮光的地方，顿时惊呆了：眼前豁然开朗，一片通亮。这像是一间宽敞的房间，宽有百米，高有五六米，房间长竟是望不到头，四周全是白色墙壁，光正是从墙面上发出来的。更神奇的是，

这么空旷的房间，中间却没有一根柱子。

　　米贵好奇极了，走下几步石阶进入房间里。白色地面异常平坦，中间没有缝隙，这么大一整块不知道是什么材料。他一边好奇地看着四周，一边朝前走着，忽然，右肩被狠狠地撞了一下，可是眼前什么都没有。米贵伸出手摸了摸右面，摸到一个坚硬的东西。米贵大吃一惊，这东西摸上去方方正正的，好像体形还不小，更令人吃惊的是，这东西竟然可以隐身。

第四章　惊现昆虫兵

　　米贵正在惊讶时，听到有声音传来，像是脚步声，由远及近，而且听脚步声好像不是一个人，应该是一队人。米贵赶紧蹲下身，脚步声在身边不远处停了下来。这时有人命令说："关闭隐形功能，例行检查。"那个人的话音刚落，眼前几道银光闪了闪，竟出现了一个黑色的物体。米贵定睛一看，不由得一惊，差点叫出声来。

　　眼前的物体分明是辆汽车，或者说是装甲车，车身裹着一层厚厚的外壳，车的窗户只有巴掌大小，整辆车比轿车稍微小些。装甲车排成两列，中间还停着一列车，这列车竟然和人类的坦克相似。

　　怪事！这里停放这么多的装甲车和坦克做什么？再说人坐在里面不拥挤吗？正纳闷时，轻柔的脚步声越来越近。米贵急了，深吸口气，准备钻入装甲车底下。那车底下的空间不大，米贵缩紧了身子朝里面钻去。

　　那些人走到了跟前，在四周不断巡视着。米贵侧着头朝那些人看去，首先看到的是那些人的"脚"，结果把他惊得险些叫出声来——这哪里是人的脚，分明是直翅目昆虫的后足！这些"人"都直立着身体，两只后足呈灰色，后足的中间有关节，分成两节，下面一节细长，上节粗壮，"脚"就是小爪子，朝后长着，背后像是有一对灰褐色的翅膀……这些都是什么虫啊，不仅能直立，而且还能够说话。

这时，单独走过来一只虫，它的后足要比其他虫都大，最明显的是它的背后长着一对大的绿色翅膀，这只虫好像是螳螂。米贵惊讶极了。米贵又看到了螳螂身后其他几只后足，和前面的那些虫又不一样：这些后足要短粗些，爪子也是朝后长着，呈褐色，两根大长须拖在地上。这些又是什么虫？看它们的动作像是训练有素，感觉极具攻击性。

知识点

螳螂：亦称刀螂，无脊椎动物，属肉食性昆虫。螳螂在昆虫中体型偏大，体长一般11毫米到140毫米，腹部肥大，以绿色、褐色为主，标志性特征是有两把"大刀"，即前肢。头部呈扇形，突出的复眼大而透亮，两复眼之间有3个小点即单眼，颈部可180度转动，咀嚼式口器。

"报告虫长，这里一切正常。"那几只昆虫笔挺地站在了螳螂面前，用低沉的声音有力地说道。

看来螳螂是这些虫子的首领。螳螂没有出声，像是用

前足指挥着什么，空气中白光闪了几闪，这些虫子和装甲车都不见了。

米贵深吸了口气，缩紧了身体，一点点钻出了装甲车的车底。他长长地出了口气，嘀咕着："这是什么鬼地方，怎么像是进了虫窝里。"这时，他看到进来的洞口被一道大石门慢慢地堵上了，米贵急了，这可怎么办？大王虫和曲木兰进不来了，他一下瘫坐在地，感到害怕极了。

"米小鼠！"好像是大王虫在叫自己，米贵惊喜地站起身，看了看四周，却没有看到大王虫。这时又传来一声叫喊，米贵睁大了眼环视四周，终于在前面的角落看到了偏胖的大聪、卷发的曲丽丽和咆地犬。米贵顿时兴奋不已，朝他们挥手喊着。

三人开心地聚在一起了，咆地犬对着米贵汪汪地叫着，靠近了伸出舌头舔了舔他。大聪和曲丽丽一起责怪米贵只顾自己，害得三人差点儿见不到面了，米贵嘿嘿笑着说以后不会再做这样的事了。

大聪和曲丽丽问米贵在这里看到了什么，米贵将刚才发生的事情一五一十地说了，同时带着他们走到那些隐身的装甲车前，让他用手摸。大聪和曲丽丽摸到了装甲车坚硬的外壳，相互看了看，感到惊讶极了。

"你说它们是螳螂，还有其他昆虫？"曲丽丽睁大双眼好奇地问，同时撩了下额前的短发。

米贵点了点头。大聪从背包里拿出一个计算器大小的电子设备，打开后，显示屏慢慢地发出了蓝莹莹的光。

米贵和曲丽丽好奇地问："这是什么宝贝啊？"

　　大聪一边用手指在显示屏滑动一边说："这就是前面我曾拿出来的宝贝，用来寻找和召唤咆地犬的控制器。"说着指着显示屏，"你们看，这绿点就是咆地犬。"米贵和曲丽丽看见显示屏的中间有个小绿点。

　　"我在这东西上面还增加了环境探测、发射电磁波等功能。"

　　曲丽丽看了看圆胖的大聪，敬佩地说："大王虫，你真是太聪明了。"

　　米贵推了下眼镜，嘴角一歪，不服气地说："这有什么了不起，不就是输入一些指令再编辑一下。"

　　大聪没有理他，拿起控制器对着四周扫描，显示屏上一片绿色。"绿色就表示安全。"大聪话音刚落，显示屏的右上角跳出两个字——虫穴。

　　米贵马上反驳说："大王虫，我看你这控制器也不咋地，这里怎么会安全呢？到处都是昆虫兵。"大聪鼓起了胖脸气鼓鼓地说："你真是不讲道理，控制器显示的是'虫穴'，会自动默认虫子威胁不了人，当然判断为安全的地方了！"

　　曲丽丽沉思了一下说："按照米小鼠说的，这里的昆虫不同于一般的昆虫，这些昆虫和我们人类一样会讲话、会思考，肯定是变异的虫子，还武装成了一支军队。你们说这些昆虫军队会不会与地下乎希舍人有关？"

　　大聪和米贵停止了争吵，相互看了看。大聪用和缓的语气说："肯定是有关系的，而且我们来到这湖底，可能就是被那些乎希舍人引诱来的。"

　　米贵点了点头，"大王虫说得有道理，故意用天鹅被大蟋蟀夹着来引起我们的注意，让我们来到小岛，接着被吸进这洞里。"

　　大聪和曲丽丽点了点头，曲丽丽马上忧伤地说："看来这些地下乎希舍人是要将我们困在这里啊。"

　　"别害怕，我们会有办法逃出去的。"米贵自信地说。大聪也点了点头，安慰着曲丽丽。

　　这时，咆地犬朝前面轻轻地发出了汪汪的叫声，看来有情况。大聪立即朝那里看去，对米贵和曲丽丽说："好像有东西过来了。"

　　"现在怎么办啊？"曲丽丽着急地说。

　　"我们赶紧找个地方躲起来！"大聪说。

　　"不要着急！"米贵说着在身后的背包里面摸了摸，拿出两件薄薄的衣服，他皱着眉说："现在只有两件隐身衣了。"

　　"这好办，我穿一件，你们两人穿一件吧！"曲丽丽说着抢过去一件隐身衣。

　　大聪和米贵看了看，无奈地摇了摇头。

第五章 训练有素的昆虫兵

沙沙的脚步声越来越近了，曲丽丽将隐身衣迅速地披在身上，走到墙边靠着。米贵和大聪没有办法，两人披着另一件隐身衣相互挤着躲在墙角边。咆地犬轻轻地跑到房间的另一边角落去了。

"沙沙沙沙……"整齐的脚步声越来越近了。这下三人看清楚了，真的是螳螂和一队昆虫。走在最前面的螳螂，体形真大，有课桌那么高，全身碧绿，扇形头上的两只触角抖动着，头两边的绿色复眼里，小黑点滚动着。它的额头上有三个小点，那是三个单眼，细长的脖颈让它的头看起来特别高。脖颈下的两只前肢非常粗壮，上面的锯齿显得又尖又锋利，如果被锯上一下，马上就是一个大伤口。这只大螳螂颜色艳丽，非常漂亮，也算是虫类的大帅哥了。

显眼的是，它的腹部系着一条宽宽的皮带，皮带中间还有一个细瓶口大小的枪口。

大螳螂后面跟着两支不同的昆虫队伍，队形非常整齐，排成两列，有几百只昆虫。它们的体形比那只大螳螂小一些，个个直立着昂头挺胸，有的是黑褐色，有的是青褐色，都戴着一副墨镜，墨镜下有一个咀嚼式口器，露着两片坚硬的上颚。有的头顶上长长的触角耷拉着，有的触角短粗，有的尾部还有两根长须。在它们翅膀下的腹部系着一条腰带，两只前足抓着一支枪，显得非常威严。

大聪和米贵惊讶得轻轻叫出声："原来这些昆虫兵就是蟋蟀和蝗虫！"

知识点

蝗虫：俗称"蚂蚱"，直翅目昆虫，口器坚硬，前翅狭窄而坚韧，后翅宽大而柔软，后足很发达，善于跳跃，多数善于飞行。主要危害禾本科植物，是农业害虫。

蟋蟀：也叫促织，有的地区叫蛐蛐儿，无脊椎动物，属于昆虫纲、直翅目。蟋蟀圆头宽胸，身体黑褐色，触角很长，后足粗大，善于跳跃，有咀嚼式口器，大颚发达，尾部有一对尾须。雄蟋蟀好斗，两翅摩擦能发声。蟋蟀生活在阴湿的地方，吃植物的根、茎和种子，是农业害虫。

两人的叫声一下惊动了那只大螳螂，它警惕地转着长长的头颈，转了足有180度，看着四周。看了一会儿，没有发现什么，它就面对那些蟋蟀和蝗虫训话："今天的训练我不是很满意。"声音尖尖的，不是很清晰，像是人捏着嗓子在说话。

"你们的枪法必须做到百发百中。"那只大螳螂说着挥了下前足，声音严厉。

蟋蟀和蝗虫站得笔直，一对前足抓着一支枪，蝗虫要比蟋蟀显得强壮些。

"以后还要加强训练，因为你们面对的敌人可是强大的地上人！"

大聪三人听完愣了愣，它们竟然要对付地上人，看来地下乎希舍人还是不甘心啊，精心建造了这基地，培育了这些昆虫兵！

大螳螂挥了下带有大锯齿的前足，伸了伸中足，"现在例行检查装备。"说着用中足从后翅下拿出一个小型遥控器，对着前面按了一下。三人看到眼前顿时闪了几道白光，出现了一辆辆排列整齐的装甲车和坦克。

蟋蟀和蝗虫的队伍自觉地分成两列，在装甲车和坦克之间走着，左右转头看着两旁的装甲车和坦克，有的蟋蟀和蝗虫还弯下身扫视着装甲车和坦克的底盘。

"这些虫子真聪明！"米贵轻轻地说。

"那是当然，这些变异的虫子能够组成军队，肯定非常有智慧。"大聪回道。

"只是不知道战斗力怎么样！"

"你不要轻易地暴露自己！"大聪发出了"嘘"的声音。

"好像有声音！"大螳螂伸长了头颈，不断转动着头，晃动着头上的两根触角，瞪着两只三角形绿眼睛巡看四周。最后，它伸出中足朝米贵和大聪的方向指着，

"在那里！"

附近的蟋蟀兵立刻用前足端起枪朝米贵和大聪走来。

米贵和大聪看到它们走来，顿时屏气凝神，一动不动地紧贴着后面的墙。

两个蟋蟀兵看了看墙角，没有发现什么。一个蟋蟀兵又向前走了几步，大聪和米贵暗暗地叫着：完了，要被它发现了。那个蟋蟀兵在离米贵半米的地方停了下来，伸出枪晃了晃。

还没有这么近距离看过蟋蟀兵！米贵低眼看去，蟋蟀兵头上两根光滑的触角在身后垂着，这两根触角真长，好像要超过它的身高。蟋蟀兵不断地转动着圆头，那副宽墨镜紧贴着脸。它看了一会儿，和另一个蟋蟀兵离开了。

大螳螂见没有发现什么，挥了下前足，蟋蟀兵和蝗虫兵立即朝螳螂走去，在它面前整齐地排成两列。

"转身，齐步走！"大螳螂喝道。蟋蟀兵和蝗虫兵前足抓枪横在胸口，迈着后足整齐地走着。别说还真是一支训练有素的军队。

渐渐地，它们走远了。

"这支昆虫军队好像已经存在有些时间了，以后地下乎希舍人就要用这些昆虫军来和我们战斗。"曲丽丽脱下隐身衣说。

"这就是它们的聪明之处啊，改造和利用这些虫子，可以用最小的成本来产生最大的收益。"米贵推了下眼镜，一边飞快地说，一边拿过曲丽丽的隐身衣和自己的隐身衣卷在一起塞进了背包。

大聪沉默了一会儿说："我在想，这些虫子是不是和上次鸽子窝里的鸽子一样是被地下乎希舍人用电磁信号操纵着？"

米贵摇了摇头说："不知道，如果是的话，我们和上次一样，用电磁波干扰不就行了？"

"可是我们怎样产生干扰波啊？"曲丽丽说。

"我倒有办法，我可以用我的控制器发射一种电磁波，干扰它们的信号接收。"大聪说着拿出控制器低头操作起来。

"汪……"咆地犬这时摇着头甩着尾巴走了过来，到了大聪面前，依偎着他。

"看来这里真的隐藏着外来者。"突然一个蟋蟀兵从一个角落里走过来，用枪对着三人。

大聪三人吓了一跳，这些昆虫兵可真狡猾啊，居然在这里埋伏了暗哨。

"虫长料事如神啊，其实我早就发现你们了！"在那个蟋蟀兵右边的不远处也出现了一个蝗虫兵，它是从墙壁上面爬下来的。

大聪暗暗惊喜，正好可以用这两个昆虫兵来试一下控制器发出的电磁干扰波。他在显示屏上点击电磁波发射区，顿时控制器无声地发射出了电磁波。

第六章　遭到追捕

米贵走上前，低头近距离看着眼前的蟋蟀兵，它的两根长触角向后垂着，光滑的圆脸有拳头大，上面像是有一层皮甲，戴着墨镜，口器的两片上颚外凸，像是两个钳子，口器边有两根粗须。它没有脖颈，下面胸口直接连着两个前足。米贵自信地说："你们这些虫子，不就个子大一点儿吗，能把我怎么样？看我不把你们打趴下。"说着他紧紧地盯着那个蟋蟀兵，握着拳头靠近过去。

让人失望的是，这个蟋蟀兵没有任何异常反应。见米贵靠近，它立即用带绒毛的前足举起枪瞄准米贵，警告说："别过来，再过来我可开枪了。"

米贵没有停步，既然大聪电磁干扰波没用，他就想抢先用拳来击倒它。谁知，蟋蟀兵开枪了，那支枪的枪口冒出一道蓝色长电弧，准确地击中了米贵的腹部。原来这是支电弧枪。

米贵大叫一声，两腿一软，瘫倒在地，整个人又痛又麻，在地上直抽搐。大聪和曲丽丽看了急忙跑过去扶他。

那个蟋蟀兵还想再开枪，咆地犬一下跳起来，朝蟋蟀兵扑去，蟋蟀兵的枪摔落一旁，咆地犬张大嘴巴准备撕咬。

那边的蝗虫兵朝咆地犬射来一道蓝色的长电弧，咆地犬反应灵敏，迅速地跳开了。蟋蟀兵马上捡起了电弧枪，对准了米贵、大聪和曲丽丽。这时，米贵的麻痛渐渐地变得轻了。那个蟋蟀兵张大口器，上颚动了动，"我没有使用致命模式，否则你们早没有命了。"说着对那边的蝗虫兵喊着，"快向虫长发信号，说抓到三个间谍。"蝗虫兵点了下头，只见它墨镜边框上的红点闪了几下。

> **知识点**
>
> 电弧：一种气体放电现象，是电流通过某些绝缘介质（如空气）时产生的瞬间火花。

"举起手来跟我走。"蟋蟀兵端着电弧枪喝道。

三人看了看，无奈地举着手朝前面走去，咆地犬跟在身边，蝗虫兵端着电弧枪在后面瞄着他们。走了一会儿，他们拐进一条通道，通道弯弯曲曲，有两米高，里面光线不是很强，显得有些暗幽幽，也不知这光线是从哪里来的，三人好奇地看着四周。

米贵悄悄地凑近了大聪压低声音说："看来你这控制器的干扰波对它们没有用。"

大聪点了下头，"不知是什么原因。"

"是不是你的干扰波不够强？"

大聪摇了摇头，"我也不知道。"

大战湖底昆虫军（上）

沉默了一会儿，米贵又轻声地说："大王虫，现在就两个昆虫兵，我们设法逃吧！"

"可是它们手里有电弧枪！"大聪说。

"我自有办法！"米贵自信地说。曲丽丽马上跟着说："你能有什么好办法？"米贵听了朝她斜了一眼。

前面的通道有往右的一个弯道。当前面的蟋蟀兵走进了右弯道后，米贵忽然蹲下身捂住肚子大声叫起来："好疼啊！"曲丽丽皱了下眉，虽然不满意他的这个办法，可还是配合着，大声喊肚子疼。大聪也跟着喊疼。

身后的蝗虫兵迈着两只细足走上前来，放下电弧枪，张着口器着急地问他们三人怎么都肚子疼。米贵故意不断哎哟叫着，它走到米贵面前，看了看他的脸，又看着他的肚子。

米贵见电弧枪垂挂在它的前足上，出其不意地伸手去抢那枪。蝗虫兵反应过来，两只前足紧紧抓着电弧枪，想不到它力气还挺大。身边的曲丽丽见了，连忙想来帮忙。

令人想不到的是，蝗虫兵又伸出两只足在米贵的腰上挠痒痒，米贵忍不住一笑，松开了手。蝗虫兵端平了电弧枪对着米贵和曲丽丽，喝道："举起手来，不要动！"

大聪看到这一幕顿时觉得很好笑，正忍不住笑出声，忽然听到身后一声"举起手来"，是那个蟋蟀兵端着电弧枪瞄准了自己，不由得也举起了手。就在这时，他灵机一动，挺直身朝身后大叫："虫长来了！"蟋蟀兵本能地扭头往后看去，蝗虫也是同样动作。大聪朝米贵使着眼色，示意他抢过蝗虫的电弧枪，谁知米贵竟然从背包里拿出激

光手枪朝着蝗虫兵的肚上开了一枪，由于距离近，蝗虫兵被打得朝后摔去，电弧枪甩出一米多远。

蟋蟀兵见自己的同伴被击倒，端起枪要向大聪射击。大聪连忙伸脚朝它踢去，蟋蟀兵身子一歪，后足一软，差点摔倒在地。米贵见了，连忙又用激光手枪朝蟋蟀兵腹部射去，红光一闪，蟋蟀兵吱地叫了一声，后退几步，墨镜掉落，露出两只透明的复眼，电弧枪垂挂在前足上。

大聪大喊："快去拿它们的枪！"正说着，蝗虫兵慢慢爬起来，身边的曲丽丽快速地从蝗虫兵身边不远处捡起电弧枪，扣下了扳机。电弧枪射出一道蓝色电弧击在蝗虫兵身上，蝗虫兵躺在了地上，全身抽搐着。

蟋蟀兵见势不妙，甩着两根触角，趔趔趄趄地朝通道里面跑去。

"虫子到底是虫子，根本不是我们的对手啊！"米贵得意地说。

咆地犬走到那个蝗虫兵面前，用鼻子闻了闻，伸出舌头舔了舔，见它抽搐了一会儿没有了动静，就走回大聪的身边。大聪摸了下它的头，对米贵和曲丽丽说："我们快走！"说着捡起蟋蟀兵落下的电弧枪，这枪拿在大聪手上就像一把长柄手枪，有些偏轻，看外壳不像铁质，不知是用什么材料制成的。

三人和咆地犬看了看通道，决定还是原路返回。往回走了一段距离，三人奇怪地发现那通道变得迂回曲折，与进来时完全不一样，又走了几道弯口，好像又回到了原来的地方。

"这是怎么回事，这通道怎么像是迷宫？"米贵吃惊地看着四周。

暗淡的光线下，可以看到通道呈长方体形，墙壁光滑平整，地上覆盖着一层厚厚的灰色杂物。

大聪从背包里拿出控制器，扫描着四周，显示屏上却显示一片绿色。

"我这宝贝显示这里应该是安全区域。"大聪说。

"你这控制器已经没有用了，刚才都没有成功干扰到那些虫子。"米贵不屑地说。

大聪摇了摇头，"刚才肯定不是我这宝贝的缘故。"

"咆地犬，你去前面探下路吧！"曲丽丽撩了下额前的短发，拍了拍咆地犬的背。

咆地犬回头朝大聪看了看，大聪点了下头，弯腰对它说："如果找不到出路，要赶紧顺着原路回来。"

第七章　被逮个正着

米贵皱着眉，摇着头说："那怎么行？这通道本来就像迷宫一样，如果走失了可怎么办？"说着朝咆地犬招着手。咆地犬走近了，米贵蹲下身抚着它的头，"别走了，就跟着我们吧！"咆地犬点了点头，摇了摇尾巴。

大聪有些不满咆地犬与米贵的亲近举动，翘着嘴角轻声嘀咕："咆地犬对通道的识别能力非常强，何况还有我这控制器可以召唤它。"

这时，一阵哗哗的声音轻轻响起，响声在通里回荡着。

"这些昆虫兵好像追来了，我们快跑。"曲丽丽说。三人和咆地犬马上朝前跑去。后面的哗哗声越来越响了，三人惊慌地跑着，不时朝后看去，奇怪的是，哗哗声就在后面响，却没有看到那些虫子的影子。

三人正放下心时，听到头顶传来一声喊："站住，否则我开火了！"

三人惊愕地朝头顶上看去。天啊！上面飞着一只大虫子，有苍鹰那么大。透过暗暗的光线看去，这飞虫身体呈长圆筒形，全身黑色，头顶上一节一节的触角非常长，身下有三对长足，它飞时外面一对大黑翅膀张开不动，里面一对小翅膀轻轻地扇动，不断地发着嘤嘤声。它身上的壳甲非常厚实，闪着金属的光泽，看去无比强壮。此刻它正低头睁着一对黑乎乎的眼睛，大钳嘴张合着。

"这不是天牛吗？真大啊！"米贵惊讶地叫起来，"天牛在我家小区的树上就有，我经常抓来玩，想不到现在被它玩了。"

"快放下你们手中的电弧枪。"天牛发出了低沉嘶哑的声音，它的腹部系着一道宽皮带，带子上有一个枪口。

知识点

天牛：属于鞘翅目天牛科，咀嚼式口器，长长的触角超过身体的长度。全世界有2万多种天牛。天牛幼虫生活于木材中，能对树或建筑物造成危害。天牛是植食性昆虫，是危害松、柏、柳、榆、柑橘、苹果、桃和茶等树木的害虫。

曲丽丽偷偷地举起电弧枪，那天牛皮带上的枪口忽然射出一道红光，准确地射在了曲丽丽的电弧枪上，曲丽丽大叫一声，电弧枪掉落在地上。想不到天牛腹部的枪威力这么大。大聪和米贵相互看了看，吓得不敢再动。大聪连忙将手上的电弧枪放在了地上。

三人举起手朝前走去，咆地犬跟在身后。

"就这么被它们抓了啊？"米贵轻声地问，不时地朝

后面斜上几眼。

"它带着枪，又在头顶上，凶狠着呢！刚才吓死我了。"曲丽丽心有余悸地说。

"是啊！我们能怎么办？现在只能乖乖地听它的话了！"大聪低着胖头轻轻地说。

这时，又传来一道道沙沙的脚步声。天牛发出了声音："报告虫长，我抓住了几个间谍，现在交给你们了。"说着抖动小翅膀朝后飞走了。

三人好奇地朝后看去，正是那只大螳螂，它的头上两根触角抖动着，绿色眼睛看着大聪三人，眼神犀利。它挥舞着前足，张了张外面的大翅膀，露出了腹部皮带上黑洞洞的枪口。

它的身后跟着两列蟋蟀和蝗虫兵，它们的前足都抓着电弧枪。

"你们这些地上人类的间谍，不要再想偷偷地溜走。告诉你们，不要再费力气了，就是让你们走，你们也走不出这通道。"大螳螂大声地说。

"奇怪，你怎么知道我们是地上的人类啊？"曲丽丽好奇地问。

"看你们的模样就知道了，再说上面已经通知我们，说你们进入了这里。"大螳螂说。

三人相互看了看，发现一切都已在地下乎希舍人的掌控下，不由得感觉有些可怕。

"我们其实是误入这里的，不是故意的，你又何必为难我们呢？"米贵扬了扬尖瘦脸，歪嘴笑着说。

"你们狡猾着呢，不要多说话，乖乖地跟我走。"大螳螂说着走到他们面前，挥了挥带大锯齿的前足。三人相互看了看，只能转身朝后走去。通道似乎亮了许多，四周洞壁平整，地面有泥土，还长有稀稀拉拉的杂草。沿着原路往回走，三人不觉奇怪，这通道和刚才感觉完全不同，弯道多了些。

"它们会将我们押到哪里去啊？"曲丽丽轻声地问。

"谁知道啊。"米贵说。

前面通道出现了岔口，曲丽丽朝大聪和米贵眨了眨眼，两人马上明白了。渐渐地靠近了岔口，曲丽丽一下闪进了左边的通道，大聪和米贵、咆地犬正想跟着进去时，身边的洞壁一道红光闪过，轰的一声，石屑四溅。

"你们想逃，我早就注意到了！"大螳螂大声说，接着又低头对着皮带上一处微小的通话器喊："虫3队注意，有个间谍朝你们去了，务必要抓住她。"

咆地犬摇了摇尾巴，趁着大螳螂喊话时，撒腿迅速地冲进了左边的通道。大聪急了，大叫着"咆地犬"跟了进去。米贵拿出激光手枪朝后面随手射了一下，也闪进左边的洞。

只听见后面大螳螂的大骂声："你们这些笨蛋，怎么不开枪！"

那些昆虫兵怯怯地说："可是虫长你没有叫我们开火啊！"

大螳螂顿时气急败坏，"你们简直笨到家了。"

米贵甩开腿飞快地朝前面跑去，跑了一会儿，却没有看见曲丽丽的身影。他轻轻地喊了一声曲丽丽的名字，也没有回应。通道渐渐地变狭窄了，光线也越来越暗。

"米小鼠，有没有看见曲木兰？"大聪气喘吁吁地从前面跑回来问。

米贵摇了摇头，咆地犬在大聪身后摇头摆尾。

"奇怪，我在前面也没有看见她，她会去哪里了呢？"

"他们就在前面，你们给我快点！"身后响起大螳螂凶狠的声音。

大聪催着米贵："我们快走！"咆地犬用两只黑眼睛看着大聪，汪汪地叫了几声，大聪知道它的意思：如果等那些昆虫兵追上来，它跑得快，可以由它去引开它们！

大聪弯腰摸了下咆地犬，感动地说："这里只有一条通道，连躲藏的地方都没有，你怎么去引开它们啊？"

"别说了，它们追上来了。"米贵说着看了看前面的通道，再次朝前面跑去。大聪紧跟在后面，咆地犬在最后。两人沿着通道跑了几分钟，四周除了脚步声，再没有其他声音！

这时，身后传来昆虫兵沙沙的脚步声，接着响起大螳螂的声音："大家跑快些，如果抓不住他们，我将你们全部关禁闭！"脚步声马上变得响亮起来。

大螳螂的声音又响起来："那几个间谍就在前面，快给我射击！"

大聪和米贵紧张地朝后看了一眼，在幽暗的光线下，大螳螂和它的蝗虫兵、蟋蟀兵就在后面十几米的地方。两人顿时大叫一声，连忙朝前面快速冲刺，脚步声在通道里回荡，咆地犬跑到了两人的前面。

第八章　躲避追捕

"轰！"一道道蓝色电弧射过来，大聪和米贵一边跑一边本能地将头低一下。电弧射在他们头顶上不时闪过，石屑四溅，不过威力好像小了些，估计它们降低了电弧枪的强度。

渐渐地，后面的脚步声越来越近，电弧依然不断地在他们的四周制造爆裂，不过这些昆虫兵似乎不想伤害他们。

"怎么办？要被它们抓住了。"米贵气喘吁吁地说。

大聪忽然想起了什么，"你不是有隐身衣吗？快给我们披上。"

"不行，它们追得这么紧，披上了也会被它们发现。"米贵摇头说。

这时前面的咆地犬停止了奔跑，汪汪地叫着，大聪和米贵跑到它身边，只见前面的通道有个岔口，岔口里面光线强烈，传来有规律的嘎吱声。

大聪和米贵相互看了看，鼓起勇气拐进了岔口，顿时眼前一片通亮。原来，这是一处非常宽敞的场地，高高的

顶，好像超大型的基地，靠里面还建有一座座房间，白色墙壁，有着圆形的顶。

"这里又是什么地方？"米贵环顾四周好奇地问。

"可能是这些昆虫的一个基地吧，就像前面它们放战车的仓库一样。"大聪回答。

"怎么没有看见曲木兰，她会去哪里？"米贵边说边朝前面的房间走去，"会不会在这里面。"大聪和咆地犬跟着走去。

"他们在里面，我们快进去！"外面响起了大螳螂尖细的声音。

"怎么办？"大聪和米贵相互看了看，环顾四周，现在离前面的房间有十几米，房门紧闭，跑过去躲起来已经来不及。

"完了，要被抓了！"米贵沮丧地说。

大聪看了看头顶，只见上面吊着一排排的细杆，不知是用来做什么的，"这上面有细杆，我们可以飞上去藏起来。"说着他从背包拿出飞行包，操纵着让自己飞起来，穿过细杆飞到上面，踩着细杆低头弯腰。米贵也飞了上来，半蹲着两手抓着横杆。

咆地犬抬头摇着尾巴看了看上面的横杆，后退几步，蹬腿高高跃起，两只前爪抓住了上面的横杆，接着身体一缩，也上了横杆。

米贵见了，朝它伸出了大拇指，不愧是生物机器。

这时大螳螂和它的昆虫军队跑了进来。两人朝下看去，大螳螂走在最前面，迈着上下节粗细明显的后足，扇

形的头左右转着，绿油油的眼睛扫视着四周。它挥舞着前足，轻轻地挥起两对翅膀，中足扶了下系着的皮带，露出了皮带上的枪口。它身后的蟋蟀兵和蝗虫兵抓着电弧枪立即分散开始寻找大聪和米贵，它们还去了房间里搜查。

"报告虫长，没有找到那两个人类的间谍。"一个蟋蟀兵走到它面前报告。

"我们都找遍了，里面空荡荡的，什么都没有。"

"那几间房是战训室，平时会有新兵训练和战术讲解。奇怪，今天怎么一个新兵都没有？"大螳螂一边低语着，一边用前足挠了挠头，头上两根触角晃动着。

大螳螂还是不甘心，又命令道："继续找，我就不相信他们会从这里凭空消失。"

那些蝗虫兵和蟋蟀兵大声应答，分散开又进入一个个房间搜寻着。

横杆上的大聪和米贵屏气凝神，半蹲着一动不敢动。呦地犬也用四爪紧紧地抓着横杆，半张着嘴，轻轻地喘着气，黄色的尾巴向上翘起。大聪和米贵眼睛下斜，清楚地看到下面的大螳螂在转着圈，不断挥动两只又大又粗的前足，发着呼呼的声响。

看着蟋蟀兵和蝗虫兵忙碌的身影，大螳螂又喝道："他们肯定就在这里！你们给我好好地找！"

"可是虫长，我们都找了几圈了，没有啊！"一个小蟋蟀兵端着电弧枪有气无力地走到中间的房间门口，一边朝里面看着，一边随口回道，它的个头比其他蟋蟀兵要矮小些。

　　大螳螂没有说话，慢慢地走过去，到了那个蟋蟀兵身边，抬起一只前足朝它的身体狠狠地拍去，那个蟋蟀兵顿时被拍出几米远，电弧枪和脸上的墨镜也被甩了出去。接着大螳螂走上前伸出前足抵住它的头，冷冷地喝道："如果你再不认真执行任务，我有权让你永远消失。"

　　其他昆虫兵都愣住了。螳螂收回前足，扫视着昆虫兵，喝道："继续找。"那些昆虫兵顿时认真了许多，不再交头接耳，全力搜寻起来。那个小蟋蟀兵也慢慢地捡起电弧枪，戴上墨镜走到面前的房间里，仔细搜寻着。

　　这只大螳螂可真够凶悍的，如果落在它的锯臂下可不好受。大聪和米贵相互看了看，忍不住哆嗦起来。大螳螂转动扇形的头在四处看着，两只前足摆到身后，迈着后足踱着步，俨然一副首领的派头。

　　有灰尘吹入了米贵的鼻子，米贵忍不住张大嘴要打喷嚏，大聪急了，朝他使劲眨眼，希望他能够憋住，可米贵还是憋不住了，眼看就要打起喷嚏。

　　这时，咆地犬汪汪地叫出了声，同时迅速地跃过几根横杆跳下并朝前面跑去。大螳螂马上大叫："果然在这里，快给我追！追到它就能找到那几个间谍。"说着大螳螂迈开后足朝咆地犬追去，那些昆虫兵紧随其后。

　　咆地犬朝前面的房间跑去，它用嘴拱开房门，飞快地进了房间，螳螂和它的昆虫兵追了进去。四周没有了声响，一片静悄悄。

　　大聪和米贵慢慢地操纵飞行包从横杆上飞落到地面。大聪看着那房间，皱紧眉焦急地说："我的咆地犬，不知

道能不能逃出它们的追捕。”

　　“刚才多亏了它。”米贵推了下眼镜，眨了眨眼睛安慰着，“它灵活着呢，放心吧，会轻松逃过那些昆虫兵的追捕的。”

第九章　看到了曲丽丽

"曲木兰不知道去了哪里，没有一点儿消息，是不是被它们抓了？"米贵说着看了看四周。除了那些房间，四周都是空荡荡的，奇怪的是它们进了那个房间后再也没有了声响。

两人不觉好奇。大聪轻轻地朝那个房间走去，靠近了，用耳朵贴着墙壁仔细听了一会儿，却什么响动也没有。来到房门前，大聪轻轻地推开门，里面有些暗，房间很长，堆满了大小的零件，有坦克炮塔，还有装甲车的车轮，看来这是一座堆放坦克和装甲车配件的仓库。

大聪悄悄地朝里面走去，米贵跟在身后，两人不小心碰倒了几个炮塔和车轮，感觉它们非常地轻。两人不禁有些奇怪，捡起身边的炮塔，有课桌大小，也就一两千克重，仔细看了看，表面光滑，摸上去一片冰冷。

两人还看到了三架三角形的飞机，有小轿车大小，外表乌黑，驾驶室的盖子朝上掀起。米贵见了，低头钻进里面，在驾驶座上坐下，大小正好合适。

大战湖底昆虫军（上）

　　大聪催着他："快下来，我们还要去找咆地犬和曲木兰呢！"

　　"你说这飞机能飞吗？"

　　大聪回道："当然可以了，这里就是昆虫军的基地，有了坦克、装甲车，怎么能没有战斗机？"

　　"如果我能驾驶它飞起来多好。"米贵看着驾驶室里精密的仪器，露出了渴望的眼神。

　　这时，附近响起一阵沙沙的脚步声。大聪一把将米贵拉下了飞机，两人躲在了两架飞机的夹缝里。眼前一道身影闪过，大聪看清了，那是咆地犬，身后跟着两个蟋蟀兵。

　　听到外面没有了声音，大聪才出来说："看来咆地犬已经摆脱了那些昆虫兵的追捕。"

　　"我说没事吧？咆地犬灵活着呢！"

　　"那当然，它可是我爸设计出来的。"大聪得意地说。

　　米贵不屑地道："瞧你这副得意劲儿，和刚才那只大螳螂差不多。"

　　大聪没有理会他，追出了房间，外面空荡荡的，"咆地犬会往哪里去啊？难道这些房间是相通的？"奇怪的是，也没有看见大螳螂和其余那些昆虫兵。

　　"我想它应该是跑到了隔壁的房间！"米贵说。大聪点了点头。两人来到了相邻房间的门前，听了一会儿，里面依稀传来一些扑哧声。"这是什么声音？你说它们会不会在这房内？"大聪轻声说。

　　米贵皱着眉，没有搭腔，仔细听着里面的声音。

忽然，不远处又响起一阵急促的声音，听起来像是那些昆虫兵的脚步声。声音越来越近，两人相互看了看，也顾不上那么多了，连忙推开房门走了进去，进去的瞬间，里面一下亮了起来，像是有感应灯。

> ### 知识点
>
> 感应灯：通过感应模块自动控制光源点亮的一种新型智能照明产品。在有效感应范围内如有人和物体移动或产生声响，光源自动点亮，有效移动和声响结束1～2分钟熄灭。

两人关上门，看了看四周和房顶。墙壁灰白色，房顶有三四米高，靠外的墙上有一排低矮的小窗口，不知是做什么用的。奇怪的是并没有看见灯，不知光亮是从哪里射进来的。房间里面整齐地放着一排排桌子，桌下是一个个小凳子，最前面的一个台子上横放着一张长桌，长桌边立着一个类似人体的模型。这里像是一间教室。

沙沙的脚步声越来越近，两人屏气凝神贴着墙壁不敢出声。忽然脚步声在房门外停了下来，"这个房间有没有搜查过？"是大螳螂尖细的声音。

"报告虫长，刚才已经搜查过，没有发现那只狗间谍。"

"奇怪，那两个地上人类的间谍去哪里了？现在连那只狗间谍也没有了踪迹。"大螳螂嘀咕着，马上又斥责起那些昆虫兵来，"瞧瞧你们一个个笨手笨脚的，在这里还

会让他们溜得无影无踪。"接着大喝一声，"给我继续找。"

脚步声从房前响过，大聪和米贵贴着门，缩着脖子，从窗口看见大螳螂和那些昆虫兵走远。两人暗暗高兴，看来它们没有抓住咆地犬，这些昆虫兵的智商确实不高。

昆虫兵走后，四周安静下来，房间内有节奏地响着扑哧的声音。两人好奇起来，正想循着响声寻找，突然一道黑影朝这个房间快速跑过来。黑影越来越近，米贵看清了，正是咆地犬，他开心得差点叫出声来。

咆地犬撞开门进来跑到大聪和米贵身边，伸出舌头舔了舔他们的腿。"你跑到哪里去了，有没有看见曲木兰啊？"大聪弯腰摸着它的头轻声地问。

咆地犬摇了摇头。"这个曲木兰怎么没有一点儿消息，是被它们抓了，还是跑了？"米贵皱眉推了下眼镜焦急地说。

"我想被抓的可能性大，说不定被那什么虫3队的虫子给抓了。"大聪挺直了偏胖的身体又说，"不过别着急，只要在这虫子的基地里，总会找到她。"

扑哧的声音再次有节奏地响着，两人环顾四周，循声寻找，这里除了排列整齐的课桌和凳子，没有其他什么东西了。咆地犬也在房间里嗅来嗅去。

外面又响起一阵急促整齐的脚步声，大聪和米贵一惊，紧张地呼唤咆地犬过来，咆地犬飞快地跑到他们面前。

"这些昆虫兵又折返回来了？"大聪问。

整齐的脚步声越来越响，米贵透过窗口朝外看去，果然是一群昆虫兵，它们排着队整齐地朝着这个房间走过来。米贵没有看到那只大螳螂，又仔细找了找，仍没有发现。

大聪也透过窗口看去，发现它们腰间多了条腰带，没有电弧枪，数量多了许多。队伍前面是一只体形很大的蟋蟀，它张嘴唧唧地叫了下，接着发出人的声音："一、二、一。"后面的昆虫兵紧跟着它的口号，整齐地迈着脚步。

"这些像是在操练的士兵，没有带电弧枪，好像和大螳螂率领的昆虫兵不是一伙的。"大聪皱眉沉思一会儿说。

米贵点了下头，"被它们发现了，同样要来抓我们，要不我们溜出去吧！"

大聪摇了摇头，"来不及了。"忽然他惊喜地说，"我好像看见曲木兰了。"米贵马上透过窗口朝外看去，果然，在那支队伍的后面，有两个蝗虫兵用前足抓着曲丽丽的大腿。曲丽丽无力地走着，睁着大眼睛望着四周，似乎在寻找着什么。

第十章　冒充教官

"曲木兰还是被它们抓住了，现在得想办法救她！"米贵着急地转身对大聪说，"你想想有什么办法？"

身旁的呴地犬用嘴巴扯了扯大聪的衣服，轻轻地发出叫声。大聪知道它的意思：由它去吸引昆虫兵，然后再寻找机会救曲木兰。

大聪连忙摇头阻止："它们数量太多了，这办法行不通！"

说话间昆虫兵离房间越来越近了，只剩几米。

"它们就快到门口了，怎么办？"米贵着急地问。

"现在逃出去已经来不及了，我们还是赶紧在房间里找个地方躲起来吧！"大聪轻声说。

两人急忙转身朝房间后面跑去，各自找了一张靠角落的桌子，钻到下面躲起来，桌子很小，勉强能够容下一个人。呴地犬也不知躲到哪里去了。

这时，砰的一声房门开了，大聪和米贵偷偷地朝门口看去，那些昆虫兵一下子涌了进来，它们朝着座位走去，

弯腰微微张开背后的翅膀，尾部搁在凳子上。两个蝗虫兵朝大聪和米贵面前的凳子走来，弯曲着后足，尾部搁在凳子上，两只中足垂放着，后足朝桌下伸了过来。大聪和米贵一惊——就要被它们发现了。

果然，那两个蝗虫兵尖叫起来，它们感觉触碰到了什么，连忙站直身，往后推开凳子，低头看着桌下大叫："你们是谁？"

大聪和米贵见已经藏不住，只得从桌下钻了出来，那些凳子上的昆虫兵也挺直了身体，惊讶地看着他们。米贵扭了扭脖子，伸开手臂，长长地叹了口气，"憋死我了！"

大聪见他这么镇定，也学着他冷静地放松身体。

为首的大蟋蟀看见大聪和米贵，愣住了，蹬直了两只后足，挺直和课桌差不多高的身体，抬着大圆黑头，用半球面形状的一对复眼盯着两人，两根触角定在空中，一对前足和一对中足垂落身前，张开口器大声地问："你们是谁，怎么会在这里？"

大聪和米贵一愣，看来它们还不清楚他俩就是大螳螂要抓的地上人类的间谍。

米贵正想着怎么应付它，这时身边的一个蟋蟀兵走到大蟋蟀面前，用前足指了指长桌边的人体模型，接着费力地抬头将嘴靠着它的头轻轻说着话。

大聪和米贵这才发现人体模型闪着红眼睛，那扑哧的声响正是人体模型发出来的。大蟋蟀甩了下头上的两根触角，点了点头，"原来你们就是智能人教官啊！"说着，它抬头伸出前足朝大聪和米贵挥了挥，又做了一个

"请"的手势，"教官，请上台为我们讲解关于人类身体的知识。"

大聪和米贵相互看了看——这些虫子误把他们当成来这里讲课的教官了。米贵眨了眨眼，大聪马上心领神会，干脆将计就计，装作它们的教官。

米贵挺直身，拍了拍衣服，干咳两声，双手背在后面，慢慢地踱步朝台上走去。大聪跟在后面挥手朝它们傻笑着打招呼。这时，呛地犬钻了出来，米贵朝它们解释说："这是我的狗助理，它可是人类忠心的帮手，大家要知道见到狗就可以判断人类就在附近了。"说着摸了下呛地犬的头。

前面的蟋蟀兵朝米贵、大聪和呛地犬投去尊敬的目光。

一个深黑色的蟋蟀兵在大蟋蟀身边嘀咕着："教官，你确定他们就是上面派来的智能人教官吗？看他们的身形和行动不是很像智能机器人，要不要向上面报告一下？"原来大蟋蟀是带领它们的教官。

"那还会有假？"大蟋蟀立即用沙哑的声音喝道，前足在那个深黑色的蟋蟀兵头上戳了一下，"不是智能人教官，还会是谁？"看来它的脾气挺暴躁。

米贵和大聪走到台上，呛地犬摇着尾巴跟在后面。米贵挥了挥手让大家都坐好，那些蝗虫和蟋蟀兵顿时安静下来，弯腰将尾部搁在凳子上。

大蟋蟀朝外面喊了一声："将地上人类的间谍押进来。"两个蝗虫兵押着曲丽丽进来了，它们的前足紧紧抓住曲丽丽的两条大腿，曲丽丽睁着大眼睛，短发耷拉在额前。

曲丽丽进屋见大聪、米贵和咆地犬站在长桌后，没有显得惊讶，刚才她在门外已听见他们的声音。

米贵朝她使眼色。大聪马上挥手让那两个蝗虫兵将她押到了台上长桌边，悄悄地朝她笑了一下。

那个深黑色的蟋蟀兵又在大蟋蟀面前嘀咕起来："教官，他们会不会是一伙的？还是向螳螂虫长核实下吧！"

"别给我提那只该死的大肥臀，还要向它核实？"大蟋蟀怒道。它称那只大螳螂为大肥臀，看来它们之间有矛盾。大聪和米贵不由得暗暗好笑，想不到这些虫子间也会你争我斗。这个虫子教官正在气头上，所以才会固执己见，否则冷静思考一下，就会判断出曲丽丽、大聪和米贵是一伙的。

米贵知道现在该自己表演了，他大声地说："我和他就是你们的智能人教官！"说着指了下大聪。两人朝下面的昆虫兵看了一眼，只见它们个个精神抖擞、昂首挺胸，凸着半圆球的黑色眼睛，举着两只带着小刺的前足，前排的蟋蟀兵不断张合着带有大颚的口器，伸直了头上的长触角，后排的蝗虫兵挥舞着前足，头上的短触角直立着，大翅膀轻轻挥动。

这些平日看起来毫不起眼的小虫子，武装起来是一支非常有战斗力的军队，如果成千上万的昆虫军队开着坦克和装甲车去突袭人类，恐怕人类还真一时难以招架。两人轻轻地叹了口气，地下乎希舍人为了对付地上人类，可谓费尽心思！

米贵想着不觉胆战心惊。他深吸口气，冷静下来继续说："你们知道你们为什么会成为战士吗？"

下面一片安静，不少蟋蟀兵和蝗虫兵相互看着，然后一个蟋蟀兵举起了前足，张着口器说："这还不是地上的人类害得！"

米贵、大聪和曲丽丽听了，暗吃一惊，它们竟说和地上人类有关，不知地下乎希舍人向它们说了地上人类怎样的坏话。

第十一章　给昆虫兵授课

"教官，你还是先给我们说说地上人类的弱点和他们身体最薄弱的地方吧！"有个蝗虫兵大声说，其他蝗虫兵和蟋蟀兵纷纷附和。

其实米贵也不知道自己该具体讲些什么内容。忽然，他看见前面的人体模型，想了想说："地上人类的弱点就是没有思想！"

"不可能！"坐在前面的大蟋蟀马上站起来反驳，"地上人类是最有思想的动物！他们在地球上建造了高楼大厦，制造了精密的高科技设备，创造了繁华的世界，绝对是属于高智商、有思想的动物群体！"

米贵愣了一下，马上回答："可是你们有没有想过，地上人类过度开发地球，让地球的承载能力越来越接近极限，所以说地上人类做起事来从来是不计后果的，这就是他们的弱点。"

大蟋蟀马上沉默着点了点头，看来那些地下乎希舍人已经向他们灌输了这样的思想。它们目不转睛地看着米

贵，这下更相信米贵了。

大聪和曲丽丽暗暗佩服米贵的引导。

米贵更有底气了，故意咳嗽了几下，指着台上的模型，"你们知道吗，人类的身体结构基本单位是细胞，就是说人体是由细胞构成的。"说着瞄了下面一眼，"同样你们也是由细胞构成的，这点你们和人类是相同的。"

房间里响起一阵轻轻的私语。

米贵还想继续说些人体的知识，可是他说不出更多的内容，竟支吾起来。大聪见了，马上从背包里悄悄拿出控制器，搜索关于人体结构的知识，然后交给了米贵。米贵清了清嗓子大声说："人体有消化、神经等九大系统，水约占了人体重量的 65%，人体总血量约为体重的 8%，人体的肌肉共约 639 块，骨骼是人体坚硬的组织，成人有 206 块骨骼。"

顿时下面一片沉默，它们瞪着黑色的眼静静地看着米贵，口器一张一合着，似乎在默记。大聪和曲丽丽相互看了看，曲丽丽朝他甩了甩身后的胳膊，大聪这时看到她的两只手被一条带子捆绑着。大聪马上对身边的咆地犬撇嘴示意，咆地犬心领神会，悄悄走到曲丽丽的身后，张嘴去撕咬那条带子。

"教官，那人类身体最弱的地方是哪里？"

米贵愣了下回答："人类身体最大的弱点当然是他们的屁股，你们只要狠狠地攻击这个地方，他们就会倒在地上，失去攻击能力！"

曲丽丽听了，差点儿笑出声。大聪马上反应过来，悄悄地朝米贵伸出大拇指。那些蟋蟀和蝗虫兵听了，点了点头。

"可是听以前在这里训练的兄弟们说，人类身体最薄弱的地方是头、心脏和眼睛。"有个蝗虫兵举起了前足说。

米贵想了想，马上大声反驳："那是以前的事了，人类可是不断进化的动物，现在最薄弱的地方就是他们的屁股！"

大蟋蟀点了点头，甩了下头上两根大触角，朝后面大喊："记住，以后遇到地上人类就攻击他们的屁股！"蟋蟀兵和蝗虫兵都点头答应。

"教官，那我们如何去攻击呢？"有个蟋蟀兵长须甩动，张着口器问。

米贵顿了顿，"其实很简单，用你们手中的武器直接攻击，在没有武器的时候，用口器、足都可以！"

下面的蟋蟀兵和蝗虫兵纷纷点头。

这时，外面传来一阵响动声，大聪和曲丽丽警觉地朝小窗口外看了看，隐约可见有一群蟋蟀兵和蝗虫兵朝这里走来。大聪在米贵耳边轻轻地告诉他又有蟋蟀兵和蝗虫兵来了。

米贵连忙紧张地问："是不是大螳螂一伙？"

"没有看见那只大螳螂！"

大聪朝咆地犬示意了一下，咆地犬朝门口跑去。

很快，它又折返回来，瞪着黑黑的眼睛，轻轻地叫了几声。大聪立即朝米贵点了点头，示意外面来的正是大螳螂一伙。三人相互看了看，暗暗地着急。现在怎么办？这

下可要被大螳螂给逮个正着了。

　　米贵看着下面的蟋蟀兵和蝗虫兵，用手摸了下尖瘦脸，推了下眼镜，眼珠一转，忽然心生一计，提高了嗓门说："为了提高你们的实战性，根据作战训练的要求，我们安排了一次对抗演练，你们设定为蓝军，现在外面过来一支队伍，设定为绿军，它们要包围这里，你们要设法不让它们进来！"

　　蟋蟀兵和蝗虫兵马上挺直了身体，头上的触角晃动，睁着大黑眼相互看着，显然对突如其来的演练感觉很意外。

　　米贵故意看着为首的大蟋蟀，大蟋蟀反应过来，站直了身体，挥了挥前足，张着口器，"各位学员，以前也有这样的演练，这是一种常规训练！没有这样的演练，就体会不到什么是真正的实战。"

　　蟋蟀兵和蝗虫兵马上群情激昂，高举前足，大声发出唧唧声。

　　大聪和曲丽丽朝米贵投去佩服的眼光，嘴角微微地露出笑容，想不到他会出此妙招。

　　"可是教官，我们没有武器啊！"有蟋蟀兵叫着。

　　"我们没有带枪！"也有蝗虫兵提醒着。

　　这时，为首的大蟋蟀甩了下头上两根长触角，展开一对翅膀，露出腰间系着的细腰带上的一个黑乎乎的小洞口，用前足指了指说："这是我们以后常用的近身武器，正好趁这机会熟悉一下！"

　　大聪几人相互看了看，想不到它们的腰带上还藏有这样一个武器。

　　"现在听我口令，全体人员立正！"大蟋蟀用低沉略带沙哑的声音大声喊道，看来它这个教官平日里也经常训练这些昆虫兵。蟋蟀兵和蝗虫兵立即蹬直粗壮的后足站起来，前、中足紧贴身体，笔直地站着，俨然是一群训练有素的士兵。

　　"以两个为一组到窗前和门前找好位置，随时待命！"大蟋蟀命令着，"大家一定保持安静，不能发出一丝动静。"

　　蟋蟀兵、蝗虫兵纷纷行动起来，轻轻地迈动粗壮的后足，一个个来到窗前和门前，窗口的高度正好适合它们用腰带上的枪射击。它们小心地看着外面，前足抓着腰带上的枪。米贵对押着曲丽丽的两个蝗虫兵命令道："你们也去参加战斗！我来看押她！"两个蝗虫兵看了看，抖了抖翅膀应声而去。

第十二章　故意挑唆火拼

曲丽丽惊喜地看着米贵，"还是你有办法！"大聪也开心地轻声说："我们终于又在一起了。"曲丽丽又轻轻地说："我们现在怎么办？"咆地犬也摇着头，瞪大眼看着他们。

外面沙沙的脚步声越来越近了，能够清楚地听见那个螳螂虫长用尖细的声音喊着口令，那些蟋蟀兵和蝗虫兵发出整齐的回应。

米贵环顾四周，说："这里没有其他门了，看来只有等它们混战时，找机会溜出去。"曲丽丽擦了擦额前的短发，点下头，"想不到这些昆虫能够像军队一样去打仗，真是太神奇了。"

"可怕的是这些地下乎希舍人训练和控制的昆虫兵，以后就会攻击我们人类，到时我们人类必须应对它们。"大聪感叹地说。

米贵快速地说："幸好它们的智商不是很高，否则它们凭精密的武器和众多的数量，将成为我们人类难缠的对手。"

"大家分开包围这里，前面小队进房间去！"外面传来大螳螂尖细的命令声。马上，沙沙的脚步声朝房子两边散开。不一会儿，听见大螳螂的喊声："里面地上人类的间谍，快点儿出来，否则我们冲进去将你们全部消灭了！"显然大螳螂和它的昆虫兵们没有发现躲在房内的蟋蟀兵和蝗虫兵。

米贵和大聪来到窗前，弯腰低头悄悄地朝外看了看，只见那只大螳螂挺直了细脖颈，挥舞着前足，扇形脸侧朝着房门。

这时，一个蟋蟀兵和一个蝗虫兵握紧了枪，迈着粗壮的后足，低头弯腰小心地朝门口走来，渐渐地，5 米，3 米……

突然，米贵大喊："开火！"大蟋蟀愣了下，下意识地用前足按了腰带枪的开关，枪口射出一道细长的红光，接着它大喊："它们现在就是我们的敌人，给我狠狠地打，练习你们枪法的时候到了！"

窗口的蟋蟀兵和蝗虫兵马上按下了腰带枪的开关，顿时射出一道道红光，前面探路的蟋蟀兵和蝗虫兵被射中，一下摔倒在地抽搐着。

大螳螂一看形势不妙，立即命令道："大家快点隐蔽！"同时它挥着前足让身边的蟋蟀和蝗虫兵散开来，那些蟋蟀兵和蝗虫兵立即俯身，中足撑地，半趴着，前足抓着电弧枪瞄准房间。

这下房间的蝗虫兵和蟋蟀兵开始更密集地朝外射击，

火力猛了许多。大螳螂身边的两个昆虫兵被红光击中腹部，唧唧地叫了几声，然后翻倒在地上抽搐着，电弧枪滚落地面。

大螳螂显然气愤极了。它晃动头上长触角，又挥了下前足，召唤过来两个蟋蟀兵。螳螂对它们说了几句，两个蟋蟀兵点了下头，整个身体趴在地面上，头上长触角垂着，前足收起，中足和后足慢慢地朝前移动着。

房间内的蟋蟀和蝗虫兵继续用腰带枪射击，一道道红光射出，交织成一张网。外面的昆虫兵没有再射击，它们跟着前面的两个蟋蟀兵小心地朝前移动着。两个蟋蟀兵见距离差不多了，用电弧枪瞄准房间窗口射出一道电弧，电弧射中窗口边，"噼啪……"碎屑四溅。

房间内的昆虫毕竟是新兵，被吓愣了。

这时外面的蟋蟀和蝗虫兵开始一起射击。电弧枪的威力要比腰带枪大，蓝色的电弧打在房屋的墙壁和门上，发出噼啪的声音，不断有碎屑崩出，渐渐地门上还冒起了烟。

房间内的蟋蟀兵和蝗虫兵有些慌了，之前它们以为不过是一场演习，想不到变成真的战斗了。

它们相互看了看，大蟋蟀也觉得有些不对劲，虽说与大螳螂有过节，毕竟同是昆虫兵，它连忙扭头朝米贵看去。

三人正弯腰寻找出路，房内只有门和小窗户可以出去，可是现在正猛烈地交战，完全封锁了出路。

米贵没有理会大蟋蟀投来的质疑目光，仰起尖瘦脸，故意瞪眼对看着自己的那些蟋蟀兵和蝗虫兵大喝："这是一次最接近实战的演习，大家一定不能松懈，否则就会被绿军击败。你们看它们可是没有丝毫放松！"

大蟋蟀听了连忙点了下头，回过头大喊一声，继续用腰带枪朝对方射击，其他蟋蟀兵和蝗虫兵也再次投入战斗，双方的对射马上又激烈起来。虽然大螳螂一伙的电弧枪威力大，可是房间内的蟋蟀兵和蝗虫兵有墙壁作掩护，利用射击窗口构织起浓密的红光网，让大螳螂一伙难以前进。

前面的两个蟋蟀兵悄悄地爬近了，距离房门不过一米。曲丽丽从窗户看见了，连忙尖声叫起："门前有两个蟋蟀兵。"

大蟋蟀见了，连忙用腰带枪朝它们射击，其他蟋蟀兵和蝗虫兵也瞄准射击，两个蟋蟀兵身上冒出了烟，无力地趴在地上，电弧枪被压在身下。大蟋蟀和其他蟋蟀兵、蝗虫兵一惊，难道它们真的死了？

屋外转角处又有几个蝗虫兵慢慢地移动过来，屋内靠两边的两个蟋蟀兵看见了它们，赶紧靠着窗口挺直身体，按下腰带枪，枪口迅速射出了火红的光，两个蝗虫兵唧唧叫了几声，扑倒在地抽搐起来。

大螳螂火了，大叫："大话痨，你这浑蛋，知不知道你是在攻击我们啊？"看来"大话痨"是大蟋蟀的外号。

大蟋蟀见大螳螂大叫，立马也火了，回道："你不是也在攻击我们吗？"

"你们不攻击我们，我们会攻击你们吗？"

"笑话，只允许你们攻击我们，就不允许我们攻击你

们啊？"

大螳螂知道自己和这浑蛋虫说不清，再说下去也是白费，于是挺直了身体，向前翘起了尾部，张开前、后翅膀，露出了腹部黑色宽皮带上细瓶口一样粗的枪口。

不好！它们来真的了。米贵连忙拉着大聪和曲丽丽贴墙蹲下身来。

亮光一闪，"轰——"门口爆炸声响起，碎屑四射，烟雾腾腾，屋内光线暗了不少，几个蟋蟀和蝗虫兵痛苦地倒地叫着。

这只大螳螂的粗炮威力真不小！

三人抬起头，只见四周烟雾笼罩，灰茫茫一片。三人甩了甩身上的碎屑。"现在不走，更待何时？"米贵说着推了推身边的曲丽丽和大聪。三人找到一个被炸大的窗口，迅速钻了出去，沿墙边朝房子后面跑去，咆地犬紧紧地跟在后面。

第十三章　闯进军事基地

　　三人身后，房子那里继续响着猛烈的射击声和爆炸声。

　　房屋后面有一个大洞，三人来不及多想，就径直朝洞里面跑去。洞内很宽敞，一片通亮，地面平整，洞壁光滑。进洞以后又跑了一会儿，来到一个往右的转弯处，三人停下来，手撑着膝盖大口地喘着气。咆地犬摇着尾巴跟在后面，张嘴吐着舌头。

　　前面不断地闪着亮光，还响着嗞嗞的声音。三人充满了好奇，曲丽丽睁大眼问："这会是什么啊？"

　　"不知道！好像很热闹，走，我们去看看。"米贵说。

　　"那里肯定也有不少的蟋蟀和蝗虫！"曲丽丽拉了拉衣服紧张地说。

　　"你们等下，我用我的宝贝先侦察一下。"大聪说着从背包里拿出控制器，往右对着里面扫了一下，显示屏上顿时出现了闪着绿点的歪曲的图像。

　　"大王虫，你这宝贝已经不灵了，"米贵遗憾地说，

"不过现在还是得相信它一次！"

咆地犬汪汪地叫了两声，大聪知道它想去前面探路。大聪摇了摇头，"你不用去探路，我们还是一起走吧，不过你走在前面，如果发现有什么危险，要快速地告诉我们！"

三人向前走去，感觉前面越来越宽敞，声音也越来越响。

不一会儿，前面出现了一个大洞口，咆地犬连忙转身朝后面轻轻地叫着，米贵走上前悄悄地伸长脖子朝里面探望。

这一看，他顿时吃了一惊，里面竟别有洞天。这是一个非常开阔的空间，地面比外面低了近一米，宽阔的场地足有几十个足球场大。地上竟然还有溪流、小土丘和树林。空间的顶部也很高，闪着亮光。场地中间有条窄小的溪流，将场地分成两部分。近处的场地上停着不少前面见到过的装甲车、坦克，还有几辆装甲车、坦克在里面不断地穿梭行驶。

远处的场地上也停着一些车，不过像是在制造中。围着那些车爬上爬下的也是蟋蟀和蝗虫，它们看上去与那些蟋蟀兵和蝗虫兵不同，腰上系着工具带。它们神情专注，有的蝗虫用两只前足夹着一个小焊枪正焊着外壳，火花四溅；有的蟋蟀用前、后足趴在车顶上，用中足夹着一根细铁杆，努力地塞进车里面。

还有不少蝗虫和蟋蟀用前、中足抬着一根大大的圆粗管到坦克前，费力地托起，空中有只天牛立即飞上去，前、后足抓着焊枪焊接着，溅起团团的火花。天啊！它们是在安装大炮。

太神奇了！这些虫子不仅可以成为训练有素的士兵，竟然还能够和人类一样制造工具。

"这个湖底洞穴已经成了昆虫们一个庞大的军事基地了。"大聪轻轻地感叹说。

"为了对付地上人类，它们也是够拼的。"米贵说。

"如果真的发生了战争，它们可以源源不断地生产这些武器，驯化昆虫兵，这对我们人类来说恐怕是个大麻烦！"曲丽丽说。

"看来我们必须毁掉地下乎希舍人这个湖底军事基地，以免以后危害人类啊！"大聪睁大双眼看着下面坚定地说。

"你说得轻巧，这么大的地方怎么毁掉啊？现在我们连那些螳螂、蝗虫和蟋蟀都对付不了，还被赶着跑。"米贵一脸不屑的神色。

"这些虫子还是有不少弱点的，相信我们能够对付得了。"没想到曲丽丽竟这么有信心。

大聪点了点头，"既然它们制造了这些武器，那我们就用它们的武器攻击它们。即使打不过它们，我们也可以逃出去报告尹老师和世界安全组织。"

米贵愣了一下，"你想要驾驶那些装甲车和坦克？可是你会驾驶吗？"

"这些虫子都会驾驶，我想我们也能够摸索着学会。"大聪仰了仰胖脸自信地说。

"我可不想钻到那些又窄又闷的车子里，如果被它们攻击了逃都逃不出来。"曲丽丽皱着眉说。

"不过我觉得挺好玩，就像真实的游戏一样。"米贵一改刚才畏惧的模样，尖瘦脸露出了笑容。

三人说话的声音惊动了下面的虫子们！它们纷纷停下手中的活，朝这里看过来。这时，从那些树林里、小土丘里一下跑出不少的蝗虫和蟋蟀，它们戴着墨镜，前足抓着一把电弧枪，显然它们是这里的士兵。

"想不到这里还藏着不少士兵！"米贵惊慌地大叫。

"这里是它们的军事重地，肯定安排了重兵防守。"大聪回道。

"它们过来了，我们快跑！"曲丽丽指了指前面，一排排的昆虫兵正迅速地朝这里跑过来。

"恐怕外面那两伙昆虫兵火拼得也差不多了，它们会合在一起来找我们，我们逃到外面也会被它们追捕，不如就在里面与它们周旋！"大聪语气坚定地说。

"可是下面有那么多的昆虫兵啊！"曲丽丽看了眼那些越来越近的蟋蟀兵和蝗虫兵。

"我们可以飞起来！它们的电弧枪估计够不着。"米贵说。

咆地犬在身边摇着尾巴，瞪着乌黑的眼睛，朝米贵汪地叫了声，好像也支持他的意见。

"昆虫兵多我们才好周旋，让螳螂难以抓住我们！"大聪说着从洞口跳进去，操纵起飞行包，身后的飞行包顿时喷出了一股强大的气流，慢慢地将大聪带到了空中。米贵和曲丽丽见了，也连忙跳进去，操纵着飞行包飞起来。

咆地犬见了撒开腿冲了下去，迅速地钻到一片树林里，不见了身影。

那些蟋蟀兵和蝗虫兵冲上来了，它们抬头举着电弧枪瞄准着头顶上的大聪三人，"嗞嗞——"电弧枪枪口顿时射出一道道蓝色电弧。

电弧的长度不过几米，大聪三人一下飞高了，电弧枪射了个空。正当三人暗暗开心时，不远处有架崭新的黑色坦克向这里驶过来，可怕的是，长长的炮管跟着大聪三人在移动。

"不好，这辆坦克好像在瞄准我们！"曲丽丽一边大叫，一边本能地操纵着飞行包飞高了。

"我们在空中绕着 S 形飞。"大聪说着操纵着飞行包晃来晃去。

"轰——"那架坦克开炮了，顿时一道蓝光射过来，"砰——"一声巨响在他们身后响起，三人耳朵被震得嗡嗡作响，没有了听觉。空中的蓝光像是发生了爆炸，随即出现了一个大的蓝色圆圈，就像一次小型的音爆，威力可真大。

知 识 点

音爆：指声爆，亦称"轰声"，是飞行器在超声速飞行时产生的冲击波传到地面形成的爆炸声。当飞机以超过声速的速度飞行时，飞机所发出的声波无法跑在飞机的前方，只能全部叠在机身的后面，由此形成了圆锥状的音锥。当这种声波传到地面时，我们就听到所有累积起来的声音，就是一声轰然巨响的音爆。

大聪三人被一股强大的冲力推到了地面，幸好落在小土丘上的草丛中。

第十四章　消灭天牛侦察兵

　　米贵甩了甩头上的泥土，站起来掸了掸衣服，动了动手和腿，拍了拍耳朵，还好有了回响。他扶正了眼镜，收起飞行包说："还好没有受伤，这炮威力可真够大的。"大聪和曲丽丽也站起身，拍打着衣服，收好飞行包。

　　"想不到这坦克有这么大的威力，我们怕是难以招架，还是逃出去吧！"曲丽丽用手擦着脸上的土说。

　　"来不及了，那些昆虫兵过来了。"米贵朝前努了努嘴。远处走过来五个昆虫兵，它们半弯着身体，前足端着电弧枪，戴着墨镜，头不断地转向两边。边走边用中足拨开身边的树枝，它们是来搜寻大聪他们的。

　　"我们要设法弄支它们的电弧枪。"米贵躲在土堆后轻声地说。

　　大聪点点头。米贵从背包里拿出一件隐身衣披在身上，又从背包中拿出激光手枪，悄悄地走了出去，站在土堆的前面。五个昆虫兵走了过来，前面四个从米贵面前走了过去，落在最后面的一个蟋蟀兵慢慢地走着，米贵伸出

脚绊了下它的后足，那个蟋蟀兵没有防备，一下摔了出去，电弧枪也掉到地面。

米贵伸出手一把拿起那支电弧枪，蟋蟀兵看见隐身衣下半隐半现的米贵，立刻张着口器想要喊叫，米贵眼疾手快，举起激光手枪对着蟋蟀兵射去，蟋蟀兵抽搐了几下晕了过去。前面四个昆虫兵没有察觉，继续向前搜寻。

米贵跑到大聪面前，收起隐身衣，笑着说："看我的身手，像不像特工啊？"

大聪没有看他，随口回道："像特工中的小瘦子。"

"只有一支电弧枪也没有多大用啊，外面还有这么多的昆虫兵呢！"曲丽丽说。

大聪看到米贵拿着电弧枪，一把从米贵另一只手里抢过了激光手枪，"你反正已经有电弧枪了，这激光手枪给我用吧！"

米贵正要抢回激光手枪，这时，空中响起嘤嘤的声音。三人抬头朝上面看去，一只天牛，在不远处的空中飞着，全身有课桌那么长，呈长圆筒形，遍布黑白条纹，戴着一副墨镜，一对大翅膀张开静止着，里面的小翅膀飞快地扇动，两根长触角晃动着，口器的上颚一闭一合，三对足挥动，腰间还裹着宽皮甲，上面有黑乎乎的炮口。天牛下方有群昆虫兵跟着它。

"这天牛兵负责空中侦察？厉害，这些昆虫兵还知道空地一体化作战。"米贵赞叹。

大聪想了一下，"继续待在这里只能被抓，我们不如到装甲车或坦克里面去。"

"可是进去了，我们也不一定会驾驶啊！"曲丽丽说。

"我自有办法！"大聪坚定地说。

这时，空中的天牛似乎已察觉到土堆后面的大聪三人，快速地朝这里飞过来。

"要是被它发现了，可就完全暴露了。"曲丽丽着急地说。

"那只能先把它给射下来！"米贵抬了抬尖瘦脸，接着对大聪说，"你从我背包里拿隐身衣给我。"大聪拿出隐身衣给他，疑惑地问："你想干什么？"

米贵没有理会他，披上隐身衣，操纵着飞行包悄悄地朝着天牛飞去。那天牛扇动着小翅膀，发出嘤嘤的声音，长长的触角伸出几米外，足肢和外壳看上去非常坚硬。

米贵悄悄地跟着它飞了一段距离，眼看它到了土堆，就从它的身后靠近，拿出电弧枪对准它的尾部。天牛似乎感觉到有东西在靠近自己，一下转过身，长长的触角像鞭子一下抽了过来。米贵吃了一惊，条件反射地朝后退去，"嗤——"坚硬的触角将米贵身上的隐身衣划出一条缝，米贵连忙用手捂住那条缝，可缝隙太长，手根本捂不住。

不能被它发现，必须先发制人，米贵扣动电弧枪扳机，一道蓝色电弧射中天牛的尾部。天牛顿时大叫了一声，全身抽搐几下，三对足抖动着，大小翅膀乱颤着，偌大的身体迅速朝下坠去。

下方的昆虫兵齐刷刷地朝空中看去，它们看见了米贵的身影，马上举起电弧枪朝他射击，一道道蓝色电弧发着

嗞嗞声，构成了一张电弧网。

米贵深吸一口气，弯腰将隐身衣的缝隙遮住，快速地飞开了，绕了半圈，再飞回到土堆边。

"米小鼠，有勇气，把空中侦察兵天牛给弄下来了！"大聪欣喜地夸道。

"只是可惜了这隐身衣！"米贵皱着眉，从身上脱下隐身衣。

大聪接过隐身衣看了看，"这个还可以用！"说着叠起来塞进了米贵的背包。

"不过就算没有了空中的天牛，它们也很快会找到这里的！"曲丽丽弯腰靠着土堆轻轻地说。

大聪沉默了一会儿，点头说："这样躲着也不是办法！"说着朝前面不远处的装甲车和坦克看了看，坚定地说，"我们到那车里面去，用大型武器来攻击它们。"

"这么远，怎么进去啊？就算进去了，我们也不会操纵啊！到时弄不好会成为它们的活靶子。"米贵说。

外面的昆虫兵散开来在不断地搜寻着他们。他们这个土堆倒是隐蔽，土堆前面是一处凹地，还有一棵大树在前面挡着。曲丽丽也点头附和，"昆虫兵太多了。"

大聪扫视了下四周，皱着眉道："咆地犬去了哪里？"

"它灵活着呢，等下说不定又从哪里冒出来了！"米贵说。

"你可以穿着隐身衣去那车里。"曲丽丽说。

大聪摇了摇头，"昆虫兵太多，它们的触觉非常灵

敏，能够感觉到。"说着沉默了一下，"最好有人去吸引它们的注意力，这样我才能到那车里。"

大聪说完朝米贵看了看，曲丽丽也看着米贵。

米贵睁大了双眼，扬了下尖瘦脸，低声说："你们看着我干吗？"

大聪嘻笑着说："要不你披着隐身衣去绕个圈，吸引它们，我好有机会进入它们的车里？"

米贵使劲地摇着头，"我才不去呢！"

　　大蟋蟀瞪着两只黑眼看着面前乱哄哄的场面，举起一只前足问："这是怎么回事啊？"

　　"这还用问吗？都是那几个地上人类的间谍搞的鬼！"大螳螂转身对着大蟋蟀狠狠地说，接着举起前足责怪道，"真是服了你，简直没有智商，这几个地上人类间谍怎么也不像是智能人教官啊！他们诱导我们内斗，不仅让我们伤了自己的兄弟，还乘机溜之大吉。"

　　大蟋蟀面对大螳螂的责怪，也激动地大声反驳："谁能分得清这是真的人类还是机器人啊！"

　　"说你是有勇无谋的大话痨，还是看得起你，你就是没脑子的大虫子，真不知道主人是怎么培养你的。"大螳螂似乎越说越气，口器上两片坚硬大颚一张一合。

　　"大肥臀，别忘了，如果没有我全力培养这些士兵，你哪里有训练有素的士兵？"大蟋蟀不服气地回道，说着挥了下前足，转身朝后走去，"没有我，看你如何抓住那些地上人类的间谍！"

　　大螳螂没有理它。

　　昆虫兵早已排成整齐的队伍，默默地看着两个长官在斗嘴。螳螂扫视了一下它们，挺直了身体，用严肃的声音大声说："这些地上人类的间谍非常狡猾，我们不要放过任何一个角落。"那些昆虫兵齐声回应着，唧唧的声音响彻整个空间。

　　"哈，想不到这两只大虫子还相互抬杠，真是有趣！"大聪笑着说。

　　"大王虫，趁它们现在集合，我们去坦克里吧！"米

贵提醒着。

大聪看了看四周点了下头，迅速蹿出土堆朝一辆坦克跑去，米贵和曲丽丽也紧随其后，一起来到一辆坦克面前。坦克有小轿车大小，全身黑色，和军队里的坦克样式差不多。不过令人吃惊的是，这辆坦克没有履带，而是悬空的，虽然有轮子，但是不着地，离地还有一尺的距离。三人看了四周，没有什么支撑点。

难道是半成品？可又不像。三人找起门来，可是没有找到，三人不由得着急起来。

这时大螳螂和那些昆虫兵发现了大聪三人，顿时格外兴奋，大螳螂一声命令，那些昆虫兵蜂拥而来。

"这门会在哪里啊？"大聪围着坦克转着圈。

米贵爬到了坦克顶上，也没有找到门。曲丽丽看了一眼那些跑过来的昆虫兵，催促着："我们还是快跑吧，它们围过来了。"

"现在已经跑不出去了，如果我们逃进车里面，它们就可能一时没有办法！"米贵回道。

"可是我们找不到车门啊！"曲丽丽说。

"别急，我有办法！"大聪忽然想到了什么，急忙从背包里拿出控制器操作起来，显示屏闪亮着，大聪对着坦克喊道："芝麻开门！"

控制器的显示屏闪烁了几下，屏幕上出现了这辆坦克的模型，在车体的下面闪现着红色圆形。

"天啊，这门原来在车底下！"米贵叫道。

大聪急忙趴下往里钻，这辆坦克好像有感应似的，自

动升高了，让人可以轻松地钻到车底下。车的底盘上果然有一个圆框，边上还有一个按钮，大聪摁下按钮，使劲用力推了一下，圆框被推开，露出圆洞，大聪钻了进去。走上几级台阶，大聪发现里面空间不大，有三个座位，成"品"字排列，前面中间有驾驶窗，每个座位前有一个A4纸大小的荧屏，还有一个U形细柄驾驶杆。

米贵和曲丽丽也跟着进了坦克。大聪走到前面驾驶室的位置。

"快关上车门！"米贵说。

曲丽丽用力将那圆门往下合上。那圆门在合上的瞬间，发出咔嗒一声，严丝合缝。

"这怎么操纵啊？"米贵坐在大聪身后左边的座位上，摆弄着操纵杆。

大聪用控制器的一个连接头插入那个荧屏的接口，再点击控制器显示屏上的"连接启动"，荧屏顿时亮了起来，显示出车前的全景：蝗虫兵正用前足举着电弧枪慢慢地朝坦克围过来，它们戴着黑色墨镜。

大聪知道，这副墨镜不仅是它们的扫视仪，还是它们的通话器。

那只大螳螂也跟着走过来，它高大通绿的身体非常显眼。

"大王虫，搜索下这辆坦克的武器系统！我要攻击它们。"米贵催促道。

大聪用控制器搜索坦克的武器系统，发现这辆坦克有两套武器，一套是光炮，另一套是激光枪。光炮在米贵的

位置上，激光枪在曲丽丽的操纵杆上。

知识点

光炮：书中虚构的武器，一种利用激光束攻击目标的大炮，并且将射出的激光扩散出去形成冲击波，起到毁灭目标的功效。

激光枪：书中虚构的武器，一种利用定向发射的激光束直接毁伤或击毁目标的枪械。

那些昆虫兵越来越近，大聪终于按照控制器上的提示找到了这辆坦克的驾驶系统，启动了坦克的动力源，他操纵着驾驶杆，望着驾驶窗，驾驶坦克缓缓地朝前开去。

昆虫兵纷纷停下来，惊愕地看着朝它们驶来的坦克。

第十六章　驾驶坦克战斗

那只大螳螂挺直身体，挥着前足指着坦克，张大了口器说："这些可恶的地上人类的间谍竟然攻占了坦克，不能让他们跑了，给我狠狠地射击。"

那些昆虫兵立即端起电弧枪朝坦克射击，一道道蓝色电弧射向坦克，形成电弧网。大聪望着驾驶窗外，电弧射在车头没有什么效果，再看了下眼前的显示屏，绚丽的蓝色电弧网非常壮观。那些电弧在坦克面前没有丝毫的攻击力，连痕迹都没有留下。

"这辆坦克的外壳真是坚硬牢固啊！"曲丽丽惊叹道。

"我让你们尝尝你们自己造的坦克的厉害！"米贵一边狠狠地说，一边用手操纵着面前的操纵杆，座位前面的荧屏出现了大炮移动的画面，往左扳动操纵杆，大炮朝左移动。

米贵将大炮瞄向昆虫兵，按下了操纵杆上的一个按钮，"轰——"一声巨响，车体震动了一下，只见荧屏上一道蓝色光朝前面射去，射在了一个土堆上，土堆的泥土四溅，蓝色的光波一圈圈四散开去。

被冲击光波冲击到的昆虫兵尖叫着，纷纷倒下，电弧枪掉落在地上。

"哇，这光炮的威力可真够大啊！"米贵叫着，从座位上跳起来，"我都打偏了，还能把这么多的昆虫兵冲倒了。"

大聪操纵着驾驶杆，坦克继续朝前行驶。

大螳螂从地上爬了起来，刚才它趴在地上躲过了那道冲击波。它甩了甩头上的两根触角，用前足轻轻地拍着身上的泥土，两对翅膀张开抖了抖，扬起扇形脸，用一对绿色的眼睛看了看四周，见倒在地上的那些昆虫兵呻吟着，它连续骂着"可恶"，接着抬头朝四周尖声喝道："我们必须抓住这几个地上人类的间谍，否则我们这里就永无宁日了！"

那些昆虫兵听了大螳螂的命令，纷纷从地上爬起来，朝坦克追了过去。空中飞来两只天牛，发着嘤嘤的声音，头上垂着两根长触角，戴着墨镜，挥舞着三对足，腰间的宽皮甲上露出了黑乎乎的炮口。

"我们还是快点离开这里。大王虫，搜索下四周有没有出口。"米贵快速地说。

大聪一边操作着驾驶杆，一边打开了驾驶杆前探测系统的开关，荧屏上显示电磁波正在 360 度扫描，接着，荧屏上跳出一个没有口子的椭圆形圈。看来这个场地是一个椭圆形，四周没有出口！

这时坦克发出一阵震动，曲丽丽叫了起来："空中的两只天牛开炮了。"

"想不到它们腰中的小炮威力这么大。"米贵说，接着对曲丽丽喊道，"快用激光枪击落它们。"

曲丽丽看着眼前的操纵杆不知所措，米贵弯腰上前，将身体挪到曲丽丽的座位上，按照面前荧屏上的操作指示将枪口瞄准空中的一只天牛，按下了按钮，顿时坦克顶上射出一道红光。那只天牛的尾巴被射中了，它连续发出唧唧声，摇晃着从空中掉落下来。

米贵又瞄准了另一只天牛，那只天牛见势不妙，飞速地抖动翅膀飞走了。

"想不到这坦克的武器还挺厉害。"米贵开心地叫着。

"不好，它们的坦克和装甲车围过来了。"大聪看着荧屏说，荧屏上闪烁着正在逼近的几个红点。

米贵回到自己的座位，果然看见自己座位前面的荧屏里有几辆坦克和装甲车正浮空行驶过来，不由得感叹这悬浮技术确实够先进，这样的行驶方式完全不受道路的限制。

知识点

悬浮技术：主要是指磁悬浮技术。这是利用磁力克服重力使物体悬浮的一种技术。目前的悬浮技术主要包括磁悬浮、光悬浮、声悬浮、气流悬浮、电悬浮、粒子束悬浮等，其中磁悬浮技术比较成熟。磁悬浮技术形式比较多，主要可以分为系统自稳的被动悬浮和系统不能自稳的主动悬浮。目前根据磁悬浮技术研制了磁悬浮列车。

大螳螂也飞到了空中，挥舞着两只前足不断指挥着。

"曲木兰，用激光枪将空中的螳螂射下来。"米贵叫道。

"来不及了，我们还是逃吧！"大聪说。

"可是我们往哪里跑啊？它们要将我们包围了！"米贵回道。

"要不我们出去投降吧！"曲丽丽惊慌地说。

大聪和米贵没有理会她。大聪推动驾驶杆，操纵着坦克飞快地朝前行驶，由于车轮是悬空式的，行驶起来非常地平稳。

忽然，身后轰的一声，从荧屏看去，坦克后面泥土四溅，闪现一道蓝色光波。坦克瞬间抖动不已，车内也是一阵闷热。

"我们被它们的坦克攻击了！"米贵大叫。

曲丽丽不断拍着胸，大声咳嗽起来。大聪也感到了胸闷，看来这光炮的冲击力很大。

"前面又围过来了几辆装甲车！"曲丽丽大声叫道。

"看来我们必须冲过去了！"大聪操作着驾驶杆，往下死死地按住动力系统的启动键，坦克一下加快了速度，径直朝前面的装甲车撞去。

"你疯了啊！"米贵差点从座位上跳起来。

曲丽丽也跟着惊叫起来："快停下，要撞上了！"

"现在坚决不能停下来，两军相逢勇者胜！"大聪大声说，操作着驾驶杆加快了往前行驶的速度。三人感到坦克在快速地移动着，从荧屏里看到前面的装甲车已经围成了一道防线。

　　昆虫兵见大聪驾驶着坦克准备快速地冲撞过去，都惊呆了，抓着电弧枪愣在原地。大螳螂见了，气得头上长须抖动，挥舞着前足对着那些追击的坦克大喊："快攻击它，不要让他们去撞那些装甲车。"

　　身边的一个蟋蟀兵立即将大螳螂的命令通过传话器传到驾驶坦克的昆虫兵那里。后面的坦克连续用光炮射击大聪的坦克，大聪将坦克速度提到了最高，坦克后面不断爆炸，蓝色光波闪过，坦克震动不已。

　　"我太难受了！"曲丽丽紧紧地抓住操纵杆，努力让身体保持稳定。

　　米贵也在座位上颠簸着。大聪大叫着："米小鼠，快用光炮攻击前面的装甲车。"米贵抓住操纵杆操作着光炮不断瞄准前面的装甲车。几辆装甲车顶上的长枪射出了一道道红光，落在坦克上冒出一道道白烟，坦克震动着。

　　米贵控制住身体摇晃，将光炮瞄准了其中一辆装甲车，摁下了按钮，一道蓝光朝前面射去，那辆装甲车顿时被弹开抛起，摔落在了几米外，它两边的装甲车也被弹出去。

　　"哇！"米贵叫了起来。大聪驾驶坦克冲到了那空隙处，这时前面强烈的蓝光闪了一下，强劲的冲击波冲来，坦克朝后退去，整个车身翘起往一旁倾斜，车子里面顿时一阵灼热。

第十七章　逼入绝境

　　三人大叫了起来，还好坦克没有翻倒，倾斜了一会儿又恢复了平衡。三人感到头晕目眩，看来是受到了光波的冲击。大聪看了下身边竟然还放着一个头罩，喊道："你们身边是不是都有个头罩？如果有的话赶紧戴上。"那个头罩太小了，不过还好能够撑大。大聪戴上头罩，推动驾驶杆加快了速度，快速地冲过了装甲车的防线。

　　"虽然我们冲出来了，可是这样也不是个办法！"米贵边说边戴上了头罩。他看见一旁的曲丽丽趴在了操纵杆上，连忙呼唤她。曲丽丽醒了过来，脸色苍白，短发杂乱地耷拉在额前，轻声地问："我这是怎么回事啊？"

　　"你好像被震晕了！"米贵说，"快戴上边上的头罩，可以减少光波的攻击震动。"

　　曲丽丽连忙戴上头罩，慢慢地恢复着体力。

　　大螳螂气急了，张开前、后翅飞到空中，靠近大聪的坦克，亮出了皮带上的枪口，挥舞着前足，接着枪口上射出一道红光。虽然红光看去细小，但是它能够连续射击，

转眼红光准确地射中了大聪驾驶的坦克的尾部。

地面的昆虫兵端起了电弧枪射击，有几道电弧射在了大聪他们的坦克上。

"不好，荧屏上跳出了报警信号，车尾部温度过高。"大聪朝后面大声地说。

"该死，是那只大螳螂用激光朝我们射击造成的。"米贵回道，"大王虫，快走 S 形线路。"接着又对曲丽丽说，"快用头顶上的激光枪回击。"

后面的坦克紧追着，空中的大螳螂边飞边用它的皮带上的枪跟着射击，就像电焊一样在坦克尾部击发出火花。

曲丽丽操作操纵杆，旋转着坦克顶上的激光枪瞄准了空中的大螳螂，正想开火，却感觉车身一震，身后的一辆坦克用光炮朝这里射来，蓝色光波冲击着坦克。

大聪感觉坦克一高一低，看着荧屏，大叫起来："坦克右边的悬浮力没有了，在用履带行驶呢！"坦克呈倾斜状态，右边的车底冒出了浓浓的灰尘，速度慢了下来。

"激光枪没有用了！"曲丽丽斜着身体操作着操纵杆大叫着。

"看来我们要被抓了。"米贵显得有些失望。

"你们快看空中！"大聪提醒着。

荧屏上显示空中飞来了两架轿车大小的黑色三角形飞机，它们飞到了大聪他们的上空后突然飞高了。

"不好了，天上掉下两个大圆桶。"米贵话音刚落，大聪大叫，"这是炸弹。"只听到轰的一声巨响，三人都感到一阵眩晕。原来坦克被炸到了空中，又翻滚着落到地面。

过了好一会儿，坦克才停止翻滚，静静地停在那里。还好座位有保护功能，三人没有受伤。米贵用庆幸的语气说："多亏戴了头罩，否则头被撞得不轻。"

大聪看了下荧屏，已经黑了。他重新启动了连接着的控制器，荧屏又重新亮了起来。大聪操作着驾驶杆，坦克起动了，可以继续向前行驶，不过三人马上发现坦克颠簸了许多。大聪看了看荧屏，坦克在用履带行驶，显示悬浮系统坏了。

后面的坦克和装甲车马上围了上来，再看后面的空中，那只大螳螂已不在了。

"刚才昆虫兵出动了空军，这炸弹的威力够大！现在怕是更难以逃出去了！"米贵说。

"大不了被抓，看看它们会把我们带到哪里去！"曲丽丽显得很淡定。

"我们不能这样轻易被抓，我们要毁掉这个湖底军事基地，以免以后威胁人类。"大聪说。

"可是它们数量太多了！"曲丽丽说道。

"如果我们这辆坦克可以隐身就好了。"米贵感叹着说。

"我们进入湖底基地时，看到的坦克好像就是能隐身的。大王虫，你搜索下有没有这种隐身的功能。"曲丽丽提醒着。

大聪用控制器搜索了一下，没有发现隐身功能。

"可能是那个仓库特意设置的隐藏功能。"米贵说。

大聪又用控制器操纵着坦克的探测系统 360 度探测四周。这时，昆虫兵驾驶的坦克和装甲车越来越近了，一群

群的昆虫兵抓着电弧枪小心地走过来。

"我们被包围了，还是逃不出这些昆虫兵的手掌。"曲丽丽失望地说。

大聪在荧屏上看到在前面不远的地方有一大块绿色区域，看来那里应该是一处大空地，可是通过驾驶窗看前面是堵围墙。

"怎么了，大王虫？"米贵连忙问，大聪将看到的情况说了。

"可能围墙的后面是处大空地！"曲丽丽分析说。

"那我们就冲过去！"米贵坚决地说。

"可是这坦克的动力系统出现了故障，现在维修已经来不及了，你们看外面，它们又将我们围住了。"大聪叹了口气说。

米贵和曲丽丽看着座位前的荧屏，围着坦克站满了蟋蟀兵和蝗虫兵，在它们的身后是坦克和装甲车。在坦克正前方又是那只大螳螂，它身体挺直，扇形脸紧绷，一对绿色大眼睛盯着坦克，神情非常严厉。它举着两只前足，头上两根触角微微颤动着，肥大腹部上的皮带在翅膀下时隐时现。

"又是这只该死的大螳螂！"米贵托了下眼镜狠狠地骂着。

大螳螂大声喊："你们已经被包围了，快从里面出来。"

"我才不出来！"大聪哼了下，继续用控制器操纵着坦克，试了几次，坦克还是没有反应。

"你们这些地上人类的间谍再不出来，休怪我们不客气了！"大螳螂跺了跺后足，又挥了下前足。几个蝗虫兵跳上坦克，它们头上戴着一副墨镜，前足和中足抓着一把大型的枪，枪后面有一根粗管子。

大螳螂又挥了下前足，那几个蝗虫兵打开了那支大枪，枪口顿时喷出一道粗火舌，火舌冲进了光炮管内，坦克里面一阵火热。除了闷热，更令三人惊恐的是，坦克里面的荧屏嗞嗞地冒出了小火星。大聪连忙拔下控制器，查看了一下，还好没有损坏。

"你们再不出来，我就引爆这辆车！"大螳螂大喊。荧屏上出现了条纹，画面变得模糊，不过声音倒是非常清晰。

"这怎么办？看来没有办法了，只能乖乖被擒了。"米贵叹了口气说。

"还是先投降吧，到时再寻找机会脱身！"曲丽丽跟着说。

大聪显然非常不甘心，激动地对着荧屏上的小喇叭大声说："我们就是不投降，你引爆这辆坦克吧！"

第十八章　大蟋蟀虫质

　　米贵和曲丽丽相互看了看，心想大聪失去理智了，怎么可以这样刺激那只大螳螂呢？万一它真引爆了坦克，不都完了？

　　米贵一下冲到前面座位上，抓着大聪的衣服，大声呵斥："你疯了，硬扛不是好办法！"

　　接着米贵对着荧屏上的小喇叭大声说："我们出来，但是你们不能攻击我们。"

　　那只大螳螂没有表情地看着坦克。

　　"它难道听不见？"米贵着急地说。

　　"不会吧？"曲丽丽也凑上前说。

　　大螳螂继续挥动一只前足，那几个蝗虫兵抬高了那支喷火枪，看来它们没打算"高抬贵爪"。

　　"我们快出去吧！"米贵和曲丽丽一边同时说着，一边寻找着出口的开关。

　　"你们快看，那只大蟋蟀来了，它们好像在讨论着什么。"大聪提醒道。

米贵和曲丽丽回头看驾驶窗，果然是那只大蟋蟀站在坦克前面，正与大螳螂交谈着，显得有些激烈。通过荧屏上的喇叭隐约可以听见，这只大蟋蟀要进来和大聪三人谈判，大螳螂则坚持要火攻逼他们出来。

"这只大螳螂真歹毒！"米贵愤愤地说。

"它也只是逼我们出来，想必也不会太为难我们！"曲丽丽说。

看来那只大螳螂没有争执过那只大蟋蟀，只见大蟋蟀用前足推开了那只大螳螂的前足，头上两根大长触角不断晃动，弯下腰看了看坦克的底部。这辆坦克没有了悬浮，底部离地不高。大蟋蟀犹豫了一下，用前足往下拉住那两根触角，趴在地上，钻进了坦克的底下，到了那个圆框下，用前足不断敲着。

大聪三人取下头罩，相互看了看。大聪皱了下眉说："让它进来吧，看看它和我们说些什么！"

米贵点了点头，笑着说："看看它怎么劝我这个教官！"

"到时我们可以劫持它作为虫质。"大聪悄声说，接着从背包里拿出了激光手枪。

"这不道德吧？"曲丽丽小声说。

"我现在发现大王虫越来越坏了。"米贵笑着说。

"这叫兵不厌诈！"大聪回道，又对米贵说，"快把门打开。"

门开了，那只大蟋蟀伸进头来，用两只黑眼睛看了看四周，马上举起前足，头上两根长触角一下伸展开，都快碰到车顶了。

它倒丝毫不畏惧，低沉且快速地说："原来你们真的是地上人类的间谍，果然聪明狡猾，我被你们骗得好惨。现在只要你们听我的话，走出坦克投降，我保证你们会没事！"

三人听了觉得它很有趣，比那只大螳螂可爱多了。

米贵笑着问："如果我们投降，你怎么保证我们没有事？"

"就是啊，那只大螳螂好像不肯罢休啊！"曲丽丽跟着说。

"别提那只大肥臀，有我在，它不敢把你们怎么样的！"大蟋蟀一脸不服气回道。

三人不觉好笑，看来它们互相不服气。

"要我们投降也可以，但是你们会怎样对待我们？"米贵问。

那只大蟋蟀举着前足愣了一会儿，说："我们会把你们带到一个封闭的地方住着。"它说话倒还含蓄。

"你这不就是把我们关押起来吗？"曲丽丽说。

"你们是地上人类的间谍，当然要关起来啊！"大蟋蟀肯定地说，头上触角甩动着。

三人相互看了看，大聪起身离开座位，头要碰到车顶了，他低头弯腰，"好吧，我们跟你走。"说着慢慢地走到门口。

米贵和曲丽丽也站起身，低头弯腰跟着走。

大蟋蟀见他们听了自己的话要跟着出坦克，露出几分得意的神色，正想走下门去，忽然大聪将激光手枪对准了

它的头。大蟋蟀显然也是见过世面的，没有惊慌，只是结巴着问："你想干什么？"

"不想干什么，只想让你做我们的虫质。"大聪低着胖脸，贴着它的头轻声地说。

三人押着大蟋蟀从坦克底部爬了出来。大聪紧紧地抓住它头上的一根触角，大蟋蟀的身高才到大聪的腰部，大聪手拿激光手枪对着它的头，它也不敢乱动。

大螳螂见到这幅情景，顿时火了，拉长了扇形脸，向前走了几步，大声喝道："你们逃不出这里的，看看周围，都是我的士兵。"

大聪笑着说："我们有大蟋蟀，它会带我们出去的。"米贵和曲丽丽点了点头。四周站满了蝗虫兵和蟋蟀兵，它们举着电弧枪，紧紧盯着他们。

大螳螂大声责怪大蟋蟀："你这大话痨，真是笨蛋，成事不足败事有余！"

大蟋蟀被大聪推着往前走，支吾地回道："没想到——这些地上的——人类间谍这么——狡猾。"

"凭你的智商肯定不是他们的对手！"大螳螂气急败坏地说。话虽如此，可它还是顾忌着大蟋蟀的安危，举起前足指着大聪三人说："你们可要小心，不要伤到它。"

大聪笑了笑，"我们不想在你们这净是虫子的地方待着，到处一股虫子腥味。"米贵和曲丽丽跟在后面点着头。

三人小心地押着大蟋蟀朝前走着，大蟋蟀用低沉的声音说："你们如果不放了我，恐怕走不出这个基地。"

　　三人没有理会它，绕开一群群的昆虫兵，走出了包围圈。前面是一片开阔地，几辆昆虫兵驾驶的坦克和装甲车悬浮着停在那里。大螳螂不甘心，尾随着三人。它偷偷地朝身边的一个蟋蟀兵使了个眼色，蟋蟀兵慢慢地跟着靠近了，用前足举起电弧枪瞄准了大聪。

　　大蟋蟀在走过一个土坑时，没有站稳朝前倒去，大聪也跟着朝前冲了几步。恰好这时，身后蟋蟀兵的电弧枪开火了，一道蓝色的电弧从大聪的头顶划过。

　　米贵和曲丽丽惊慌失措，朝大螳螂喊道："你们这样容易伤到大蟋蟀的。"大聪连忙抓紧大蟋蟀的触角，准备再用激光手枪抵住它的头，谁知那只大蟋蟀使劲一甩头，竟硬生生扯断了头上的触角，迈开两条强劲的后足朝后跑去。三人惊呆了，这大蟋蟀居然来了一招壮士断腕！

第十九章　第一次被抓

这下好了，没有了虫质，三人彻底落在了这些昆虫兵的包围中。他们面面相觑、不知所措，大聪不由得举起了双手，米贵和曲丽丽也跟着举起双手。

大螳螂开心极了，蹬着上下节粗细明显的后足跳了起来，翅膀裹紧了肥大的尾部，仰头张大口器大笑起来。四周的昆虫兵则齐齐地举起电弧枪瞄准三人。

"疼死我了，大肥臀，还是多亏我吧！"不远处的大蟋蟀半趴在地上，一个蟋蟀医护兵在给它的头包扎。

"那是你自讨苦吃，不用你，刚才我也能够将他们逼出坦克。"大螳螂甩了下触角不屑地说。

"我说你这大肥臀，我吃了这么多苦，你竟然不说一句好话。"那边大蟋蟀没好气地大声说。

大聪趁它们说话之际，偷窥了下四周，发现有辆坦克离自己不远，不过有两个昆虫兵正在坦克顶上歇息。可以趁它们不备钻入这辆坦克里面？可是现在四周的昆虫兵盯着自己，难有机会。

　　大螳螂慢慢地踱着步来到三人面前，抬头看了看他们，巴掌大的扇形脸上两只凸出的绿眼旋转着，绿眼之间的三个单眼也紧盯着他们。

　　看了一会儿，大螳螂突然好奇地问："你们地上人类都这么狡猾吗？"

　　"那当然，我们算是当中笨的。"米贵笑嘻嘻地说。

　　大螳螂将信将疑地看了看三人，挥了下前足，让昆虫兵将三人捆绑起来。两个昆虫兵端着电弧枪对准三人，又上来几个昆虫兵分别拿着红色闪光的小圆球，将他们每人的双手在腹前紧靠在一起，接着将那个小圆球往他们的双手一甩，那个圆球竟套在了他们的双手上。

　　米贵试着挣扎了下，发现那个圆球很坚固，手动一下会有种刺痛感，手动的幅度越大刺痛得越厉害，而且圆球会发出红光来报警。

　　完了，被这东西套住，恐怕是难以逃脱了，三人相互看了看。

　　"你们这些可恶的地上人类，我饶不了你们。"大螳螂用右前足摸了下头上包扎的伤口，接着看了看大聪身下掉落的那根触角，走上前弯腰用前足捡了起来。

　　"大话痨，这可不能怪我们啊！那是你自己扯断的。"米贵调侃道。

　　"那是因为你们抓住了我的触角，还用枪顶着我的头。"大螳螂回道。

　　"其实你根本不用扯断自己的触角，你们这么多兵围着，我们怎么可能逃得出去？你完全可以趁我们松懈时溜

走！"米贵又说。

大蟋蟀听了，圆头上的眼睛动了动，张大口器愣着，过了好一会儿才说："你说得有些道理啊！"

大螳螂朝大蟋蟀斜了一眼，轻声嘀咕了句："真是没有脑子。"说着朝身后的昆虫兵挥了一下前足，那些昆虫兵端着电弧枪押着大聪三人朝前走去。地面坑洼，几棵树下满是断枝残叶，四处停着装甲车和坦克，三人慢吞吞地朝前走着。那些昆虫兵在打扫战场，身边一个个半米高的昆虫兵排着队，拿着电弧枪，整齐地往远处走去。

"亲爱的虫长，你要把我们带到哪里去啊？"米贵将头往后仰了仰，眼镜往上动了动。

"你给我闭嘴，自然把你们带到该去的地方。"大螳螂转过身，抬起扇形头，瞪着又大又亮的绿色复眼。

这时，一个蟋蟀兵跑过来，张着口器喘着气，"报告虫长，那只前——"

大螳螂喝道："什么前？"

那个蟋蟀兵这才镇定下来，咬准了字："就是那只犬，没有找到。"

"继续找！"

大蟋蟀走上前，"我看那只狗找不到就算了，没有了主人，它能掀起什么浪啊？"

"就是啊！那不过是一只狗。"米贵跟着说，大聪和曲丽丽也跟着附和。

忽然，大螳螂发出了尖尖的大笑声。

大聪三人相互看了看，不知道这只大螳螂葫芦里又卖的什么药。

大螳螂挥了下前足，队伍停了下来，它又用前足指了下大聪三人："我要来个守株待兔，将他们作为诱饵。"

大聪三人相互看了看，想不到这只大螳螂还挺聪明。

大螳螂和昆虫兵将三人带到一辆坦克前面。大螳螂挥了下前足，唤来一些昆虫兵，让它们趴在地面，举着电弧枪，相互将泥土堆在身上伪装起来。

大聪悄悄地冷笑了一下，这咆地犬可是智能狗，它的眼睛可以扫描，伪装得再好也没有用。

"大肥臀，这能行吗？"大蟋蟀说。

"我看能行。"

大聪使劲朝米贵使着眼色，米贵没有反应过来，大聪悄悄地靠近了，轻声说："我们可以挑拨它们两个，让它们再来个窝里反。"曲丽丽也点了点头。

"怎么挑拨啊？能行吗？"米贵皱了下眉说。

"这个你最在行。"大聪朝他眨了眨眼。

"你这个大王虫，还是这种性格，总是让别人冲在前面。"米贵不屑地说。

"你们在嘀咕什么？"那大蟋蟀喝道。

米贵眼镜下的小眼睛一转，嘴角一歪，说："蟋蟀教官，我非常好奇，很想知道你们两个在这支虫子军里谁更具有权力。"

大蟋蟀愣了一下，马上回道："那当然是我。"说着用前足挥了下，继续说道："我可是这基地的资深教官，这些士兵都是我带出来的。"

　　米贵举起被圆球套住的双手刮了刮脸，故意摇了摇头，"我不信，我看这里的士兵全都是听虫长的。"

　　大聪和曲丽丽也使劲地点头附和。

　　大螳螂听着大聪三人说的话，知道他们是在挑拨大蟋蟀，顿时警觉起来。为了稳住局面，它聪明地附和大蟋蟀说："这些士兵确实都是你教出来的。"想想还是有些不甘，随口说了一句，"可是参加实战必须要我这指挥官带领它们。"

　　这下大蟋蟀似乎有些不服气了，"这么说来，我还不是合格的教官，只是教会了它们理论上的知识，没有教会它们实战？"

　　大螳螂摇了摇头，"我们各司其职，无所谓谁教会它们的本领更多些。"

第二十章　挑拨离间

大蟋蟀还是不服，张大了口器，抬起一只前足说："分明是我将它们训练成了一个个能征善战的士兵，你不过利用现成的。"

"我觉得也是，是这位蟋蟀教官将它们训练成了厉害的士兵，它应该是这里最具有权威的指挥官。"大聪漫不经心地附和着，米贵和曲丽丽也连忙点头。

三人说着偷偷笑了一下，这次的神补刀，让大蟋蟀更来劲了。

大螳螂暗叫不好，转过身看着后面的大蟋蟀，挥了下前足，大声争辩："大话痨，我们现在可是在执行任务，请你不要再胡搅蛮缠了。"

"我觉得蟋蟀教官说得很有道理！"米贵故意说，大聪和曲丽丽也点头说是。

"给我闭嘴，你们这些地上人类的间谍，又在搞小动作了！"大螳螂恶狠狠地说，边说边故意挥了挥那沉重的大锯臂。

大聪三人相互看了看，不敢再开口了。

"用胶带将他们的嘴封上！"大螳螂命令道。

"我们可没有说什么，为什么要将我们的嘴给封上？"米贵假装很不服气地说。

"是啊，你要封我们的嘴，分明是怕我们说话，是不是害怕我们替蟋蟀教官叫屈啊？"大聪也连忙跟着说。

这时，几个蟋蟀兵上来拿着一种类似透明胶带的东西来粘他们的嘴。

"怎么好意思来封人家的嘴，有理还怕别人说啊？"曲丽丽甩了下头，轻描淡写地说道。

"我觉得也是，大肥臀，没事干吗要封人家的嘴？"大蟋蟀说着挥着前足，让那几个蟋蟀兵退回去。

那几个蟋蟀兵愣住了，它们睁着大大的两只复眼看着大螳螂。

"小犊子们，我说的话就没有用了吗？"大蟋蟀用一只前足拍打着身边的坦克。现在，大蟋蟀更加不满了。

大螳螂挥了挥左前足，那几个蟋蟀兵走开了。

"螳螂虫长，你们不要在这里浪费时间了，我那咆地犬可聪明了，它才不会轻易上当。"大聪缩着双手，将身体半靠在坦克上说。

"大肥臀，我觉得也是，抓住他们就成了，那只什么犬离开了主人还能成什么事啊？"大蟋蟀说。

大螳螂愣了一下，委婉地说："大话痨，你的那根触角断了，要不你回去好好休养一下？"

大蟋蟀激动地哼了一声，"你是不是想赶我走啊？"

　　大螳螂没有说话，知道和大蟋蟀说得越多，越是会被它误解，越容易耽误事。

　　"我觉得我们被抓，主要是因为螳螂虫长的指挥太厉害了。"米贵对着大聪和曲丽丽大声说。

　　大聪马上摇了摇头，"我不这么认为，我觉得还是蟋蟀教官的功劳，如果不是它将触角扯断，那些昆虫兵哪能抓到我们？"

　　"我觉得大王虫说的是！"曲丽丽也靠在坦克上附和着。

　　"按照你们的说法，我们这次被抓是蟋蟀教官的功劳，可是现在却变成了螳螂虫长的功劳了。"米贵故意将声音放大了，说着把头往后仰了仰，眼镜往鼻梁上移了移。

　　这下大螳螂再也忍不住了，它抬起右前足朝着米贵挥去。这只大锯臂可真重，米贵感觉一阵强风朝着自己扫过来，他本能地想躲闪，可是已经来不及了……

　　"你这是干什么？"想不到大蟋蟀用前足挡住了螳螂的大锯臂，它们的身形差不多大，力量也相当。

　　"你如果伤害了他们，可就有麻烦了，违反了对待俘虏的规定。"

　　想不到，它们还有对待俘虏的规定，想必这是那地下乎希舍人的规定。

　　大螳螂一下冷静下来，收回右前足，这次大蟋蟀可是做对了。大螳螂看了看大聪三人，见他们靠着坦克，一副轻松模样，知道这样僵持着也不是事儿，挥了下前足，命令那些埋伏的昆虫兵散去。

　　大蟋蟀正好奇，大螳螂张了张背后的大翅膀，说：

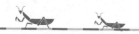

"大话痨，这三人交给你了，我去执行其他任务了。"

大聪三人相互看了看，不由得愣了，这只大螳螂又在打什么歪主意了。

这下大蟋蟀有些急了，"如果他们逃了，怎么办？"

"有你看着，他们逃不了！"大螳螂说完带着几名昆虫兵向前走去。

大蟋蟀抬头看了看大聪三人，用一只前足将耷拉在前面的一根触角往后扶了扶，大声说："你们给我老实些，不要想着逃跑。"

"我们的手都被套住了，怎么可能逃跑？"米贵抬了抬被圆球困住的双手说。

"请问教官，这几个地上人类的间谍，我们怎么处理？"身边的一个小蝗虫兵上前用尖细的声音问。

"是啊，你想怎么处置我们啊？"曲丽丽跟着说。

大蟋蟀愣了一下，用前足挠了挠圆脸，说："将他们关押起来吧！"

"教官，关在哪里啊？"

大蟋蟀又是愣了一下，想了想说："关押在老地方吧！"

几个昆虫兵过来，用电弧枪对准他们，让他们往西边走。前面有个坑，大聪走过去，脚一歪重重地朝地面摔去，摔得很疼。大聪用胳膊撑地慢慢站起身来，由于手不断摩擦着圆球，阵阵刺痛从手上传遍全身，大聪疼得大叫着。

"蟋蟀教官，你能不能将这个圆球给我们去掉，疼死我了，你放心，我们是逃不出去的。"大聪疼得嘴巴哆嗦着。

米贵和曲丽丽也附和着。

"哈哈，你们以为我会上当吗！"大蟋蟀这时变得警觉起来，没有再理会三人。

那些昆虫兵端着电弧枪押着三人朝前走着，坦克和装甲车已经整齐地停在了一起，昆虫兵在小头目的带领下，整齐地排着队来回巡逻着。

从书中，孩子们会获得想象、勇气与希望……

大王虫奇幻历险记 ③

DA WANG CHONG QI HUAN LI XIAN JI

大战湖底昆虫军（下）

尹奇峰 著

北京理工大学出版社
BEIJING INSTITUTE OF TECHNOLOGY PRESS

图书在版编目（CIP）数据

大战湖底昆虫军. 下 / 尹奇峰著. -- 北京 ：北京
理工大学出版社，2023.4
（大王虫奇幻历险记）
ISBN 978-7-5763-2120-3

Ⅰ. ①大⋯　Ⅱ. ①尹⋯　Ⅲ. ①童话－中国－当代
Ⅳ. ①I287.7

中国国家版本馆CIP数据核字（2023）第032382号

出版发行 / 北京理工大学出版社有限责任公司
社　　址 / 北京市海淀区中关村南大街5号
邮　　编 / 100081
电　　话 / （010）68914775（总编室）
　　　　　（010）82562903（教材售后服务热线）
　　　　　（010）68944723（其他图书服务热线）
网　　址 / http://www.bitpress.com.cn
经　　销 / 全国各地新华书店
印　　刷 / 三河市华骏印务包装有限公司
开　　本 / 880毫米×1230毫米　1/32
印　　张 / 3.375　　　　　　　　　　　　责任编辑/徐艳君
字　　数 / 60千字　　　　　　　　　　　　文案编辑/徐艳君
版　　次 / 2023年4月第1版　2023年4月第1次印刷　责任校对/刘亚男
定　　价 / 139.00元（全5册）　　　　　　　责任印制/施胜娟

作者简介

　　尹奇峰，浙江省作家协会会员。出版有少儿幻想小说《我是愤怒的青蛙》《大鹏奇遇记》，魔幻暴龙—恐龙宠物"懒怪怪"系列《抓只恐龙当宠物》《恐龙大战机器猫》《这只恐龙来自外星球》等著作，著有绘本《温柔的泡泡》《妈妈一直都在》，科幻小说《探险左世界》曾在《小学生世界》连载。有作品收录入中小学生课外阅读书籍，曾获优秀科普作品奖。

序言 / Preface

遨游幻想世界　激发科学思维

　　用科学事实和预见、想象等为内容进行文学创作的科幻小说，往往让人充满好奇，因为其表现的未来世界和科学技术远景及宇宙天体等都充满着未知数，可以极大地拓展想象空间，所以科幻小说及由其衍生出的相关作品受到大家的关注。如凡尔纳的《海底两万里》《地心游记》及阿西莫夫的《基地》等深深地影响着读者，带动了读者对科幻小说的热爱。国内也出版了不少科幻作品，如《飞向人马座》《三体》《天年》等，形成了一阵科幻热潮。

　　少年儿童富于想象力和探究性，科幻文学对于少儿读者来说，有着很大的价值，可以让想象力得到极大的发挥，延伸思维的边界，从而使其强烈的好奇心和求知欲得到一定满足。在儿童科幻领域，也有不少作家都走出了新世纪儿童科幻的新路径。

　　《大王虫奇幻历险记》这套由北京理工大学出版社出版的少儿科幻书，以近乎魔幻般的想象力勾勒出《鸽子窝里的飞船基地》《大战湖底昆虫军》《闯出 X 星迷境》《宇宙巨怪的献礼》四个故事，在湖底和宇宙外太空等独特别致、新奇的背景之下，塑造出了一群鸽子、昆虫、外星生物等非人类对手，通过这些对手，又展现了一个有趣的童话世界。故事中三个人物性格鲜明，智慧又勇敢，历经险境而沉静应对、相互鼓励、顽强奋斗，最终战胜了对手，顺利地完成了任务，激励小朋友们面对困难，要不惧艰险、团结合作、勇往直前。

各种科学小发明的运用和科学知识的普及也是该书一大特色，书中有各种稀奇古怪的科学小工具，如带人起飞的飞行包、发出高温红光的火指环、可大可小的通体刺猬球、能负重飞行的智能飞天鸟等。这些科学小发明用途奇特，设计巧妙，成为主人公探险中的有力武器，反映了科学技术应用的重要性，还延伸出许多科普知识，激发小朋友们对学习科学知识的向往。

　　书中还展现不少的天体知识，如《闯出X星迷境》一书里，X星球因为所在的星系发生碰撞，成为一颗流浪的行星，所在恒星将告别主序星阶段成为红巨星，让小朋友们知道恒星会经历氢聚变、氦聚变等演变过程；在《宇宙巨怪的献礼》里提到因为宇宙不断地膨胀，出现无数的太空小泡泡，而宇宙巨怪就是住在这样的太空小泡泡里，让小朋友们明白宇宙不是静止，而是在膨胀。

　　这几个故事情节曲折跌宕、充满惊险，故事的发展层层推进，具有很强的逻辑推理性，过程却又出人意料，令人难以推断出故事发生的结果。每个故事创造出令人惊奇又感觉真实的幻想世界，有着很强的代入感。书中语言风趣幽默，让人忍不住捧腹大笑。

　　阅读此书后，既能带来阅读快感，也能潜移默化地学到相关知识。

　　《大王虫奇幻历险记》系列书作者尹奇峰始终坚持着这类少儿题材小说的创作，曾经出版不少同类的书，有着一定创作的功底，也积累了不少的创作经验，希望他能在这类少儿题材小说的创作道路上越走越远。

目录
Contents

第二十一章　绝地反击

前面有个深坑，米贵看了看周围，那只大蟋蟀落在了后面，紧跟着他们的就是三个小蟋蟀兵，于是悄声说："我们趁机逃吧！"

"怎么逃啊？如果我们的手不被这圆球捆住还有办法，现在手都不能动，没办法逃跑啊！"大聪皱了下眉低声回道。曲丽丽也附和着。

"看它们走路好像不是很稳，我们可以设法绊倒它们。"米贵将头后仰了下，把眼镜向鼻梁上推了推，接着看了看前面的深坑。

大聪和曲丽丽相互看了看，顿时有了主意。三人径直朝深坑走去。到了坑边，大聪使了个眼色，米贵突然蹲下身，用右脚朝身边一个蟋蟀兵的后足绊去，那个蟋蟀兵没有防备，弯长的后足朝后一歪，它习惯性地弯下腰，用两中足撑地，由于在深坑边，它的身体沿着坑沿往前滑去，前足端着的电弧枪也滑落在地。

大聪和曲丽丽同时用腿来绊其他两个蟋蟀兵，它们同样被绊倒在地。三人踢开了电弧枪。

"现在不溜，更待何时！"米贵大声说。

面对突如其来的情况，周围其他昆虫兵根本没有反应过来，它们都愣愣地看着这里。

大聪和曲丽丽也跟着米贵跑了起来，虽然两只手被捆在一起不方便，但还能跑得动，有时碰到圆球有些疼，可也顾不上了。

忽然，一道蓝色电弧穿过米贵腿间，射在他的面前，地面被烧得焦黑一块。米贵吓了一跳，顿时愣在原地，环顾四周。他看见身后不远处，那只大蟋蟀用中、前足的爪子各抓住一支电弧枪瞄准这里，原来是它开的枪。

"你们想逃？试试我的枪法吧！"大蟋蟀甩了下头上的一根长须，歪着头说。

"我们不是逃，我们只是闹着玩呢！"大聪连忙笑着解释。

"嗞——"一道电弧射在了大聪的脚边，"你们真当我笨啊！"大蟋蟀狠狠地说。

米贵趁着大蟋蟀和大聪说话的机会，准备开溜。"嗞——"又一道电弧射来，米贵大叫一声，跌倒在地。

"米小鼠！"大聪和曲丽丽大声喊叫着，急忙跑上前，两人不断地推着米贵的背，米贵悄悄地转过身，朝他们眨了下眼。

两人马上反应过来，原来这家伙是装的。

这时，四周的昆虫兵围了过来，一个个蟋蟀兵和蝗虫兵端着电弧枪小心地走过来。"这些昆虫兵都围过来了，

快跑！"大聪催促道。

话音刚落，米贵一下站起来，他发现手上的圆球没有了，顿时开心地大叫起来。原来刚才那只大蟋蟀一枪正好射在了他手上的圆球上，将他的圆球击落了。

三人继续朝前跑去，那些昆虫兵见他们跑了，在后面紧追不舍。

"大王虫，我们这样跑也不是个事儿啊！"米贵大口喘着气说。

"快拿出激光手枪将我们手上的圆球击落。"大聪说着甩了甩捆在一起的双手，这让他跑起来身体难以保持平衡。

米贵点了点头，从大聪的背包里拿出了激光手枪，对准大聪和曲丽丽手上的圆球射击，一道道激光很快将两人手上的圆球击落了。

没有了手上的圆球，三人顿时轻松许多。看到后面跑过来许多昆虫兵，已经将大蟋蟀挡住了，三人连忙朝前面跑去。

"我的咆地犬不在身边，不然可以让它来抵挡一下。"大聪说着，想操纵飞行包飞行。

曲丽丽马上阻止："大聪，别飞起来，到了空中更容易成为它们的目标。"

"我们还是再进坦克里吧，前面有辆坦克，我们去那里！"米贵说着用手托了下眼镜，朝坦克跑去。大聪和曲丽丽紧跟着他，他们很快来到了那辆坦克前。不知道这辆坦克为什么会孤零零地停在这里。

"这是怎么了？"有声音突然问。

三人一惊，只见坦克底下钻出了一个蟋蟀兵和一个蝗虫兵，它们没有拿电弧枪，而是拿着圆形、方形的工具，再看它们褐色、绿色的身上沾着黑色、红色印迹，就知道它们在修理这辆坦克。

米贵愣了一下，拿起激光手枪对准了它们，"这辆坦克修理好没有？"两个昆虫兵举着前足，点了点头，头上的长须晃动着。

"既然修好了，快离开这里。"大聪大声喝道。

那两个昆虫兵连忙站起来迅速走远了。

"你们还想进这辆坦克里啊？"曲丽丽的话音刚落，空中一道红光射来，紧接着三人身边发生爆炸，泥块乱溅。大聪三人躲在坦克侧面朝空中看去，正是那只大螳螂，只见它抬了抬扇形脸，伸长了细长的前胸，两只透明的绿色复眼盯着三人，绿色前翅张开，后翅轻轻地挥动着悬停在空中，举着两只前足，露出了肥大的腹部和皮带上的枪口。

围上来的昆虫兵让出一个口子，那只大蟋蟀走上前来，它看了看空中的大螳螂，叫道："大肥臀，多亏你，否则它们又跑了。"

那只大螳螂没有理会大蟋蟀，冷笑了一声，说："我本来想将那只犬也引出来，然后再一网打尽，没想到那只犬到底是躲着没有出来。"

底下的大蟋蟀不开心了，抬起圆头朝着空中大喊："你不要总是一副自以为是的模样，我就是看不惯你这一点。"

"大话痨，我不就这样的性格吗！"大螳螂说着挥了下前足，那些昆虫兵慢慢地走近了，"我现在没有时间和你再争，我们赶紧抓住这三个地上人类的间谍。"

米贵倚靠着坦克的履带，用激光手枪瞄准了空中的大螳螂，扣动扳机射去，可惜射偏了。大螳螂连忙开枪朝米贵还击，一道红光擦着米贵的手经过，米贵叫了一声，扑倒在地，手上的激光手枪掉在地上。

大聪见状，急忙捡起那支激光手枪朝大螳螂射去，这次大螳螂没有防备，激光正中它的腰部，大螳螂尖叫了一声，从空中掉下来。

这时，大蟋蟀用前、中足举起电弧枪射击，正好被大聪瞄见了，他连忙闪到了坦克的侧面。好险啊，两道电弧光准确地射中大聪原来站的位置。他又看见右面有两个小蟋蟀兵匍匐着过来，连忙举起激光手枪朝它们射去，射中了其中一个蟋蟀兵的前足，那个小蟋蟀兵连忙爬了起来，丢下电弧枪逃走了。另一个蟋蟀兵也吓得转身朝后爬去。

"米小鼠，曲木兰，快将那支电弧枪捡过来。"

米贵和曲丽丽赶快弯腰走过去捡起那支电弧枪，倚靠在坦克的履带上瞄准那些昆虫兵射击，一道道蓝色电弧不断地射在那些昆虫兵附近。昆虫兵越来越多，三人射出的电弧不时落在它们身上，打得它们惨叫着倒在地上。

第二十二章　对战天牛兵

那些昆虫兵在大蟋蟀的带领下，猛烈地回击着。大蟋蟀枪法不错，一道道电弧准确地射在大聪身边，压制得大聪不敢露头还击。

"各位士兵，我们要活捉那些地上人类的间谍。"一道尖细的声音响起。三人听得出，这是大螳螂的声音，看来它没怎么受伤啊！三人顿时一阵紧张，在这只大螳螂的组织下，那些昆虫兵就会变得勇敢厉害许多。

这时，昆虫兵突然出现一阵慌乱，唧唧的声音四起，同时三人还听到一阵汪汪声，大聪知道那肯定是咆地犬。果然咆地犬在昆虫兵队伍里一阵乱窜，旋转着身体将它们扫倒在地，朝它们扑打着，撕扯下它们的电弧枪甩了出去。

大螳螂气急败坏，对着昆虫兵大喊："不要乱，抓住它。"

咆地犬一下冲到大螳螂面前，瞪着双眼朝它咆哮。大螳螂也不慌，紧盯着它，悄悄地移动着强劲的后足往后退，同时慢慢地张开翅膀，露出腹部皮带。大聪暗叫不好，它要用皮带上的枪对付咆地犬了。

大聪大喊一声："咆地犬，快过来！"说着一骨碌钻进了身边的坦克底下，米贵和曲丽丽见了也紧跟着钻了进去。大聪打开坦克底部的门，身体一缩而入，后面的咆地犬也钻了进来。坦克里面只有一个蟋蟀兵，戴着头盔，见大聪三人进来，惊愕不已。

大聪挥了挥激光手枪，那个蟋蟀兵自觉地从前面的座位上站起来，举着前、中足来到坦克中间，在坦克顶上摁了几个按钮，坦克顶上开了一个小圆口，蟋蟀兵从小圆口钻了出去。原来坦克顶上也有个小门。

米贵迅速上前关上门，三人仍旧按照原来的座次坐好。咆地犬温顺乖巧地蹲在大聪的身边，张着嘴伸着舌头。大聪用控制器连接上了坦克的荧屏，坦克马上处于他的操控之下。

坦克外面的大螳螂显然非常恼火，大喊："给我狠狠地攻击！"

大聪操纵着坦克飞速朝前驶去。坦克探测系统扫描到前面有大块开阔地，不一会儿，三人就从驾驶窗和荧屏里看到面前有一片树林，树干不高，却枝繁叶茂。

坦克穿进了树林，不知道惊动了什么，只听见哗的响声一片，飞出黑乎乎的一群东西。米贵从荧屏里看到这些东西，大叫不好。

"好像是天牛，应该是一支潜伏在树丛里的天牛兵。"曲丽丽说。

这些天牛和大蟋蟀体形差不多大，它们扇动翅膀，甩

动头上的长触角，在低空中跟在坦克的后面。大螳螂也飞了过来，在它身下有几辆坦克跟着。

"看来我们闯入天牛窝了。"米贵说。

"现在好了，不光地面上有追兵，空中还有强悍的天牛。"曲丽丽沮丧地说。

"我们先把地面上的这些坦克解决了！"大聪看着荧屏坚决地说。

"可是怎么解决啊？"米贵问。

大聪看着荧屏，"你们看这里地面坑坑洼洼的，后面还有一座座圆形小土丘和竖起的圆盘，这里应该是它们的大型野外靶场。"

"大王虫，这和我们对付身后的坦克有关系吗？"米贵推了下眼镜责怪道。

"平日看你贼精的，今天怎么就没有一点办法呢？"大聪不服气地回答。

"大王虫，那你快说有什么办法？"曲丽丽好奇地问。

"我要将它们的悬浮功能干掉，这样它们在这里就不能快速追击我们了。"大聪自信地说。

"这倒是个好办法，可是怎么干掉它们坦克的悬浮功能？"

大聪正要回答，坦克突然发生了一阵剧烈的晃动，三人看了看荧屏，只见空中的天牛整齐地分成两排，露出了它们宽皮甲上的炮口，正朝着他们的坦克射击。多亏大聪驾驶着坦克跑Ｓ形路线，坦克才没有被攻击到，但是阵阵

冲击波还是冲击到了他们。

"现在是空中的天牛军先发制人啊！"米贵叫道。

大聪用控制器搜索了一下武器系统，想看看还有什么武器，结果令他有些失望，除了顶上的光炮和激光枪，没有其他什么武器装备了。

"曲木兰，快用激光枪来射击那些天牛。"米贵叫道。

曲丽丽操作起操纵杆，顶上激光枪瞄准了那些天牛。天牛似乎意识到有危险，嗡嗡地发出声响，长长的触角晃动，接着队伍迅速地散开了。大螳螂启动了皮带上的枪，细瓶口粗的枪口射出一道红光，打在了激光枪四周。

曲丽丽再操作操纵杆，发现已经失灵了。

大聪发现后面坦克上面的光炮已经瞄准了他们，大叫："不好！"

"看来又要被围攻了！"米贵叫道。

大聪说："我有办法！"说着抓紧了驾驶杆猛刹车。米贵和曲丽丽在荧屏上看到坦克突然停止了前进，不由惊讶。米贵正想责问大聪，却见他操纵着坦克转过弯加快速度朝那些追击的坦克冲去，那些坦克见大聪驾驶坦克朝自己开来，马上停在了原地。

"你疯了，要撞上了！大王虫你怎么老是做这样的冒险举动啊！"米贵大叫起来。

曲丽丽也害怕得大叫。

"你们快戴上头盔。"大聪提醒道。米贵和曲丽丽连忙戴上头盔。

"轰——"大聪驾驶的坦克狠狠地撞到了昆虫兵的坦

克上，剧烈的撞击让坦克不断地摇晃着，三人差点被甩出座位。强大的冲击力将前面的坦克撞开了。

低空中那群天牛紧紧地跟在后面，它们见大聪三人又折了回去，也扇动翅膀飞了回来，有的还亮出了宽皮甲上的炮口。

大聪的坦克恢复了平稳，从荧屏里可以看到前面有许多昆虫兵惊愕地呆立着——它们还没有反应过来，纷纷发出唧唧的叫声。由于坦克悬浮，它们受到的伤害不大，不少昆虫从坦克后面站起来。

"大王虫！当心被它们围堵。"米贵说。

大聪点了点头，"后面的天牛和那只大螳螂太可恶了！它们就像幽灵一样揪着不放。"蹲在大聪身边的咆地犬对着他汪汪地叫了几下，大聪摸了一下它的头。

第二十三章　遥控坦克

"可惜我的激光枪坏了，否则可以射击它们。"曲丽丽说。

"这激光枪的威力也不大，如果能用光炮轰炸它们就好了。"米贵叹着气说，他知道这种光炮不能如此近距离低空射击。

那些昆虫兵反应过来，驾驶着被撞开的坦克，调整好位置，纷纷追了上来。在坦克后面低空飞行的天牛一起发射了宽皮甲上的炮，"轰——"一道道红光射在了坦克的顶上，冒起了烟。

荧屏上发出了红色的警告信号，提示车内过热。"有没有降温系统？"米贵提醒说。

大聪操作着控制器，寻找着里面的功能。忽然他发现这辆坦克有主动防护系统，这个系统类似飞机诱饵弹，坦克尾部可以抛射出大量烟火类的物体，诱导武器偏离目标。大聪顿时大喜，他操作着控制器启动了抛射装置。从荧屏里看去，坦克尾部一下高高抛射出一排烟火，这些烟

火不偏不倚正好覆盖住那些天牛。天牛们顿时发出唧唧的惨叫声，雨点般从空中掉下来，有的天牛三对足变得黑糊糊的，有的翅膀上一片焦黑，还有的头上长触须断了一截。

知识点

飞机诱饵弹：用来干扰红外制导的防护系统。防空导弹的导引头靠捕捉飞机的热信号来跟踪目标，而红外诱饵弹在燃烧的时候可以放出类似飞机的红外热信号，诱使导弹不去攻击飞机而追逐诱饵弹。

大螳螂反应快，一下子飞高了，没有被烟火覆盖，逃过了一劫。它见这么多天牛被烧到了，非常恼火，挥动着前足在空中大喊："所有的士兵朝那些地上人类的间谍开火。"说着亮出了皮带上的枪口。

"这下可惹恼这只大螳螂了，它要展开报复了！"米贵说。

大聪操作着操纵杆，将坦克来了一个直角急转弯。身后的坦克纷纷将炮口瞄准了他们，"轰——"一辆接一辆坦克开启了光炮。大聪将坦克速度开到最快，一道道蓝色的光射出，在身后不远处爆炸，强烈的冲击波传来，坦克摇晃着，但幅度不大。

这时，他们侧面又冒出来一辆坦克，炮口正瞄准他们，曲丽丽发现了，大叫："有坦克在侧面偷偷地瞄准我们，大王虫当心。"

"这下恐怕很难躲掉了！"米贵有些绝望地说。

大聪也着急了，忽然他心生一计，紧紧地盯着荧屏。那辆坦克的炮口已经锁定了他们，就在它要射击时，大聪抓紧时机，一下关闭了坦克的悬浮功能，改成了履带式行驶。

那道蓝光贴着大聪他们的坦克顶上射过，好险啊！

"最好的防守就是攻击，米小鼠，你得用光炮还击。"大聪说。

米贵操作着操纵杆通过荧屏将光炮瞄准了对方。

大聪马上提醒道："这种光炮的冲击力非常大，不要直接攻击它，让光炮在它们的顶上爆炸，这时候的冲击波力度最大。"

米贵听后点了点头，将光炮微微上调，射击的距离也加远了一些，锁定好位置，按下了按钮，顿时炮管射出一道蓝色光，准确地在设定的位置上爆炸。

光炮的冲击波力度确实大，一下子将爆炸点下方的几辆昆虫兵坦克冲出了几米，撞到了附近的装甲车上，那些昆虫兵更是被冲击波冲到几米外，相互撞击在一起。只是不知那只大螳螂去了哪里。

趁着那边一片混乱，大聪又启动了悬浮功能，坦克升高了，来了一个大转弯，直接朝着它们冲去。

"大王虫，你怎么又朝它们过去了？"米贵忍不住问。

"我想还是回到那个野外靶场，那里空间大，有周旋的余地。"大聪回答。

"想不到这个湖底竟然有这么大的空间！"曲丽丽感

叹道。

"没有这么大的空间，怎么建立这个昆虫兵的基地？"米贵说。

坦克快速冲过那片树林来到了靶场，几辆昆虫兵的坦克又紧跟上来。

"这些昆虫兵还挺勇敢的。"米贵说。

"想要甩掉它们还挺难。"曲丽丽说。

"不知那只大螳螂去了哪里，它不会被光炮的冲击波给击中了吧？"米贵推测说。

"这只大螳螂不会轻易受伤，到时又不知从哪里冒出来，我们还是赶紧寻找一个好的位置来对付它们。"大聪一边操作着操纵杆，一边回头大声说。

"是啊，这只螳螂聪明着呢，不会就这样给击中了。"

大聪驾驶着坦克飞快地行驶着，到前面转了个弯，坦克是悬浮的，转弯时形成了漂移。后面的几辆坦克没有跟过来，而是自觉地分开来，横着排成了一排。

知识点

漂移：赛车术语，是一种驾驶技巧，又称"甩尾"，车手以过度转向的方式令车子侧滑行走的系列操作。漂移主要用于表演或赛车活动，因路面的摩擦特性，在越野拉力赛中应用得较多。

"不好，大王虫，它们要攻击我们了。如果它们的光炮一起射过来，我们就再也躲不开了。"米贵大叫。

"现在我们成为它们的靶子了。"曲丽丽有些绝望地说。

咆地犬朝着大聪汪汪了几声，似乎提醒他赶紧想办法。

大聪操作着驾驶杆将速度提升到最快，可是这里视野开阔，难以逃脱后面昆虫兵的追击。

"你们快点想办法！"曲丽丽不断地催促着。

"能有什么办法？现在可是成了死靶子。"米贵焦急地说。

大聪突然停下了坦克。米贵和曲丽丽好奇地看着他，正想问他做什么，只见他摘去头盔，一把扯下那个控制器，朝咆地犬吹了下口哨，迅速来到坦克地面的出口处。"跟我来！"大聪说着打开出口跳了下去，咆地犬也跟着出了坦克。

米贵和曲丽丽相互看了看，知道他是要逃出这辆坦克，也急忙摘去头盔离开座位，跳下了出口。两人看到大聪和咆地犬贴地朝前爬着，不一会儿爬到前面的一处凹地里，也连忙跟着爬了过去。

"要逃也要逃远点，在这里还不是要被攻击？"米贵爬进凹地，喘着气大声说。

曲丽丽跟着点了点头。

大聪没有理会他们，低头继续摆弄着控制器。这时，那辆坦克启动了，向右转了一个角度然后缓缓地向前驶去。米贵和曲丽丽瞪大了眼看着那辆坦克。

米贵马上反应过来，大声地叫道："大王虫，我知道

了，你要用控制器操纵坦克，继续迷惑它们。"

"米小鼠，你能不能轻点声？"大聪忙阻止道。

"这办法妙，还是大王虫聪明！"曲丽丽开心地说。咆地犬伸着舌头在大聪身上舔了舔。

米贵小眼瞟了下曲丽丽，不屑地说："他手上有这东西，当然会想出这个方法了。"

那辆坦克缓缓行驶着，昆虫兵的几辆坦克的光炮瞄准着它。

"大王虫，你不能让坦克开快点啊？"米贵叫道。

"我这控制器的控制距离只有五百米，如果超过这个范围，我就控制不了了。"

第二十四章　悄悄逃离

正说着，空中飞过来两架三角形的飞机，发出嗡嗡的声音。

"如果我们能够驾驶这飞机去攻击那些虫子，那就爽了。"米贵说。

"放心，会有机会！"大聪一边操纵着坦克一边随口说。

"幸亏我们出来了，否则就惨了。"曲丽丽叹着气说。

忽然，米贵眼珠一动，一把抢过大聪手里的控制器，"我来玩，玩遥控我可是高手。"

"你真爱吹牛，好像就你是高手。"大聪想抢回控制器，米贵躲开了。

坦克掉过头原地返回了，大聪忍不住问："你干什么？"

"等下你就知道了。"

大聪和曲丽丽好奇地看着那辆坦克，只见它全身乌

黑，像天牛的外壳一样有着金属质感，悬空离地一米高，在尾部发动机推动下，缓缓地朝那些昆虫兵的坦克驶去。昆虫兵的坦克光炮管迅速调整着，忽然蓝光频闪，"轰——"一道道蓝光在坦克前面爆炸开来，强烈的冲击波将坦克向后推出几米远。

大聪三人和咆地犬连忙弯腰低头躲进了坑里，但也感到头顶上一阵强大的冲击力。

再看那辆坦克，它朝向一边倾斜，光炮的炮管也倾斜了，黑色的外壳上面闪着点点蓝色的亮光，可能是蓝光留在上面的痕迹。

空中有两架飞机低空盘旋了一下，然后飞高了，同时还扔下了两个圆桶，大聪三人知道这是两颗炸弹。

米贵叫了一声不好，连忙操作控制器，那辆坦克一下加快了速度，直朝着昆虫兵坦克驶去。空中的炸弹像是长了眼睛似的，竟跟着那辆坦克而去。

那些昆虫兵的坦克连忙后退，米贵操纵着坦克加快了速度，眼看那两颗炸弹就要落下来，忽然，坦克紧急刹车，炸弹由于惯性，落在坦克前面爆炸了，顿时两道蓝光一闪，一道圆盘形爆炸云冲天而起，冲击波像波浪一样朝四周冲击开去，昆虫兵的几辆坦克被掀起几米高。

米贵操纵的坦克被向后冲出了几米远。那些坦克后面的昆虫兵在冲击波的冲击下，有的升到空中然后狠狠地摔了下来，有的相互撞在一起，它们有的中后足都扭弯了，有的头歪了，有的头上的触角断了。

"哇，这种炸弹的冲击波可真厉害啊！"米贵放下遮脸的手说。

"我们多亏离开了那辆坦克，否则肯定会被震得晕过去。"曲丽丽说。

"米小鼠，试下那辆坦克还能用吗。"大聪说。

米贵操作着控制器，那坦克竟然还能动，不过倾斜严重——左边的悬浮功能已经坏了。

"现在趁一片混乱，我们不如乘坐那辆坦克离开这里。"曲丽丽说。

"这辆坦克已经不行了，里面肯定受损严重。"大聪摇了摇头。

"怎么不见那只大螳螂了，难道真的被冲击波伤到了？"米贵说。

"难道你希望它出现啊？"大聪怼了一句。

米贵没有理会，他看见不远处地面上有两支电弧枪，对身边的咆地犬歪了下头，"宝贝，去将那两支枪叼回来。"咆地犬听后摇了下尾巴，迅速蹿出洼地，用嘴叼着那两支电弧枪回到三人身边。

米贵看了看，"这东西防身还是不错的。"大聪拿过一支放在了身后背包里。

空中两架飞机又飞了回来，似乎在寻找那辆坦克。米贵见了，操纵着坦克倾斜地朝前行驶着。

"快离这里远点，这种炸弹的冲击波太厉害了。"曲丽丽说。

米贵操纵着坦克继续朝那些昆虫兵冲去，空中的两架三角形飞机低空飞过，竟然没有投下炸弹，可能是担心伤

及自己人。

很快那些昆虫兵就缓过神来，重新启动了坦克和装甲车，眼看着又要攻击那辆坦克了。

"看看这辆坦克有没有自爆功能。"大聪连忙提醒道。

米贵操作控制器搜索了一下，同时点了点头，他明白了大聪的意思。

坦克倾斜着飞快地朝前驶去，昆虫兵用坦克光炮朝它射击，可那辆坦克非常顽强，迎着冲击波后退几米，虽然炮塔斜落，外壳卷起，但依然能够行驶。

见自己操纵的坦克距离昆虫兵的坦克不远了，米贵用手指狠狠地点了下控制器的显示屏，那辆坦克轰的一声，四分五裂，各种零部件散落四周。

坦克自爆威力不大，没有威胁到其他昆虫兵的坦克。四周一下安静下来，蟋蟀兵和蝗虫兵纷纷围了过来，放下电弧枪，低头透过墨镜看着满地的碎屑，头上长须晃动着。

它们仿佛在为大聪三人的不幸而默哀。

米贵看了不由得偷偷笑起来，"它们还以为我们都跟坦克一样报废了！"

"我们可以在它们的眼皮底下活动了。"曲丽丽跟着说。

咆地犬摇头摆尾轻声地叫了几声。

大聪皱了下眉，"幸好那只大螳螂不在，否则它会觉察出异常的。"

"奇怪，大螳螂去哪儿了？"米贵说着，从凹地里探出头看了看四周。

"嘀——"控制器上忽然出现了一个绿点在闪烁。米贵正想仔细看，大聪一把从米贵手中抢过控制器，仔细观察起来。

根据绿点指示，大聪看了看身后，那里是一座高大的土丘，上面已是坑坑洼洼，显然是刚才的冲击造成的，这应该是一处靶场。"看来这绿点是在这座土丘下面！"大聪自语着。

"这里又会有什么样的秘密？"米贵好奇地说。

"看这绿色的点好像是个安全的地方。"曲丽丽说。

"现在这控制器上显示的绿点可不再表示安全的地方了。这湖底的昆虫兵基地，最开始在控制器上显示也是绿点啊！"米贵叫道。

"我想进去看看！"大聪抬了抬胖脸说。

米贵点了点头，眨了眨小眼说："我也想进去看看，总比这里安全吧？说不定还是昆虫兵基地的一个出口呢！"

曲丽丽也点了点头。

第二十五章　发现监狱

三人和咆地犬出了凹地，悄悄地沿着土丘边往右走去。大聪瞥了一眼那些昆虫兵，它们的坦克和装甲车整齐地停在那里，一些昆虫兵搀扶着受伤的同伴往后走去，地面上散落着各种物件。

奇怪，那只大螳螂去了哪里？难道真的受伤离开了？

正在这时，冲在前面的咆地犬朝他们汪汪地叫着。三人加快脚步跑到前面，发现有个洞口，直径有一米左右，一个人可以钻得进去。米贵低头朝里面看了看，黑乎乎的一片，什么也看不清。

大聪看着控制器，那绿点继续在闪烁，他肯定地说："这绿点就在这洞里面！"

"里面会是什么地方？"米贵看了看周围，沉思了一会儿说，"这里是个靶场，里面会不会是这些昆虫兵的武器库？"

"如果是武器库，那我们就炸毁它。"大聪坚定地说。

"感觉我们现在就像是特工。"米贵说。

"我可不想做什么特工，我只想安全地回到家里。"曲丽丽说。

三人相互看了看，不知该让谁先进洞里去。

"我看让咆地犬先进去！"米贵看了下咆地犬。它正好抬起头看着米贵，吐了吐舌头，摇着尾巴，嗖地钻进洞里。

大聪想要阻止也来不及了，只得紧跟着弯腰往洞里钻。

米贵也一手抓紧了电弧枪，低头缩身进了洞里，曲丽丽紧紧地跟在后面。

洞里一片幽暗，有着宽阔的半圆形通道，米贵和曲丽丽不觉奇怪，怎么不见大聪和咆地犬？两人好奇地相互看了看。这时听得前面响起尖细的声音，马上又传来一阵轻微的脚步声。

米贵听出这是昆虫兵的声音，立即端起了电弧枪。

"进来两个地上人类的间谍，快来抓住他们。"

渐渐地两人看清了，过来的是两个蝗虫兵，它们前足抓着电弧枪。

米贵见了，连忙低下身，用电弧枪瞄准了冲在前面的蝗虫兵，扣动扳机，顿时一道蓝色电弧射去，准确地击中了那个蝗虫兵。蝗虫兵尖叫一声，倒在地上，电弧枪甩出一米远。

身后的曲丽丽连忙叫好。

另一个蝗虫兵吃了一惊，它没有想到米贵会有电弧枪，连忙后足弯曲，跪在地上，用前足端起电弧枪瞄准米贵。另一支电弧枪离它不远，它伸出中足顺便捡起那支电

弧枪，也瞄准了米贵。

前足的电弧枪射出一道电弧，稍微偏了，射在通道壁上，顿时碎屑四溅，溅了米贵一脸，米贵连忙揉眼睛。蝗虫兵中足上的电弧枪正准备开火，这时，一道黑影从蝗虫兵身后扑过来，蝗虫兵始料不及，被扑倒在地。

那是咆地犬。米贵看准时机，扣动电弧枪扳机，那个蝗虫兵被击倒在地，晕了过去。

这时，后面又过来两个蟋蟀兵，头上长长的触角晃动着，尾须拖在地上，戴着墨镜，前足紧紧地抓着电弧枪。在它们前面是大聪，原来他被它们抓住了，当作人质来威胁米贵。

"快把手中的电弧枪放下来，否则我就射击了。"右边的蟋蟀兵大声说，边说边抬起电弧枪朝大聪的大腿抵了抵。

幽暗的光线下，只见大聪手抱着头，圆胖脸上沾着污痕，皱着眉，睁着大眼看着米贵和曲丽丽，倒也不显得紧张。

米贵慢慢地放下手中的电弧枪，眼睛紧紧地盯着大聪，示意他想办法摆脱蟋蟀兵。

大聪朝身边的蟋蟀兵看了看，一副墨镜遮住了它们的眼睛，身上散发着淡淡的腥味。

米贵将电弧枪放在了地上，故意大喊："我已经把枪放到了地上，你们可看见了？"大聪趁机吹了一声口哨，"嗖——"从后面窜过来一道黑影，一下将大聪右边的蟋蟀兵扑倒了，然后围着扑倒的蟋蟀兵转着圈。

左边的蟋蟀兵愣了一下，看了看大聪和米贵，马上反

应过来，前足正要扣动扳机，大聪眼疾手快将电弧枪推开，接着绕到那个蟋蟀兵身后。他想去背包里掏激光手枪，可是来不及了，情急之下，连忙用手指顶着那个蟋蟀兵的头，大喝："别动！"

那个蟋蟀兵放下电弧枪没有动，米贵捡起了地上的电弧枪。这时，另一个蟋蟀兵想爬起来，咆地犬张大嘴露出尖牙，朝它狠狠地咆哮着，那个蟋蟀兵看着咆地犬不敢动。米贵用电弧枪对准了两个蟋蟀兵。大聪弯腰捡起了一支电弧枪。

"别开枪，你们想让我们干什么我们就干什么！"右边的蟋蟀兵爬起来举手惊慌地说，另一个蟋蟀兵也举手附和。

"这么听话啊！"米贵笑着说。

"正好可以问问它们这是什么地方。"曲丽丽说。

还没等米贵盘问，右边的蟋蟀兵就说："这里是一座监狱。"

大聪和米贵相互看了看，曲丽丽问："监狱？里面关押着谁？"

另一个蟋蟀动了动前、中足，含糊地说："关押着一些不听话的家伙。"听它的语气，好像是不听调遣的昆虫兵。

三人不觉好奇，难道有反对大螳螂的昆虫兵？

米贵一口气连问了那两个蟋蟀兵"这里关押了多少昆虫兵？它们为什么不听话？要将它们关押到什么时候"等很多问题。

两个蟋蟀兵慢慢地回答了他们的问题。原来，在一次训练中发生了事故，死伤了不少昆虫兵，幸存的昆虫兵不愿参加这样的训练了，纷纷逃亡，后来被抓住关押起来，总共有三十几个。

三人听后一愣，相互看了看，米贵悄悄地说："如果让这些昆虫兵帮我们就好了。"

"我们可以试试！"曲丽丽说。身边的咆地犬也汪汪地叫了几声。

大聪点了点头，对两个蟋蟀兵喝道："快带我们去看看那些不听话的家伙。"

两个蟋蟀兵相互看了看，头上触角无力耷拉着，尾须拖着地，沿着通道朝里面走去。通道里充满了幽绿的光线，显得很空旷。米贵拿着电弧枪跟着蟋蟀兵，大聪和曲丽丽、咆地犬紧随其后。

米贵不开心了，向后歪着头，"大王虫，你倒好，落在后面晃悠悠的，我在前面看着这两只虫子！"

"我可没有闲着啊，我正在观察这里是不是真的安全，有没有潜伏的昆虫暗哨！"大聪晃了晃手中的电弧枪回道。

第二十六章　昆虫逃兵

走了一会儿，咆地犬突然抬头朝上叫了起来，大聪和曲丽丽连忙朝头顶看去，上面好像是湖底，隐约可见流动的水草，还有穿游而过的鱼。走了一段，不见了湖底，变成了严实的通道顶。

“还有多长的路啊？”米贵不耐烦地问两个蟋蟀兵。

两个蟋蟀兵没有回答，悄悄地对着话。米贵火了，举起电弧枪，“你们在嘀咕什么？”

一个蟋蟀兵马上转身回答：“就在前面了，刚才我们在讨论，那牢房的门我们不知道怎么打开！”

米贵半信半疑地跟着两个蟋蟀兵向前走了几米，果然看见通道的右边有一堵墙，墙只有手掌那么薄，高到米贵的脖子，却盖过了两个蟋蟀兵的头。

米贵踮起脚朝里面望去，幽暗一片，但隐约能听到里面有响声。

大聪和曲丽丽走到墙前，相互看了看。米贵悄悄地拿电弧枪朝两个蟋蟀兵捅去，顿时两个蟋蟀兵尖叫一声，昏倒在地。

"想不到你的力气还挺大的！我本想还问问它们里面的情况呢。你现在打晕了它们，我都没法问了。"大聪埋怨道。

"谁知道这些虫子这么不禁打啊！"米贵说着甩了下头对咆地犬说，"咆地犬，你跳到里面去看看！"

大聪举手阻止了它，他用手摸着墙，这墙冰冷，手碰到墙马上释放出一股气体，这气味非常呛鼻，三人立即咳嗽起来。

"这是什么味道？像辣椒粉，真呛人！"米贵一边咳嗽一边说。

"想不到这里还有机关，这些虫子的设计真有想法。"大聪捂着嘴咳嗽。

曲丽丽咳嗽了几声，然后掀起衣服的一角捂住了自己的鼻子，大聪和米贵也连忙照做。

大聪一边捂住鼻子，一边不断地摸着墙，米贵也跟着摸起来，他们在寻找门。大聪摸了一会儿，忽然在墙的右上角出现了一个方形显示屏，上面显示着无头绪的乱码。

米贵正要凑上前研究，大聪一把推开了他，"我有办法！"说着一手从背包里拿出控制器，扫了下显示屏，叫道："连上了。"接着他让米贵一只手拿着控制器，他伸手在控制器上熟练地划着。

"你能行吗？以为手中的控制器是万能的啊？"米贵不屑地说。

曲丽丽和咆地犬则耐心地看着大聪。

不一会儿，半堵墙中间慢慢地裂开一条缝，接着"轰"的一声分开了，原来这堵墙就是一道门。

大聪小心地走进去。里面的通道比外面敞亮了一些。走了十几米，就看见一个大房间，外面有栅栏。大聪走上前去，看见里面站着不少蟋蟀和蝗虫，它们也睁大眼惊恐地看着大聪三人。

"看它们的样子，好像已经被关很久了。"米贵边说边试着慢慢地放下衣角，已经没有了那股辣椒粉的气味。大聪和曲丽丽也放下了衣角。

这时，从这些昆虫兵中走出来一个蝗虫兵和一个蟋蟀兵，它们个头差不多，能到大聪和米贵的膝盖上面。它们睁大了虫眼，前、中足抓着栅栏，用低沉、模糊的声音问："你们是谁？"

米贵笑了一下，"和你们一样，是被它们追杀的人。"

这些昆虫兵沉默着相互看了看，毕竟没有见过地上人类。不过里面有个蟋蟀兵反应过来，"他们应该就是传说中的地上人类。"

它的话音一落，其他昆虫兵马上窃窃私语起来。

"这可是我们今后要面对的敌人。"

"他们怎么会在这里？"

"难道这里已经被他们攻占了？"

那个蟋蟀兵仔细看了看大聪三人，"你们是地上人类的士兵吗？"

大聪看了看那个蟋蟀兵，它个头要小些，头上一根触角断了，一只中足好像也折了，耷拉着，看来曾经伤得不轻。

大聪摇了摇头，"我们不是士兵，只是误入这里的游客。"

见大聪态度诚恳，这些昆虫兵不再窃窃私语，它们静静地看着三人和咆地犬。

前面的一个蟋蟀兵说："你们肯定被它们追杀了吧？"

"是的，我们是无意间来到这里的，听说了你们的事情，我们现在想救你们出去，一起对付外面的昆虫兵！"

这些昆虫兵一时没有出声，毕竟外面的昆虫兵也是自己的同类。

"如果我们不救你们出去，你们可能就要永远地待在这里了。"米贵大声地说。

"那你们想怎么对付它们？"那只断了触角的蟋蟀问。

大聪愣了愣，马上回答："我们一起联合打败它们，让它们不再关押你们，同时也能够放我们出去。"

这些昆虫兵沉默了一会儿，点着头，头上的触角抖动着。

"那你们快想办法帮我们打开这栅栏！"这些昆虫兵说。

大聪和米贵看着这栅栏，好像一整块，中间也没有什么门和锁。曲丽丽扫了眼四周，说："这开栅栏的装置可能就在边上的墙上。"米贵上前在两边的墙面上摸了起来，摸了一会儿，忽然大叫一声："这里真凉！"

大聪知道那里肯定有块小型显示屏，连忙拿出控制器扫了一下，果然如此。他输入自动解码程序，不一会儿，栅栏开始缓缓地朝上移动。

这些昆虫兵顿时惊喜不已，相互拥抱着欢呼。这时，三人才发现这些昆虫兵中很多都受了伤，有的断了后足，有的没有了翅膀，头上和身上都有伤痕，不由得暗暗地感叹那只大螳螂真是够狠的。

见它们还在不断地欢呼自由，大聪连忙挥手阻止了它们，"大家快想想办法怎么对付外面的那些昆虫兵。"这些昆虫兵愣了一下，马上你一言我一语开始交流起来。

于是三人知道了这个昆虫兵基地不少的秘密。原来这个昆虫兵基地的最高首领就是大螳螂和大蟋蟀，它们直接听从地下乎希舍人的命令。说起大螳螂，这些虫子非常憎恨它，看样子它们受的伤害都是它造成的。

大聪挥手让那些昆虫兵安静下来，"好了，你们有没有想好用什么计策来对付外面的昆虫兵？"

"我们知道这里有个大型军火库，可以用这些武器来对付它们。"那只断须的小个子蟋蟀说。

"这倒可以试一试，不过你们必须听我们的。"米贵甩了下头，坚定地说。

这些昆虫兵沉默了一下，接着点了点头。

第二十七章 驾驶飞机

　　刚刚带领这些昆虫兵出了通道来到外面，米贵他们就不由得吓了一跳：在那辆被毁坏的坦克处聚集了许多昆虫兵，它们整齐地排着队列。米贵急忙闪到了一个小土堆的后面，大聪和曲丽丽见了也连忙躲到一旁。米贵示意后面那些虫子不要出声。

　　此处聚集的昆虫兵似乎比之前的那些昆虫兵要健壮些，前足和中足各抓着一支电弧枪，在它们的前面是那只大螳螂，它正站在一辆坦克上激情四射地训话。它终于又出现了！大聪和米贵发现这只大螳螂右边的触角短了一截，右前足上绑着绷带，绿色的扇脸上有一些黑点。

　　三人不由得笑了起来，看来它在那次攻击中受了伤。隐约地听到它在大声说："这些地上人类的间谍真的是非常非常狡猾，我们一定要将他们抓住，而且要让他们好好地经受些痛苦，不能这么便宜他们！"说着它使劲地挥舞了下左前足，紧抿口器，好像不出这口恶气不甘心。

　　大聪后面的那个断触角的蟋蟀兵用前足捅了捅他，示

意他到大土堆的后面去。其他昆虫兵也跟着断触角的蟋蟀兵悄悄地去了大土堆后面，不愧是训练有素的老兵。

三人和咆地犬跟在它们的后面。大土堆后面有条宽阔平整的大道，估计是通往那个军火库的。走了大约几分钟，只见大土堆上有一个大半圆形口子，口子中间有扇大门，顶上露出一个小口，门前有两个蝗虫兵戴着墨镜在巡逻，前足持着电弧枪。

那个断触角的蟋蟀兵甩了下头，身后出来一个蝗虫兵和一个蟋蟀兵，那个蟋蟀兵将头上的触角拉下来咬在口器上，这两个昆虫兵分别悄悄地绕到两边，趁着蝗虫兵不注意一下冲上前，用前足狠狠地敲打蝗虫兵的头，顿时将它们打晕了，然后这两个昆虫兵轻轻地将它们放在地上。

其中那个蝗虫兵后退几步，趴在了地上，忽然一个跳跃，"嗖"地跃进了大门顶上的小口里。

"真的像只会跳的蚂蚱啊！"米贵叹道。

"真是糊涂，它本来就是只蚂蚱啊！"大聪回道。

咆地犬看了，来回走动摇着尾巴，也蠢蠢欲动。

不一会儿，那道大门打开了，断触角的蟋蟀兵抢先冲了进去，在它身后三十几个昆虫兵一起拥进了武器库，大聪和米贵想拦也拦不住。

曲丽丽着急了，对它们喊道："你们别乱！"接着朝大聪和米贵看了看，叹气说，"失控了，看来它们不会听我们的指挥。"

"我们先进去看看！"米贵说着朝里面走去，咆地犬摇着尾巴也跟了进去。

里面空间很大，分为上下两层，下层停着一排排坦克和装甲车，上层停着一架架三角形的黑色飞机，看来这是一座大型军火库。

那些昆虫兵非常熟练地进入了坦克，还有的进入了飞机。

"我们也弄架飞机玩玩。"米贵说着飞速冲上了二层，站在一架大的飞机前。这架飞机和他差不多高，表面光滑乌黑，闪着金属的光泽，棱角分明。他学着那些昆虫兵的操作，敲了下机头，飞机的舱盖慢慢地打开。飞机有小轿车大小，米贵弯腰钻了进去，驾驶室大小正合适。

大聪也来了兴趣，跟在米贵后面，挑了架大飞机进去。

曲丽丽顿时着急地大叫："你们驾驶飞机，我和咆地犬怎么办？"她无奈地摸着咆地犬的头看着他们两个。

米贵从飞机里面探出头说："你和咆地犬就在这里待着，我们和那只大螳螂干上一架再来找你们。"

飞机里面的设备不复杂：一个"T"字形驾驶杆，上面有几个按钮，前面的窗口下有两个拉杆，上面分别画着飞机起飞和降落的图标。米贵戴上头盔说："这种驾驶系统很简单，想必是复杂了那些虫子也不一定能弄明白。"忽然耳边响起大聪的声音："米小鼠，收到没有？"

米贵不由得奇怪，连忙问他，自己怎么会听到他的声音。

大聪嘻嘻一笑，"好奇吧！等下告诉你！"

米贵正想再说话，大聪却催促道："快起飞吧！"米贵回过神看了看两侧，那些飞机正一架架飞出军火库，朝

外呼啸而去。

驾驶室里响起了一个昆虫兵的声音："大家要听我指挥，统一行动。"听声音好像是那个断触角的蟋蟀兵的声音。

看来这声音相互都听得见，两人想单线对话还需要调整。

米贵拉了一下起飞的拉杆，飞机一下弹了起来，感觉好像悬浮着，米贵大叫着将驾驶杆向前推了一下，飞机忽地冲出了军火库大门，飞出十几米。

"快往后拉驾驶杆！"耳边响起大聪的声音。米贵连忙后拉驾驶杆，飞机震动了一下，一下朝上爬升起来。米贵看了看身下，吓出一身冷汗，飞机下面是高高的土堆，如果再不飞起来就要撞在上面了。

那边大螳螂看到空中飞过来许多飞机，还有不少坦克和装甲车开过来，顿时大惊失色，马上意识到是关押逃兵的监狱和军火库出事了，这肯定是地上人类的间谍干的好事儿。

大螳螂连忙对身边的昆虫兵大喊："大家稳住，不要慌乱。"说着对前面的坦克挥了下左前足，"给我射击！"

几辆坦克的光炮口自动抬起跟踪瞄准着那些飞机，"轰"，坦克上的光炮一齐开火，一道道蓝色光朝飞机射去。飞机迅速地散开，蓝色光没有爆炸，直接穿了过去。

空中的飞机从四面又围聚过来，呼啸着射下了一束束激光，下面的昆虫兵四散着，有的趴在地上，有的躲在坦克后面。激光在黑色坦克上留下了斑斑红点。

　　大螳螂没有躲避，而是站在一辆装甲车后面，绿色透亮的眼睛和额头上的三只单眼紧紧地看着空中的飞机，它挥动着前足愤怒地说："快呼叫天牛兵！"

　　坦克的光炮又开始瞄准了，可是那些飞机已经蹿到了它们的上空，一时难以跟踪瞄准。坦克上的激光枪连续射击，那些飞机不断避让着，到底是训练有素的老兵，驾驶飞机非常娴熟。不过还是有几架飞机被击中了，转着圈滚落到地面，马上有几个蟋蟀兵围了上去，抓捕了驾驶员。

　　米贵操纵着驾驶杆加速朝前面飞去，看到那只大螳螂，它驾驶飞机从它头的上飞过。"我来耍耍这只大螳螂。"说着他按住驾驶杆上的按钮，顿时飞机下面的激光枪朝着大螳螂射去一束束激光，从大螳螂的身边扫过。大螳螂吓了一跳，一下跳开了。大螳螂显然被激怒了，张合着口器，扇动翅膀朝着米贵的飞机飞去。

　　"那只大螳螂朝你飞来了！"米贵的耳边响起了大聪的提醒。

　　大螳螂飞得很快，扇动翅膀发出沙沙的声音。米贵有些着急，操纵着驾驶杆忽左忽右，毕竟基地的空间不大，边上还有不少飞机，所以他没有将速度开到最快。

第二十八章　空中决斗

大螳螂像是锁定了米贵的飞机，跟着飞行，始终不放弃。它渐渐地追了上来，露出皮带上的枪口。

米贵朝上拉了驾驶杆，飞机顿时仰头垂直爬升，米贵"啊啊"大声叫着，后仰着身体，感到头有些晕，看来飞行员不是那么好当的。大螳螂又飞上来了，正对着米贵的飞机，再次露出了皮带上的枪口。

米贵的头晕乎乎的，他手忙脚乱，将驾驶杆一推一拉，飞机摇晃着翻滚飞行。大螳螂正准备开枪，这时，一道蓝光忽然朝它射过来。大螳螂吃了一惊，慌忙避让开。一架飞机从它的身下飞过，那是大聪驾驶的飞机。

"米小鼠，快调整好机身。"大聪叫着。米贵有些清醒了，正想驾驶着飞机朝大螳螂飞去，只见周围冲过来一群黑黑的大虫子，仔细一看，是一群天牛。它们甩着长长的触角，扇动着金属质感的翅膀，长圆筒形的身体有着坚硬的厚皮。它们纷纷用腰带上的炮射击，米贵吓得赶紧驾驶飞机向下躲避。

　　大聪驾驶着飞机朝下看了一眼，刚才地面上还整齐排列的那些坦克和装甲车已经被断触角的蟋蟀兵一伙冲散了，可是远处有更多的坦克围了过来。

　　大聪还看见了那只大蟋蟀，它站在一辆装甲车的后面，原来是它带过来的坦克和装甲车。这些坦克整齐地按着品字形前进，或从中间将对手的坦克分隔开来。断触角的蟋蟀兵一伙的坦克被对手压制着，有几辆已经失去悬浮功能，停在了原地，看来形势不妙。

　　大聪看到几个天牛兵从一边横飞过来，准备向他的飞机开炮，他连忙往后拉驾驶杆，飞机一下飞了起来，逃离开去。

　　那只大螳螂紧紧地追着米贵的飞机，米贵驾驶着飞机飞着S形，"这只该死的大螳螂，真难对付！"米贵狠狠地骂着。他想用激光枪射它，可是离得太近了，没有机会下手。

　　这时，前面有个天牛兵飞过来，米贵急忙向后拉驾驶杆，飞机朝上飞去，大螳螂跟在后面也飞高了，避开了迎面而来的天牛。大螳螂气急了，看着前面米贵的飞机，亮出皮带上的枪口，射出了一道红光，准确地射中了右机翼，机翼冒起一团烟。

　　米贵一惊，飞机倾斜了，操纵驾驶杆明显感觉重了许多，可是还能操纵。

　　大螳螂追上去要再次开枪，米贵的飞机摇晃着往下飞去，大聪驾驶着飞机猛地撞向大螳螂，大螳螂急忙飞向旁边避开。

　　大聪驾驶着飞机忽高忽低、时左时右，加快了速度，不断地撞向那些天牛兵。大螳螂在后面紧追不舍，只看它们在空中飞速地盘旋和追逐。

　　"大王虫，看我的！"米贵操纵着飞机飞到了大蟋蟀坦克群的上面，正准备按下操纵杆上的投弹按钮……

　　"砰"，飞机一阵晃动，米贵朝外看去，原来是那些天牛在炮击飞机。飞机不断地晃来晃去，米贵有些头晕，飞机在往下掉。

　　"不好了，米小鼠要坠机了！"在土堆后面的曲丽丽焦急地喊着。身边的咆地犬也轻吠着，摇头摆尾。

　　米贵使劲向后拉动驾驶杆，可是没有用，飞机打着圈慢慢地坠落。大聪瞄了眼米贵，不由得替他着急，可一时也顾不上他了，后面大螳螂和天牛兵紧紧地跟着呢！空中的飞机少了许多，很多都已经被那些天牛兵击落了。

　　大聪看见大螳螂边飞边露出了皮带上的枪口，大叫不好，操纵着驾驶杆，飞机忽左忽右地飞行。大聪看了眼下面，大蟋蟀率领的坦克和装甲车已经将断触角的蟋蟀兵一伙的坦克大部分俘获了，剩下不多的坦克在快速后退着，它们想绕到大土堆后面。

　　大聪决定飞低一些，给那些坦克做掩护。他操纵驾驶杆，飞机先是一下飞高了，接着来了个漂亮的大回旋，顺势朝下飞去。大螳螂紧跟着，用皮带上的枪射击，一道道红光不断地射过来，大聪尽量贴着大蟋蟀率领的坦克群飞，大螳螂的枪火射在了坦克上面。

　　大蟋蟀对着空中的大螳螂大叫："大肥臀，你能不能

射得准点，不要乱射，我们就在下面。"

大螳螂也非常地不服气："你不知道我在对付最狡猾的敌人吗？"

大聪掠过那些坦克，拉动驾驶杆，飞机升高了。

米贵的飞机摔在了地面上，多亏座位有保护功能，他没受伤。米贵摇了摇头，镇静下来。他看到外面不少昆虫兵举着电弧枪围了过来，连忙用手推了推飞机舱盖，舱盖非常牢固。他看到舱盖边上有个小按钮，使劲地按了一下，舱盖顿时弹了出去，他急忙跳出飞机，摔在地上。

米贵爬了起来，摘下头盔，朝大土堆跑去。那些昆虫兵跟着冲了过来，眼看越来越近。米贵启动了飞行包，一下飞到半空，那些昆虫兵举起电弧枪瞄准着就要射击。

这时，一道黑影扑向了那些昆虫兵，在它们中间窜来窜去。那些昆虫兵一阵慌乱，不过马上看清是那只地上人类的狗间谍。几个蟋蟀兵立即举起电弧枪对准咆地犬，咆地犬一下跳跃了过去，将它们扑倒在地。蟋蟀兵们仰倒在地，张着口器大叫，挥舞着三对足。有几个蝗虫兵举起电弧枪朝咆地犬射去，射出一道道蓝色电弧。有道电弧擦着咆地犬的背部而过，咆地犬像被针刺了一下，汪地叫了一声，身子一缩，然后钻进了昆虫军的队伍里。

第二十九章　昆虫军投降

米贵在空中看着身下一片混乱，知道是咆地犬为了自己搅乱了昆虫队伍，不由得一阵感动，他对着地面大喊："咆地犬快跑，不要管我，我会逃走的。"

咆地犬见缝就钻，在昆虫兵队伍里钻来钻去，弄得那些昆虫兵手忙脚乱，由于离得太近，电弧枪开不了火。咆地犬左腾右扑，有几个蝗虫兵想扑住它，一下扑了个空，相互撞击在了一起，弄得它们非常狼狈。

米贵朝咆地犬吹了声长长的口哨，操纵着飞行包迅速飞远了。咆地犬用后爪刨了下地，刨起大量泥土，接着它用尾巴狠狠地扫了一下，顿时尘土飞扬，几个蟋蟀兵用前足捂住了脸。

咆地犬朝着它们汪汪地叫了几声，接着甩开昆虫兵队伍，朝大土堆后面的曲丽丽跑去。米贵飞到了曲丽丽头顶，操纵着飞行包慢慢地降落。

断触角的蟋蟀兵一伙的几辆坦克不断地后退着，边退边发射光炮，其中有辆坦克被对方击中，蓝光一闪，车身

震动几下后，只能歪歪斜斜地后退着。

对方的坦克群中，大蟋蟀从一辆坦克里伸出头来——不知什么时候它又钻到坦克里面去了——大喊："你们这些叛徒还不投降，等抓到你们我会让你们接受更严厉的惩罚。"

大聪看了下飞机的前后，大螳螂领着几个天牛兵紧跟在身后，前面飞过来两个天牛兵，炮口正对着飞机，大聪不由得紧张起来，他想拉动驾驶杆让飞机爬高，可是已经来不及了。

大聪感觉飞机一震，接着飞机开始不断地翻转，转得他头晕目眩。飞机翻转几圈后开始下落，还好被一棵大树挡了一下，然后落到了地面上。

那两只天牛兵又飞了过来，亮出宽皮甲上的炮口。大聪连忙拉动驾驶杆，还好竟然有用，飞机一下从地面飞到空中。

一旁的大螳螂惊呆了，这地上人类的间谍居然如此英勇！

大聪操纵着驾驶杆使飞机左右翻旋，从天牛兵中穿过，飞到那些坦克的上空。大蟋蟀将一只前足伸出坦克，拍着坦克朝着空中的大螳螂大喊："大肥臀，你怎么到现在还没有把敌人给击落啊？"口气中充满了不屑。

大螳螂气急了，一下说不出话来，翅膀扇动着，想挥动左前足示意天牛兵继续攻击，可不小心碰到了受伤的右前足，疼得大叫。

大聪感觉自己天生就是一个优秀的飞行员，他环顾四周，空中只剩下几架飞机了，下面断触角的蟋蟀兵一伙的几辆坦克依托着土堆零星地朝对方射击光炮。

这时，又有天牛兵飞了过来，大聪一看，它们要围攻自己了。

"还是大王虫厉害呀！别看他身体胖胖的，驾驶起飞机来倒是挺灵活。"米贵感叹地说。

"我也这么认为！"身边的曲丽丽说。

咆地犬抬着头叫了几声。

米贵有点不服气地嘀咕着："这小子不过运气好，正好被一棵树挡了一下，否则也会被抓了。"

大聪操纵驾驶杆往上直飞，朝基地的顶空飞去。那顶是透明的，发着亮光，也不知顶上会是什么。

飞机紧贴着拱顶飞行，由于速度很快，那些天牛兵追不上了。大聪见下面有许多坦克正在朝大土堆步步紧逼，便又操纵驾驶杆飞低了，按下了驾驶杆上的投弹按钮，连续按了两下，顿时两颗圆筒般的炸弹呼啸着朝大蟋蟀的坦克群落去。

大蟋蟀见了大叫不好，连忙缩进了坦克里。空中的大螳螂也愣了，睁大了绿眼看着炸弹呼啸着朝地面直落下去。

"轰——轰——"，连续两声响，气浪朝四周迅速扩散开去。那些坦克始料不及，一下被弹开了。由于相距近，几辆坦克撞在了一起，有的被抛到空中翻转着掉落下来，还有的失去了悬浮能力，落在地面上。

这下空中所有的天牛兵都愣住了，战争的形势瞬间发

生了改变。断触角的蟋蟀兵驾驶的飞机马上也灵活起来，横穿过来朝那些发愣的天牛兵射击着，后面的几架飞机也跟着用激光射击天牛兵，天牛兵没有了之前的霸气，纷纷躲避。

地面上的坦克已是混乱成一团，躲在土堆边的坦克乘机向前驶去，瞄准了对手用光炮射击，几辆坦克被射瘫在地。

大聪乘机向那些天牛兵射击。大螳螂气急了，扇动翅膀来追大聪，同时用腹部的枪射出了一道道红光。大聪忽左忽右飞着，红光都射了个空。

"看来我们要胜利了！"曲丽丽惊喜道，"真是奇迹呀，大王虫硬是扭转了这场战争的局面。"

米贵皱了皱眉，小声地说："看来这些昆虫兵不过如此！"

大聪在空中飞了几圈，大螳螂还是没有攻击到他。大聪来了一个低飞，想再投下一颗炸弹，正在这时，只见那只大蟋蟀爬出了坦克站在顶上，一只前足举着白旗挥舞着。

"它们要投降了！"米贵开心地说。

第三十章　昆虫军叛变

"我们可以离开这个昆虫基地了！"曲丽丽长长地出了口气。

咆地犬也摇着尾巴朝对面的昆虫兵汪汪地叫着。

空中的天牛兵慢慢地聚集在一起，然后落在地上。下面的昆虫兵呆呆地站在原地，放下了电弧枪。

大螳螂气急了，一抖翅膀飞到了大蟋蟀的上空大喊："大话痨，你发什么疯啊？"

大蟋蟀甩了一下那根长长的触角，不屑地说："为了让兄弟们不再被伤害，我看还是不要再打了，我们是打不过那些地上人类的间谍的。"

大螳螂气得浑身颤动，喊道："叛徒，大叛徒！我会向上级报告的，你就等着瞧吧！"说着扇动翅膀一下飞走了。

大蟋蟀没有理会它，扔下白旗，蹲下身用前足抱住了头，地上的昆虫兵也做出同样的动作。坦克和装甲车里的昆虫兵纷纷钻了出来，蹲在坦克和装甲车边。

大战湖底昆虫军(下)

断触角的蟋蟀兵驾驶飞机慢慢地从空中降落，其他几架飞机也跟着纷纷降落，驾驶员们从飞机里走了出来。断触角的蟋蟀兵带着己方的昆虫兵走到大蟋蟀蹲的坦克前，它犹豫了一下，显然对大蟋蟀有几分畏惧，但最终还是壮着胆仰着头恭敬地说："大教头，不是我们要叛变，而是你们对我们太狠了，我们训练时已经受伤了，只不过发了几句牢骚，你们就将我们关押起来，特别是螳螂虫长，一点儿都不留情，所以我们也是迫不得已啊！"

它身后的昆虫兵纷纷点头说是。

大聪驾驶着飞机降落到了离米贵和曲丽丽不远的地方，下了飞机连忙朝他们跑去，三人开心地说笑着，咆地犬围着大聪转圈。

三人带着咆地犬走出土堆边，望着前面黑压压一群昆虫兵，想想不觉好笑——自己这一方不过十几个昆虫兵端着电弧枪，看来那些昆虫兵胆很小啊！

大聪对大蟋蟀的投降还是有些意外，难道他是被自己扔的几颗炸弹震慑住了？

"快叫那只大蟋蟀从坦克上面下来！"米贵对断触角的蟋蟀兵催促道。

断触角的蟋蟀兵朝米贵看了看，愣了一下，正想发声，这时那只大蟋蟀站起身，站在坦克顶上，它挺直身体，用低沉的声音大声说："你们都是我的学员，我知道你们受到了委屈，可是这不足以成为你们叛变的理由啊！"

大聪和曲丽丽相互看了看，感觉不对劲儿，它这是在煽动己方的昆虫兵啊！

米贵也感觉不对，再次大喊："快让它下来！"可是没有昆虫兵听米贵的。

大蟋蟀抬起前足挥动了一下，继续说："训练是提高我们作战水平的必要手段，平时训练刻苦一些，在战时就可以少牺牲啊！不要因为训练艰苦一些就忍不住和敌人在一起，那可是背叛，是作为一个战士的耻辱啊！"

大聪和米贵、曲丽丽三人越听越不对劲儿，己方的这些昆虫兵似乎有所触动，竟放低了前足上的电弧枪，默默地看着那只大蟋蟀。

米贵推着身边断触角的蟋蟀兵大声嚷道："不要听它的话，是它让你们断了触角、折了前足，将你们关押起来，它是伤害你们的元凶！"

坦克上的大蟋蟀也提高了声音，"大肥臀，不……螳螂虫长确实对你们比较严格，其实它本身做事就是这样严谨细致，以后我会好好劝它，让它不要过于急躁。各位兄弟，我可不想看到大家自相残杀啊！我们是同胞，面对的是一样的敌人啊！"说着大蟋蟀还故意看了看大聪三人。

那些昆虫兵听了，默默地没有作声，断触角的蟋蟀兵也犹豫了，没有了之前的坚定。

大聪悄悄地对米贵和曲丽丽说："完了，这只大蟋蟀好像煽动成功了，那些昆虫兵恐怕要投降了。"米贵咬了咬牙，狠狠地骂了一句："这只大蟋蟀可真够狡猾的，来了个假投降，再来煽动那些昆虫兵。"

"毕竟它们曾经是一伙的！"大聪顿了顿，接着皱了皱眉说，"看来形势对我们不妙。"

"那现在怎么办？本来还以为我们战胜了大螳螂和它的昆虫兵。"曲丽丽着急地说。

"想不到这只大蟋蟀来了这么一招，表面看着它有勇无谋，其实也是粗中有细。"米贵托着眼镜顿了下，"现在要赶紧阻止它再说这些煽动的话！"

身边的咆地犬摇头摆尾，似乎也同意米贵的观点。

"恐怕已经晚了。"大聪叹了口气。

"不晚！"米贵朝咆地犬甩了下头，咆地犬似乎领会了他的意思，跑上前去一下跳上了大蟋蟀站立的坦克，正准备朝大蟋蟀扑去，一道电弧突然朝它射来，原来是己方的一个昆虫兵开火阻止它，咆地犬吓了一跳，本能地后退了几步。

接着又是几道电弧连续朝咆地犬射来，咆地犬赶紧跳下坦克，回到了大聪身边。

"大蟋蟀教头，如果我们回来，你们会不会还追究我们的反叛责任？"下面有个蝗虫兵大声地问。

"当然不会，我们本来就是一家，你们都是训练有素的老兵，我会让你们来训练新兵。"大蟋蟀底气十足，有着几分得意。

"那好，我们投降！"断触角的蟋蟀兵说，说着举起了前足。它后面的那些昆虫兵也纷纷放下电弧枪。

这时，那只大螳螂竟然出现在了空中，它来得可真是时候啊！只见它扇动着双翅悬停在空中，头上一根触角直立，显得格外惹眼。它大声命令："现在给你们一个将功赎罪的机会，快将那些地上人类的间谍抓住。"

　　大聪三人见势不妙，转身想朝土堆后面逃去，可是已经来不及了，断触角的蟋蟀兵大喊："拦住他们，不要让他们跑了。"

　　那些昆虫兵立即举起了电弧枪瞄准大聪三人，大聪、米贵和曲丽丽相互看了看，只能默默地举起了双手。

第三十一章 第二次被抓

　　"你们有没有搞错，我们可是朋友啊！是我们将你们从监狱里放出来的！"米贵睁大了眼低头对着那些昆虫兵大声说。

　　"你们怎么能相信那只大蟋蟀的话，受的苦还不够吗？放你们出来时，可是说好要听从我们指挥的。"大聪也大声说。

　　断触角的蟋蟀兵没有动，头上一根长须垂着，折了的中足微微动了动，尾部长须抽了抽，像是在沉思着。

　　米贵正想提醒它，它断了的触角和折了的中足就是被大蟋蟀和大螳螂弄的，这时，咆地犬忽然窜了出去，想趁昆虫兵不注意溜走。有个蝗虫兵看得仔细，举枪射击，一道蓝色电弧射在了咆地犬面前，咆地犬连忙跳开了。

　　它又跳跃了几下，想找个空隙溜出去，可惜这些都是训练有素的老兵，它们迅速堵住了咆地犬的去路。忽然一道蓝色电弧射中了咆地犬，咆地犬叫了几声，倒在地上抽搐着。

大聪连忙扑过去叫了起来。大聪知道咆地犬这是暂时晕过去，电弧不过让它暂时短路了，过后会自动恢复。米贵和曲丽丽也围了过去，不断地抚摸咆地犬。

坦克上的大蟋蟀大声喝道："快将他们抓起来，别再让他们溜了。"

大聪示意米贵和曲丽丽快逃。米贵和曲丽丽立即启动飞行包飞起来，可是马上感觉脚下被一个东西紧紧地抓住了，低头一看，是几个昆虫兵用前足紧紧地抓住了他们的脚。大聪也操纵着飞行包往上飞，几个昆虫兵抓住大聪的脚，一下将他拉了下来。

几支电弧枪顶在了他的腿上，大聪只得乖乖地举起了手。他看了下身边，米贵和曲丽丽也被它们俘虏了，却不见了咆地犬，它刚才肯定恢复后趁乱逃走了。

"给我押到闭思所去！"大蟋蟀挥着前足神气地说。

"那会是个什么地方啊？"曲丽丽着急地问。

"谁知道啊！"米贵说。

"不知它们会怎么处置我们。"曲丽丽皱着眉，担心地说。

"估计也就是将我们关起来。"大聪说。

三个昆虫兵将三人押进了一辆装甲车，装甲车里除了驾驶座位，还有两排座位，每排可以挤上五六个昆虫兵。大聪三人坐在前排的座位上，有些拥挤，特别是大聪，圆胖的身躯足足占了大半个座位，米贵被挤得不能动弹，他使劲推着大聪，大声叫他收缩身体。

后面一个蝗虫兵和两个蟋蟀兵用电弧枪抵着他们，让

他们不要再吵了。

外面大蟋蟀和大螳螂正谈笑风生，充满了胜利的喜悦，没有了以前的互怼。

"还是你大话痨有手段，竟然不动声色地将这几个狡猾的地上人类的间谍抓住了。"大螳螂缩了缩绑着绷带的右前足，开心地说。

大蟋蟀甩了一下头上剩下的那根触角，得意地说："不战而屈人之兵，这才是上策。"说着看了眼后面已经排列整齐的断触角的蟋蟀兵率领的那些昆虫兵，"看来我这训练官还挺有威信。"

大螳螂顿时一愣，附和地点了点头，略显得有些尴尬——断触角的蟋蟀兵率领的士兵就是因为自己过于严格才反叛的。

装甲车载着大聪几人快速地朝前驶去，几个转弯后，车子渐渐地慢了下来。

大聪、米贵和曲丽丽相互看了看，好像没开出多远，怎么车子就停了下来？

驾驶装甲车的蝗虫兵大喊："是那只犬！"大聪三人知道是咆地犬。后面有蟋蟀兵说："冲过去，撞它。"

刚才大蟋蟀和大螳螂一时疏忽，没有给三人用捆手球，这给大聪他们提供了机会。米贵瞥了眼身后，见大聪后面的蝗虫兵抓着的电弧枪偏向了一边，连忙朝大聪使了个眼色。

大聪转过身一把抢过抵着米贵的电弧枪，迅速地回身，用电弧枪抵住了前面的蝗虫兵驾驶员，对着后面的三个昆虫兵大喊："放下你们的电弧枪，否则我开枪了。"

身后的昆虫兵相互看了看，慢悠悠地放下电弧枪，还好这些昆虫兵的智商不是很高。米贵和曲丽丽转身拿过它们的电弧枪，对准它们。

"打开门，从这里出去。"大聪喝道。

蝗虫兵驾驶员打开车门下了车，大聪三人又将后面那三个昆虫兵赶下了车。大聪坐在驾驶员的位置上，透过车前窗看见了咆地犬，隔着车窗朝它挥手。

咆地犬立即领会，飞快地跑到车门口，跳进车内，见到米贵和曲丽丽，摇着头摆着尾巴，热情地和他们打着招呼。

这突如其来的变化让大蟋蟀和大螳螂始料不及，它们相互看了看，大螳螂挥了下左前足，狠狠地说："狡猾的地上人类的间谍，又被他们逃了，这次绝不能让他们这么轻松地逃走。"说着命令身边的一个蟋蟀兵："给我传命令下去，让天牛兵、航空兵团、装甲军团联合出击，这次一定要活捉他们。"

大蟋蟀似乎也愤怒了，跟着附和："一定要活捉他们，不能让他们这么轻而易举地逃走。"

"我们快走！"米贵催促着大聪。

大聪调整了下座位，操纵着驾驶杆往后退着。这里虽然是宽阔的平地，可是也容易成为攻击的目标。装甲车内设备要简陋许多，没有了辅助观察用的显示屏。

大聪透过车窗朝外看去，前方不远处昆虫兵的几辆坦克正在缓缓地朝这里开过来，远处的坦克和装甲车也都朝

这里开来，天空中出现了一个个的黑点，那是天牛兵，还有昆虫兵的小飞机。

"这下它们好像集中所有力量来攻击我们了。"曲丽丽叫起来。

"大王虫，怎么办？这辆装甲车的火力根本拼不过它们。"米贵着急地说。他看了下自己的座位，身边就只有一个激光枪的控制器。

"只有想办法和它们周旋了！"大聪坚定地说。他操纵着驾驶杆快速掉头。前面有一片树林，树木不高却枝叶茂密，树木附近有小土丘，光线有些暗，不见昆虫兵的坦克和装甲车。奇怪，这是个什么地方？

第三十二章 进入密林

不一会儿，那些昆虫兵就集中到了一起，后面的坦克和装甲车群飞快驶来，空中的小飞机和天牛发出的声音也清晰地传来。

"大王虫，我们快躲到那片树林里。"米贵指着前面的树林说。

"那里会不会有什么埋伏啊？"曲丽丽担心地说。

"应该不会，我用车上的探测系统扫描一下。"大聪按下了探测系统的开关，顿时装甲车前射出隐秘的细光线，扫射着前面，如果有活的生物，会有热量被探测到。

探测系统显示绿灯，看来外面没有异常。大聪加快了速度，装甲车后面喷出了一股股强气流，推动着悬浮装甲车快速朝树林而去，不知这车是用什么燃料产生动力的。

"不好！这些地上人类的间谍要去不该去的地方了。"大螳螂抬着扇形脸，看着前面大声说。

"那是个什么地方啊？"大蟋蟀忍不住问。

大螳螂顾不得回答它，连忙命令道："命令，各大军

开火，给我击毁那辆装甲车。"

那些行驶中的坦克和装甲车马上便射出一束束激光，激光汇成激光网，朝大聪他们的装甲车射去。大聪大声喊叫着，驾驶装甲车左摇右晃地往前冲，阵阵爆炸声在附近响起，溅起的石块和泥土砸在装甲车上发出砰砰的声响。又是一片密集的光射来，装甲车剧烈地摇晃着，大聪三人被摇晃得左倒右歪，大声喊叫着。

"大王虫，快调稳车子！"米贵紧紧抓着座位的扶手。

大聪抓住座位扶手，将自己倾斜的身体调正，按了下悬浮关闭键，装甲车车轮落地，大聪让车在地上绕着 S 形行驶着，车后顿时扬起阵阵尘土。身后的激光还是不断地射过来，强烈的冲击波让车子几次差点被掀翻。

"大王虫，你制造的尘雾没有用，它们现在可以直接检测到我们，还是让车悬浮吧，否则车子会翻。"米贵大声说。

大聪将装甲车恢复了悬浮状态。这时，空中飞过一架架小飞机，它们扔下的圆筒炸弹呼啸着往下落。

"这么多炸弹，恐怕要把我们炸飞了！"曲丽丽紧张地看着外面大声叫起来。

在第一波炸弹着地前，大聪将装甲车驶进了一个凹坑里。炸弹不断爆炸开来，强大的冲击波从车顶掠过。

炸弹全部落地后，大聪按下加速键，车子爬出凹坑，晃悠着朝前面的树林驶去。

树林里光线昏暗，大聪打开了车灯。虽然后面还有一阵阵光炮密集地射来，装甲车边上碗口粗的树木也在不断地折断倒地，但有了这些树木的遮挡，光炮冲击力要小了许多。大聪全力加速绕着树木朝前驶去，渐渐地，车周围的树木越来越稀疏，周围也越来越安静。

车内的咆地犬汪汪地叫了起来，米贵和曲丽丽朝咆地犬看去，"它这是怎么了？"曲丽丽问大聪。

"看来这里是神秘之地。"大聪缓缓地说。

咆地犬叫得越来越响，不断地用爪子挠地。曲丽丽马上紧张起来，怯怯地说："这树林里面有危险啊？我们还是赶紧出去吧！"

后面有树木发出折断声，夹着阵阵爆炸声。米贵朝后看去，发现有几辆坦克已经追进树林了，连忙大叫："大王虫，我们已经没有退路了。"

曲丽丽嘀咕着："不知这树林里到底有什么样的危险！"

大聪咬了咬牙，现在只能加速朝前面冲了。树木越来越稀少，光线越来越亮。地面有不少落叶，车子驶过，落叶被卷起在半空中。大聪关掉了车灯。前面的树木又高又粗大，直耸空中。

"这些是什么树啊？"曲丽丽问。

"这些树叶像小扇子，是银杏树，这可是非常古老的树种啊！"大聪说。

"还有些像是松树。"米贵托了下眼镜说。

这时身边的咆地犬不再叫了，而是发出低吼声。

"它这是怎么了，是不是感觉危险就在周围？"曲丽丽摸了摸它的头问。

大聪安慰道："没什么，也许它只是叫累了。"

装甲车前面不时传来哗哗的声音，像是水流声，一阵阵风吹来，树枝晃动着。

"前面好像有条河啊。"米贵说。

"这个湖底下怎么会有条河？这个基地建得可真大啊！"曲丽丽惊叫着。

"也许前面的河里还有军舰呢！说不定正等着我们过去，然后给我们一炮。"米贵伸了伸腿。

"现在管不了那么多了，到了河边再说。"大聪说。

这时，咆地犬再次汪汪地叫起来。三人朝前方看去，前面出现了一排昆虫兵，它们骑着类似摩托车的工具车。那车子离地有几厘米，车轮却旋转着。那些昆虫兵看上去分不清是蟋蟀还是蝗虫，它们穿着厚厚的防护服，前足驾驶着车，中足抓着一根一尺来长的细杆子，腰间还有条粗粗的带子。看着它们奇怪的穿着，三人好奇极了。

这时它们打开了车前的灯，顿时强烈的红光照向装甲车，几人在车内根本睁不开眼。

"这可怎么办啊？看来这是虫子的摩托车队。"米贵用手挡着眼镜说。

"难道我们这样只能束手就擒了？"曲丽丽着急地说。

大聪闭着眼睛操纵着驾驶杆朝前驶去，在哗啦啦的响声中，光线从不同的方向照射过来，眼前还是红茫茫的一片。"砰——"车子狠狠地撞在了什么东西上，三人也撞到了车里的硬物，一阵钻心痛。他们朝外看去，强光照射下他们赶紧又闭上了眼睛。

"大王虫，这样下去可不行，我们简直成了睁眼瞎。"米贵叫着。

咆地犬汪汪地叫着，大聪叫了起来："快让我的咆地犬下去，让它去和它们周旋。"

"它能看得见吗？"

"它可以不用眼睛，而用鼻子感应器来感应目标。"

第三十三章　神秘的昆虫特种兵

　　米贵一边答应着，一边打开车门。大聪朝咆地犬喊了一声，咆地犬就迅速地跳下了装甲车，朝那些昆虫兵飞奔过去，对它们又是扑又是咬。那些昆虫兵始料不及，不少昆虫兵连人带车一起摔倒。

　　照在装甲车上的光少了许多，几人看清了四周的情况，原来刚才车子撞在了一棵粗大的松树上。有几个昆虫兵用中足拿着杆子朝咆地犬指去，顿时那杆子射出一张张大网。咆地犬见了，一个跳跃跳到树后面去了，那些网全挂在了大树上。

　　"米小鼠，快用车上的武器系统还击。"曲丽丽提醒。

　　米贵马上反应过来，操纵座位上的武器控制器，装甲车的激光枪瞄准了外面的昆虫兵，迅速开火射击。一道道

红光射去，几个昆虫兵应声倒地，可是它们没有受伤，大概是那厚厚的防护服保护了它们，它们马上爬了起来，又上了那些工具车。

"看来这激光枪对付不了它们！"米贵着急地说。

"要不我来撞它们吧！"大聪一边说一边驾驶着车朝前面的一个昆虫兵撞去，一道刺眼的红光马上射来，照得三人根本睁不开眼。

不一会儿，强光散去。三人睁开眼，大叫不好，前面又有一棵粗壮的银杏树，刹车已经来不及，只能狠狠地撞了上去。曲丽丽一下撞在了前排座椅背上，顿时疼得大叫起来。

咆地犬在树林间不断地跳跃着，几个昆虫兵驾驶着工具车专门来抓它。见用网抓不住，昆虫兵们就收起了杆子，打开车前面的一个盖子，露出一个小黑洞，从黑洞中喷出一道长长的火舌。

咆地犬一下被烧到尾巴，那丛黑色的毛都烧焦了，幸好它是智能生物，感觉不到疼痛。咆地犬甩了下尾巴，一下爬到了树干上，转身跃下朝身后的一个昆虫兵扑去。那个昆虫兵被扑倒在地，却身手敏捷，站起来立即拿出一支电弧枪朝咆地犬射去，多亏咆地犬反应快，迅速逃远了。那些树叶被燃着了，其他昆虫兵立即用车喷出水柱将火灭掉，接着马上朝咆地犬追了过去。

"天啊！这些都是什么兵啊？配备的武器这么齐全。"米贵惊叫着。

"极有可能是昆虫兵中的特种兵！"大聪说。

"这些昆虫兵真厉害，我们肯定要被它们抓了。"曲丽丽带着几分惊恐说。她揉着撞疼的额头，好像起了个包。

那些昆虫兵又围了过来，这次它们关闭了车前的强光灯，打开了那些喷火枪。三人大叫不好，只见一道道火柱射了过来，车子里马上变得十分闷热，甚至车子驾驶杆前的按键和仪表都有点烫手了。

"大王虫，快驾驶车子冲出去。"米贵喊着。

大聪试了下驾驶杆，已经变得非常烫手，他把衣袖裹在手上推动驾驶杆将速度提到最快。装甲车的悬浮功能出现了问题，车子一颠一颠地前进，不过总算是冲出了昆虫兵的火阵。

但是三人马上就被眼前的场景给惊呆了：前面有一条溪流，水面有二三十米宽，两岸是郁郁葱葱的茂密树丛，顶上通亮，不知是什么光源，照射下的光线自然柔和。

"这究竟是什么地方啊？"米贵吃惊地问，同时用手擦了擦头上的汗水。

曲丽丽也很好奇，"这里用来做什么？"

大聪拿出控制器查看咆地犬的情况，只见荧屏的下方显示一个小点，正在向上移动着。他抬头说："咆地犬在我们后面，朝这里过来了。"大聪又看了一眼荧屏上角，只见几个大黑点在移动。

"那是什么？"大聪指着那几个黑点说。

"肯定又是昆虫兵的某种新式大型武器。"米贵快速地说。

　　曲丽丽摸着自己额头上的包，"我也觉得像，看看刚才那些装备齐全的昆虫兵，感觉这是它们的地下大型秘密研究基地。"

　　"所以要安排这么多的昆虫兵保护。"米贵点了点头，"只是不知会是什么样的新式武器！"

　　"肯定会更厉害。"曲丽丽说。

　　"真希望能够瞧上一瞧。"米贵说。

　　"就怕还没瞧上，我们就被抓了。这些厉害的武器肯定是地下乎希舍人用来对付地上人的，我们应该去破坏它们。"大聪坚定地说。

　　米贵马上大声惊呼："我们对付那些昆虫兵都已经非常吃力了，还要去搞破坏？现在我只希望我们能够逃出这个昆虫基地。"

　　曲丽丽也连忙附和："我们还是快快寻找离开这里的出口吧！"

　　这时，头顶上飞过来几架小飞机和一群天牛兵，它们在上空不断地盘旋着。米贵和曲丽丽催促大聪，赶紧启动装甲车躲到前面的树林里去。大聪驾驶装甲车歪歪斜斜地朝前驶去，他取消了悬浮功能，用轮子行驶。

　　头顶上的小飞机呼啸而过，扔下了一颗颗圆筒炸弹，那些炸弹在装甲车的左右爆炸开来，强烈的冲击波不断地冲击着车子，车子左摇右晃，却顽强地向前行驶着。天牛兵也紧跟着发起攻击，装甲车被弹起的泥石撞击着，发出了砰砰的声音。

　　"大王虫，这样下去，这车子一定会被炸得粉碎。"

米贵紧紧抓住座位上的扶手大声喊着。

"那能怎么办？"大聪一边操纵着车子，一边回道。

"我们要不投降吧，和之前一样，然后再设法逃出去。"曲丽丽说。

"可是现在炸弹在头上飞，我们出不去。"米贵说。

米贵话音刚落，一颗炸弹就在车后面爆炸开来，强大的冲击波将车子掀到了空中。三人紧紧抓着扶手，紧靠在座椅背上。车子在空中翻了一圈，落在了地上，又弹了几下。

还好三人系着安全带，没有被撞伤。他们摇了摇头，清醒过来。曲丽丽看了眼身边的溪流，"如果能躲到这水里去就好了。"

这句话似乎提醒了米贵，他朝大聪大叫："大王虫，你朝那溪流里开，这车应该可以潜水。"

"能不能潜水我可不知道，这太冒险了。"大聪说。

"那也总比这样挨炸要好吧？即使不能潜水，我们也可以借着溪流逃走。"米贵坚定地说。曲丽丽连声附和。

第三十四章　昆虫兵的生物武器

大聪深吸口气，驾驶着装甲车右转，朝溪流驶去。"扑通——"车子冲入了溪流，渐渐地沉入水中。虽说是溪流，那也有两米多深。

车内慢慢地暗下来，水从四周流过，却没有进入车内，三人高兴起来，这车子确实有着很好的防水系统。可是如何操纵这车子在水中行驶？

大聪动了动操纵杆，却没有什么反应。正在着急时，操纵杆上升，一下弹出一个圆盘，按键变成了显示船速的键。大聪按了下中速键，感到装甲车一下启动了，朝前驶去，外面传来哗哗的流水声。

"冒险成功，我们总算摆脱了那些可恶的昆虫兵的追击。"米贵长长地出了口气。

"这车还挺先进。"曲丽丽惊讶地看着车内四周，两排座位，四人勉强坐得下，车体狭长，车壁装饰着黑色材料，很柔软，不知是什么材料。驾驶座位略大些，有方向轮，还有一些按键和几台数字仪器。

大聪又拿出了控制器，呼叫咆地犬，发现荧屏没有响应，不由担心地嘀咕着："咆地犬会去了哪里？"正要关了控制器，却注意到荧屏中间偏上有几个大黑点。大聪连忙提醒："我们离那几个大黑点越来越近了，也就是说昆虫兵新式大型武器就在我们前面了。"

"要不我们回头吧！"曲丽丽小心地说。

"我们在水下怕什么？"米贵回道。

大聪点了点头，好奇心让他们决定前去一探究竟。渐渐地，控制器上的黑点离中间越来越近了，车内的仪器也出现了危险的提醒，显示有红点靠近。

三人不由得紧张起来。渐渐地，车子前面的水流越来越湍急，还能够清晰地听见哗哗的声音。这时，一股湍急的水流涌过来，车子开始剧烈摇晃，大聪想要操纵车子往后退，谁知这车子竟慢慢地自行上浮起来，不一会儿，就浮出了水面，原来湍急的水流让车子自行启动了上浮模式。

然后，三人惊呆了。只见前面走来一头庞大的动物，足有四米高，全身灰褐色，皮肤看上去又粗糙又厚实，强壮的身体上隆起大块发达的肌肉。它长着大大的头，张着一张大嘴，足可以轻松地吞下一个人，有两排非常尖锐的牙齿。它缩着两只短小的前肢，前肢上有两个带钩尖爪，后肢强壮有力，就像是粗壮的大柱子。溪流的水刚刚没到它的肚子上面，身后粗而有力的尾巴不断地拍打着水面。

"这不是头大恐龙吗？"米贵惊叫起来。

大聪也觉得不可思议，怎么出现了大恐龙？这些地下乎希舍人到底要做什么？

曲丽丽更是张大嘴说不出话来。

车里的仪器连续发出了嘟嘟的声音，大聪渐渐反应过来。大恐龙看见了装甲车，弯下腰伸出前肢来抓那车子。大聪见了，迅速地转动轮盘，车子朝右驶去。大恐龙抓了个空，爪子拍在水面上，形成一道大浪，将装甲车推向一边。

"这新式武器原来就是恐龙，这么大的家伙确实很难对付！"米贵大声说。

"这是什么恐龙啊？"曲丽丽问。

大聪用控制器对着大恐龙扫了一下，看了看说："天啊！这是头霸王龙，也叫雷克斯暴龙，生存于白垩纪末期，距今约 6500 万年到 6850 万年，是体形最为粗壮的食肉恐龙。"

知识点

白垩纪：地质年代中的中生代第三个纪，始于 1.45 亿年前，结束于 6600 万年前，历经 7900 万年。白垩纪气候很暖和，大陆已被海洋分开，地球变得温暖、干旱。白垩纪的恐龙达到极盛状态，统治着陆地，这时期最著名的恐龙就是霸王龙，最早的蛇类、蛾、蜜蜂以及许多小型哺乳动物也出现了。

"我看着就像！"米贵歪了下嘴，托了托眼镜说，"我想这头霸王龙比一般霸王龙还要厉害一些，经过驯化，它不仅听话，攻击性肯定也要强许多。"

曲丽丽点了点头，"刚才装备齐全的昆虫兵就是来驯化这头恐龙的吧？又是网，又是强光的，就是为了对

付它。"

大聪和米贵也觉得是，如果没有那些装备，它们根本驯服不了这头霸王龙。

霸王龙抬起腿向前走了几步，形成一道大浪，把装甲车推到了对岸。

"大王虫，我们到树林里面去。"米贵指了指对岸茂密的树林。

大聪瞄了一眼那树林，满眼都是粗壮的大树，透露着几分神秘，可能也不是安全的地方，不过现在只能先进去避一下再说。

大聪将装甲车调整到陆地模式，悬浮功能已经损坏，只能用轮子行驶了。树林里有银杏树、松树，粗壮高直，周围静悄悄的，没有一点声音。

"真是静得可怕！"曲丽丽看着车窗外说。

大聪回头看了看溪流，那头霸王龙没有追过来，而是往回走了，对面岸边的昆虫兵也跟着霸王龙往回走，看来恐龙的培育基地就在溪流的上游。

装甲车行驶在安静的树林里，能够清晰地听到车轮压着落叶发出的沙沙声。三人保持着高度的警惕，左看右望。一阵风吹过，树枝发出哗哗的声响，树叶纷纷落下。

大聪驾驶着车子，不断地绕过一棵棵粗壮的大树。米贵操纵着激光枪瞄着四周。这时前面一阵声响，曲丽丽手指着前方大声叫了起来，大聪和米贵连忙抬头看去，天啊，树林里飞过来黑压压的一群鸟，正灵活地在树林里穿梭飞行。

"米小鼠，快用激光枪射击它们。"大聪大声叫着。

米贵答应着，操纵着座位旁的武器控制器，车顶上的激光枪马上瞄准那些飞鸟发出一道道红光。令人惊奇的是，虽然是密密麻麻的一群，可是它们面对射来的激光，能够迅速地让开一道口子，避开激光。

米贵又连续朝着那些飞鸟射击，结果只有一只飞鸟被射下来。三人感到惊讶极了。很快那些飞鸟飞到面前，原来这根本不是普通的鸟，而是恐龙世界中的翼龙。它们长着大头、长尖嘴，体形不大，双翼张开近一米，头上有长冠，两前肢连在双翼上，两后肢笔直朝后伸着。

"我们躲在车里，它们没有办法攻击我们。"米贵说。曲丽丽紧张地点了点头。这时，几只翼龙落在了驾驶座的窗前，接着又有几只翼龙停落在车顶上，车窗和车顶上传来翼龙用尖嘴啄车的嗒嗒声，响成一片。

曲丽丽捂住了耳朵，米贵朝大聪大声喊着，可是大聪听不清，米贵做了个手势，大聪明白过来，操纵着驾驶杆加快速度朝前冲去。由于被翼龙挡住了驾驶窗，看不清外面，只感到装甲车撞在了大树上，前面几只翼龙一下飞了起来。

大聪想先后退，再往前行驶，可是装甲车好像已经失去控制，动一下停一下。那些翼龙仍然在使劲地啄着车，车子外壳上不少地方已透出了亮光。

"我们快离开这车子。"米贵说着用手指了指车门。

大聪和曲丽丽点了点头，米贵打开车门跳了下去，大聪和曲丽丽也跟着跳下了车。

第三十五章　被翼龙追击

三人迅速朝一棵脸盆粗的银杏树跑去，然后背靠大树，大口喘着气。还好那些翼龙只顾着啄那辆装甲车，没有注意到他们。三人惊讶地发现，车子已经被啄出了一个大洞，又过了一会儿，那些翼龙将车子啄成了两半。

"我们快离开这里，如果被这些翼龙盯上，那就完了。"曲丽丽说。

大聪和米贵点了点头。曲丽丽想要打开飞行包，大聪连忙阻止，如果飞起来更容易成为目标。三人低头弯腰朝前跑着，不时绕过一棵棵粗壮的大树。跑远后，三人靠在一棵大树上歇息。

大聪朝前面看了看，粗大的树稀疏了些，地上的落叶少了许多，依稀可以看见地面上的大足印。大聪喘了口气说："看来前面不远处就是昆虫兵的恐龙培育基地了。"

"我们可以去看看。"米贵托了下眼镜说。

"但被那些昆虫兵发现可就麻烦了。"曲丽丽说。

"我们可以躲在远处看。"

　　大聪点了点头，缓缓地说："我们不光要去看那基地，还要毁了它。"

　　米贵和曲丽丽摇了摇头，"怎么毁了它？恐怕还没有毁灭这基地，我们就先被那些恐龙吞了。"

　　"我们能够做到的。"大聪坚定地说，接着指了下后面又说，"现在就算想回头也回不了了。"米贵和曲丽丽朝身后看去，不好，那些翼龙正朝这里飞来。

　　三人启动飞行包，操纵着飞行包迅速朝前飞去。身后的翼龙不断发着呜啊的叫声。三人虽然加快了速度，但翼龙还是越来越近了。

　　"大王虫，快用激光手枪射击它们。"米贵一边飞着一边大声说。

　　大聪从背包里拿出激光手枪，转过身靠着树，朝飞在前面的一只翼龙射去，那只翼龙马上灵活地闪开了。三人这才反应过来，之前装甲车上的激光枪都不能将它们怎样，这把激光手枪更是奈何不了它们。

　　"米小鼠，你有没有什么好宝贝对付它们？"大聪收起激光手枪问。

　　米贵停止飞行，悬停在空中愣了一下，然后从背包里拿出一个苹果大小的圆球，大聪和曲丽丽连忙好奇地问："这是个什么东西？"

　　"这是我从阿基德博士那拿来的变幻球，它不仅能变幻出各种颜色，还能发出强光、冒出烟火，专门迷惑那些动物。"米贵说着按了下圆球，顿时圆球飘浮在空中，开始快速地旋转起来，一边旋转一边形成了一道光幕，闪烁着

红、青、蓝、紫、黄光，还冒出了烟，让人眼花缭乱。

三人躲在光幕后面不远处的一棵大松树后。那些翼龙飞到了跟前，看见光幕停了下来，张着大尖嘴发出尖叫声。那变幻球的光一下弱一下强，烟火也是一下浓一下淡，把那些翼龙看得一愣一愣的。

"趁它们发愣之际，我们还是快走吧！"大聪催促着。

"我的变幻球要拿回来，以后还可以再用。"米贵快速地说。

"你拿回来，它们就会追过来，我们就会被翼龙啄死了。"大聪说着操纵着飞行包朝前飞去，曲丽丽也跟着飞去。米贵叹了口气，只得跟在他们后面飞走。

前面越来越亮，树木也稀疏了，不时能听见阵阵吼叫声。三人越来越好奇。飞过一片树林，前面出现了一处宽阔地，树木依然稀疏，却有了不少一米多高的灌木丛。三人惊讶地发现，在这处宽阔的空地上竟有十几头霸王龙，它们相互追逐，对天嘶吼，用前爪拨着灌木丛。在更远处，可以看见一些昆虫兵正在驯服一头霸王龙。那头霸王龙想朝空地外面走，昆虫兵马上用强光照它，伸出杆子射出细网罩住它的头，然后又驾驶工具车往回拉。霸王龙扭着大头，挥动着前肢，张着大嘴露着尖牙，强壮的后肢紧紧地抓着地。

几个昆虫兵根本不是霸王龙的对手，霸王龙用力甩下头，顿时那几个昆虫兵被甩了出去。接着，又上来一群昆虫兵，紧紧地抓住细网往里拉。霸王龙抬头朝前嘶吼着，

吼叫声响彻四周，引起阵阵回声，看来这里的确是个封闭的空间。霸王龙甩着头想摆脱这精密的丝网，可是那些昆虫兵却紧紧地拽着不放松，在地上被甩得左右晃动。

霸王龙发怒了，回过头张开大嘴吐着舌头，一下喷出一道火柱来。

"天啊！这家伙能够喷火啊！"米贵惊讶地大叫。

"不可思议！太不可思议了。"曲丽丽摇着头连连感叹着。

"为了对付地上人，地下乎希舍人竟培育出这样的生物武器。"大聪瞪大了眼，摸着圆胖脸惊恐地说。

霸王龙喷的火并没有烧着那些昆虫兵，可能是它们的防护服太厚，细网也没有被烧掉。这时，又上来一群昆虫兵，用前足和中足将细杆伸长了，射出电弧电击霸王龙，霸王龙抽搐地往回走去。

昆虫兵见霸王龙被赶进了里面，便驾驶工具车离开了。

"想不到这些昆虫兵驯服了这么多的恐龙！"曲丽丽感叹着。

"如果成千上万头这样的恐龙被放到城市里，那可就要大乱了。"大聪说。

"如果被这些恐龙盯住，那比昆虫兵还要难对付。"米贵说。

"趁它们不注意，我们还是走吧！"曲丽丽操纵着飞行包飞到一棵大树后面。

大聪皱了下眉，"现在想必已是难以出去了，那些翼

龙都被惊动了，昆虫兵肯定早已监视我们了。"

　　大聪拿出了控制器，想寻找咆地犬，不知它会在哪里。控制器上显示着小黑点就在不远处，大聪点了下显示屏上的信号发射器按键，控制器马上发射出阵阵电磁信号。

第三十六章　险些又被抓

信号发出没一会儿，三人就惊讶地发现呲地犬跑了过来，它摇了摇头，甩了甩身上的水，轻声地朝他们汪汪地叫着。

曲丽丽操纵飞行包落回地面，开心地抚着它的头。大聪和米贵也落下来。后面传来声音，三人赶紧蹲下躲在一棵大树后面。这时头上飞过一只翼龙，接着又飞过一只只翼龙。

米贵悄悄地站起身朝翼龙飞去的方向看去，只见那些翼龙纷纷地落在驯兽区域的一个小水塘边，有一些昆虫兵骑着工具车到了跟前，用棍子对它们比画着。

"果然这些翼龙也是它们驯化的。"米贵蹲下身说。

"这些翼龙再加上霸王龙，那可是一支非常厉害的生物军队了。"曲丽丽说。

米贵点了点头，"看看这些霸王龙坚硬的糙皮，就算扔个炸弹，可能也摧毁不了它们。"

大聪没有说话，皱眉沉思着，过了一会儿说："我还在想，地下乎希舍人是不是用远程电波控制着这些昆虫兵；如果是的话，我们可以像上次在鸽子窝一样，干扰它们的信号源，让昆虫兵接收不了地下乎希舍人发出的信号，从而失去控制。"

"可是你之前用了不是没有效果吗？"米贵托了下眼镜问。

"我可以再试一试，加强电磁波的力度。"大聪皱了下眉，晃了晃手上的控制器说道。

"你们这些地上人类的间谍确实非常狡猾，现在我们这里的秘密都让你们知道了，你们休想再离开这里。"三人一惊，这声音又细又尖，好像是那只大螳螂发出的。

他们搜寻着四周，发现那只大螳螂正站在一棵树权的上面，还是那样严肃的表情，高高地抬着头，睁着一对绿色透亮的复眼，头上的两根触角摆动着。它微微举起左前足，绑着绷带的右前足垂在胸口，前翅张开，后翅扇动着，露出了腹部皮带上黑乎乎的枪口。

"大螳螂，就凭你想抓住我们，我看够呛。"米贵站起身大声叫着。

大螳螂轻轻地发出一声冷笑，"是吗？"

米贵快速地从大聪的背包里拿出激光手枪，对准了大螳螂，大声喊着："不许乱动。"

那只大螳螂却丝毫不紧张，淡淡地说："你有枪，我也有枪！"

米贵放下枪，朝大聪使了个眼色，示意他用控制器释放干扰波。然后米贵故意对大螳螂说："其实你们驯化这

些恐龙没有什么用处，到了真正对抗时，我们地上人类有
的是武器来对付它们。"

大螳螂又是冷笑一声，"要对付它们可不是那么容
易的！"

"我看它们没有什么厉害，就算再强大的武器，也有
弱点。"

身边的咆地犬也汪汪叫了起来。

大聪在他们对话时，悄悄操作控制器，增加了电
磁干扰波的强度，按下了发送键，马上一道道电波发
射出去。

曲丽丽紧张地看着大螳螂，米贵更是得意地说："别
看你现在这么嚣张，可是你只不过是一只小虫子。"

大螳螂忽然晃了一下，摇了摇头，好像有些疑惑
不解。

曲丽丽不由得一喜，马上也跟着说："你们还是乖乖
地做虫子吧，到时可能我还会收你做宠物呢！"

米贵正想继续调侃几句，不料那只大螳螂一下挺直了
身体，瞪着眼，大声说："你们是不是发射了什么干扰信
号？！告诉你们，这是没有用的。我们现在脑中的芯片可
是非常高科技的，不仅抗干扰，还能刺激脑部开发。"

三人愣住了，米贵叹了口气对大聪说："不要再弄
了，看来这些地下乎希舍人升级了它们的芯片，怪不得上
次没有效果。"

曲丽丽显得有几分失望，"这些地下人可是吃一堑长
一智啊。"

　　大螳螂这时发出了得意的笑声，声音尖细，让人听了发怵。笑声落下，大螳螂挥了下左前足，只见树下的草丛里发出沙沙的声音，一排排的昆虫兵站起来，端着电弧枪瞄准着三人和咆地犬，接着，后面又开进来不少坦克和装甲车，炮口齐齐地瞄准这里。

　　看来它们早已埋伏在这里了，三人只得慢慢地举起了手，咆地犬跟着直立身体举起了两个前肢。

　　"抓我们也不用这么兴师动众吧！"大聪缓缓地说。

　　米贵和曲丽丽也附和着。

　　"对付你们可不能掉以轻心，我必须要有足够的兵力。"大螳螂说着挥了下左前足，身后出来两个蟋蟀兵和两个蝗虫兵，它们从一个挎包里拿出一个圆球——就是那捆手球。

　　曲丽丽面无表情地嘀咕着："完了，又要被抓了。"

　　米贵也颓丧地说："这次看来是真要被抓了，不知它们会将我们关押到哪里！"

　　"关就关吧，我想它们不会虐待我们的。"大聪说。

　　突然一个走近他们的蟋蟀兵一下趴倒在草丛里，电弧枪扔到了一旁，它左右两翅一张一合地抖动着，口器里发出唧唧的声音，看来这个蟋蟀兵恢复了虫子的本性。另一个蟋蟀兵愣在原地不知所措。

　　大螳螂一惊，怎么会这样？它马上反应过来，大叫着让另外两个蝗虫兵不要靠近。可是已经来不及了，两个蝗虫兵走近了，其中一个身体摇晃了几下，戴的墨镜一下掉了下来，露出了两只没有了活力的复眼。它趴在地上，

两只后足高高顶起，前足拿着电弧枪。它向前爬，电弧枪突然发射出一道蓝色电弧，无意中击中了身边站着的蝗虫兵，那个蝗虫兵叫了一声，身体抽搐着趴在地上没有了动静。

那个蝗虫兵继续向前爬着，拿着的电弧枪还在不断射出一道道蓝色电弧。

"快去抓住它。"大螳螂命令几个昆虫兵。

大聪和米贵相互使了个眼色，米贵马上大声喊叫起来："快跑啊，不跑就要被射中了！"大聪则朝咆地犬吹了声口哨，咆地犬一下朝那些昆虫兵跑去，扑咬着。有些昆虫兵忍不住朝咆地犬开了枪，电弧在它们中间穿过。

第三十七章　被逼入霸王龙群

大聪三人连忙操纵着飞行包飞了起来。

"不好，又让那些该死的地上人类的间谍逃走了。"大螳螂恶狠狠地说。

这时，原来失去控制的两个蟋蟀兵和向前爬的那个蝗虫兵慢慢站了起来，它们好奇地看着四周。大螳螂挥了下左前足，上来几个昆虫兵用手球捆住了它们的前、中足押走了。

"大王虫，它们为什么到了我们的面前会失去控制？"米贵好奇地问，曲丽丽也跟着问。

大聪指了指身后的背包，"我那控制器干扰信号波一直在发射，我没有关，那几个昆虫兵可能被干扰了。"

"原来如此，这么说，这干扰波还是有用的。"

"我想只是对少部分昆虫兵有用。"大聪操纵着飞行包绕过一棵大树说。

"是的，我看其他昆虫兵并没有失去控制。"曲丽丽跟在后面，又说，"你快让咆地犬回来吧！"

大聪点了点头，从背包拿出控制器，点了一下按键，发出一道信号。

前面就是恐龙驯化基地，那些霸王龙正安静地来回走着，一群翼龙停在水塘边。

"我们悄悄地绕过这个基地吧。"大聪朝米贵和曲丽丽轻轻地说。

三人贴近地面小心绕着基地朝前飞行，突然飞在前面的米贵叫了一声，身体歪斜着失去平衡，摔在地上。大聪和曲丽丽正想问他怎么回事，却感到脸上好像是触到了条条细线，就像被电击了一下，一股麻木和疼痛传遍全身。

"好像是碰到了电网！"米贵站起身，用手摸了摸脸，还是有些疼。他小心地用手去摸前面，马上跳着叫了起来，"这是什么东西？"

大聪往右走了几步，也伸手去摸，像被电击了一下，也疼得叫了起来，"这前面是一张网啊！"

"哈哈，这就是一张网，叫作隐线网，是专门防止那些恐龙从这里跑出去的。"空中响起一道尖细声，三人朝天空看去，正是那只大螳螂，它扇动翅膀悬停在空中。

米贵看了看它身后跟着的一群昆虫兵，叹了口气说："还是逃不出你的螳螂魔爪啊！"

"你们到了这里，别这么快就走啊！"那只大螳螂说着挥了下左前足，一队昆虫兵立刻上前，在离他们两三米远的地方举起了电弧枪，齐声喝道："快去恐龙基地里。"

这时有个蝗虫兵悄声问大螳螂："把他们赶进这里面，如果被那些恐龙吞吃了怎么办？"

那只大螳螂哈哈大笑道:"放心吧,我的士兵,凭着他们的狡猾,怎么可能让那些恐龙给吃了?最多是和恐龙斗得筋疲力尽,到时我们才好趁机收拾他们。"

那个蝗虫兵马上举起前足不断地大声说:"高!实在是高!"想不到这个蝗虫兵也会阿谀奉承。

大聪三人朝那个蝗虫兵投去鄙视的眼光,慢慢地走进了恐龙基地。那些霸王龙看见有人走了过来,纷纷来了兴趣,转过十几米高的庞大身体,张大嘴,露着尖尖的牙齿,迈着强劲的后肢,甩着大尾巴,快步朝这里冲过来,地面阵阵震动。

三人顿时吓得待在原地不知所措,没有了先前那种沉着和冷静。米贵双脚发抖,支支吾吾开口:"大王虫,现在……怎么办啊?这么多的霸王龙冲过来,我们……要成为……它们的猎物了。"

这时咆地犬跑到了跟前,看见那些奔来的恐龙也吓得汪汪大声叫着,它敏锐地意识到了这些霸王龙的危险。

这时,水塘边的那群翼龙也腾地全部飞到了空中。这下可怎么办呢?大聪摇了摇头,拍了拍自己的胖脸,强迫自己冷静下来。

曲丽丽吓得直后退,转身对着大螳螂挥手大喊:"我投降,快放我们离开这里。"身边的大聪和米贵一下没有反应过来。

大螳螂马上回绝道:"你们现在投降已经晚了。"说着举了下左前足,有个蟋蟀兵扣动了电弧枪扳机,一道电弧射在曲丽丽的面前,泥土四溅,曲丽丽被吓了一跳。

大聪和米贵上前安慰："不要怕，我们会有办法的。"

渐渐地，地面震动越来越大，"啪啪——"霸王龙的脚步声响彻周围。那些霸王龙越来越近了，最前面的一头霸王龙离他们不过二三十米远。三人惊恐地看着它们。最前面的霸王龙忽然停下来，睁大眼看着他们，它的眼睛左大右小，看了一会儿，它忽然低头张开了大嘴，发出震耳的嘶吼声，并喷出强大的气流。

米贵以前觉得在电视、画册里看到的恐龙是那样的可爱，现在只感到可怕。那如匕首般的牙齿、坚厚的皮甲、粗壮的大长尾巴，每迈一步地面的震动……要知道它的前爪可以轻松地将人捏碎。

"如果我们现在有一辆坦克就好了。"大聪哆嗦地说。

"那还不是会被它们一脚踩扁啊？"米贵着急地催促，"快想想有什么好办法来对付它们。"

曲丽丽也回过神，"这些超级猛兽真是可怕。"

"米小鼠，你想想阿基德博士还有没有好的高科技东西啊？"

米贵皱着眉摇了摇头，"我看对付这些东西最好的办法是让它们内斗。"

这句话倒是提醒了大聪，他连忙从背包里拿出了控制器，嘀咕着："我记得这里面有个功能，能够操纵那些大型动物的脑电波，动物越大越容易操控。"

曲丽丽和米贵马上叫起来："大王虫，快点试试啊！"一边催着一边紧张地看着那头霸王龙。

大聪连忙操作控制器，很快便找到了那项功能，他点击发射了出去。三人连忙再看那头霸王龙，它还是大摇大摆地朝这里走来。

曲丽丽几乎带着哭腔催着："别弄了，我们还是快逃吧！"这时，空中传来尖叫声，那些翼龙也张开双翼朝这里飞过来。

在离三人不远处，有一棵粗壮的植物，一米多高，树干笔直，一丛叶子长在顶上，叶子呈椭圆形，像是一把撑开了的伞。曲丽丽连忙朝树下跑去，米贵也连忙跟去。

"要不我们投降吧！总比被那些恐龙抓住生吞了要好。"曲丽丽说。

米贵推了下眼镜，没有反对，点了点头："这些家伙太恐怖了，我们投降了，那只大螳螂也不会把我们怎样的！"

呴地犬也飞奔到了树下。

米贵和曲丽丽正要举手朝那边的大螳螂喊叫，突然大聪大声喊了起来："成功了，我可以控制这头霸王龙了，还将其他霸王龙设置成它的敌人。"米贵和曲丽丽连忙看去，果然那头大小眼的霸王龙停了下来，缓缓地转身对着后面的同伴张大嘴，发出震耳的嘶吼声。它的同伴们也慢慢地停了下来，朝大小眼的霸王龙嘶吼着。

第三十八章　智斗霸王龙

　　这时，空中的翼龙带着刺耳的尖叫声飞了下来。米贵看到前面正好有一排粗矮的蕨树，连忙跑了过去，曲丽丽也跟着跑去。翼龙成群追了过来，米贵和曲丽丽见两棵树中间有条缝隙，一下钻了过去。一只翼龙也跟着钻来，可是体形过大的它一下被夹在了缝隙里，它使劲伸着大头，张着尖嘴大声叫着。后面几只翼龙没有停住，撞到了前面的翼龙，顿时前面的翼龙发出痛苦的叫声。奇怪的是，后面那些翼龙竟一下升高飞走了，没有再追他们。

　　米贵和曲丽丽回头看着这头史前生物，它使劲挣扎着，大圆眼睛透露出哀怨的眼神。它的双翼被卡住了，露出长在翼边的四只钩状小爪。

　　这时，那边传来一阵震耳的嘶吼声，地面一阵震动，大聪操纵着那头大小眼的霸王龙朝另一头霸王龙扑了过去，张着大嘴咬向对方的颈部，被咬的霸王龙发出了一阵吼声，甩着大头撞着大小眼的霸王龙的头，那撞击力度比工地上的打桩机好像还要强上几分，发出了咚咚的响声，

地面更是强烈地震动着。

其他霸王龙也围了过来。大小眼的霸王龙见势不妙，松开了对手，一个转身，粗长的尾巴朝冲过来的另一头霸王龙抽去。尾巴狠狠地抽在了那头霸王龙的脸上，那头霸王龙愣了一会儿，张大嘴朝着大小眼的霸王龙嘶吼着，接着猛冲上去，被咬的霸王龙见状也张嘴咬向大小眼的霸王龙的后背。

面对前后夹击，大小眼的霸王龙竟然躲向旁边，让前面的霸王龙扑了个空，而且撞到了后面的霸王龙。大小眼的霸王龙转身对准两头霸王龙张大嘴喷出了一道火柱，两头霸王龙连忙后退，可是已来不及，那道火柱烧到了它们的脸和颈部，它们甩头张嘴嘶吼着。

大小眼的霸王龙收回火柱。那两头霸王龙脸上和颈部有大块焦黑，但好像没怎么受伤。它们张大嘴，吐着红红的舌头，有一头霸王龙一下喷出了一道水柱，水柱强大的冲击力将大小眼的霸王龙的头冲向一边，水花溅到了大聪面前。

"这些是什么恐龙啊，还能喷火喷水的。"曲丽丽叫了起来。

"肯定是基因变异的。"米贵回道。

"快叫大王虫回来，离得太近，危险啊！"米贵对身边的咆地犬说。咆地犬连忙飞奔过去咬着大聪的短裤往后拉，大聪一手赶着它，"不要拉我，离得太远了，我怕这控制器就控制不了那头霸王龙了。"

曲丽丽着急地看着大聪，在霸王龙身下他就像只小鸟，"大王虫不过来怎么办？"

米贵托了下眼镜说："没有关系，等到有危险了，他会逃回来的。"

"那我们就在这里看着他？"

"那能怎么办？你过去也没用啊！"

大小眼的霸王龙后退了几步，接着挥动着细小的前肢，后肢蹬起，挺直了大头朝前面一头霸王龙扑过去"轰——"一阵强烈撞击，对方被撞得后退好几步，扭着头差点摔倒在地。大小眼的霸王龙正要乘胜追击，另一头霸王龙冲了过来，后面一头霸王龙也扑了上来，它们一起张大嘴使劲来撕咬大小眼的霸王龙。

大小眼的霸王龙扭着大头，发出凄厉的嘶叫声，挥舞着身后的大尾巴，但已经显得很无力了。又有几头霸王龙冲上来，大小眼的霸王龙庞大的身体渐渐瘫软下去，不一会儿便轰的一声倒在地上，半张着嘴，眼睛睁得大大的。

曲丽丽和米贵忍不住朝大聪大声叫着："快过来！"咆地犬也拉着他的短裤往后走。可是已经来不及了，几头霸王龙转过身看着大聪，张大嘴嘶吼着，长舌头抖动，声音震耳欲聋。

一头粗脖颈的霸王龙迈着后肢，甩着大粗尾巴，一步一步走来。大聪抬头看着那头霸王龙，一边不断操纵着控制器，一边往米贵那里跑去，速度明显要慢上许多。咆地犬一下冲到了那头霸王龙面前，对着它汪汪大叫。霸王龙愣了一下，低下头张嘴朝咆地犬咬去，咆地犬灵活地闪过。霸王龙没有去追咆地犬，抬头继续朝大聪追来。

　　米贵和曲丽丽使劲对着大聪叫喊，让他快跑。

　　那头粗脖颈的霸王龙追上了大聪，伸出前爪来抓他，大聪甚至能够明显感受到霸王龙强大的气息，他大叫一声，闭上眼，用手指狠狠地点了下控制器……那粗脖颈的霸王龙停了下来，愣在原地。大聪用手指抹了下脸上的冷汗，连忙将其他霸王龙设置成了它的敌人。后面几头霸王龙迈着粗壮的后肢走过来，每迈一步地面就一阵震动。粗脖颈的霸王龙转过身，张大了嘴，露出两排尖牙，舌头颤动，发出震耳的嘶吼。

　　大聪瞄了眼它的腿，足有小圆凳粗，踩在地面上每一步都会踩出一个小坑。

　　那几头霸王龙愣住了，似乎在为对方强烈的敌意感到疑惑。趁着它们发愣之际，粗脖颈的霸王龙低头朝着一头体形偏小的霸王龙撞去，那头小霸王龙猝不及防，砰的一声，巨大的撞击让小霸王龙连续后退着，发出痛苦的吼声。

　　就像一辆高速行驶的卡车撞上了围栏，那撞击声和冲击力让人震撼，大聪吓得连忙后退。那几头霸王龙见状，纷纷嘶吼着冲了过来。粗脖颈的霸王龙往后退了几步，张大嘴朝冲过来的霸王龙喷出了一道火柱，那几头霸王龙也不惧怕，歪头躲避着。边上有一头霸王龙张嘴喷出了水柱，水浇在了火柱上，马上降低了火柱的威力。

第三十九章　逃出湖底基地

　　喷了一会儿火柱，粗脖颈的霸王龙见难以抵挡那几头霸王龙，正要转身退去，马上有一头霸王龙冲了过来，一口咬向粗脖颈的霸王龙的后背。粗脖颈的霸王龙仰头张大嘴发出阵阵嘶吼声，使劲摇动身体想摆脱对方。这时另外几头霸王龙冲了过来，你咬一口，我撞一下，那头粗脖颈的霸王龙渐渐地倒在了地上。

　　"又死了一头。"米贵说。

　　曲丽丽正想朝大聪挥手，喊他回来，"别喊他了，他肯定又要再俘房一头霸王龙，想这样耗完这些霸王龙。"米贵阻止着。

　　大聪出了口气，胆子大了许多，抬头瞄了眼那混乱的霸王龙群，嘀咕着："这次可要逮头大点儿的。"身边的咆地犬在边上汪汪地叫着表示同意。混乱的霸王龙群不断传来阵阵嘶吼声，之后它们转过身集体朝这里走来。大聪瞄了眼霸王龙群，它们个个低头弯腰用深凹的眼睛看着大聪，迈着后肢，缩着细小的前肢，张嘴吐着舌头，发出嘶

吼声。

它们慢慢地靠近，大聪也不紧张，一边快速后退一边仔细地看着面前的霸王龙，寻找理想的目标。身边的咆地犬跟在大聪身后，小心地看着那些庞然大物不敢出声。

大聪忽然看到右边有头霸王龙，体形明显要比其他霸王龙大一些。他喊了一声"有了"，便不顾一切地朝那里跑去。那头大霸王龙见大聪朝自己跑来，张大嘴朝几米外的大聪嘶吼着，喷出的气流将大聪一下冲后几步。

大聪闻到了一股强烈的腥味，差点呕吐出来。这时那头大霸王龙冲了过来，张嘴要咬他，咆地犬显得十分勇敢，使劲地朝那头大霸王龙汪汪地狂叫着。大聪强忍着恶心，用手点下了控制器上的电波发射键，大霸王龙抬起头，摇晃着，似乎不想被控制住。

大聪抬头又向前走了一步，大霸王龙摇晃了几下头后，忽然闭上了嘴，瞪大眼静静地看着大聪。大聪立即高兴起来，看来这大家伙也被控制住了，他连忙将其他恐龙设置成了对手。

大霸王龙转身朝那些霸王龙发出嘶吼声，它先是慢慢地迈着步，接着加速朝前面一头霸王龙冲去，那头霸王龙体形不大，被大霸王龙撞着后退几米，地面划出几道深深的爪痕。大聪开心地大叫一声，马上引来不远处的一头霸王龙的注意，它摇晃着身体走过来，张大嘴喷出一道火柱。大聪吓得急忙往后逃去，咆地犬冲了过来挡在前面，火柱在它身上烧了起来。

大聪感到一阵灼热。又一道火柱喷了过来，这时，一

个黑影闪到身边，火柱被挡住了。大聪惊讶地发现，正是那头大霸王龙，用身体挡住了火柱。它扭着头发出嘶吼声，不顾火柱的威胁迈着后肢冲了过去，张大嘴咬在那头霸王龙的脖颈上，那头霸王龙被咬得甩着头后退着。大霸王龙一下松开嘴，低头朝它的下颌顶去，那头霸王龙顿时被顶着后退几米摔倒在地。

几头霸王龙马上冲了过来将大霸王龙围起来，有的喷出了火柱，有的嘶咬着它的后背。

大聪急了，这头大霸王龙被这样围攻，估计也坚持不了多久。他紧张地看着霸王龙群，霸王龙群里一片混乱，那些霸王龙或是甩着尾巴相互抽着，或是用头相互撞着，或是张着大嘴撕咬着。

咆地犬冲到了大聪面前，它的身体一侧已经被烧成了焦黑，没有了毛，多亏它是头智能犬，否则一定会被烧成焦炭。

那边米贵和曲丽丽又挥手喊大聪快过去，大聪看了看混战中的霸王龙，这一战下来，估计那些霸王龙也受伤不轻。大聪决定离开这里，他朝米贵和曲丽丽那里看了看，向他们跑去，咆地犬跟在后面。

米贵和曲丽丽走出来，开心地拉着大聪躲入树后，"总算回来了，大王虫，你太厉害了，一人竟将这群霸王龙消耗得差不多了。"

大聪理了理头上杂乱的头发，擦了擦胖脸上的黑色污迹和汗水，喘着气说："我们趁那些霸王龙混战，快穿过这里吧！"

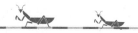

曲丽丽点了点头，"我们可以用飞行包飞过去。"

米贵补充道："我们不能飞，否则容易成为翼龙和霸王龙的目标，被它们攻击。"大聪点了下头。

那群霸王龙还在混战着，地面震动，嘶吼声震耳。大聪看了一眼，只见中间的那头大霸王龙正在被几头霸王龙攻击着，大霸王龙奋力反击，身体上出现了一道道血痕，其实它这时已不受自己的控制了。

三人悄悄地往这个驯化基地的深处跑去，咆地犬跑在最前面。越往里面走，环境越暗，低空中飞来几只翼龙，远远地像是在跟着他们。"看来是翼龙来追我们了。"曲丽丽担忧地说。

"不管了，我们快走。"

大聪拿起控制器看了看，显示屏上竟是一片蓝屏和乱码。"这是什么情况？"米贵喘着气问。

大聪摇了摇头，"我也不知道。"

"总不会又是一个什么基地吧？"曲丽丽问。

米贵和大聪相互看了看，"我们继续走吧，再有什么基地也不会比它们的生物基地更厉害了吧？"

前面是一片昏暗的茂密树林，咆地犬跑了进去，马上听到一阵哗啦的响动传来。大聪连忙呼唤咆地犬，却没有回音。他连忙冲了进去，马上也发出一阵叫喊。米贵和曲丽丽一惊，冲了进去，感觉一股强大的力吸引着他们，两人也大叫一声，感觉一阵眩晕，身体好像在空中翻腾着，模模糊糊看到了一阵红光一阵绿光，不一会儿，便晕了过去……

"虫长，就这么让他们走了啊！"

在茂密的树林边，大螳螂带着一群昆虫兵看着里面。大螳螂抬起受伤的右前足，长长叹了口气，"没有办法啊！这几个地上人类太狡猾了，我们不是他们的对手。用了这么多的士兵，还动用了生物武器，也没有抓住他们，更不用说以后对付大批的地上人了。"

"可是他们也差不多没有退路了。"

"你小看他们了，他们可以将我们这个基地搅得天翻地覆，就可以造成更大的破坏。上面下了命令，要放弃这个基地。"

"什么？"昆虫兵纷纷你一句我一句地说起来。

"那我们怎么办啊？"

大螳螂忧伤地说："我们将被统统放回去。"

顿时响起了一片哭声，久久地回荡在四周……

从书中，孩子们会获得想象、勇气与希望……

大王虫奇幻历险记

DA WANG CHONG QI HUAN LI XIAN JI

④

闯出X星迷境

尹奇峰 著

北京理工大学出版社
BEIJING INSTITUTE OF TECHNOLOGY PRESS

图书在版编目（CIP）数据

闯出X星迷境 / 尹奇峰著. -- 北京 ：北京理工大学
出版社, 2023.4
　（大王虫奇幻历险记）
　ISBN 978-7-5763-2120-3

　Ⅰ．①闯… Ⅱ．①尹… Ⅲ．①童话－中国－当代
Ⅳ．①I287.7

　中国国家版本馆CIP数据核字（2023）第032385号

出版发行 / 北京理工大学出版社有限责任公司

社　　址 / 北京市海淀区中关村南大街 5 号

邮　　编 / 100081

电　　话 / （010）68914775（总编室）

　　　　　（010）82562903（教材售后服务热线）

　　　　　（010）68944723（其他图书服务热线）

网　　址 / http://www.bitpress.com.cn

经　　销 / 全国各地新华书店

印　　刷 / 三河市华骏印务包装有限公司

开　　本 / 880 毫米 × 1230 毫米　1/32

印　　张 / 4.125　　　　　　　　　　　　责任编辑 / 徐艳君

字　　数 / 75千字　　　　　　　　　　　文案编辑 / 徐艳君

版　　次 / 2023 年 4 月第 1 版　2023 年 4 月第 1 次印刷　　责任校对 / 刘亚男

定　　价 / 139.00 元（全5册）　　　　　责任印制 / 施胜娟

图书出现印装质量问题，请拨打售后服务热线，本社负责调换

作者简介

　　尹奇峰，浙江省作家协会会员。出版有少儿幻想小说《我是愤怒的青蛙》《大鹏奇遇记》，魔幻暴龙—恐龙宠物"懒怪怪"系列《抓只恐龙当宠物》《恐龙大战机器猫》《这只恐龙来自外星球》等著作，著有绘本《温柔的泡泡》《妈妈一直都在》，科幻小说《探险左世界》曾在《小学生世界》连载。有作品收录入中小学生课外阅读书籍，曾获优秀科普作品奖。

遨游幻想世界　激发科学思维

　　用科学事实和预见、想象等为内容进行文学创作的科幻小说，往往让人充满好奇，因为其表现的未来世界和科学技术远景及宇宙天体等都充满着未知数，可以极大地拓展想象空间，所以科幻小说及由其衍生出的相关作品受到大家的关注。如凡尔纳的《海底两万里》《地心游记》及阿西莫夫的《基地》等深深地影响着读者，带动了读者对科幻小说的热爱。国内也出版了不少科幻作品，如《飞向人马座》《三体》《天年》等，形成了一阵科幻热潮。

　　少年儿童富于想象力和探究性，科幻文学对于少儿读者来说，有着很大的价值，可以让想象力得到极大的发挥，延伸思维的边界，从而使其强烈的好奇心和求知欲得到一定满足。在儿童科幻领域，也有不少作家都走出了新世纪儿童科幻的新路径。

　　《大王虫奇幻历险记》这套由北京理工大学出版社出版的少儿科幻书，以近乎魔幻般的想象力勾勒出《鸽子窝里的飞船基地》《大战湖底昆虫军》《闯出 X 星迷境》《宇宙巨怪的献礼》四个故事，在湖底和宇宙外太空等独特别致、新奇的背景之下，塑造出了一群鸽子、昆虫、外星生物等非人类对手，通过这些对手，又展现了一个有趣的童话世界。故事中三个人物性格鲜明，智慧又勇敢，历经险境而沉静应对、相互鼓励、顽强奋斗，最终战胜了对手，顺利地完成了任务，激励小朋友们面对困难，要不惧艰险、团结合作、勇往直前。

各种科学小发明的运用和科学知识的普及也是该书一大特色，书中有各种稀奇古怪的科学小工具，如带人起飞的飞行包、发出高温红光的火指环、可大可小的通体刺猬球、能负重飞行的智能飞天鸟等。这些科学小发明用途奇特，设计巧妙，成为主人公探险中的有力武器，反映了科学技术应用的重要性，还延伸出许多科普知识，激发小朋友们对学习科学知识的向往。

书中还展现不少的天体知识，如《闯出 X 星迷境》一书里，X 星球因为所在的星系发生碰撞，成为一颗流浪的行星，所在恒星将告别主序星阶段成为红巨星，让小朋友们知道恒星会经历氢聚变、氦聚变等演变过程；在《宇宙巨怪的献礼》里提到因为宇宙不断地膨胀，出现无数的太空小泡泡，而宇宙巨怪就是住在这样的太空小泡泡里，让小朋友们明白宇宙不是静止，而是在膨胀。

这几个故事情节曲折跌宕、充满惊险，故事的发展层层推进，具有很强的逻辑推理性，过程却又出人意料，令人难以推断出故事发生的结果。每个故事创造出令人惊奇又感觉真实的幻想世界，有着很强的代入感。书中语言风趣幽默，让人忍不住捧腹大笑。

阅读此书后，既能带来阅读快感，也能潜移默化地学到相关知识。

《大王虫奇幻历险记》系列书作者尹奇峰始终坚持着这类少儿题材小说的创作，曾经出版不少同类的书，有着一定创作的功底，也积累了不少的创作经验，希望他能在这类少儿题材小说的创作道路上越走越远。

目录 Contents

第一章　美丽的梦中世界

　　大聪吃过晚饭来到阳台上，这时，夜幕渐渐地降临，外面路灯亮起，商厦闪烁起霓虹灯，夜市喧闹起来。大聪扫视着夜空，今晚的夜空真漂亮！一轮大圆月挂在天空中，无数大小星星不断地闪烁着，这倒是观察太空的好时机。

　　自从三年级时阅读了关于宇宙的读本后，大聪对太空充满了好奇，平日里喜欢观察夜空，爸爸还特意买了一台天文望远镜送给他。大聪走到架好的天文望远镜前，移了移三脚架，将镜头往外伸了伸，调节好镜头观察天空。观察了一会儿，大聪总觉得今晚的天空和往常不一样，在火星附近有亮光闪耀着，照亮了周围的区域。他放大了镜头倍数继续观察，发现在火星左上后方有个小亮点，正要仔细观察时，小亮点却突然消失了。大聪觉得奇怪，不断地在火星周围寻找着那个小亮点。这时，夜空西边角落里划过两道流星，闪着亮光，在夜空中留下长长的痕迹。

　　大聪又扫视了一圈火星周围，还是没有找到刚才那个

亮点，流星划过的亮光也慢慢地消失了，一切恢复了正常。他刚想离开望远镜回屋里喝口水，恍惚间好像看见那个小亮点又在镜头的左上角出现了，他马上回到望远镜前继续观察。果然，那个小亮点又出现在火星附近。出人意料的是，小亮点忽然变大扩散开来，不断地膨胀着，像是吹大了的气球。

大聪一惊，这里发生了什么天体现象？离开望远镜，大聪抬头朝天空看去，肉眼也能清楚地看到火星附近的那块光亮区域，好像还在一点点地变大，甚至要蔓延覆盖住附近的星星。难道是超新星？可是太阳系里根本不可能存在另一颗超新星，而最有可能成为超新星的太阳还年轻着呢！那会是什么爆炸？难道是银河系相邻的仙女星系或大、小麦哲伦星系的超新星？可是观察到的那个亮点就在火星附近的区域。

知识点

超新星：恒星在演化末期时经历的一种剧烈爆炸。这种爆炸极其明亮，经常能够照亮其所在的整个星系，并持续几周至几个月才会逐渐衰减。一颗超新星所释放的辐射能量与太阳一生辐射的能量总和相当。

大聪好奇地仔细观察起来。这时他发现，那团亮光在膨胀后渐渐地暗下来，不断地收缩着。这可是非常罕见的天体爆炸，到底是怎么回事？这么大的天体事件，明天新

闻里面一定会有报道。

对了！自己何不去研究天体的 QQ 群看一下，相信已经有人发现这个神秘的奇观了。想到这里，大聪立即进屋打开电脑，进了群后发现里面比较热闹，仔细一看，讨论的内容都是关于国际宇航局最近接收到宇宙信号的事情。有天文学家分析说是一个外星人的求救信号，也有天体研究者说这是外星人告诫地球危险的信号。大聪看了看，没有一条是关于刚才出现的强光的话题。

大聪感到奇怪，发生这么大的天体事件，群里怎么没有一点反应？这天体 QQ 群里有不少是资深的天文爱好者，有的还是国家级天文学家，难道他们没有看见这一天体现象？不可能啊，那究竟是怎么回事？这时，妈妈在催他休息了，大聪定了定神，匆匆地回自己的房间睡觉了。

奇怪的是，明明有了困意，大聪却怎么也入睡不了，只觉得头昏昏沉沉。不知过了多长时间，迷糊中大聪感觉有个人到了自己的床前，那个人身材高大魁梧，是一位 60 岁左右的老人，面目慈祥和蔼，下颌有长长的胡须。他叽里呱啦地和大聪说了一些听不懂的话后，拉着大聪起了床。大聪感觉整个身子都慢慢地飘浮起来，轻飘飘的像是一片云，老人拉着大聪穿过窗户朝天空飞去。

渐渐地他们越飞越高，大聪感觉近处一片黑暗，远处星光闪烁，朝下望去，地球变成了巨大的蓝色圆球。在老人的拉扯下，大聪忽然加速，进入了一个四周闪着星点的空洞。空洞里的星点在匀速地旋转，大聪感觉一阵眩晕，

也随着那些星点旋转，不一会儿，整个人直往下落。不知过了多长时间，身体终于停落在地上，人也清醒过来，不再是梦中那种模模糊糊的感觉。

大聪左右观察，发现眼前是一个完全陌生的地方——自己站在一片平坦的海滩上，前面是一望无际的海洋，不过这海洋里的水是乳白色的，而且海面风平浪静，海水缓缓地向前流动着。天空是绿色的，一个菱形的大火球时隐时现在天空中，四周是黄色的云圈。大火球闪耀着淡紫色的光，不过，紫光在周围的亮光里感觉不明显。虽然有些不适应身边的颜色，可是这四周的环境却是宜人，呼吸也非常舒适。

这是哪里？那个拉扯着自己来这里的长须飘飘的老人呢？四周静悄悄的，大聪转身朝后看去，那里有一片大树林，树长得有些奇怪，笔直的一根树干，没有树枝，树叶全部悬空飘浮，而且五颜六色，交相辉映，非常漂亮。

四周安静得可怕，大聪忍不住两手拢着嘴朝海里大喊起来："嗨！这是哪里？有没有人啊？"忽然，身后的树林里传来一阵响动。大聪连忙转身看去，只见树木纷纷倒下，地面抖动，轰隆隆的震动声传来。大聪一下紧张起来，出来的不会是什么怪物吧？

他正想往后跑，还没等抬脚，前面的树就一下朝他倒了下来。这一下把大聪吓得叫起来，他连忙抱着头闭上了眼睛。一阵风朝他刮来，马上又是静悄悄的。过了一会儿，什么事也没发生。大聪觉得奇怪，慢慢地睁开了眼睛，顿时吓了一大跳，眼前站着一只庞大的怪物，正低着

黄色毛茸茸的大圆头，瞪着小碟子般的螺旋眼看着自己，嘴里还呼呼地喘着气。大聪吓得全身哆嗦，抬腿想后退又迈不开腿。

那只大头怪兽瞪眼看了一会儿大聪，才将头缩了回去。大头怪兽的头上有根尖尖的黑角，脸有小圆桌面那么大，脸部皮肤层层下叠，形成褶子，嘴巴有些像兔唇，有成人手掌大小，嘴边有长长的毛刺，根根尖硬，很是吓人。

那只大头怪兽突然朝天吼了一声，手掌大小的兔唇嘴巴竟变成了血盆大口，声音震耳。大聪急了，转身沿着海滩朝前跑去，边跑边朝后面看。大头怪兽先是瞪大螺旋眼愣了一下，估计没有想到大聪会跑，然后挺直了比大象还要庞大的身体，抖了抖厚厚的毛，迈开粗壮的后腿朝大聪追来。顿时，地面传来一阵阵的震动。

第二章　三条腿的长脸怪人

大聪急中生智，转身冲进了那片树林，绕着那些奇怪的树跑着。大头怪兽紧追不舍，跟着冲进了树林里，"嘭——"一下撞到了一棵树，那树有弹性，虽然被撞歪了，但大头怪兽冲过去后，又马上恢复了原样，那些悬空的树叶摇晃着，没有落下一片。大聪绕着树使劲跑着，地面平坦柔软，没有泥土，像一块完整的大绸布。大头怪兽在后面紧紧地追着，大聪只感到地面一阵阵震动，身后吹过阵阵狂风。

大头怪兽张开兔唇，嘴里吐出长长的猩红舌头，扁扁的像条皮带，半卷着朝大聪甩去。大聪不敢看后面，只感觉传来呼呼的响声，就加快奔跑的速度。大头怪兽的舌头吐出有近一米长，带着些黏液，大聪绕着弯跑，它的长舌头几次都没有卷到。

大聪跑得气喘吁吁，恐慌中感到越来越累，可是他不敢松懈。奔跑中他瞥了眼后面的大头怪兽，发现与自己越来越近了，吓得大声尖叫，咬牙加快了脚步。大头怪兽

张嘴吐出舌头，眼见就要卷到大聪的脖子了，却被大聪弯下身躲过。大头怪兽气得直喘粗气，它后腿用力一蹬，庞大的身体竟然跃起一米多高，压着一棵树朝着大聪的后背扑去。

大聪听到一阵声响，回头见一道巨大身影压下来，吓得一个哆嗦，两脚一软，一个趔趄，跌跌撞撞朝前摔去，连续滚了两圈，后面的大头怪兽正好扑了个空。几次没有抓到大聪，大头怪兽显然发怒了，它站起来，睁大了螺旋眼，张大了嘴，朝天大吼，声音响彻四周，然后它俯下身，低头用头上的尖角拱着地，将地面拱出一条深沟来。

大聪愣了一下，然后手忙脚乱地爬起来继续朝前跑。前面有一棵粗壮的大树，大聪想躲在后面，刚靠在树上喘气，大头怪兽就冲了过来，看到了他。

完了，还是被它发现了！大头怪兽跃起朝大聪扑过来，大聪又累又吓，已经没有多余的力气了，他闭上双眼，牙齿哆嗦着，"完了，完了，要被它吃掉了！"一阵大风吹过，扑通一声，然后周围再次变得静悄悄。

大聪觉得奇怪，睁开眼，只见那大头怪兽正坐在自己面前，身边还站着一个"人"，正是这个"人"阻止了大头怪兽。看清那个"人"，大聪又吓了一大跳。这个"人"的模样比大头怪兽还要怪异，他比自己高出半个身，长着一张马脸，淡淡的眉毛下长着一对吊眼，眼珠只有黄豆大小，扁长嘴上长满了茂密的卷胡，头顶两边的头发长长地披下来，两只耳朵长在头顶上，腰间围着树叶

裙，前面只有一条腿，垂在胸口，后面却有两条腿微微地弯曲站立着，三条腿上长有三个弯长的蹄子。这个"人"好像一匹马。

"你好！"长脸怪人咧嘴笑着打了个招呼，声音很是柔和。这个长脸怪人会说人话？大聪一下放松下来，也朝他笑了笑，马上惊讶地问："这是哪里？我怎么会在这里啊？"

长脸怪人沉思了一下回答："这是你们的梦幻之旅，放心吧！我们可是人类的好朋友。"

这下大聪好奇起来，他看了看四周，难道自己到了梦里的世界？莫不是盗梦空间现实版？大聪狠狠地在身上掐了一下，疼痛传遍全身，这感觉好真实啊！看那长脸怪人挺友好，应该没有什么危险吧！

"你们都是我们的客人！我们会好好地款待你们的！"长脸怪人恭敬地说。身边的大头怪兽低沉地吼了一声，仿佛在附和长脸怪人，现在这头大头怪兽完全没有了之前的凶狠，变得温顺乖巧。

大聪马上叫了起来："来这里的人不止我一个吗？"

长脸怪人甩了下耷拉在脸上的长发，"那当然了，我们可是邀请了不少人类来做客，而且，我们邀请的人都是高智商的人类。"

这下大聪更好奇了，他们究竟是人还是怪兽？从梦中把自己邀请过来，有什么目的呢？

长脸怪人接着恭敬地说："快到我们的城堡里去歇息吧！那里有许多好吃的食物，还可以看我们的表演呢！"

说着，对大头怪兽点了一下头。大头怪兽站起身，伸出两
条前腿 把将大聪抱起来，放在了自己的头顶上。

大聪摇晃了一下，赶紧抓住它头上的大角，在大头怪
兽脖子上坐稳。别说，这头大头怪兽毛茸茸的，坐上还挺
舒服。

长脸怪人迈开腿，只管自己朝前走去，大头怪兽驮着
大聪跟在后面，沉重的步伐在地面发出咚咚的响声。随
着大头怪兽晃动，大聪故意甩了下腿狠狠地踢在了大头
怪兽的螺旋眼上，大头怪兽身体一阵颤动，发出几声呜
呜的叫声，然后它看了一眼身边的长脸怪人，没敢再发
出声来。

大聪暗暗得意："谁叫你刚才吓我啊！"

渐渐地，他们走上了一处高坡，站在高处朝下远远
望去，下面的景色尽收眼底。这里真是一个美丽的地
方——一望无际的大平原，浅白色的地表没有泥土，连
绵起伏、成片的五颜六色的树林，潺潺流动的乳白水的溪
水。而且空气是那么清新，菱形大火球发出的淡紫色光让
人暖洋洋的，深吸一口气感觉全身舒畅。不愧是梦里的世
界，一切都是那么美好。

这时，头上传来一阵哈哈的叫声，大聪抬头，看见一
群长相奇怪的鸟飞过。它们长着十几厘米长的尖嘴，尖嘴
朝上，和鹰嘴方向相反，有着类似猫头鹰的小脸，脸上一
对眼睛左低右高，有两对翅膀，身下三只脚，前面一只，
后面两只。

一只鸟看到前面有只小飞虫，立即飞了过去，靠近了

用尖嘴勾住那虫，塞进嘴里津津有味地吃了起来。

忽然，那只鸟身体抽搐起来，翅膀乱抖着，急剧地朝下坠。大聪看了惊讶不已。

长脸怪人提起前面的腿转过身，睁大了吊眼，对大聪说："这种飞虫叫哈吧虫，雄的叫哈虫，雌的叫吧虫。雄虫没有毒，雌虫有剧毒，雌雄虫难以分辨。这种虫子是非常美味的食物，那些哈兹鸟抵挡不住虫子的美味，经常去吞食，不少却因为误食了雌虫而中毒身亡。"长脸怪人放下前面的腿继续说，"这种雌虫不仅身体有毒，还会喷出一种液体，被喷到了身体会腐烂。"

第三章　城堡里的热情招待

　　大聪听了不寒而栗，暗自祈祷千万不要遇到那些可怕的哈吧虫。

　　长脸怪人和大头怪兽带着大聪走下山坡，穿过一片片树林，蹚过小溪流，走到了大平原的深处。渐渐地，他看到前面有座高高的城堡，直耸天空，城堡矗立在高高的山头上，两侧岩石直立，前面一侧坡度稍缓。大聪叫了起来："这座城堡真高啊！"

　　长脸怪人挺直身体，甩了下长发，举起前面的腿摸了摸骑在大头怪兽脖子上的大聪，笑着说："你不要着急，我们会带你上去！"

　　又走了一段路，然后爬上山头，他们来到了城堡下面，城堡前的地面一片空旷。城堡足有四五十层楼那么高，大聪要后仰才能看到城堡的顶。奇怪的是，城堡上没有门。

　　大头怪兽蹲下了庞大的身体，大聪从它的身上滑下。

　　长脸怪人抬起长脸对着上面大声喊："我们回来

了！"只见上面晃晃悠悠地飘下来一件软绵绵的东西，到了眼前，大聪才看清这东西上面花花绿绿，好像是条大毯子。大毯子降落到离地半米高的地方就停住了。

长脸怪人带着大头怪兽和大聪踏上了那条大毯子，接着说了声："起！"大毯子便腾空而起直朝城堡飞去。大聪耳边风声呼呼作响，脚下的大毯子越飞越高。大聪朝下望去，那些树林都变成了小片矮树丛，城堡背面竟然是大海，乳白色的海浪不断翻涌。城堡的城墙和长城的城墙相似，呈灰色，有女墙，不过上面没有一丝缝隙，像是由一整块石头雕成的。

知识点

女墙：指建在城墙顶部内外沿上呈凹凸形的薄型挡墙。建在城墙顶部内沿的女墙称宇墙，建在城墙顶部外沿的女墙称垛墙。女墙用于城墙顶部防护，是古代城墙必备的传统防御建筑。

大毯子飞过城墙，慢慢地飘落到一个平台上。长脸怪人带着大头怪兽和大聪走下大毯子。大聪看了看四周，平台有足球场大小，显得空荡荡的。平台尽头有个方形通道口，通道口两边站着两只比之前的大头怪兽还要高半个头的大头怪兽，它们直立着身体，粗壮的后腿着地，两条前腿紧贴身体，昂着黄色毛茸茸的大头，紧抿嘴巴，瞪着小碟子般的螺旋眼，表情严肃，看样子应该是两个卫兵。

看到走近的长脸怪人、大头怪兽和大聪，它们伸出前

腿敬礼。长脸怪人挺起身，伸出前腿朝它们挥了挥，然后径直走进通道。大聪紧随其后。到了里面，大聪环顾四周，只见通道又高又宽，四周灰白色，墙面光滑，通道里面很明亮，却没有看到电灯之类的光源。长脸怪人带着大聪继续朝里面走去，一会儿左转，一会儿右转，大聪身后的大头怪兽不知什么时候离开了。

沿着通道又走了一会儿，前面出现了一扇圆形的黄色大门，走到跟前，门自动打开了，长脸怪人带着大聪走了进去。

大聪的眼前豁然开朗，这是一个非常宽敞的房间，房间呈方形，有八个篮球场大小。房间很明亮，光线有些泛黄。房间正面挂着幕布，后面可能是舞台。沿着一侧墙站着一排大头怪兽，低着黄色的大圆头，不过它们的体形比之前的大头怪兽要小一些。房子中间摆放着一张长长的灰桌子，桌上放满了一排排碗碟，盛满了食物。桌子的四周围坐着人，大聪顿时放下心来，果然如同那长脸怪人所说，还有不少和自己一样的地球人来到了这里。

长脸怪人躬身用前面的一条腿向大聪做了个请的姿势。

大聪拉挺了蓝色短袖，刚想朝桌子走去，这时有人大叫着："大王虫！"大聪一愣——这里还能遇到熟悉的人！正好奇时，有两人朝自己飞快地跑了过来，仔细一看，原来是米贵和曲丽丽，想不到他们也来这里了。

大聪也开心地朝他们走过去，与米贵紧紧地拥抱。米贵穿着一套黄色睡衣，戴着一副黑色细边框眼镜，头发蓬

松。曲丽丽甩着短头发，身上穿着紫色睡衣，看他们的打扮应该是睡觉时的着装。

大聪好奇地问："米小鼠、曲木兰，你们怎么也来到了这里？"

"我也不知道啊！晚上稀里糊涂地飘了起来，越飘越高，吓得我闭上了眼睛，等睁开眼就到了这里。开始还以为是做梦，可是现在发现不是梦！"米贵快语道，眯着小眼睛好奇地打量下四周说，"真不知这里是个什么鬼地方！"

曲丽丽也点着头附和："我也是在床上，正要睡着时被一个神秘的老人带到了这里。"大聪描述了一下那老人的模样，曲丽丽连忙点头说是，看来是同一个老人。

曲丽丽看了下身后不远处的长脸怪人轻声问："你们说这会是在哪里？竟然会有这么多长得人不像人、马不像马的怪物！这里总不会是……"

"牛头马面！"米贵说着哭了起来，"我要回家，我想见爸妈！"见他哭了起来，大聪也伤心地哭起来，曲丽丽则闭眼小声哭泣。

那个长脸怪人慢悠悠走了过来，轻声地说："你们怎么哭了？放心吧！我们这里可不是你们想的那种不好的地方，而是你们的梦幻世界，你们在这里会玩得很开心，然后我们会送你们回去。"

三人停止了哭泣，愣愣地看着长脸怪人，似乎有些不相信他的话。这时，外面又走进来几个长脸怪人，他们向那个长脸怪人恭敬地鞠了个躬，叽里咕噜地说了一些三人

听不懂的话。

长脸怪人点了下头，转身对大聪三人说："桌上可是我们这里最美味的食物，你们尽情享用吧！我们还提供一些节目请你们观看，现在请三位客人入座！"说着他伸出前腿做了个"请"的姿势。

三人擦了擦眼泪来到桌子前坐下。大聪看了下桌子四周，坐的都是和自己年纪差不多的人，他们正用手抓着面前的食物，津津有味地吃着。大聪、米贵和曲丽丽也吃了起来。这些食物应该是这里的水果，红彤彤的像苹果，黄黄的像香蕉，味道还真的不错，比地球上的那些水果要可口，但要说是个什么味道，三人谁也说不出来。

第四章　好像变笨了

　　领头的长脸怪人朝一只大头怪兽挥了挥手，大头怪兽点了下头，举起前腿朝幕布方向挥了一下，顿时响起了优美的旋律。几只像狗一样的动物从一侧幕布后面走出来，它们长得非常可爱，大眼圆脸，后腿直立，像可爱的小精灵。它们伴着优美的旋律翩翩起舞，时而拥抱在一起摇着头，时而昂着头甩着卷起的尾巴，时而挥着前腿旋转着身体，真是可爱极了。

　　大聪三人开心地看着，不断地拍手叫好，其他小朋友也开心地欢呼着。领头的长脸怪人见他们十分兴奋，咧嘴露出了笑脸，朝其他长脸怪人使了个眼色，马上有长脸怪人用前腿端着大水果盘走了进来，放在他们的面前。渐渐地，音乐声越来越小，最后停止了，狗精灵走进了幕布后面。接着出来几个机器人，这些机器人的身形和地球人差不多，身材修长。一阵欢快的乐曲响了起来，机器人随着旋律扭动身体，它们可爱的神态惹得大家哈哈大笑……

正当大家一边吃着水果，一边开心地看着机器人跳舞时，那些机器人突然跑到了桌前，捧起大聪他们一群人的脸，眨巴着眼对着他们唱歌。慢慢地机器人将手伸到了大聪的头顶，不断地抚摸着，再捏捏他的肩膀，大聪先是一阵痒，不一会儿感到了丝丝的疼痛，渐渐地疼痛越来越厉害。大聪正要喊叫起来，突然眼前一黑，接着便什么都不知道了……

等到醒来时，大聪惊奇地发现自己正躺在家里的床上，天已亮，窗外的麻雀叽叽喳喳地叫着。

"怎么还在睡觉啊？快起来上学了！"房间外妈妈大声催促。

大聪摇了摇头，感觉昨晚发生的事模模糊糊的好像是个梦，却又不像梦，"不管了，要迟到了。"

赶到学校里，正好上课的铃声响了。大聪在座位上坐好，气喘吁吁地还没定神就看见了前排的米贵，他马上想起昨晚和他在一起，不知他有没有去那城堡的印象，于是连忙用手推了推他："米小鼠，昨晚你有没有梦到什么？"

"大王虫！"米贵转过身一下叫了起来，"我昨晚好像梦到和你在一起，还有曲木兰！"

"你说我们这梦是真的还是假的啊？"

"我也不知道，等下问曲木兰。"他们说话的声音有点大，开始讲课的尹老师听到了，马上瞪起眼，"王大聪、米贵，你们在底下像老鼠一样叽喳什么？"

米贵的小脸一下红了，同学们哈哈大笑起来，因为他

的雅号就叫米小鼠！

尹老师讲解了几道题目后，忽然对大聪和米贵说："正好，这里有个问题问你们。"说着指了下黑板上的一道题目："牛郎星运行速度是 26 千米 / 秒，织女星运行速度是它的 7/13，织女星的运行速度是多少？"

这道题目其实不难，平时大聪和米贵肯定能够解出来，但是现在大聪似乎知道怎么解，可就是说不上来。怎么会这样？大聪冷静地思考了下这道题目，可还是没想出来。米贵也张大了嘴，用手比画着。同学们纷纷觉得奇怪，这两个人可是尖子生，这种简单题目，他们会回答不上来？

这下尹老师火了，"看看你们上课在干吗？连这种简单的题目都答不出来。"说着，狠狠地瞪了他们一眼。

两人疑惑地坐下来，迷迷糊糊地听完了尹老师的数学课。

刚一下课，曲丽丽急忙跑了过来，大声说："我怎么和你们一样，听课糊里糊涂的？这道题我感觉很难。"

"不会吧？曲木兰，你在班里的成绩可是数一数二的！"米贵推了下眼镜叫了起来。

"你昨晚是不是做梦了，还和我们在一起？"大聪问曲丽丽，顺便将昨晚的经历详细地说了一遍。

曲丽丽连忙点头，"是啊！昨晚我们三人一起到了一个奇怪的地方，那里有绿色天空、乳白色大海，还有长脸怪人、大头怪兽、城堡，我们吃美食、看舞蹈。你们说这是梦吧，可又不像，我感觉很真实！"

"是啊！那长脸怪人说我们来到了梦幻世界，这会是怎样的一个梦幻世界呢？"米贵疑惑地说，"而且同学里就我们三个人。"

"真是怪事！"大聪忽然想到了什么，忙问，"米小鼠，昨晚你有没有看见西边的天空发生了一次闪亮的爆炸？"

"我看到了！"曲丽丽叫了起来，头发也跟着一甩。

米贵没事也喜欢用望远镜看天空，他点了点头，"我也看到了，当时我非常奇怪，这会是什么爆炸啊？陨石爆炸可是在大气层里，根本没有这么壮观。如果是星系爆炸又没有这样耀眼，我们的普通望远镜也根本看不到。"

"是啊！我也觉得奇怪，其他人好像都没有看见这次爆炸。"大聪摸着头感到很疑惑。

曲丽丽马上接过话："会不会只有看过这次爆炸的人，才有这样的梦幻之旅？"

大聪和米贵点了点头，"有可能！"

"他们到底是什么生物？难道是来自外星系的生物？"曲丽丽边想边说，"他们把我们抓到那里要做什么？"

"如果他们是外星生物，那么肯定不会是太阳系的生物，因为太阳系没有发生这样的天体爆炸！"米贵推了下眼镜分析道。

"你的意思是说这些外星生物和我们昨天看到的天体爆炸有关？"大聪睁大了眼问。

米贵点了点头，"至于为什么要抓我们，我想可能纯

粹出于友好邀请我们去玩吧！"

大聪摇了摇头，"如果真是他们抓我们去的，他们的目的不会这么简单！"

"不知他们是如何在梦中将我们抓过去的！"曲丽丽好奇地说。

"他们有高度发达的文明，这对他们来说还不是小儿科？"米贵推了下眼镜回答。

周围的几名同学听着他们说话的内容，纷纷睁大了眼，有位同学好奇地问："你们神秘兮兮地在说什么？什么长脸怪人、大头怪兽、梦幻之旅、天体爆炸啊？"

三人相互看了看，哈哈大笑起来。

第五章　可怕的梦幻之旅

　　这时，教室外传来一阵喧闹声，米贵朝窗外看去，原来是体育课开始了，体育老师正在吹哨子让大家集合。本节课要进行 800 米、1000 米的长跑测试。米贵吆喝一声，迅速地跑出教室，来到操场上。对于长跑，他还是充满了自信，毕竟曾经不小心跑出了班里的第二名。

　　大聪和曲丽丽也兴奋地来到操场上，他们长跑的成绩也不差。

　　体育老师吹响了哨子，同学们在起跑线上跑开了，米贵、大聪和曲丽丽也夹在队伍中。沿着操场跑了半圈后，同学们渐渐地拉开了距离。米贵推了下眼镜，咬牙想追上前面的同学，竟吃惊地发现全身无力，根本就不能加快速度。奇怪，平时跑这么点儿的距离，根本费不了多少体力。

　　米贵再回头看大聪和曲丽丽，他们两人也是大口喘着气，落在了最后面。又跑了几十米，三人好像耗尽了所有的体力，瘫坐在了地上。

体育老师和同学们感到奇怪极了，这三个人是怎么回事？才跑了这么点儿距离就累得不行了？体育老师过来催他们，可是三人起身跑了十几米后，又都瘫坐在地上，摇头说实在跑不动了。

体育老师没有办法，只好让他们到操场一旁歇息去了。

三人都感到非常奇怪。米贵推了下眼镜，"你们说这是怎么回事啊！我发现自己不但突然变笨了，身体也变虚弱了。"

大聪仔细想了想，慢慢地说："会不会是昨天晚上的梦幻之旅让我们太累了，以致今天没有完全恢复体力？"

曲丽丽甩了下额前的短发，点了点头，"可能吧！"

米贵轻声说："今天在同学们面前真是丢尽了脸。"

"我们回去好好地补充下能量，美美地睡个觉，就可以恢复体力了。"曲丽丽说。两人点了点头。

吃晚饭时，三人分别在各自家里饱餐了一顿，吃了不少肉、蛋之类的高热量食物。夜幕降临，星光闪耀，大聪和往常一样，走到阳台上拿起天文望远镜观看远方的天空，昨天看到的西边夜空中的亮光却没有再出现，星光闪烁的夜空显得那么安宁静谧。

今天没有看到什么爆炸亮光，肯定不会再有什么长脸怪人来打扰了！大聪早早地洗了澡爬上床，马上睡着了。睡着睡着，大聪突然惊醒，他发现自己正飘出窗外，却感觉不到外面呼呼的风声和凉意。

不一会儿，他再次像昨晚一样进入空洞，头晕目眩，接着身体不断下坠，等醒来又是来到了那个世界，眼前仍旧是绿色天空和乳白色大海。长脸怪人和那只大头怪兽也出现了，似乎在等待着大聪的到来。他又被他们带到了那个城堡，遇到了米贵、曲丽丽，依旧吃到了丰盛的水果，还有糕点，狗精灵跳着可爱的舞蹈，那些机器人唱着美妙的歌曲，来到了每个人的身边，捧起他们的脸，两只机械手臂在摸头、捏肩膀。

在出现了一阵酸疼后，大聪、米贵和曲丽丽就沉沉地昏过去……

第二天到了学校，大聪、米贵和曲丽丽又相互说起昨天晚上的事情，他们感觉到了一丝丝恐惧。三人连忙测试自己的智力，惊讶地发现自己的智力再次出现了下降，翻看笔记，竟对前几天尹老师讲课的内容和讲解的题目毫无印象，随手抽了几道上学期的数学题目，也解不出答案。

大聪悄悄地做了一道测试题，就是计算"1+2+3……100"的和，以前可以用一种非常简便的方法来计算，现在却怎么也想不起来那个方法，最后只能用最原始的方法计算出答案。

"完了，我变得越来越笨了！"大聪将刚才测试的情况向米贵和曲丽丽说了，然后惊恐地叫着，"你们说我们的智力退化得这么严重，会不会与晚上的梦幻之旅有关？"

米贵和曲丽丽点了点头，"肯定有关联，否则我们不会变得这么笨，要知道我们可都是班里的尖子生啊！"

"这样下去可不行！再去几次那什么梦幻世界，以后我们岂不是要变成白痴了？"米贵大声叫了起来。

"是啊！"曲丽丽撩了下短头发，皱了皱眉头，显得

有几分焦急，"这可怎么办啊？"

"我有个办法！"米贵眨巴一下小眼，接着悄悄地说，"到那角落里去，我来告诉你们！"说着带着大聪和曲丽丽来到教室后面的一个角落。两人连忙问米贵有什么办法。

米贵推了下眼镜，故作深沉慢悠悠地说："我们晚上不睡觉，他们不就没有办法了吗？"

曲丽丽挥了一下手，不屑地说："你这是什么烂办法啊？一天不睡觉还可以，你总不能天天不睡觉啊！"

大聪也连忙摇头否定，"你出的什么馊主意啊！"

"那我可没有其他好办法了！"米贵摊了下手。

"我看你的智商真是大大下降了！"曲丽丽白了米贵一眼。

米贵眨了下眼镜后面的小眼睛，"曲木兰，你别说我，你现在的智商也没比我高多少！"

"可我至少不会想出这样的烂主意！"曲丽丽瞪了米贵一眼。

"我觉得这个主意很好啊！"米贵立刻为自己辩护。

"好了，你们就别吵了，还是赶紧想想其他办法吧！"大聪阻止他们。米贵和曲丽丽停止了争吵，沉默起来。忽然米贵说："我们不如将这件事告诉尹老师和爸爸妈妈，再让他们帮助联系国家天体研究所，一起想想办法！"

"算了吧！他们会信我们？就算过一阵子他们相信了，恐怕我们的智商也已经降低到零了。"曲丽丽反驳道。

"那你又有什么办法？"米贵反问。

曲丽丽沉默了，现在一时难以想出一个好的办法。大聪也陷入了沉思，过了一会儿，他轻声说："实在不行，我们只有和那些长脸怪人来个斗智斗勇！"

曲丽丽点了点头，看着米贵提醒说："米小鼠，你不是认识阿基德博士吗？他前段时间不是给了你不少他研发的小宝贝吗？什么刺猬球、激光手枪，到时，你把这些带上，我们想办法从那座城堡里逃出来。"

米贵愣了一下，点了点头，"看来也只能这样试一试了！"

"我还有一只智能飞天鸟，这是我爸最近研制的智能生物小鸟，它能够带着我们飞起来，到时候我也带着它。"大聪说道。

放学后，三人从学校跑着回家，可是没跑多远就气喘吁吁，累得直不起腰，看来昨晚的梦幻之旅让他们体力下降了不少。

夜晚很快来临了，大聪看了一眼西边的天空，璀璨的星空一片安静，安静之下却潜伏着危机。他深深地叹了口气，今晚要去那个世界和那里的怪物斗一斗，真不知那是个什么地方，那些是什么怪物！

大聪将缩小的智能飞天鸟和几件小"武器"放进一个布袋里，将布袋斜挎在肩上，又回到床上发了一会儿呆，便沉沉地睡了过去……

第六章　露出真面目

又是迷迷糊糊地穿过空洞，坠到了那个世界，大聪发现这次的梦幻世界好像比前几次要明亮许多，隐约可见有紫光闪现。抬头看天空，菱形大火球射下来的紫色光线似乎更强烈了。这次只有大头怪兽在海滩上等着他，大聪跟着大头怪兽来到了城堡的平台上，平台上站着不少大头怪兽和长脸怪人，他们抬头看着天空，轻声地用地球人类的语言说着话。

"后荧星原来是圆形，现在竟然变成了菱形，而且是越来越标准的菱形了。"

原来这个菱形的大火球就是给这个世界带来光明的后荧星，就是类似地球的太阳，大聪心想。

"其实还是圆形，只不过后荧星的外层出现了活跃粒子，挡住了后荧星的一部分，看上去就像菱形了。"

"后荧星好像要发生另一元素的聚变反应了！"

"这可是几十万年后才能发生的事情啊！"

听着这些长脸怪人的对话，大聪心想，另一元素的核聚变是什么意思? 难道不是像太阳一样的氢核聚变? 看来这个后荧星存在的时间要比太阳久远。

知识点

太阳氢核聚变: 像所有的恒星一样, 太阳在核心巨大压力和高温下发生了持续的氢核聚变反应, 每秒钟有6亿吨的氢聚变成5.96亿吨的氦, 向太空释放大约28600亿亿兆瓦的能量, 而我们地球只接收到了这些能量的22亿分之一。

大聪正想着, 发现自己已经进入城堡, 迎面而来的长脸怪人就是自己第一次遇到的那个。他挺直了身子, 用前腿撩开了两边垂下的长发, 睁大了那对吊眼, 长长的脸上露着热情的笑容, "欢迎尊贵的客人光临我们的城堡。"

每次都显得那么热情, 不知道他打的什么主意。出于礼貌, 大聪也弯腰鞠躬回道: "感谢你的迎接, 我们经常光顾这里, 不知能为你们做些什么? "

长脸怪人头目愣了一下, 甩了一下头上的长发, 放下前腿撑着地, "我们不要你们做什么, 只要你们能够在这里玩得开心就好。"

大聪心里嘀咕着: "天下哪有这么好的事? "

走进房间, 曲丽丽和米贵已经坐在桌前吃着水果和糕点了。他们见大聪来了, 急忙在中间腾出了一个空位。大聪坐下后, 悄悄地问米贵: "阿基德博士的东西带来了吗? "

米贵推了下眼镜，点了点头："我带来了他最新研制的魔力绳和刺猬球还有一支枪。"说着，他从裤兜里拿出了一根黄色绳子、一个拳头大小的瘪瘪的圆球和一支枪，得意地用手掂着，"就是这三个。"

"我也带来了智能飞天鸟！"大聪说着伸手一把抢过那三样东西，把它们塞进自己的布袋里，"你的东西先放我这里。"

米贵不愿意，连忙来夺，被大聪按住了手，"你做事不够机智，如果遇到危急情况，容易耽误事，还是放我这里更好。"

米贵被他的手按住动弹不得，谁叫这家伙力气比自己大。

曲丽丽朝他们喝道："你们不要吵了，等下让他们发现了。"

米贵朝大聪狠狠地瞪了一眼，缩回了手，嘟着嘴巴小声凶道："大王虫，算你狠，可千万别弄丢了。"

这时，曲丽丽递上一个像黄瓜一样带刺的黄色水果给大聪，眨了几下眼，大聪马上领会了等一下听她的命令的意思，又看了下其他人，他们一起朝着自己点了下头。大聪不由得一惊，想不到他们都已经相互联系好了，准备工作做得倒是挺充分。

欢快的旋律响起，几只狗精灵跑出来扭动身体跳舞。大聪发现房间的两侧多了不少长脸怪人，他们用两条腿笔直站着，长发披下来，两耳高耸，吊眼看着大聪他们，气氛显得有些凝重。那个长脸怪人头目站在一旁，朝其他长脸怪人点着头，披下的长发不时甩动着，不知他在传达着什么信息。

这时，音乐声渐渐停了，四周静悄悄的。按照前两天的情形，应该是那些机器人出来表演了，可是大家静静地等了一会儿，却没有动静。

大聪看见米贵眼睛紧闭，小嘴抿着，两手放在桌上，不觉好奇，他神秘兮兮地在做什么呢？曲丽丽也好奇地看了下米贵，又看了看大聪。大聪正想打趣米贵，忽然米贵睁大了眼，伸手朝他甩来一个巴掌，"我叫你不要说话，你干吗总是这么吵啊？"

大聪愣住了，捂着脸，真是丈二和尚摸不着头脑，想着无缘无故地被米贵抽了个耳光，不由得一下火了，站起身朝他大喊："你发什么神经啊？我哪儿说话了？真是莫名其妙！"

大聪马上想到，是不是刚才抢了他的宝贝，他心里不痛快，所以故意找茬？

"你就是说话了，我都听见了！"米贵说着又是飞快地挥来一掌，打在了大聪胸口上。这下大聪火了，瞪大了眼，举起拳头就要朝米贵脸上打去，却看见米贵使劲朝自己使了个眼色。

大聪愣了一下，马上明白过来，原来这是他设下的计谋，于是故意挥拳打在了他的肩膀上，还大声喊："就算我说话了又怎么了，你凭什么打我？"

米贵不甘示弱，提高了嗓门，"打你怎么了？"说着上前揪住了大聪的领口。大聪推开了米贵的手，两人扭打在了一起。大聪的身体要比米贵结实得多，如果真要打架

的话，米贵绝不是大聪的对手，可现在是在演戏，大聪当然没有用尽全力。这时，曲丽丽和其他人纷纷上前劝阻。长脸怪人头目见了，吊眼里的小眼珠翻了一下，摇了摇头，朝身后挥了挥前腿。后面的几个长脸怪人立刻走了过来，他们高大健壮的身体，让人见了不由得有几分害怕。这下他们彻底露出了本性，粗鲁地用前腿分开大家。有两个长脸怪人走到米贵和大聪面前分开了他们，其中一个低下长长的脸，张大了扁长嘴巴，用前腿上的三个爪子紧紧地夹着大聪的衣领，露出了尖尖的牙齿，对米贵和大聪狠狠地一字一句地说："你们乖乖地在座位上坐着，吃你们的东西，不要给我惹事。"

米贵和大聪被长脸怪人的气势吓住了，愣着没有再动。大家也不再出声，四周一片安静。

曲丽丽觉得如果重新恢复了秩序，再想逃可就不容易了，于是她大喊一声："大家快逃啊！"说着带头朝门口跑去，在她的带动下，"哗啦啦——"身边的人纷纷向门口跑去。

大聪和米贵弯腰绕过长脸怪人，飞快地朝门口跑去。快到门口时，他们看见跑在前面的几个人被刚才跳舞的狗精灵围住了，它们没有了刚才可爱的模样，瞪大眼，张嘴露出尖尖的牙齿，变得面目狰狞。前面的人不断地驱赶着这些只有半人高的小东西，可令人想不到的是，这些小东西一起张开嘴巴，朝他们喷出了一道水雾，那些水雾溅到人身上，立即凝结成了网，紧紧地裹在人身上，前面那些人使劲挣扎着，却根本挣脱不掉。

第七章 梦幻世界的来历

　　大聪和米贵一下愣住了。就在这时两只大头怪兽跑过来，甩着大头，用螺旋眼看着他们，然后伸出两只前腿，用爪子紧紧地抓住他们的一只胳膊。米贵和大聪使劲挣扎着，用另一只手使劲拍打着大头怪兽的前腿，大头怪兽的爪子紧得像把大钳子，纹丝不动。

　　突然，米贵伸出两根手指朝着大头怪兽的一只螺旋眼戳去，大头怪兽向后仰头，米贵手指戳到大头怪兽的鼻子上，"扑哧——"大头怪兽狠狠地打了个喷嚏。它似乎被激怒了，歪头张开嘴巴，吐出猩红的舌头卷住米贵的脖子，使劲往后拉着。米贵瘦尖的脸憋得通红，张大了嘴吐着舌头，眼镜后的眼珠都快要迸出来了。大聪急了，大喊着用脚狠狠地踢着那只大头怪兽。

　　大头怪兽收回了舌头，米贵用手捂住脖子，大口喘着气。另一只大头怪兽也放开了大聪。两人不再挣扎，乖乖地跟着大头怪兽走到墙边。

　　这时，整个房间已经安静下来，光线也变暗了。大聪环顾四周，大家都被他们抓住了。

"曲木兰去哪里了？好像不在附近啊！"米贵推了下眼镜转身看着大聪。

大聪连忙朝四下看了看，果然没有看见曲丽丽，看来她逃出去了。

"你们不要说话！"桌前的长脸怪人头目抬起前腿指着大聪和米贵说。大头怪兽用嘴上的刺扎在两人身上，两人大喊着疼。

长脸怪人头目迈着两条后腿慢慢地踱了过来，瞪大了吊眼看着米贵和大聪说："你们这些地球人真是不领情，我们好心地招待你们，你们不说一声谢谢，还往外跑！"

米贵快嘴回道："你们肯定没安好心，否则就不会抓我们了。如果你们真对我们好，现在就放了我们啊！"

听了米贵的话，长脸怪人头目脸色一变，长脸更长了，吊眼里黄豆大小的眼珠凸出，布满卷胡须的扁嘴紧闭着，显出几分狰狞，活像个恶鬼。米贵吓得没有再说话。长脸怪人头目狠狠地瞪了眼米贵，转身朝后挥了下前腿，顿时从幕布后出来几个机器人。它们到了被网罩住的那些人面前，伸出两只机械手臂，搭在那些人的头上、肩膀上，那些人使劲在网里挣扎着。

"快停手，你们这是在干什么啊？"大聪大声叫着，前几次他就感觉这些机器人这样做是有目的的。

长脸怪人头目甩了下长发，抬头朝天发出了怪异的嘿嘿笑声，接着对大聪说："想必你们也逃不出去，不如实话和你们说了吧！"说着他停顿了一下，又向前走了几

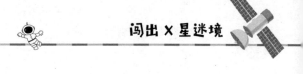

步，"你们地球人属于一种进化比较成功的生物，我们需要仿制你们的一些基因。"

"你们仿制我们的基因是不是会影响我们的身体？"米贵急忙问。

"只是会暂时影响你们的智商和体力！"

原来如此！大聪和米贵相互看了看，顿时恍然大悟，怪不得每次来了这里后，自己的智商和体力都大幅下降。

"恐怕不止这点影响吧？"米贵接着反问。

长脸怪人头目又嘿嘿地笑了几声。

"我想不通你们怎么会需要仿制我们地球人类的基因？看你们的世界，好像比我们地球的文明程度要高不少等级啊！"大聪问。

那边的机器人收回了机械臂，那些人都无精打采地看着米贵、大聪，透露着求救的眼神。机器人又开始对另一批人仿制基因。

长脸怪人头目甩了下长发，长叹了口气："我们的 X 星球曾经是高度发达的文明世界，但是因为数百万年前，我们星球所在的 YU 星系与附近星系发生了大碰撞，所以星系之间的恒星、行星都发生了位移，不少星球偏离了原有的轨道，成为星系里的孤星球。我们的 X 星球就离开了原来的星系，成为一颗流浪的行星，这也造成我们的星球全无生气，不过幸好我们建造了高科技的庇护所才存活下来。

"后来，我们的 X 星球在穿越这颗后荧星的轨道时，被它的引力所吸引，成了它的行星，它也给了我们光明

和能量。可惜的是这颗恒星处于演化晚期，几十万年后它会因内部氢元素燃烧殆尽产生氦闪，也就是氦核聚变而成为红巨星，那时它将不断膨胀，吞没我们这个 X 星球。"

知识点

恒星的氦核聚变：恒星核聚变中首先是氢原子核的核聚变反应，等氢原子核烧完之后，只要恒星的质量足够大，就会转为氦原子核的核聚变。在恒星的一生，氢的核聚变反应占据了约90%的时间，氦的核聚变占据约10%的时间，其余如碳、氧元素的聚变时间不到1%。

大聪这才恍然大悟，这次到达这颗星球时，听平台上的长脸怪人说，这后荧星几十万年后将发生另一元素的聚变——原来就是氦聚变。

长脸怪人头目继续说："这后荧星现在也非常不稳定，不断喷发出大量的物质和带电粒子，慢慢地在削弱着我们星球的大气层。作为这颗星球的主宰者，我们的祖先因为在这个星球流浪时受到大量宇宙射线的攻击，智商和体能在一代一代地不断退化……"

知识点

宇宙射线：属于高能辐射的一种形式，是来自外太空的带电高能次原子粒子，它们可能会产生二次粒子穿透地球的大气层和表面。大多数宇宙射线由氢原子的原子核（质子）构成，少数宇宙射线由 α 粒子（氦核）构成，剩余的则是原子核和重原子电子。

米贵和大聪听了这个长脸怪人所说的内容，不由得瞪大了眼。

"所以你们必须采集宇宙中其他高等文明世界里的基因来阻止你们的退化？"米贵忽然明白了。

"不愧为宇宙中高智商的生物！"长脸怪人头目举起前腿向他点了点。

"难道宇宙中就没有其他比我们发达的外星生物了吗？"大聪吃惊地问。

"目前我们还没有发现比你们地球人智商高的生物。"长脸怪人头目的声音变得轻柔起来。

"可是你们仿制我们的基因，会让我们的智商和体力出现退化。"米贵大喊。其他人听了米贵的话，也一起大喊着表达抗议。

"那只是暂时的，仿制好你们的基因，我们不再退化，你们就完成使命了！"长脸怪人头目说话依然轻柔。

"我才不相信这是暂时的。"大聪摇着头说。

　　这时有两个机器人慢慢地来到了大聪和米贵的面前。大聪朝米贵看了眼，"你朝我看什么，快点想办法啊！"米贵着急地叫了起来。

　　"我能有什么办法！"大聪也大声朝米贵嚷着。

　　见两人又不安分起来，一大一小两只大头怪兽走上前，大的用前爪抓住了大聪，小的则抓住了米贵。

　　米贵扭动着身体，试着挣脱小的大头怪兽的束缚，但是根本挣脱不掉。突然，他猛地朝着小的大头怪兽的前腿咬去，小的大头怪兽一下张嘴低吼起来。大聪看呆了，想不到小的大头怪兽发起威来也挺猛。小的大头怪兽的前腿被米贵咬破了一块皮，米贵吐着嘴里变绿的口水，朝大聪大喊："快点咬它！"

第八章　灵巧的刺猬球

　　大聪一下反应过来，张嘴也准备咬去，谁知那个大的大头怪兽已经知道了他的企图，赶紧移开那条前腿。大聪一下没有咬到，大的大头怪兽反过来用那只前爪将大聪的脖子紧紧捏住，大聪感觉透不过气来，脸憋得通红。

　　突然大聪想到了智能飞天鸟，赶紧把手伸进布袋里，摸索着按动启动键，然后向上一扔。飞天鸟在空中一下子就变大了，如同鸽子大小。它张着尖嘴不断地朝大的大头怪兽的前腿啄去，大的大头怪兽一惊，瞪大了螺旋眼，好奇地看着这只飞天鸟。飞天鸟叽地叫了一声，一下跳到这只大头怪兽嘴巴的毛刺上面，身体随着毛刺的摇晃而晃动，用尖嘴朝大头怪兽嘴巴连续地啄着。

　　那只大头怪兽晃动大头，想摆脱飞天鸟，谁知，飞天鸟又朝它的脸爬去，伸出尖嘴要啄它的眼睛。大头怪兽大叫一声，扔下大聪朝后退去，同时挥舞两条前腿不断地拍打着自己的脸，急于驱赶飞天鸟。

　　米贵看了哈哈大笑起来，其他人也跟着大笑。

　　大聪仔细看着飞天鸟，得意地说："我的智能飞天鸟关键时刻还挺有用！"米贵好奇地看着飞天鸟，只见它全身披着白色羽毛，利爪尖尖，一双圆眼显出几分呆滞，不过不仔细看，根本看不出它是仿生的。

　　大聪对飞天鸟吹了一声口哨，飞天鸟竟然扇动翅膀飞回了大聪的胳膊上。接着大聪让飞天鸟飞到抓着米贵的那只大头怪兽脸上，飞天鸟顿时又是一顿狠啄，那只大头怪兽只顾驱赶飞天鸟，放开了米贵。

　　"米小鼠，快跑啊！"说着大聪拉着米贵朝幕布方向跑去，同时吹了一声口哨，招呼飞天鸟在后面跟着。其他人也纷纷挣扎着，有的已经挣脱了丝网，向门口跑去。

　　长脸怪人头目拉长了脸，瞪大了吊眼，挥动前腿，大声喝道："快点抓住他们，不能让他们跑了。"

　　两只大头怪兽这才缓过神，低吼着朝大聪和米贵追过去，两个长脸怪人也紧随其后，地面一阵震动。

　　大聪和米贵跑到了幕布一侧，那里有一扇门，两人推开门跑了进去，然后停住了脚步。房间里面空荡荡的，很亮堂却没有光源，也没有窗户，对面墙上有一扇圆门。身后响起了阵阵响声，大聪和米贵相互看了看，他们转身想往回跑，可是已经来不及了，后面跟进来两只大头怪兽和两个长脸怪人。

　　两只大头怪兽堵住门口，两个长脸怪人用前腿端着一把长长的似枪的东西，枪口对准两人。

　　"这可怎么办啊？"米贵悄悄地问大聪。大聪没有理会他，对肩上的飞天鸟轻轻地说了声："快攻击他们。"

于是飞天鸟展翅飞起来，张嘴朝一个长脸怪人的眼睛喷出一股液体。

想不到飞天鸟还有这种攻击的本领，大聪暗暗开心，这本领可是连他也不知道。可惜那个长脸怪人非常灵活，长脸一偏，躲了过去。另一个长脸怪人用长枪对准飞天鸟点了一下，也没见有什么东西冒出来，飞天鸟就惨叫一声，跌落到地上。

大聪大喊一声，上前捧起飞天鸟，只见它头上冒着烟，两颗眼珠不断转着圈。一只大头怪兽走了过来，伸过前腿来抓大聪，大聪往下一蹲，大头怪兽抓了个空。

米贵也不断左躲右闪，躲避着他们的抓捕。

大头怪兽见大聪蹲在自己身下，抬起大头吼了起来，声音响彻房间，大聪连忙捂住了耳朵。米贵见了，大叫不好，那只大头怪兽正慢慢地并拢双腿，庞大的身体往下蹲着，那样大聪岂不是要被它压死啊！

"大王虫，快用那刺猬球！"米贵大喊。

大聪一下反应过来，连忙将手伸进布袋里摸出那个瘪瘪的圆球。

"怎么用啊？"

"用手指狠狠戳一下就可以了。"

大聪用力戳了下那个刺猬球，刺猬球马上像吹了气的气球一样膨胀开来，变成了一个大大的白色圆球，比他要高出半个头，表面糙厚，布满了手指长的尖刺。

想不到这个东西这么神奇，自己还没有用过呢！米贵有些惊喜，阿基德教授的确厉害，研制的东西关键时刻都能派上用场。

大聪见刺猬球上有条缝隙，连忙撑开钻了进去，口子马上又合上了。刺猬球里面空间还挺大，可以容纳两到三人，而且可以看到外面。球内壁上有一个小抓手，大聪抓着它，身体朝前倾，刺猬球就朝前面滚动，而大聪竟然没有滚动。这刺猬应该有内外两层，内层球固定，外层球能够像大轮胎一样滚动。这个设计真是巧妙啊！大聪一边重新启动飞天鸟，一边操纵着刺猬球迅速朝米贵滚去。滚到米贵面前，大聪撑开球上的缝隙，趁着米贵身后的长脸怪人低头发愣，让飞天鸟啄那个长脸怪人的后腿，长脸怪人一阵哆嗦，连忙后退。

"快进来啊！"趁此机会大聪大声喊。米贵一下反应过来，赶快钻进刺猬球里。飞天鸟也跟着飞进来，被大聪收进布袋里。大聪移动着刺猬球，球马上朝圆门滚去，长脸怪人举枪朝刺猬球射击。

大聪感到刺猬球晃动了一下，但是好像没有受到什么影响。刺猬球滚出了房间，顺着一条长长的通道向前滚去。

"米小鼠，这个东西设计得真巧妙，以前怎么没见你拿出来玩过？"大聪好奇地问。

"阿基德博士的这件宝贝，给我没多久，我还没怎么玩呢，就被你抢去了！"米贵抱怨地说。

大聪将身子前倾紧贴着刺猬球壁，刺猬球快速地滚动着，不久大聪就气喘吁吁，"控制这东西真累，我都快散架了！"他喘口气又说，"我们赶紧去找曲木兰吧。"

　　米贵也想起了曲丽丽，一下叫了起来："是啊！她会到哪里去呢？"

　　"完了，前面这么高的上坡通道，怎么上去啊？"大聪皱着眉说。

　　米贵透过刺猬球朝外望去，前面有道坡，长长的望不到尽头。大聪又将身体向前倾着，可是刺猬球的速度明显慢了许多。"我们还是出来吧！"大聪说着撑开了刺猬球的缝隙，两人从里面钻了出来，朝后面一看，顿时大吃一惊，除了黑压压的一群狗精灵正追过来，还有机器人、长脸怪人和大头怪兽，那长脸怪人还端着枪呢！

　　这可怎么逃啊！通道前面也不知有没有路。大聪按照米贵的提醒，用手指狠狠地戳了一下刺猬球，刺猬球就像泄了气的气球，很快地变小了。大聪一把抓起它，放进布袋里，跟着米贵向前跑去。

第九章 智过菱形通道

  两人跑上坡道，跑了十几米后发现坡道里有条往右的通道，两人迅速拐进去。眼前的景象让两人大吃一惊——只见整个通道呈菱形，中间最宽，两头越来越窄，通道的地面上还有一条黑色的缝隙。

  "怎么会变成这样啊？"米贵吃惊地说。

  后面杂乱的声音越来越近。"顾不了这么多了，还是赶紧跑吧！"大聪拉着米贵向这个菱形通道深处跑去。

  刚开始，地面上的缝隙小，脚可以踩上去，只是容易崴脚；走了一段距离，两人发现这道缝隙越来越宽，若是不小心人很容易掉入里面。

  "这可怎么走啊？"大聪停下脚步。

  米贵也焦急地看着通道，通道两边的斜坡很光滑，缝隙下面黑乎乎的，不时泛出红光，还有热烟冒上来。

  后面的狗精灵、大头怪兽、长脸怪人和机器人没有追过来，只是好奇地望着他们，发出嘲笑的声音。

  "当心啊，这下面可是我们的高温垃圾销毁地，温度

可达几千摄氏度。"有一个长脸怪人笑着说道。

"你们千万别掉下去被熔化掉。"又一个长脸怪人提醒。

原来下面是他们的垃圾处理地。现在后退不得,又不能前进,真是进退两难。

"要不我们投降吧!"米贵往上揪起了上衣,他感到热极了。

"哪有这么快就投降的?至少还要再和他们玩玩。"大聪反驳道,擦了下胖脸上冒出的热汗,"我们一投降,他们就可以任意地仿制我们的基因了,到时我们的智商和体能就会大大地退化。"

"那个长脸怪人不是说我们的退化是暂时的吗?"

"他的话能相信吗?"

米贵愣了一下,然后犹豫着说:"可现在怎么过去呢?"

"你还有什么好宝贝啊?"大聪边问边翻看布袋,但没有找到令他满意的东西。

"没有了。"米贵一边回答,一边两脚叉开,踏着两边斜坡慢慢地朝前走,可是越往前走缝隙越大,而且下面冒出的热烟直呛口鼻。米贵停了下来,现在脚也收不回来了,大叫大聪快想办法帮忙。

大聪忽然想到了一个办法,便叉开双脚走过去,靠近了米贵。

"快伸出手,我们两手相互撑着走。"

米贵跳转回身,伸出双手,大聪也伸出双手,两人相互支撑,借力将自己的双脚分别踩在一边的斜坡上,两人身体共同组成了一个"人"字形。

"这样能行吗？"米贵说着手稍一松劲儿，大聪身体朝他斜过去。

"只有这个办法了，快用力撑过来。"

米贵用力将手掌朝大聪推去，两人保持着平衡，慢慢地侧着身一步一步朝前移动着！别说，效果还挺好。

走了大约二百米，缝隙又开始一点点变狭窄了，前面的通道逐渐恢复了正常，终于走过了这段菱形通道。两人一起拍了下手，大声开心地叫喊着。

狗精灵、大头怪兽、长脸怪人和机器人看呆了，想不到两人能用这么简单的方法走过去。

长脸怪人头目走过来，看见眼前的情形，气得直喘粗气，瞪大了吊眼，大声喝道："还不快追。"

米贵和大聪待在原地看着它们，想看它们怎么通过这段通道。让他们吃惊的是，长脸怪人头目按了通道口的一个按钮，菱形通道的下部伸出一块长方形的铁板，正好盖住了缝隙。

"快跑！"米贵大喊。大聪跟着米贵急忙朝前跑去。

狗精灵、大头怪兽、长脸怪人和机器人纷纷追过来，两人身后一阵响动。

沿着通道使劲地朝前跑出了一段距离，两人都累得上气不接下气。

"大王虫，这样跑下去肯定会被他们抓住。"米贵停下来，弯腰大口喘着气。

"那怎么办啊？"大聪回头望了下，只见追兵正不急不忙地朝着这里追过来。"先跑再说。"于是，两人咬咬牙朝前继续跑去。渐渐地前面出现了一大团亮光，而且离他们越来越近。

"看来前面是个出口了，我们快过去！"大聪兴奋地说。正说着，头顶哗啦一声响，米贵大叫一声："快闪开！"连忙将大聪拉到身边，只见头顶上掉下一块大东西，轰地一声在身边摔得粉碎。

"好险啊！"大聪长长地出了口气。他朝后望去，只见有一个长脸怪人正举着一支长枪瞄着这里，应该是那个长脸怪人开枪击落了头顶上的东西。

"你说他们这是什么枪，怎么不见烟和光，也听不见声音？"米贵好奇地问。

"这正是那种枪的先进之处，让你根本不知道这种枪什么时候射击！"

渐渐地，两人到了那个亮光处，米贵快步地冲上前，紧接着失望地大喊起来："天啊！原来这是个大洞！"大聪急忙上前，发现地上这个洞的直径有三四米，深不见底，洞的四周都是透明墙壁，外面淡紫色的光能够照射进来，怪不得这么亮。

大聪朝后面看，追兵越来越近了，只有一百多米了。

"怎么办？难道要往下跳？"

米贵敲了下头说："不如试试我的魔力绳！"

大聪连忙从布袋里拿出那根细细的黄色绳子看了看，"这绳子又细又短，根本就到不了底啊，再说这么细能够承受住一个人的重量吗？"

"它可以无限地放长啊！"

　　大聪半信半疑拉着魔力绳，果然越拉越长，而且绳子非常坚固。"这绳子真耐用，太好了！"说着他开始寻找身边的固定点。

　　这时，米贵摇头叫了起来："你以为他们傻啊！他们不会解开魔力绳啊？"

　　"对啊！那怎么办啊？"大聪挠了挠头。

　　这时，长脸怪人距离他们已经不足百米了，冲在前面的长脸怪人，站直了身体，前腿正拿着枪对着两人。"大王虫，他要朝我们开枪了，快点啊！要不先将魔力绳找个地方系上再说！"

　　"我有办法了！"说着大聪一手拉着米贵朝下面跳去。

　　米贵没有防备被他拉了下去。"你疯了！"米贵大声尖叫，感觉耳边风声呼呼作响，身体快速地下落，真不知这胖子怎么想的！米贵闭起了眼，完了，这下可是死定了。

　　下坠中的大聪并不慌乱，他放出了智能飞天鸟，然后将手中魔力绳的一头朝上面甩去，飞起来的飞天鸟非常配合地用尖嘴咬住魔力绳，大聪紧紧地抓住魔力绳，然后对米贵大喊："米小鼠，快点抓紧魔力绳。"米贵一下明白过来，连忙伸出手去抓摇晃的绳子。

　　飞天鸟非常灵活，迅速俯冲靠近米贵，米贵一把抓住了飘到头顶上的魔力绳，感觉身体一顿，然后下落速度变缓了，米贵气喘吁吁地埋怨："吓死我了，你这样做非常危险！如果万一没有抓住魔力绳呢，我们不是全完了？"

　　大聪抬头对上面的米贵笑着说："刚才形势所迫，你现在不是抓住魔力绳了？"

　　"那你总可以先提个醒吧！"

　　"总之我们现在逃脱了！"大聪开心地说。

　　"别高兴太早，我们还没有到洞底。没准它们正想法追我们呢！"

第十章 米贵落入敌手

　　大聪抬头朝上面看去，只见洞口几个长脸怪人、大头怪兽和狗精灵正朝下看着，没有跳下来。

　　看来他们不会追上来了，大聪不由得欣喜起来。正开心时，他突然感觉身子沉了一下，下落速度快了。会不会是两人太重了，还是那飞天鸟的劲儿不够了？抬头朝上面看去，飞天鸟扇动翅膀，似乎飞得非常轻松，应该没有问题；朝下看去，仍是深不见底。

　　身体又是一沉，米贵忽然大喊起来："大王虫，不好了，那只飞天鸟好像冒烟了！"

　　"是我们太重了？"

　　"谁叫你胖啊！"米贵埋怨道。

　　大聪皱了下眉说："不会啊，听我爸爸说，这飞天鸟飞起来能够拉动 200 千克的东西。"

　　见洞口有个长脸怪人正用枪指着下面，大聪马上反应过来："不好，飞天鸟是被那长脸怪人的枪射坏了！"

　　没等大聪声音落下，两人又是一沉，飞天鸟的翅膀冒出了更浓的黑烟，米贵惊慌地大叫起来。上面接连发出了哗哗的响声，大聪抬头看去，不由得大吃一惊，一个长脸怪人和一只大头怪兽以及几只狗精灵飞了下来。大头怪兽挥动着两条前腿，庞大的身躯竟然轻松地在空中腾飞；狗精灵张开身后的翅膀发出了呜呜的声音，自如地穿梭在洞内；长脸怪人踩在一条飞毯上。

"大王虫，其实他们都会飞啊！看来我们被他们耍了！"魔力绳不断地晃动起来，飞天鸟好像已经失去控制了。

这时，一只狗精灵一下飞到了米贵面前，用小手不断地抚摸着米贵的脸，米贵哭着叫起来："别碰我，你这坏东西。"

长脸怪人踩着飞毯俯冲过来，渐渐地靠近了大聪，大聪全身一哆嗦，松开手沿着魔力绳朝下滑了一段距离，他不知道这根绳子被拉长了多少。

这时上面的米贵紧紧地拉着绳子大声哭喊。又飞过来几只狗精灵，它们一起朝着米贵喷出了水雾，顿时米贵被丝网裹得一动不能动。两只狗精灵分别咬住米贵的双手，米贵疼得松开了魔力绳，然后一下子被狗精灵拉了过去。米贵的嘴也被丝网勒住了，不断发着咿呀的声音。几只狗精灵一起拉着米贵朝洞顶飞去。

大聪大叫不好，可又能怎么办？

长脸怪人乘着飞毯飞到了大聪面前，举着枪对着他，不断挥着头，示意他到飞毯上来，大聪摇了摇头。一只大头怪兽也飞到了大聪面前，摇了摇大头，张大嘴巴朝

他吼着。

大聪闭上了眼睛，任凭大头怪兽怎么喊都无动于衷。奇怪的是，大头怪兽和长脸怪人突然没有了动静。大聪睁开眼，发现他们往上飞了，再细看，好像长脸怪人的飞毯裹住了大头怪兽的头，可能缠绕在一起了，要上去整理。大聪抓紧魔力绳长长地出了口气，还没有出完，哗哗的声音响起，原来是几只狗精灵飞了过来，真是一刻也不放过。它们一下飞到大聪身边，睁着圆圆的大眼瞪着他，小嘴张开，看来它们要吐丝网了。

大聪准备再次松开魔力绳下滑一段距离，可绳子忽然一松，失去拉力，大聪大叫着快速往下坠去，朝上看，原来飞天鸟冒着浓烟掉下来了。

完了，自己要摔死了，怎么办啊？大聪感到耳边呼呼的风吹过，往下看去白茫茫的一片根本看不到底。忽然他想起了刺猬球，迅速地把它从布袋里拿了出来，左手捏着，然后右手的手指狠狠地戳了一下，那瘪瘪的刺猬球顿时膨胀开来，渐渐地将他全身覆盖了进去。

不一会儿，"嗵——"一声巨响，身下一震，大聪在刺猬球里面感觉到剧烈的震动，接着又是一连串抖动，不知抖动了多少下，直感到全身骨头好像都要散架了。

终于，刺猬球停了下来，大聪连忙从刺猬球里面钻了出来。外面竟是一片漆黑，抬头朝上面望去，也是黑漆漆的，周围一片寂静。这是什么地方？大聪收起刺猬球，喊了几声"有人吗"，接着用手摸索着小心地往前走。这时听到有人在不断地叫喊："是大王虫吗？"大聪一惊，听声音好像是曲丽丽，顿时开心地大叫着她的名字，可是又没有了回音。大聪四处寻找起来，可是黑漆漆一片，哪里看得见人影？

大聪小心地朝前走了一段距离，前面依稀有亮光从传来，大聪朝亮光看去，好像有个人站在那里，他连忙借着亮光朝前跑去。周围渐渐地变亮起来，大聪看清了，那个人一头短发，正是曲丽丽！大聪兴奋地跑过去大声喊叫："曲木兰，原来你逃到这里来了，你是怎么进来的？"曲丽丽也开心地看着大聪，"当时我趁乱一口气逃到了房间外面，有只狗精灵来追我，我跑得快，没有注意地上有个大洞，不小心踩了个空，便掉了下来。"

"你竟然没有摔坏？"大聪惊讶地问。

"我也吓得够呛，掉下来的时候以为自己会摔死，谁知道这洞底竟然有股气流，到了底下的时候可以被弹起来，摔不到地上。"

"怪不得我在刺猬球里掉下来的时候，出现了连续剧烈的抖动。"大聪忽然又大叫，"早知道，我和米小鼠直接从上面跳下来了。"

"那米小鼠呢？"曲丽丽问。

大聪愣了一下，眼睛一红，伤心地说："被狗精灵抓回去了。"

"走！我们去救他！"

"怎么救啊？就算救了他，我们又如何离开这里回到地球？"大聪皱着眉头焦急地说。

"我们还是先救出米贵再说吧！"曲丽丽说着转过

身，大聪身边暗了下来。

大聪这才发现曲丽丽的手上有亮光，不由得好奇地问："曲木兰，你带手电筒了？"

曲丽丽又转过身，举起手掌对着大聪说："我的手掌是不是亮着光？告诉你一件稀奇的事，这里的光是可以抓在手心里的，而且还可以当作手电筒照来照去。"说着她晃了晃手掌。

大聪好奇地朝曲丽丽的手掌看去，果然她的手掌上有一个光圈正朝外射着光，不由得惊讶地问："你是说这里的光可以抓在手掌心里？"曲丽丽点了下头，带着他朝前面跑去。

跑了几步，大聪看到地上横躺着的白色飞天鸟，连忙弯腰捡起放进了布袋里，然后继续朝前跑去。他跟着曲丽丽连续绕了几道弯，忽然见前面一片光亮，原来正前方的墙上有不少乒乓球大小的洞口，从洞口射进来缕缕紫色的光线。

"你有没有看见这些紫色的光线？这些光线可以黏在手上。"曲丽丽伸出另一只手，用手掌对着紫色光线抓了一下，再将手收回来摊开，果然手掌上有个圆形光圈，"你说奇怪不？"

大聪沉思了一会儿，说："这可能与后荧星有关系。这些紫色光线上面附带着不少恒星聚变时被剥离的电子，手紧紧地抓一下，那些电子和光子就能很好地聚集一起依附在手掌上，所以能够像手电筒一样发射出光来！"

曲丽丽惊叫起来："太佩服你了，你怎么知道这

么多？"

大聪挠着头笑着说："这只是我的推测。前段时间正好看到一位天文研究者在论坛上发布了一篇关于恒星衰变时射出的光线带有电子的分析，我根据这些分析进行了推测，也不一定正确。"

曲丽丽似懂非懂地点了点头。

知识点

核聚变时的电子：核聚变时温度非常高，这时电子拥有足够的动能，可以轻易摆脱原子核的电磁引力而成为自由电子。

第十一章　进入潘牟阿堀迷宫

　　大聪让曲丽丽用手掌上的光帮他照着，他要看看飞天鸟和刺猬球的状况。他拿出飞天鸟仔细一看，翅膀已经歪了，还有烧黑的印迹，看来翅膀被长脸怪人的枪击中了。刺猬球倒没有坏的地方。

　　大聪记得爸爸好像说过这种飞天鸟有自我修复功能，他仔细看着飞天鸟，在它的尾巴处发现了一个尖点，按了一下，那个尖点弹出来一样东西，竟是一把发着红光的小镊子，红光照在飞天鸟上冒起了烟。大聪一下明白过来，原来这个可以用来焊接，他连忙取过小镊子在飞天鸟翅膀的裂缝上焊接起来。

　　曲丽丽看着他在修复飞天鸟，不由得焦急地问："你能修好它吗？"

　　大聪一边修一边说："只能先试试再说，刚才多亏它，否则我也被抓了。"

　　"我们还是快点走吧！那些怪东西马上就会追过来的！"

"马上就好！"说着，大聪又用那个小镊子在飞天鸟的翅膀上狠狠地按了几下，"看来只能将就着用了！"

这时，曲丽丽手指着前面突然大叫起来。大聪朝前面看去，原来飞过来一只黄色狗精灵，它扇动背上薄纱似的翅膀，正睁大眼睛看着他们，张大了嘴，看来要吐水雾了。

大聪来不及多想，飞快地冲上去伸出胖手一拳朝对方打过去。那只狗精灵猝不及防，吱的一声，歪歪斜斜地朝地下掉去，没有了动静，估计晕了过去。

"这样就完了？太不禁打了吧！"大聪看了看自己的拳头，显得有些惊讶，"我好像没有使太大的劲。"

"可能是你正好打到它的要害了。"曲丽丽说。

大聪想起刚才一拳打到了它的额头，可能那就是它的要害吧！

看着地下躺着的狗精灵，大聪涌起一种自豪感，"狗精灵，我叫你变成死精灵！"

"它们马上就要追过来了，我们快跑！"曲丽丽说。大聪收起飞天鸟和刺猬球，跟着曲丽丽朝前面跑去。渐渐地，前面越来越亮，曲丽丽停住了脚步，"现在可怎么走啊？尽是弯弯曲曲的小通道。"大聪一看也愣住了，眼前出现了两条通道，朝里看去，弯弯曲曲，里面好像又延伸出许多条分支。

"天呀！这可是个大迷宫，真让人头疼！"大聪喊着，"曲木兰，走迷宫好像是你的强项啊！"

知识点

迷宫：道路复杂难辨的通道群，很难找到从内部到达入口或从入口到达中心的道路，通常用来比喻复杂深奥的问题或难以捉摸的局面。据记载，最早的迷宫建于公元前约1600年迈锡尼时期克里特首都的一座王宫里。

曲丽丽看了看四周，"这不是普通的迷宫，再说也没有一个什么参照物。"

"你想想有没有其他办法！"大聪看了看她说。

曲丽丽没有出声，看着前面弯弯曲曲的通道沉思着，还用手不断比画。

远处渐渐传来声音，地面震动着。"曲木兰，你有没有想好，我们该走哪条通道？"

"别急，我再看下！"曲丽丽继续认真地左看看右瞧瞧。这时后面许多狗精灵飞来，长脸怪人也跑过来。

大聪紧张地大声催着曲丽丽，谁知曲丽丽还是没有反应，只是聚精会神地看着前面的通道，真不知她在盘算着什么。

后面的长脸怪人头目离他们不足百米了，"你们别跑了，还是乖乖投降吧！要知道在你们面前的可是非常神秘复杂的潘牵阿堀迷宫，是这座城堡里最为古老的迷宫。它里面有上千条通道，上万个岔路口，通道几乎一模一样，你们根本找不到出路的。"

大聪一听心里直打颤，这可怎么办啊？

"是吗！那我们倒是要试试，再怎么样，总比被你们抓住强！"曲丽丽不服气地回应。

"我们要进这什么潘牟阿堀迷宫？"大聪吃惊地问。

"不进的话，难道等着被抓？他们会仿制我们的基因的！"曲丽丽说着朝左边的通道跑去。大聪犹豫了一下，只得跟着进去。

长脸怪人头目见大聪两人直往里面走，顿时有些急了，"你们进去了就永远出不来了，到时只能困死在里面。"语气透露着几分惋惜。

曲丽丽和大聪跑进通道，只见里面一下暗了许多，四周呈现灰色，空间变小了，正好可以容纳两人，头上依然看不见顶。

大聪吞了吞口水，紧张地问："曲木兰，你能从这通道走出去吗？"

"我不知道，只能走了再说！"曲丽丽只顾往前面走着。大聪大喊起来："什么？你比画了半天都是在瞎比画啊？还以为你这高手已经弄通了这迷宫呢！"

"哪有这么简单啊！你没听那长脸怪人说这里是最古老、最复杂的迷宫？"曲丽丽回道。

"也许他吓唬吓唬我们。"大聪说。

"不管怎么样，我也要做下准备啊！"

大聪叹了口气，摇了摇头，现在只能跟着曲丽丽走了。渐渐地，前面出现一个拐弯。两人拐过弯，看了看通道四周，没有什么岔路口和窗户，两边是墙，发着绿幽幽

的光。

曲丽丽慢了下来，小心地朝前走去。

"你怎么了？"

"有没有听见什么声音啊？"曲丽丽停下脚步，静静地听着。

大聪也停下来，四周一片寂静，"没什么声音啊！我还觉得太安静了呢！"

"你说它们会不会进这迷宫啊？"

大聪摇了摇头，"它们肯定不会进来，看它们刚才的模样，好像很惧怕这座迷宫。"曲丽丽听了一阵哆嗦，小声说："大王虫，我也有些怕，里面会不会有什么怪兽？"

"应该不会吧！"大聪警觉地看了看四周，"刚才它们没有提到什么怪兽啊！"

"可我听到了一个怪怪的声音，模糊不清的。"

"现在我们只有往里面走了，而且要想办法从这里走出去！"大聪鼓起勇气劝着。

"这里四处都是这样的通道，怎么走出去？哪里是正确的出口啊？"曲丽丽没有了刚才的自信，有些悲伤，大眼睛里透出几分绝望。

第十二章　神秘的迷宫

　　大聪一下懵了！进入迷宫前看她那模样，还以为她有把握走出迷宫，没想到现在还要自己安慰她，不由得长叹了一口气，大声说："曲木兰，你刚才还很自信，怎么这么快就退缩了？现在可没有回头路了，我们只能往前走。你也不要悲观，长脸怪人只是吓唬我们的，这座迷宫没有他说的那么可怕，车到山前必有路，总会有希望的。"

　　"哪有那么容易啊！你听，那声音又来了！"曲丽丽睁大双眼盯着通道的远处说。

　　"我没有听见声音啊！曲木兰，我们还是走吧！"大聪拉着曲丽丽朝里面走去。通道里仍然是绿色的光线，灰色的高墙，平坦的地面，四周空荡荡的，空间倒是宽敞了许多。两人也不知转了几圈，感觉到处都是一样的。

　　这座迷宫的可怕之处就是没有任何标志物，你根本不知自己身在哪里，走过了多少路程。曲丽丽喘着粗气，满脸沮丧，"怎么样？我说没用吧！现在我们只能被困在这里了。"

　　大聪焦虑地看了看四周，绿幽幽一片，也不知该怎么办了。是啊！这样下去只能被困死在这迷宫里！这一条条通道到底有没有出口啊？虽是焦虑不已，可大聪还是继续硬着头皮耐心地鼓励着曲丽丽。

　　曲丽丽渐渐地冷静下来，忽然叹了口气说："大王虫，你说得对，现在怕也没用，只能勇敢面对。"

　　见曲丽丽不再那么悲观，大聪心中宽慰不少。

　　曲丽丽看了看周围说："据我刚才的观察，这里的通道很长，而且周围的环境一模一样，没有什么参照物，好像还有一段通道连接在一起，所以走进里面，凭我们人类的识别能力是根本分不清的。"

　　大聪点了点头，"曲木兰，你观察得可真仔细。是啊！这座迷宫比其他迷宫的厉害之处就是，它让你根本就不知道自己在什么地方！"

　　曲丽丽抬头看了看头顶，绿光下那个通道顶模模糊糊的。她郁闷地说："以前走迷宫时，我都是看着天空以太阳或云彩为参考物，然后计算路线，寻找迷宫出口。现在这里封闭着，根本看不到天。"

　　大聪沉默了一会儿说："我感觉走来走去都在原地转圈。"顿了顿看着曲丽丽说，"我在通道壁上画道痕，以此为参照物，看看我们的猜测是否正确。"

　　曲丽丽点了点头。

　　大聪用大拇指在通道壁上画了一条长长的痕迹，然后两人靠右沿着通道朝前走去。不知走了多长时间，大聪开始寻找那道划痕，又走了一段通道，还没有看见那道划痕。

两人沿着通道继续寻找着，绿幽幽的光线下通道里阴森森的。

"我看到这道划痕了！"大聪大叫起来，马上沮丧地说，"我们果然在原地来回打转。"

曲丽丽走上前看了看那道划痕，久久没有出声。

大聪靠着通道壁慢慢地坐了下来，两手抓着杂乱的头发，嘴里缓缓地念叨："完了，我们要被困在这里了。"

可是曲丽丽没有出声。过了一会儿她说："按照我以前的经验，我们现在按照反方向、反手走，会走出这地方。"说着她转身朝后面走去。

大聪看了看她，连忙站起身，跟着她朝后面走去。沿着通道走了十几分钟，一模一样的通道，绿幽幽一片，只感觉身在其中，不知是转弯还是直行。

大聪寻找着那道划痕，可是一直没有看见，于是兴奋地对曲丽丽说："看来我们成功了，这么长时间没有看到划痕。"

曲丽丽点了点头，喘着气，手扶着通道壁，"我们休息下吧！有没有吃的？"

大聪摇摇头，"没有。"

曲丽丽忽然抬起头，"你有没有听到什么声音？"

大聪又摇摇头，"没有听到其他声音。"

曲丽丽摇着头，"你再仔细听听！"

"好像是有声音啊！"大聪静下心来听，果然听到不远处传来一个咻咻的微弱声音，他吃惊地问，"这是什么

声音啊？"

曲丽丽摇了摇头，"我感觉这个声音一直就有，刚走进迷宫的时候就听到了。"

"那你的耳朵可真够灵敏的！"大聪没有再出声，静静地继续听了一会儿，皱了下眉，"听这声音好像是一个动物呼吸的声音！""我们悄悄地过去看看到底是什么东西！"

曲丽丽紧张地说："说不定是迷宫里的一头凶猛怪物。"

"应该不会！听这声音，那东西挺虚弱的，如果是怪物的话，早就来找我们了！"大聪小心地沿着通道循着那声音往前走去。曲丽丽愣了一会儿，只得起身跟在后面，心里七上八下，非常紧张。

"呼哧——"那声音好像越来越响了。曲丽丽抱住了头，"我有些怕！"

大聪回头笑着，"曲木兰，平时你不是很厉害吗？班里的男生见你都怕。"

曲丽丽愣了一下，瞪大了眼大声回答："这和平时在学校里怎么会一样啊？"声音在洞里回荡。

大聪忽然大喊一声，"不好，有怪物来了。"

曲丽丽身子一抖，喊着："啊呀！"她一边喊一边双手抱紧了头，蹲下身去。过了一会儿，见没有动静，她才小心翼翼地站起身，伸头朝前看了看，见大聪正歪嘴坏笑，马上反应过来，朝他大声喊道："你以为这样很好玩吗？"

大聪马上赔笑着，"我不是想放松下吗！"

　　曲丽丽没有接话，只是狠狠地瞪了他一眼。

　　"啊——"通道里忽然传来一声长叫。两人愣住了，屏住呼吸，相互看了看。那声音又变成轻微的咻咻声。愣了一会儿，两人鼓起勇气小心地朝前面走去。仍旧是一模一样的通道，绿幽幽一片，只不过声音大了许多，好像已经离得不远。

　　曲丽丽停下脚步，紧紧地躲在大聪后面，说："要不你先到前面看下吧！"大聪不觉好笑，没好气地说道："你怕，我就不怕啊？再说了，这通道里分开了想再遇上恐怕就难了。"

　　不过经曲丽丽这么一说，大聪忽然想到一个主意，小声说："要不让我的飞天鸟飞到前面侦察一下？"

　　"那最好不过！"曲丽丽来了精神。

　　大聪从口袋里拿出飞天鸟，启动开关，飞天鸟原来扁小的身体像吹了气一样变得与鸽子差不多大。调整好方向，它扇动翅膀朝着里面的通道飞去。曲丽丽惊讶地看着飞天鸟，好奇地问："你爸爸研制的智能飞天鸟好先进啊！"

　　"那是当然，你可别小看它，刚才多亏它，将我们吊在空中逃过那些长脸怪人的追捕。"大聪自豪道。

　　"它飞起来会有这么大的力量？"

　　大聪马上点了点头，"那是当然了！它能够吊起足足200千克的东西。"

　　曲丽丽惊讶地看着远去的飞天鸟，觉得不可思议

极了!

　　飞天鸟在前面的通道转了个弯进入里面，开始还能听到它扇动翅膀的嗡嗡声，但是很快就被那个哧哧声淹没了。

第十三章　被放逐的 ㄨ星人

　　大聪急忙追了进去，曲丽丽也紧随其后。不一会儿，飞天鸟从里面飞了出来，大聪不觉奇怪，这么快就侦察到什么了？伸开手，飞天鸟停在了他的手掌上。

　　大聪问它发现了什么，飞天鸟叽喳地叫得起劲，还不时扇动翅膀。大聪又问了一次飞天鸟，飞天鸟还是那模样。

　　"它在说什么？里面有没有危险？"曲丽丽连忙问。

　　大聪皱了下眉，"我也不知道，看来我们只能自己进去探个究竟了。"说着他按下飞天鸟的关闭开关，飞天鸟又恢复了扁小的模样，大聪把它放进布袋里，往前走去。

　　曲丽丽埋怨着："我看这飞天鸟不过如此，刚才的侦查简直是白费劲。你爸爸应该在它的身体前面安装一个摄像仪，这样就可以录下侦察到的画面了。"

　　大聪一边走着一边回应说："你这个建议好，下次改进时就在它的头部安装一个摄像仪。"

　　曲丽丽犹豫了一下，硬着头皮跟了上去。

　　渐渐地，那哧哧的声音越来越响，仿佛就在面前。

　　大聪放慢了脚步。前面通道有个转弯处，他紧贴着通道，小心地朝前移动着，曲丽丽跟在后面，紧张地看着他。突然，一道巨大的喘息声响起，而且夹带喷出一道气流，借着绿幽幽的光线看去，眼前有一只庞大的怪物，瞪着螺旋眼，怪物的头很大，头上有根长触角，兔唇嘴，嘴角有尖尖的毛刺。

　　这不是大头怪兽吗？

　　两人吓得全身哆嗦，愣在了原地，想跑也跑不动了。

　　过了一会儿，没见这大头怪兽来抓自己，两人慢慢地冷静下来，发现眼前的大头怪兽要比外面的大头怪兽体形小些，现在它坐在地上，半靠着通道壁，张着嘴大口喘着气，显得非常虚弱。

　　这是怎么回事啊！它为什么会在这里？两人定了定神，抬头又看见前面也有好几只大头怪兽。大聪大大地松了口气，朝前走去。看来这些大头怪兽和外面的不同，它们一点也不凶狠，像是被遗弃在这里的。曲丽丽边走边看着它们，轻轻地摸着它们的头，发现它们体温挺高。这时前面的大聪叫曲丽丽，曲丽丽连忙跑了过去，看见地上竟然还躺着一个长脸怪人，长须盖着脸，喘着粗气，看上去也显得非常虚弱。

　　前面也有几个长脸怪人躺在那里，有几个好像还在动，有几个则一动不动。他们为什么会在这里？和外面的长脸怪人又是什么关系呢？曲丽丽充满了好奇，忍不住弯腰问："你们是谁？怎么会在这里？看你们的模样，好像很虚弱。"

　　这时，面前的长脸怪人努力地用前腿撑起自己的身体，睁大吊眼，断断续续地说："我们……和外面的人……曾经是一族的！只因反对……他们的星球改造计划，就被放逐到这潘牵阿堀迷宫里！"

原来他们是这个 X 星球统治者的反对派！看来，潘牵阿堀迷宫是流放敌人的最佳场所，到了这里只能被困死！大聪和曲丽丽相互看了看，忍不住全身打了个寒战，外面那些长脸怪人对待反对派也是够狠的。

"难道这座迷宫就没有一条出路吗？"大聪问。那个长脸怪人轻微地叹了口气，闭上了眼睛。他看上去衰老颓废，但体形比外面那个长脸怪人头目还要大。

"你们进入这迷宫有多长时间了？"曲丽丽问。那边躺着的大头怪兽挺起庞大的身躯，微张兔唇嘴，发出长长的哼哈的声音，不知是激动还是想要表达什么，坚持了一会儿又重重地靠在通道壁上。后面一个长脸怪人说："我们在这里已经有二十个自然周期了！"

"这是多长时间啊？"曲丽丽好奇地问。大聪沉默着，凭着自己对天文学知识的了解，这自然周期应该是这个 X 星球自转一圈的时间，按照地球的说法，应该就是天！照此推算，它们在里面已待了二十天。

大聪将自己的推测说了一下。

"天啊！它们在这座迷宫里待了二十天都找不到出口，看来我们只能困死在这里了。"曲丽丽说着不由得抽泣起来。

这下大聪也伤心了，连他们都走不出这座迷宫，凭自己和曲丽丽又怎么能够出得去？

伤心好像能传染，有几个长脸怪人见大聪两人悲伤地呜咽着，也发出呜呜的声音。这时，一个长脸怪人好奇地问他们怎么会来到迷宫，曲丽丽一边哭泣着一边讲是如何被长脸怪人头目追赶到这里的。

那个长脸怪人叹了口气，"看来他们是着急要阻止自身的退化，不过太急于求成和太相信借助外面的力量了！其实他们完全可以采集我们星球上海底的一种泥土，配上宇宙强射线来促进自身进化，何必要用仿制基因这种方法呢！"

另一个长脸怪人马上轻声说："毕竟那种方法效果太慢，直接仿制基因可以迅速解决我们身体退化的问题，只是不知道怎么会找到银河系的地球人。"

"好像是发现了他们探测宇宙的飞行器，通过探测器上的线索找到了银河系的地球生物。"

知识点

空间探测器：又称深空探测器或宇宙探测器，是人类用于对远方天体和空间进行探测的无人航天器，是目前人类开展空间探测的主要工具。空间探测器进入太空后飞近月球或行星进行近距离观测，或围绕行星的轨道进行长期观测，或着陆进行实地考察，或采集样品进行研究分析。

现在大聪两人顾不上探讨这个问题，关键是怎么从这座迷宫里走出去。两人看着绿幽幽的通道，怎么办？这些虚弱的长脸怪人和大头怪兽都静静地待在这里，他们能够坚持二十天，自己恐怕连两天都坚持不住。

想到这些，曲丽丽忍不住哭起来，越哭越响，哭声在通道里回荡。

"你还越哭越起劲了，别哭了，哭得让人更心烦了。就算困在这里，我们也要振作些。"大聪扬了扬胖脸，虽然头发杂乱，额头上有污痕，但是眼神透着坚定。

突然，有个长脸怪人叹了口气，"要想从这里走出去，办法倒是有一个！"

"有办法能够从这里出去？"曲丽丽一下停止了哭泣，大声问。

那个长脸怪人点了下头，但马上又支吾起来："不过这个办法非常冒险，而且需要等待一个时机！"

哪怕是非常冒险，也是一个机会啊！大聪连忙问："到底是什么办法？"

长脸怪人深深地叹了口气，"我们的 X 星球曾经是一颗流浪的星球，后来被后荧星俘获，但是这后荧星已处于演化末期，产生的引力十分不稳定，使得我们星球的运行会出现周期性变轨，时而远离后荧星，时而又会靠近，而这变轨过程有着强大的扭曲力，会在星球两极引发震波。"

长脸怪人停顿了一下，深吸口气继续说："我们现在位于右极，变轨时会受到强烈震波的袭击，到时大地震动，这座潘牵阿堀迷宫也会裂开一个大口子，那时自然就能出去了！"

第十四章　神奇的生命液

　　毕竟是高等级文明世界的生物，对天体知识非常清楚。大聪不由得感叹起来。

　　曲丽丽有些不相信，皱着眉问："你们说的可是真的？如果是真的，那下次的变轨又会在什么时候出现？"

　　另一个长脸怪人接过话："我们已经测算过了，星球马上就要出现一次变轨！"

　　"那太好了！"曲丽丽开心地叫了起来。大聪没有说话，他知道这个天体时间相对常规时间也是漫长的。

　　"还有三十个自然周期！"

　　三十个自然周期不就是三十天吗？曲丽丽马上没有了刚才的兴奋劲，张大嘴半天没有合拢。在这里等上三十天，那岂不是早就困死在这里了？这是什么破办法？看了看眼前那些瘫倒在地的长脸怪人和大头怪兽，不要说过三十天，三天之后可能自己就会和他们一样了。曲丽丽再次陷入绝望，一屁股坐在地上，两手捂着脸抽泣起来。

　　大聪也感到很绝望，歪坐在地上。

　　"你们别伤心了，让我来帮你们吧！"不远处有个年长的长脸怪人动了动躺着的身体，用前腿撩开长发说。

　　两人吃惊地看着他。

　　"在这三十个自然周期内，你们可以用我身上的生命液补充你们的能量！"

　　这时其他长脸怪人叫喊起来："大辈叔，这样的话，你可就坚持不到迷宫开启的那一刻了！"那个长脸怪人叹了口气，"我已经老了，活得久一点儿也没有什么意思，还不如帮助他们，毕竟他们都还年轻啊！"说着挣扎起身对大聪和曲丽丽说，"你们过来吧！我现在就把我的生命液给你们！"

　　大聪和曲丽丽相互看了看，起身慢慢地走到了那年老的长脸怪人身边。长脸怪人看着他俩，撩开长发，突然张开了满是卷胡的嘴，从里面吐出两大团黏糊糊的东西到张开的前爪子上，递了过去，"你们就把这个吞下去吧！"

　　曲丽丽紧紧地皱起了眉，拿起一团看了看，这不是他的口水吗？真是太恶心了！大聪也感到有些为难，不过他还是鼓起勇气，左手捏着鼻子，右手抓起一团，慢慢地放在嘴边。一股浓浓的腥味冲入了鼻中，大聪忙将这团东西拿远了，咳嗽了几下，紧皱双眉张大嘴看着这团东西。正当他犹豫时，那个年老的长脸怪人猛地伸过前爪，将大聪的右手推向他的嘴边，大聪没有防备，手中的东西一下滑进了嘴里，被他吞了下去。

　　"别觉得这东西难闻，这可是好东西啊！"年老的长脸怪人轻轻地说着。他回过头又看着曲丽丽，曲丽丽

一个哆嗦，立即用手抓起那团东西，闭着眼睛，飞快地塞进嘴里。

奇怪的是，吞下后，两人先是不住地恶心，接着便是神清气爽，全身充满力量。"你们有了我的生命液，挺过三十个自然周期应该不成问题。"那个年老的长脸怪人说着，全身开始慢慢地萎缩。

其他长脸怪人见了大声哭叫起来，再看那个年老的长脸怪人，躺在地上一动也不动了。曲丽丽和大聪也忍不住哭泣起来，毕竟年老的长脸怪人为了给他们生命液而死。通道里顿时充满了阵阵哭泣声，长脸怪人和大头怪兽都沉浸在悲痛中。

突然，通道一阵晃动，大家都停止了哭泣，抬头看着四周。通道晃动了几分钟后，又安静下来。一个长脸怪人说："看来这是星球变轨的前兆，以后晃动会越来越频繁！"那些长脸怪人此时收起悲伤，又静静地躺了下来。

大聪和曲丽丽知道，他们这是在养精蓄锐。两人找了处空地坐了下来，感到非常劳累，阵阵困意袭来，他们靠着通道壁睡去……

也不知过了多长时间，大聪模模糊糊地感到身体一阵晃动，慢慢地睁开眼一看，自己还在通道里。不远处曲丽丽靠着通道壁还在昏睡，大聪连忙过去摇醒了她。

"你们醒过来了！"一个长脸怪人轻轻地说。

"我们睡了多长时间？"曲丽丽站起身，伸着懒腰问。

长脸怪人喘着气轻声说："你们睡了二十六个自然周期。"

"我们睡了这么长的时间啊？"两人惊讶不已。在这二十六个自然周期内，竟然可以不吃不喝，真是太神奇了，肯定是吞食了那个长脸怪人的生命液的缘故，两人不由得对他充满了感激之情。

通道里一阵晃动，震落下许多灰尘。

眼前的长脸怪人说："离星球变轨时间越来越近了，震动也频繁起来。"说着他大口喘了下气，接着提醒说，"你们从现在开始可以准备起来，要知道星球变轨产生的震波持续时间非常短暂，也就是说，迷宫到时露出的口子不过一眨眼时间！"

"这么短啊？怎么来得及出去啊？"曲丽丽叫了起来，大聪也满脸失望。

"迷宫露出的口子极有可能在通道的顶上，需要从上面飞出去！"那个长脸怪人继续说。曲丽丽看着大聪，深深地绝望，"看来我们白高兴了！"

"这个办法本来就充满了冒险和挑战性，坦白说，我们也都在等这个机会，可是那道出口不知会有多大，加上时间短，逃出去的机会也只有千分之一。"

曲丽丽听了呆若木鸡，这个办法不等于死路一条吗？

大聪皱紧了眉头，安慰曲丽丽说："无论如何我们要试上一试。"

"怎么试？出口在通道顶上，时间又短。"

大聪愣了一会儿，忽然想到了什么，"我倒有一个办法！"说着他从布袋里拿出了飞天鸟，启动开关。飞天鸟恢复到鸽子体形，扇动起翅膀飞到空中，靠近了通道顶。

大聪朝飞天鸟大喊："你就这样飞着！"飞天鸟似乎听懂了大聪的话，不断地绕着圈盘旋。

"这只飞天鸟能一直坚持这样飞？"曲丽丽疑惑地问。

"我爸爸说过，这家伙能保持七十二小时的原地飞行，而且会一直保持着强劲的力量，能够随时带着人飞起来！"大聪说。

"可是只有七十二小时！按照这些长脸怪人的推算，我们离星球变轨还有四个自然周期的时间，七十二小时不够啊！"曲丽丽着急地说。

"感觉这里的自然周期不到我们地球一天的时间，好像要短一些。"大聪挠了挠头皱着眉说。

"那是你的感觉！"

"我的感觉一向很准，相信我吧！"大聪自信地说。

曲丽丽还是有些担心，皱着眉，绷着脸，原地转着圈，嘴里念叨着："还有四个自然周期！不知到时能不能出去，希望老天助我们一臂之力。"

大聪没有理她，而是坐在地上休息。通道里绿幽幽一片，那些长脸怪人半躺着，有的闭着眼，有的睁着吊眼呆呆地看着顶上，似乎在等待那条裂缝出现。

"别转了，像个陀螺似的！省些力，现在养足精神，到时才有力气逃出去！"大聪有气无力地说。

曲丽丽顿时安静下来，慢慢地坐在地上，向后靠在通道壁上。

第十五章　逃离潘牟阿堀迷宫

　　四周一片安静，两人开始闭目养神。忽然，通道一阵剧烈的震动，强度比以前都要大，两人一下惊醒过来，站起身。通道顶上灰尘纷纷掉落下来，看来星球要变轨了。

　　大聪和曲丽丽兴奋地抬头看着头顶，飞天鸟还在盘旋，大聪准备从布袋里拿出魔力绳甩上去。

　　"你们别费力气了，这只是星球变轨前的一次前期运动！"一个长脸怪人提醒。

　　果然，通道渐渐平稳下来。

　　大聪和曲丽丽有点失望，两人拍拍胳膊，甩甩腿，坐下来闭上眼，又迷迷糊糊地睡过去。但很快他们被长脸怪人们吵醒了，他们骚动起来，看来关键时刻要来临了。两人站起身，紧张地看着四周，渐渐地，通道晃动越来越频繁，每次晃动的时间越来越长，而且通道外面不断响起轰隆隆的声音，通道里绿幽幽的光线也一闪一闪的。

　　有几个长脸怪人挣扎着站起来了。这时一阵非常剧烈的晃动像水面的波纹一样从一边传过来。通道倾斜了，

长脸怪人朝着一边滑去，通道的顶部露出了一道细小的亮缝。

"快点儿，震波来了！"曲丽丽激动地喊。

大聪飞快地从布袋里拿出魔力绳，将一头朝飞天鸟甩去，飞天鸟张嘴接住。通道还在剧烈地晃动，头顶上的光越来越亮，缝隙也越来越大。大聪将绳子的另一端向曲丽丽甩去，大声朝曲丽丽喊："快抓住绳子。"就在这时，通道一晃，曲丽丽朝一边踉跄了几步，竟然没有抓住绳子。

震动越来越剧烈，外面轰隆隆的声音变得更响，整个通道都在晃动，从上面掉落下不少碎块。

大聪看见刚才还病恹恹的长脸怪人竟然非常精神，争先恐后地跳跃着朝那个缝隙里钻。大聪左手抓住魔力绳，几步跨到曲丽丽身边，右手一把抓住曲丽丽的左胳膊，抬头大喊："飞天鸟快飞出那道缝去！"曲丽丽感觉自己的身子腾空而起，赶紧用右手抓住大聪的胳膊，飞快地从那道缝隙穿过。曲丽丽只觉眼前一亮，瞥了身下一眼，只有两个瘦小的长脸怪人跳出了缝隙，大多数长脸怪人都被缝隙卡住了，通道缝隙在迅速地合拢，不少长脸怪人掉回了通道。

"轰——"一道雷一样的震天响声传来，震得两人耳朵一片嗡嗡声，然后两人失去了意识……

不知过了多久，曲丽丽慢慢苏醒过来，摇了摇头，爬起来，好奇地望着四周。此时，她正站在一处高高的平台上，四周景色尽收眼底：前面是缓缓流淌的乳白色大海，头顶是绿色纯净的天空，空中挂着菱形的大火球，它射出的紫色光线照在身上暖洋洋的。

沿着海岸绵延着一片五颜六色、叶子悬空的树林，树林外是一片黑紫色荒芜的空旷地。

这是哪里啊？应该是出了潘牵阿堀迷宫！曲丽丽开心地大叫起来，但马上她反应过来，大王虫呢？这个平台不大，像是一块大石头，只有篮球场大小。正当曲丽丽大声喊叫大王虫并四下寻找时，她看到了那只飞天鸟，它躺在前面的一个低洼处。曲丽丽连忙跑了过去，果然大聪缩在那个凹地里，上衣卷到了头上，短裤也破了几个洞，身上缠着魔力绳。

曲丽丽连忙上前摇着他，大聪慢慢地睁开眼，一下坐了起来，扯开魔力绳，拉下上衣，惊叫："曲木兰，我们这是在哪里啊？我们出了迷宫吗？"

曲丽丽不断地点头，开心地应着："是的，我们出了潘牵阿堀迷宫！"两人欢呼起来，终于出来了！

"曲木兰，我们这是在哪里啊？"大聪好奇地环顾四周。

"我感觉好像是在城堡顶部的某个地方，之前被长脸怪人带上城堡时看到过同样的风景！"

大聪仔细地看了看四周，看到下面不远处有一处空旷平台，正是长脸怪人第一次带他上城堡的地方。

"米小鼠还被他们关着呢！我们去救他吧！"

曲丽丽点了点头，马上皱着眉说："可我们怎么救他？都不知道他被关在哪里！"

大聪沉思了一下，"我想也就那么几处地方吧？"说着，他看到了前面地上的飞天鸟，连忙上前捡起来，启动开关，飞天鸟眼睛一下亮了，看来没有损坏。大聪将它朝

空中抛去，飞天鸟立即飞了起来，张着尖嘴发出叽叽声。

大聪又将魔力绳扔给了飞天鸟，飞天鸟立刻用嘴叼住。

飞天鸟迅速飞高了，大聪一把抓住了魔力绳，"曲木兰，快上来啊！"曲丽丽犹豫了一下，但还是抓住了魔力绳。飞天鸟带着两人朝前面飞去，飞出了这个小平台，又沿着城堡的墙往下飞，直到飞到了一个衣柜大小的洞口，飞天鸟才放慢了速度，然后它又带着大聪和曲丽丽朝洞里面飞去。

洞里面是一条长长的正方形通道，黑漆漆一片。两人放开魔力绳，马上有了亮光，原来是曲丽丽手里抓着光。她举手照着前面，大聪收起了魔力绳，两人小心地往前走着，飞天鸟在他们头顶飞着。

沿着通道走了一段时间，前面越来越亮，两人惊讶地发现前面有一个出口。两人轻轻地走到出口前，大聪示意曲丽丽不要动，自己则偷偷地伸出头朝里面看去。左侧是一道幕布，这好像是他们之前吃东西看表演的那个大厅。

大聪指挥飞天鸟飞过幕布，很快飞天鸟又飞了回来，停在大聪的手掌上。大聪看着它的眼睛，轻轻地对曲丽丽说："米小鼠他们在里面！"

曲丽丽惊奇地问："你怎么知道？"

"这飞天鸟的眼睛有录制 1 分钟视频的功能！我从它的眼睛里看到了，米贵他们在大厅里。"

曲丽丽忍不住惊叹，"这智能飞天鸟真是太厉害了！可是为什么在迷宫里的时候不能提取它眼睛的图像？"

大聪解释道："迷宫里一片绿色，它的眼睛看不清画

面，如果安装了摄像仪，带有红外热成像技术，就能拍摄到比较清晰的画面了。"

曲丽丽点了点头，"原来如此！"

大聪收起智能飞天鸟，"可是我们怎么去救他呢？里面还有一个长脸怪人和几只大头怪兽呢。"

"要不这样，你先引开他们，我去里面救他！"曲丽丽说。

> 知识点
>
> 红外热成像仪：一种利用红外热成像技术，通过对目标物的红外辐射探测，以信号处理、光电转换等手段，将目标物温度分布的图像转变为可视图像的设备。

这是个好办法！大聪点了点头，整理下衣服大摇大摆地从幕布后面走了出去。那个长脸怪人和那几只大头怪兽看见大聪走来，睁大眼看呆了，马上长脸怪人喊："快抓住他！"几只大头怪兽反应过来，朝着大聪冲去，大聪见状直接向大厅门口跑去。

曲丽丽跑进了大厅，只见靠墙站着一排被绳子捆住手脚的人，全部是和自己差不多年龄的学生。他们看见曲丽丽，纷纷大叫："同学，快救我们啊！"

曲丽丽回道："别急，我会救你们的。"

米贵见是曲丽丽，也大叫起来："曲木兰，你怎么来了？大王虫刚才进来，又跑出去啦！"

第十六章　米贵获救

　　曲丽丽径直来到米贵面前，拉了拉捆绑他的绳子，绳子和笔一样粗，非常结实。曲丽丽用了各种办法，那绳子就是解不开。

　　"米小鼠，怎么办？这绳子怎么解开啊？"

　　大家相互看了看沉默着。

　　曲丽丽挠了挠头，皱眉说："早知道让大王虫进来解救你们了。"正说着她看到手上的亮光闪过，便摊出手掌看着那道光圈，它变得微弱了些。

　　"你们这里谁有放大镜之类的东西啊？"曲丽丽问。

　　"我的口袋里有一个，正好昨天晚上躲在被窝里看书，随手放在了口袋里！"不远处有位瘦小的男生怯怯地说。

　　曲丽丽连忙走过去，从他的口袋里拿出放大镜，回到米贵面前。她让手上的光透过放大镜照射米贵手上的绳子，光有些弱，聚焦的温度不高。

　　"快点儿，他们要回来了。"米贵催着。

那个瘦小的男生大叫着："这是我的放大镜，先帮我解绳子啊！"

"别吵！"曲丽丽用手上的光照着绳子，好像冒烟了，继续照了一会儿，"啪——"绳了终于断了。曲丽丽又用光将米贵脚上的绳子烧断了。

"自由了，我们快走。"米贵推了下眼镜，跺了跺脚，利索地整理了下衣服。

"我还要救他们呢！"曲丽丽一边说着一边跑到那个瘦小的男生面前，让光透过放大镜照射他手上的绳子。

在燃断最后一个人的绳子后，外面传来响声，地面一阵震动。

不好！那些长脸怪人和大头怪兽回来了。还

> ## 知识点
>
> 聚焦取火：利用凸透镜集光的功能，让太阳照射凸透镜，在凸透镜焦点部位的光就会特别强烈，能够点着火。

没有来得及逃走的人紧张地相互看着，曲丽丽和米贵也愣在了那里。

先进来的是大聪，他气喘吁吁，跑得满头是汗，然后长脸怪人也快步跟了进来，长发甩动；在他的后面，几只大头怪兽呼呼地喘着粗气，吐着长舌头，大头朝前拱着，大尖角不停地晃动。

他们看见大厅里的一幕，一下愣住了。突然，米贵大喊一声："曲木兰、大王虫，快点跑啊！"曲丽丽这才反应过来，挥手叫那些人快跑。

　　长脸怪人和大头怪兽知道刚才上了当，他们放弃了追赶大聪，赶紧冲过来抓米贵他们。

　　大聪跑到米贵跟前，"你们没有把我丢下，还算有良心！"米贵咧着嘴开心地说。

　　"别贫了，快逃吧！"大聪皱着眉催促着。

　　这时，其他人已经各自分散逃向门口，大聪三人也迅速朝那门口跑出去。

　　"你们三个人想逃出去？哈哈！可没有那么容易。"先前那个长脸怪人头目怪叫着出现在门口，拦在了他们前面，在他身后还有长脸怪人、狗精灵和机器人。

　　"你们的确不简单，能够从潘牵阿堀迷宫里逃出来！智商确实高啊，看来我们没有选错仿制基因的对象。"接着他转身对身后的机器人说，"抓住这三个人，仿制出他们的一些基因，他们可是人类中绝对高智商的。"那些机器人机械地点着头。

　　三人听了，身体不由得一阵哆嗦。大聪想转身往里跑，这时他看到米贵朝曲丽丽看了看，两人点了点头。

　　不知他们两人在搞什么鬼——正当大聪暗自猜测时，米贵走上前举着手："今天肯定是逃不出去了，我们现在投降。"曲丽丽甩了下短发，也举起手走上前。大聪看了看他们两人，迟疑着举手上前。

　　长脸怪人头目看到这场景不由得愣了一下，接着挥下手，几个机器人走了过来，将三人押在前面，出了门口拐进右侧一条通道，几只狗精灵飞到他们头顶，紧紧地盯着他们。

"你们这是搞的什么鬼？也不先和我说一下。"大聪悄悄地问他们。曲丽丽将自己的想法告诉了他，原来他们想先假投降，然后再想办法逃出去。大聪一下瞪大了眼："这能行吗？如果没有逃出去不就完了？"米贵回答："不这么办，还能有什么好办法？"

这是一条长长的通道，三人走在前面，几个机器人举手跟在后面，三人知道这些机器人的手就是武器。在机器人后面几个长脸怪人嘀咕着，说着他们这个星球的语言，不知说些什么。一路上，通道曲曲折折，忽高忽低，两边墙壁上时而五颜六色，时而有些简单的线条画，时而又有一些符号，还有斑斑的印迹，看来这里应该是这些长脸怪人经常聚集活动的地方。

走过一段宽阔的通道，又走了几步，拐进一个弯道，几缕紫色的光射进来，通道尽头应该有出口。

大聪朝着米贵和曲丽丽眨了眨眼，米贵小声问："你想干什么？"曲丽丽疑惑地看着他们俩。大聪斜着眼，"等下看我。"米贵还想继续追问，后面的长脸怪人头目喝道："闭上嘴，不要出声！"

再向前走了一段路，果然看到一个出口，更像是一个窗口。一行人渐渐地离那个出口越来越近，大聪突然大叫一声朝那个出口冲了过去。"砰——"他立即被弹了回来，狠狠地摔在地上。

身后的一个长脸怪人顿时哈哈大笑起来，他慢悠悠地踱着两条后腿走到大聪跟前，"你想撞开这上面的隔气膜？要知道这层膜能承受十几个我们的重量。"说着抬起

长脸又取笑道，"其实你根本不必弄破这膜，只要打开它不就行了？真是愚蠢极了！"

"那怎么才能打开这层膜？"米贵故意问道。

"很简单啊！只要在四边狠狠地划就好了！"那长脸怪人用前腿上的一个爪子沿着出口的四边划了一圈，顿时那隔气膜被吸出了出口外，一阵大风吹来，同时射进来的还有强烈的紫色光线。

大聪朝着米贵和曲丽丽点了下头，大叫一声再次朝那个出口扑了过去。

第十七章　艰难地逃过追击

长脸怪人头目看呆了，立即冲到了出口边朝外看去，只见飞天鸟正用一对爪子抓着大聪的衣领飞翔。趁长脸怪人们发愣之际，米贵捡起大聪跳出去之前扔在地上的刺猬球，戳了一下，刺猬球迅速膨胀开来，他拉着曲丽丽钻了进去。两人一起跳了一下，刺猬球弹起擦着长脸怪人头目朝出口外弹去。长脸怪人头目连忙用前腿去抓，却没有抓住。他大喝一声，愤怒地转过身朝那个长脸怪人大骂："真是个退化到零智商的蠢蛋！你这样做，不是让他们逃跑了？"

那些狗精灵立即从出口纷纷地飞了出去，这次机器人也参与了追捕，喷出火焰紧随其后。长脸怪人头目从身上抽出一条长毯，朝着出口外甩去。长毯飞在空中，几个长脸怪人也跳了下去，落在那条飞毯上。

长脸怪人、狗精灵和机器人一起朝着大聪三人追去。

"好像天兵天将啊！"米贵透过刺猬球看着追兵。

"他们快要追上我们了！"大聪跟着喊。

"他们在朝我们开枪！"米贵大叫着。

"啪——"刺猬球震动了一下，"刺猬球好像被射中了！"曲丽丽紧张地喊着。

大聪朝头顶看去，只见飞毯上的那些长脸怪人正抬起前腿，用枪对着这里，他们的枪射击时没有任何声音和火光。

突然，飞天鸟左翅冒出了烟，同时发出叽叽的叫声左摇右摆。大聪大声惊叫，朝下望去，雾茫茫一片，根本看不清地面。

那些狗精灵飞得越来越近了，它们伸出长长的爪子，露出尖尖的牙齿，靠近刺猬球就用力跳了上去。

米贵和曲丽丽叫了起来。

那些狗精灵不断地啃咬，刺猬球的外壳很快被啃出几个洞来。

大聪感到脚上一阵火辣辣的，低头一看，天啊！自己的短裤边冒烟了，看来被它们的枪射中了。飞天鸟明显已力不从心，张合着尖嘴发出叽叽声，一对翅膀扇动得极不平衡，向前飞几米然后下落几米。

大聪感觉身体正向下降落，抬头看向上面，那飞毯正晃悠着朝自己飞来。

那些狗精灵还在啃咬刺猬球，米贵和曲丽丽惊叫着，用手不断地敲打刺猬球的内层壁驱赶着。大聪朝身下大喊："米小鼠，你还有没有其他宝贝啊？"

米贵大叫着："不是还有一把左轮射线手枪吗？"

大聪从布袋里赶紧摸出来，这支枪由两根手指粗的长

管叉开连接在一起，呈莹白色，其中一根短管上有个小轮子——原来这是一把射线手枪。大聪连忙问怎么用。

米贵告诉他一手握着长管，用另一手不断地旋转小轮子，小轮子通过旋转发热触发里面的装置，枪管变红后可以射出一道达几百摄氏度的红光。

大聪使劲地旋转着小轮子，可是转了半天，手枪却没有反应。

米贵见了在刺猬球内大喊："你要用力啊！加快旋转的速度，才会发出红光。"

大聪加快了旋转速度，果然枪管慢慢地变红了。

"好家伙！"大聪高兴地叫着，马上对准刺猬球上的那些狗精灵，一道红光射去，一只狗精灵惨叫一声，跌下刺猬球。

大聪接着又旋转小轮了，朝其他几只狗精灵射击，它们惨叫着纷纷跌下刺猬球。

这时，一个机器人喷着火焰飞近了，它伸长了机械手臂来抓大聪……

长脸怪人头目踏着飞毯越飞越近，抬起前腿端着长枪对准飞天鸟和刺猬球，大喊着射击。飞毯上其他长脸怪人也纷纷端起了枪，看不见火光，只不到声音，只感觉飞天鸟、刺猬球都受到了冲击，不断地震动着，渐渐地飞天鸟上又冒出了滚滚浓烟。

飞天鸟发着叽叽声，眼睛一闪一灭，身体摇摆不定，一只翅膀已经停止扇动，它坚持了一会儿，突然径直下落。大聪紧紧地拉住飞天鸟大叫，身子也急速下坠。

与此同时，刺猬球也伤痕累累，失去了强大的浮力，原来白色的表面变成焦黑一片，直往下掉去。

完了，要摔死在这里了！三人下降的速度越来越快，好像有股强大的力在使劲地往下拉扯着，渐渐地，他们昏了过去……

不知什么时候，大聪醒了过来。他慢慢地睁开眼睛，绿色天空飘着几缕黄云，菱形后荧星发着紫色光线，气温不冷不热，让人十分舒适。大聪四下打量，发现自己周围的地面乌黑一片，有着不少坑坑洼洼，身边有棵树干五颜六色的参天大树，树枝全部隔空长着，茂密的红褐色树叶被风吹得哗哗响，不少树叶离开树枝在空中飘浮着。

大聪看到地下铺满了断枝残叶，树上也有不少树枝被折断了，看来掉下来的时候，他正好落在这棵大树上，压断了树枝，所以才没有受伤。眼前高耸的山峰有垂直光滑的峭壁，抬头沿着山壁朝上看去，根本看不到顶，只见茫茫一片，那座城堡应该就建造在这个山顶上。

米贵和曲丽丽呢？大聪环顾四周寻找起来。在不远处他看到了左轮射线手枪，连忙上前捡起收起放进布袋里。在树下的一处角落里，米贵半躺在刺猬球上，刺猬球焦黑一片，瘪瘪地贴在一起。曲丽丽则躺在不远处。两人脸上都有黑黑的污痕，身上的衣服皱巴巴的。

大聪连忙上前大声叫着他们，两人慢慢地睁开了眼睛。还好，他们没事！

"我们这是在哪里啊？"米贵坐了起来，眯眼看着四周，接着捡起落在一边的眼镜戴上。"我们从上面摔下来

都没有事，真是太幸运了。"

"多亏这棵树。"大聪指着身边那棵大树说。曲丽丽也反应过来，看了看身边，"那些长脸怪人呢？竟然被我们甩掉了？"

是啊！他们怎么没有追过来？按照他们的飞行速度应该可以轻松地飞到这里。大聪和米贵朝远处看去，除了一片焦黑的土地和一棵棵树，什么都没有，四周静悄悄的。

第十八章　哈兹鸟和哈吧虫

"我们现在该怎么办啊？"曲丽丽问。

大聪挠了挠头，皱着眉，"我也不知道该怎么办！我们跑吧，又不知道能够跑到哪里去，可是想回地球又不知道怎么回去！"

米贵擦了擦脸，站起来，"我们既然是在梦里迷迷糊糊地来到这里的，那我们睡着了做个回地球的梦不就可以回去了？"

大聪白了他一眼，"怎么可能？我们来到这里是长脸怪人他们使的手段！"

"真不知道那些长脸怪人是利用什么高科技将我们带来这里的！"曲丽丽说。

"不会我们的身体还在地球上，只是梦中的我们来到这里了吧？"米贵惊讶地说。

大聪和曲丽丽异口同声："你想得美！他们要仿制我们的基因，肯定是将我们的身体也带来这里了。"

"我觉得我们的身体应该还在地球上！"米贵摇着头

坚持自己的观点。

"以后会知道的!"大聪说。

这时一阵风吹过,一片黄云遮住了后荧星,天空阴沉下来。

"那些长脸怪人要过来了,我们赶紧找一个地方躲起来吧!"曲丽丽理了下被风吹乱的头发提醒道。

大聪和米贵点了点头。

三人正准备朝前走,米贵突然叫道:"你们有没有听到一些哈哈呼呼声啊?"

"这不是风声吗?"曲丽丽说。

"不是,好像是鸟飞的声音。"米贵推了下眼镜,静静地听了一会儿坚定地说。

大聪和曲丽丽也静静地听着。米贵忽然手指前面大声叫着:"你们快看前面,那些是什么?"两人连忙朝前面看去,透过几棵大树的枝杈,空中有黑压压的一群东西,它们正朝这里快速地飞过来。

"好像飞鸟在追逐那些虫,它们应该不会威胁到我们吧?"曲丽丽睁大眼看着前面说。

大聪仔细看着那些飞鸟和虫,也大叫起来:"那些是哈兹鸟和哈吧虫,我第一次到这个 X 星球时遇到过。"接着他又介绍说雄性虫叫哈虫,没有毒性,雌性虫叫吧虫,有剧毒,而且会喷射毒液。

"什么哈虫、吧虫的?不就是哈巴虫,包括雌雄性全部啊!"米贵总结道。

"那我们快找个地方躲起来吧!"曲丽丽说。

米贵看了看四周，都是平坦的地方，除了一些树，没有什么山丘、茂密的丛林，而那些哈兹鸟和哈吧虫蔓延数十米，这怎么躲啊？

"可惜刺猬球和飞天鸟都已损坏了。"大聪说。

"那怎么办？"曲丽丽紧张地说。

"只要避开那些雌的哈吧虫不就可以了？"米贵说。

"这么多，怎么躲避啊？再说也分不清哪些是雄的，哪些是雌的。"曲丽丽说。

正说着，一群哈吧虫迅速地飞过来。三人看清了，这些虫和蜜蜂一样大小，头偏大，嘴上长着尖刺，眼睛凸出，有点吓人。当哈吧虫飞过一棵大树时，几只哈吧虫朝着树叶喷出一股液体，顿时红褐色的树叶上出现片白沫，树叶颜色变成灰白，慢慢地卷缩，然后从树枝上飘落下来。

"这些是雌性虫！我们快避开它们。"米贵大叫着朝右边跑去。大聪和曲丽丽也跟着他跑过去。

躲开了刚才的哈吧虫群，前面又铺天盖地飞过来一群。三人呆愣住了，这下可是躲不过去了。曲丽丽拉起衣服蹲在地上，手捂住眼睛。米贵瞪着绝望的眼睛，直喊："完了！"大聪也呆立着。

那群哈吧虫迅速从三人头上穿过，发着呼呼的声音，三人屏气凝神，不敢乱动一下。哈吧虫飞远后，大聪长长地出了口气，还好这些哈吧虫是雄性的。

"吓死我了，还好这些雄哈吧虫没有为难我们。"米贵拍着胸口说。

曲丽丽慢慢地站了起来，惊叫着："可是后面还有那

么多的哈吧虫呢！"两人朝远处看了看，整个天空都是哈兹鸟和哈吧虫。

这时身后空中发出扑哧的响动声，三人闻声望去，只见刚飞过去的那群哈吧虫遭到了哈兹鸟的攻击，纷纷成为哈兹鸟的嘴中美味，几只哈兹鸟上弯的尖嘴里还挂着哈吧虫的残肢。

"这些可恶的哈兹鸟！"曲丽丽皱着眉说。

"可是你看那边的哈兹鸟！"米贵指着另一个方向说。两人望去，发现一群哈兹鸟吃了哈吧虫后，纷纷掉落下来，在地上抽搐着。

"这真是一场哈兹鸟和哈吧虫的大战！"大聪感叹地说。

"那些长脸怪人、狗精灵躲在那里呢！"曲丽丽惊叫。大聪和米贵看去，在那棵救了他们的参天大树后面，正躲着长脸怪人和机器人，低空中狗精灵展翅飞着。

"他们聪明着呢，想等我们被哈吧虫袭击受伤后再出手！"米贵说。

"恐怕他们也害怕那些雌性哈吧虫！"曲丽丽弯腰紧靠在身边一棵树上。

大聪皱眉转身看着身后，空中黑压压的一片，怎么才能躲过那些哈吧虫呢？"如果能够穿过这群鸟虫，那些长脸怪人可能就追不上我们了。"大聪连忙将自己的想法说了出来。

"可是怎么穿过去？漫天都是，关键还分辨不清哪些是雌的、哪些是雄的。"米贵蹲在树下说。

　　曲丽丽刚想说话，两只哈兹鸟追啄着一群哈吧虫朝这里飞来，在空中发着哈哈呼呼的刺耳响声。哈兹鸟飞近了，张开尖嘴，伸出长舌来卷那些哈吧虫，看来它们已经判明这些哈吧虫是雄性。眼看要卷住一只哈吧虫了，哈吧虫忽然扇动翅膀一下飞远了，然后虫群分成两队朝两边飞去。

　　一只哈兹鸟连忙扇动翅膀追过去，追上落在后面的几只哈吧虫，正要张开嘴捕捉它们，忽然扇动翅膀朝上飞去。三人看了，吃了一惊，原来这些哈吧虫是雌性，尖刺样的嘴里正喷出一股液体。哈兹鸟灵活地躲闪着，避开了它们的毒液。

　　那只哈兹鸟扇动翅膀飞到了哈吧虫群前上方，然后从上面俯冲下来，张开尖嘴一口叼住了一只哈吧虫，然后又马上飞高了，它嘴中的哈吧虫使劲地挣扎着。其他的哈吧虫见了，连忙朝哈兹鸟飞去，一边飞还一边喷着毒液。

　　哈兹鸟连忙朝高处飞去，还不断地飞着S形，后面追赶的雌性哈吧虫还是被甩掉了。紧接着其他哈兹鸟趁机从后面飞过来，一口叼上一只哈吧虫飞快地飞走了，只不过有几只哈兹鸟飞了一会儿就扑愣着翅膀掉落下去。

　　米贵叹了口气说："这哈兹鸟就是死也要吃这美味。"

　　"看它们更像是仇家，相互攻击。"大聪手扶着树干说。

　　"这雌性的哈吧虫真是勇敢，为保护那些雄性哈吧虫不顾一切与敌人搏斗。"曲丽丽说，语气里显得有些自豪。

　　"这些雌性哈吧虫喷出的毒液，差点儿还把我们给毒了。"米贵不屑地说。

第十九章　遭到哈吧虫攻击

看着大批同伴被啄走，雌性哈吧虫想追但已经来不及了，它们在空中盘旋着，发出刺耳的叫声，听上去有些悲伤。

"不好，这些伤心的哈吧虫朝我们飞来了。"米贵大叫。

大聪和曲丽丽愣了一下，果然黑乎乎的一群哈吧虫在低空盘旋几圈，一头朝这里飞过来。它们飞得很快，米贵拉了下大聪："快跑！"两人刚跑出没几步，只听得后面的哈吧虫发出一阵呼呼的挥翅声。"快趴在地上。"大聪一下拉倒了前面的米贵，两人趴在地上。

头顶一阵呼呼声，那些哈吧虫在飞过时，还朝地面喷出几股毒液。

"好险啊！"米贵说着迅速捡起地上的眼镜戴上，狠狠地责骂，"这些该死的雌性哈吧虫伤心了，竟然来找我们发泄。"

"曲木兰呢？"两人朝后面看去，只见曲丽丽弯腰抱

头缩在树下，躲过了那些哈吧虫的袭击。

"它们很快还会回来。"大聪说。

"那可怎么办？"米贵问。

天空中那些哈吧虫果然转了个圈又朝这里飞过来。

"我有办法。"大聪从布袋里拿出左轮射线手枪，使劲旋转着小轮子，枪管变红了，大聪瞄准前面飞来的哈吧虫，射出一道红光。那只哈吧虫被击中，落在地上。连续射落三只后，枪管变冷了，大聪连忙又旋转小轮子。

"来不及了，快逃！"米贵大声说。

大聪抬头看向天空，那些哈吧虫黑压压的一片，好像从其他地方又汇聚过来一群，空中哈兹鸟变少了，不知是吃够了哈吧虫，还是逃走了。那些哈吧虫发着呼呼的声音，成片地飞过来。米贵已经逃到身边的一处洼地里，抱紧了身体缩在里面。大聪连忙朝着一旁跑去，一群哈吧虫立即围追过来，不时听到后面雌性哈吧虫喷射出毒液发出的哧哧声。

往前猛跑几步后，大聪就地往前一滚，滚进了一棵大树的下面。空中一群哈吧虫从头顶飞过，喷出的毒液落在了树叶上，树叶纷纷掉落下来，大聪连忙用衣服裹住了头。

那些雌性哈吧虫又朝曲丽丽飞去。大聪见情况不妙，朝她大喊："快逃！它们飞来了。"曲丽丽在树下惊慌失措，双手抱着头，身体哆嗦着。

大聪不由得替她着急，他拿出枪，旋转着轮子朝那些雌性哈吧虫射击。可是虫子太多了，根本无济于事，那些

哈吧虫围了过去，边飞边喷射毒液。

"完了，曲木兰要被它们的毒液腐蚀了。"米贵待在原地非常伤心地说。

大聪也无力地垂下了枪口。

两人不忍心再看那边。过了一会儿，听得一阵呼呼声，知道是那些哈吧虫飞远了，两人才壮着胆子朝那边看去，令他们惊喜的是，曲丽丽竟然安然无恙，她慢慢地站起身，朝两人挥着手。

大聪和米贵开心地朝曲丽丽跑去，跑到跟前，仔细看了看她，她的短发上有一片红褐色树叶，苍白的脸上粘着污痕，黄色运动服上有不少黑印迹。

"吓死我了，真是奇迹！"米贵长长地出了口气说。

"也是奇怪，它们怎么就没有攻击你？"大聪皱了下眉。

"可能因为她是女孩子，和它们是同性别，所以没有攻击。"米贵快速地说。

"你们难道希望我被它们攻击？"曲丽丽气呼呼地说。

大聪觉得其中肯定有缘故，不解地问："它们攻击时，你做了什么啊？"

"我能做什么，当时吓得直接抱头缩在树下。"

"你看，这是什么？"米贵忽然大叫，大聪连忙看去，却见曲丽丽的肩膀上有一只哈吧虫。曲丽丽顿时尖叫起来，连忙抖着肩膀，那只哈吧虫被抖落在地上。

三人一惊，这哈吧虫怎么没有动静？米贵仔细看了看："原来是只死虫！"

"看来它们不攻击同伴，哪怕是同伴的尸体。"大聪恍然大悟。

"也就是说，我们只要把这只死哈吧虫带着，那些雌性哈吧虫就不会攻击我们了。"米贵开心地说。

曲丽丽还是有些担心，"这样能行吗？"

"只有一试了，总比在这里被那些哈吧虫毒死要好。"大聪坚定地说，然后捡起了地上那只哈吧虫的尸体放在手掌上。

一群群的哈吧虫在低空盘旋，发出阵阵呼呼的声音。大聪小心地朝前走着，米贵和曲丽丽紧随其后。

一群哈吧虫忽地飞过来了，它们突着眼，伸着尖刺嘴，晃着大脑袋。"哧哧——"有些哈吧虫还喷出一道道液体，看上去有些可怕。

大聪举着手，将手掌里的哈吧虫尸体高高托起，低头往前移着步子。米贵和曲丽丽在后面跟着，紧张得不敢大声喘气。

哈吧虫围了过来，离三人不过两米远，他们甚至能感觉到哈吧虫翅膀扇来的风。三人不敢抬头看，机械地朝前移动着。眼看哈吧虫到了面前，忽然，"呼——"它们一下飞开了，朝其他地方飞去。

米贵抬头开心地叫了起来："看来有效果，我们有救了！"

"别动，我们还没有走出这些虫子群呢！"曲丽丽小心地提醒着。

大聪高举着那只哈吧虫的尸体，加快了脚步。前面

的哈吧虫一看见大聪顿时飞开了。三人走了十几分钟，终于走出了虫子群。悄悄地转身望去，黑压压的哈吧虫群在低空飞舞。

大聪一把扔掉了手中的哈吧虫，长长地叹了口气："总算脱身了，真是累死我了。"说着他一屁股坐在地上。米贵和曲丽丽也坐了下来，不断地喘着气。绿色天空上菱形后荧星好像已经往下移动了不少，风轻轻地吹着，射下来的紫色光不是那么强烈，这里的气温不冷不热，倒是舒服。

"我们还是快走吧，那些长脸怪人也许就要追过来了。"米贵起身说。

"我们现在能够跑到哪里去啊？跑来跑去还是回不到地球上。"曲丽丽叹着气忧伤地说。

"先躲开这些长脸怪人再说！"大聪站起身说。

第二十章　无意透露秘密

　　前面没有泥土的地面坑坑洼洼，黑乎乎一片，稀稀拉拉地长着大大小小的树。三人小心地朝前走去，突然走在前面的米贵蹲下身仔细看着，大声喊着："你们快来看啊！"

　　两人连忙走上前去，只见黑色地面粗糙不平，嵌着大大小小的褐色小点，此外还有不少纽扣大小的浅红色圆壳和残损的圆球。

　　"这些是什么东西啊？嵌在地面上的小点好像是迸射进去的。"曲丽丽蹲下身说。

　　米贵捡起那些浅红色圆壳和残损的圆球，放到眼前仔细看了看："这应该是金属，像是某个东西上的零件。"说着抬起头朝四周看了看，"这里发生过爆炸和大火，你们看，这地面一片焦黑，应该是火烧过之后留下的痕迹！树木稀少而又细小，应该是在发生爆炸后再生长出来的。"

　　大聪和曲丽丽点了点头。

　　"看来这个 X 星球上曾经发生过一场大的战争，应该

是两派长脸怪人之间的争斗，这场战争给 X 星球带来了灾难！"曲丽丽说。

大聪连忙附和，接着和米贵说起自己和曲丽丽逃进了非常复杂的潘牵阿堀迷宫，以及在里面遇到那些反对派长脸怪人，在这些长脸怪人的帮助下几经曲折逃出迷宫的事情。

米贵愣了愣，感叹着说："想不到你们还经历过这样一场艰难的冒险。"

"那是当然！正因为我们逃出了连长脸怪人都觉得可怕的潘牵阿堀迷宫，所以他们觉得我们的智慧高得可怕，更想抓住我们来仿制基因了。"大聪挺直了身体，仰起圆胖的脸说。

米贵不屑一顾，"瞧把你得意的。"

"它们追来了！"突然曲丽丽指着身后的狗精灵叫着。两人朝后看去，果然在后面半空中，三只狗精灵正朝这里飞来。

"这些可恶的狗精灵，大王虫，用左轮射线手枪把它们打下来吧。"米贵狠狠地说。

"不行，这样最多只能打下一只，那样我们就暴露了，还是躲起来吧！"曲丽丽摇头说。

大聪点了点头，看了看四周，不远处有一个大坑，连忙跑了过去，跳进里面，用里面厚厚的树叶将自己埋了起来。米贵和曲丽丽也跟了过去，曲丽丽有点犹豫，米贵不管三七二十一把树叶盖在她身上。

这时，那三只狗精灵已经飞到了三人跟前，在三人的头顶盘旋着，不停抖动翅膀发出呼呼声。地面也传来一阵阵的震动，那些机器人看看停停，慢悠悠地走了过来。不一会儿，几个长脸怪人也走到了跟前。

三人屏气凝神，一动不动紧缩着身体。

一个长脸怪人喝着："你们怎么停下来了？"看来这个长脸怪人是领头的。

空中一只狗精灵飞到他的面前，连续发着呜呀呜呀的尖叫声。身边一个长脸怪人连忙翻译说："狗精灵说，它们刚才看到那三个人在这里消失了，所以正在附近寻找他们。"

那个领头的长脸怪人点了下头，看了看四周，"他们会去哪里？真是奇怪，这么快就消失了！"

有个狗精灵瞪大圆圆的眼睛，呜呀呜呀地发着声。

长脸怪人翻译马上不屑地说："瞧瞧你，还是只精灵呢，怎么这么笨？就算是被哈吧虫毒死了，那地面也总该有尸体吧？"

那只狗精灵不服气地快速发着呜呀呜呀声。

长脸怪人翻译对着领头的长脸怪人说："它说也有可能是毒液溶解了他们的尸体。"

"他们的身体怎么可能被哈吧虫那点毒液轻易地溶解掉！这些地球人狡猾着呢，我们仔细在四周找找。"领头的长脸怪人命令着。

这时，一个长脸怪人走出来，举起前腿说："现在既找不到人，又看不见尸体，会不会他们进入了卡拉卡斯的星系空间虫洞？那虫洞可以穿回到他们的地球。"

领头的长脸怪人一下瞪起吊眼喝道："快给我闭嘴，小心他们在附近听见了！"

"他们听见了也没有用啊！这空间虫洞可是在南边毂鲁极地的最高顶上，他们想去还没那么容易呢！"那个长脸怪人振振有词地辩解。

"瞧你那智商，真是退化得可怕！如果他们听见了，不就可以去那空间虫洞了？别忘记他们手上还有先进的装备！"领头的长脸怪人举起前腿在那个长脸怪人头上狠狠地拍了一下。

> ## 知识点
>
> 虫洞：理论上，虫洞是宇宙中连接两个不同时空的、可能存在的狭窄隧道，这些时空隧道是由星体旋转和引力作用共同造成的。迄今为止，科学家们还没有观察到虫洞存在的证据。

"你们在说什么啊？"这时长脸怪人头目走了过来，他身后跟着许多长脸怪人和大头怪兽。

领头的长脸怪人连忙上前恭敬地说："报告头目，没有找到那几个地球人。"

"继续找！他们不可能走太远。"长脸怪人头目命令着。那些长脸怪人、大头怪兽、机器人和小狗精灵马上分头寻找，渐渐地，他们走远了。

大聪轻声地问："进入他们说的那个空间虫洞就能够回到地球？"

"不知是真的还是假的！"米贵抖落身上的树叶，爬起来说。

"不管真假，我们都要试一试。"曲丽丽也从树叶堆里站了起来，掸去身上的落叶。

大王虫奇幻历险记

"可是我们怎么才能找到那个空间虫洞？"大聪从树叶堆中坐起来。

"按照他们的说法，应该是在南面的什么毂鲁极地山顶上。"米贵扶正了眼镜说。

大聪和曲丽丽相互看了看，疲惫的脸上露出了笑容，看来有希望了。

三人正开心着，突然看见有几只大头怪兽从后面跑过来，它们摇着大头，老远就能清晰地听见它们的喘息声。在大头怪兽后面，几只狗精灵扇动翅膀，在空中呜呀地大叫，好像在发出警示。

"我们快跑！"米贵大喊一声，朝前面跑去。大聪圆胖的身体灵活地跃出了坑，和曲丽丽一起跟在后面。三人飞快地跑着，狗精灵在空中紧紧地追着。大头怪兽笨重的身体踩着地面发出咚咚的声响，引得地面一阵阵震动，它们还张开兔唇嘴不断地吐着长长的猩红舌头。

三人越发紧张起来。"你快点啊！"曲丽丽在身后催着米贵。米贵推了下眼镜，气喘吁吁地说："我跑得够快了，毕竟我只有两条腿啊！"大聪弯腰钻过前面的树枝，"这样跑也不是事儿，肯定要被他们抓住。"

几只狗精灵飞近了，它们挥舞着前肢，露出尖尖的爪子，发着呜呀的尖叫声。

第二十一章　俘虏机器人

"听着就烦！大王虫，快将这些狗精灵射下来！"米贵回头对大聪说。

"我也听着烦。"大聪说着，从布袋里拿出左轮射线手枪，一边跑着一边用左手使劲地旋转着小轮子，手指粗的枪管越来越红。大聪跑到一棵树后面，突然一个转身，透过树杈朝前面的狗精灵射去。一道红光准确地击中了那只狗精灵，它惨叫一声，翅膀扑棱了几下掉落下来。其他狗精灵见了，不敢再往前飞。

一只大头怪兽飞快地冲了过来，裹挟着一阵风，大聪想逃已来不及，大头怪兽冲到他面前，用两只前爪来抓大聪。

身后曲丽丽和米贵大喊着让他快跑，可大聪双腿哆嗦着，根本不听使唤了。大头怪兽一把抓住了大聪的肩膀，将大聪拎了起来，大聪疼得大叫，使劲挣扎着，手中的枪也掉了。

一道红光射中了大头怪兽的螺旋眼，大头怪兽呜啊地一声低吼,爪子一松,大聪掉了下来,原来是米贵捡起了刚才掉落的枪,射中了它。

"我们快跑!"大聪跟着米贵快速逃命。

长脸怪人头目也走过来了,他身后的几个长脸怪人端起枪要射他们,长脸怪人头目连忙伸出前腿阻止:"不要射,我们要抓活的。"于是长脸怪人和大头怪兽继续朝他们三人追去。

三人使劲地朝前面跑着,黑色的地面变得越来越不平,到处坑坑洼洼,三人跑得气喘吁吁,好几次差点崴了脚。

后面的脚步声和叫喊声越来越响。怎么办?三人面面相觑,现在能有什么办法?只能继续逃啊!前面有棵大树,歪歪的树干直耸天空,树枝上悬空长着淡绿色的三角树叶。三人朝着那棵大树跑去,跑近了,发现这棵大树上面还结了不少的大黑果子,沉甸甸的,形状和梨差不多,压得树枝都垂了下来。

"我——跑不动——了,只能——被他们——抓了!"曲丽丽弯腰喘着气,对跑在前面的米贵二人说。

"那——怎么行?不到最后——一刻绝不放弃。诗中不是说了吗,山重水复——疑无路,柳暗花明——又一村,说不定——希望就在——最后一刻!"米贵弯腰站在那棵大果树下,回头望着曲丽丽,张大嘴,边喘气边鼓励她。

大聪站在米贵身边也点头附和。三人正说着,一只大头怪兽飞快地跑近了,它摇着大头,伸出前爪来抓曲丽丽,曲丽丽回头一看,惊恐地闭眼嘀咕着:"还是被

抓了。"

眼见曲丽丽要被抓，大聪手快，摘下身边一个大黑果子对准大头怪兽的嘴巴扔去。米贵也学着大聪朝大头怪兽扔果子。奇怪的是，大头怪兽竟放开了曲丽丽，用前爪抓住了果子。看着果子，它的螺旋眼瞪得大大的，兔唇嘴边不断地流下液体。它伸出猩红的舌头舔了下果子，接着将果子塞进了嘴里，好像还舍不得大口吃，只是小口啃着。

曲丽丽一下呆住了，惊讶地看着那只大头怪兽津津有味地啃着果子。

"快过来啊！"米贵提醒着。曲丽丽马上反应过来，迅速朝大果树跑去。

后面几只大头怪兽跟着追了过来，三人大惊，撒腿朝前快跑，冲到另外一棵大果树的下面。回头看去，却见那几只大头怪兽都在后面的大果树下停了下来，伸出前爪采摘着树上的果实吃起来。

米贵说："趁这些大头怪兽吃果子，我们快溜！"

想不到，大聪却摇了摇头没有动，"我们这样肯定跑不过它们，还有那些长脸怪人和狗精灵，他们马上就会追上我们，还是要想个办法！"

"现在能有什么办法？飞天鸟、刺猬球都坏了，只剩下这支枪了。"米贵看着手中的左轮射线手枪沮丧地说。

曲丽丽也附和："现在除了逃到那个空间虫洞，没有其他好办法。"

大聪没有出声，皱眉沉默着。

很快长脸怪人头目指挥着长脸怪人和机器人追了过来，他见那几只大头怪兽正起劲地吃着果子，忘记了抓人，顿时大怒，狠狠地骂着它们，并指挥着机器人去抓三人。

米贵和曲丽丽催促大聪快跑，大聪还是没有动，忽然指着正在过来的机器人，"既然它们是机器，我就有办法对付它们！"

米贵和曲丽丽知道大聪是编程和玩游戏的高手，如果他要对那些机器人下手，说不定真的有希望，他们迟疑着没有动。大聪同两人嘀咕了一下，米贵和曲丽丽相互看了看。"也只有试一试了！"米贵叹口气说。"希望能够成功。"曲丽丽跟着说。

几个机器人迈着机械步朝这里走来。大聪爬上了树，躲在树杈上，右手在布袋中摸出一把微型电焊枪。突然有个机器人滑了一跤，摔倒在地，躲在树后的米贵和曲丽丽见状马上分开跑去。

几个机器人愣了一下，相互看了看，接着分成两队追去。

摔倒在地的机器人慢慢地爬起来，大聪见状，从树上跳了下来，正好落在机器人的肩膀上，两腿叉开骑在上面，正对着机器人的后脑勺。机器人头部乌黑，表面光滑，不知是由什么性质的金属材料制成的。

机器人摇着头、晃着身，发出呜呜的声音，想把大聪甩下来。大聪左胳膊紧紧地圈住它的脖子，右手拿起微型电焊枪，按着启动键对准机器人后脑，微型电焊枪渐渐地冒出蓝色火焰，高温熔化了它的外壳。

　　大聪用力拿掉机器人的外脑壳，露出了显示屏和芯片。大聪皱了一下眉头，马上又开心起来，将微型电焊枪放进布袋，手指摁着显示屏，输入程序，嘴里念叨着："还好，这个机器人的软硬件和地球上的差不多。"

　　不一会儿，机器人便挺直了身体，不断地抽搐着。大聪一口气完成了程序的输入，见机器人还是没有动静，在它头上狠狠地拍了一下，"快给我启动。"机器人慢慢地动了动手，接着恢复了原来的样子，发出机械生硬的声音："主人，有什么吩咐？"

　　"成功了！"大聪开心叫着，马上命令道，"快启动飞行模式，带我去找米小鼠和曲木兰！"

　　"好的，主人，请坐好了。"机器人脚下顿时喷出火焰，徐徐升起，大聪两手紧紧地勾住它的脖子。机器人飞到半空，第二次点火加大火焰，快速飞高了。

第二十二章　寻找空间虫洞

　　长脸怪人头目看呆了，瞪大了吊眼，叹口气："果然是高智商，看来仿制他们的基因真是太对了！"接着他愤怒地朝身后的长脸怪人、大头怪兽大声命令，"快去给我抓住他们。"

　　机器人带着大聪飞了不远后，大聪操纵它降低了飞行高度，盯着地面寻找着："米小鼠在那里！"在前面一片黑黑的地面上，米贵正S形地跑着，几个机器人在后面紧追着。大聪让机器人飞近了，大喊："米小鼠，快上来！"米贵听到头顶上有呼呼的响声，抬头见大聪跨坐在那个机器人的身上，顿时惊喜不已，看来他成功了。

　　大聪操纵机器人降低高度，贴近米贵，伸出手一把拉着他上了机器人。米贵坐在大聪的身后，俯身环抱着机器人的身体。

　　身后的长脸怪人头目见了大叫："快射击！"长脸怪人端起枪要对着大聪和米贵射击，长脸怪人头目又是大叫，"笨蛋，我说的是射那机器人！"

"他们要开枪了！"米贵担心地说。

大聪没有出声，用手旋转了下机器人的头，机器人一个右转——身后的地面发出啪啪的声响，冒着烟。米贵朝后看去，好险啊，这些枪的威力可不小啊！

后面的机器人飞着跟上来了。那个长脸怪人头目站在那里，飞毯也快速飞近，"看你们还往哪里跑！"说着他指挥一群狗精灵围了上来。

大聪又将机器人的头朝上扳了一下，米贵感觉一震，紧紧抱住了它的身体。机器人脚下的火焰变大了，直往上蹿去。两人只觉耳旁呼呼生风，忍不住吓得大叫起来。后面的机器人追兵也紧紧地跟着飞来。

"大王虫，快甩掉他们，我们去找曲木兰！"大聪听后点了点头，接着扭了下机器人的头，机器人马上一个回转。身后紧追着的机器人追兵没有反应过来，越过他们直接朝前面冲去。米贵叫着："看来这些机器人还是不够灵活啊！"

飞了一会儿，他们看见前面地上有个机器人正拎着曲丽丽朝前走。"大王虫，曲木兰在那里，她被抓了！"大聪点了下头，紧紧地抓住机器人的头，迅速朝那里飞过去。悄悄地飞到那个机器人的身后，大聪操纵身下机器人，让它伸出胳膊狠狠地朝对方头上挥去，对方没有防备，一下摔倒在地，曲丽丽也倒在了地上。"曲木兰，快上来！"曲丽丽见是大聪和米贵，开心地叫起来。

大聪将机器人降低了高度，拉曲丽丽上来。多亏这个机器人体形大，曲丽丽挤到了米贵的前面，米贵移到了后面，双脚环绕着机器人的右腿，双手抱着它的腰。米贵很不服气，嘴里嘀咕着："为什么叫我在后面？"

"那些狗精灵追上来了，米小鼠，快用枪射击！"大聪提醒着。米贵夹紧了机器人的右腿，伸手从裤兜里拿出那支枪，快速地旋转着小轮子，左轮射线手枪射出一道红线，准确地击中了前面的狗精灵，狗精灵顿时摇摇晃晃地掉落下去。其他狗精灵这次没有被吓住，纷纷围了上来。

"大王虫，这样下去不是办法！"米贵大声喊着。

曲丽丽提醒着："我们还是赶紧找空间虫洞吧！"

大聪点头应着："空间虫洞应该在南边！"米贵和曲丽丽朝南面看了看，那里除了大块的平地，根本没有什么山峰！

"大王虫，我们还是朝南飞，现在看不见，也许飞过去了就能看见了。"米贵用手扶了下眼镜，同时收起枪——那些狗精灵和机器人太多了，根本就射不过来。

大聪点了下头，调整了方向朝南飞去。可能是机器人带着三人，显得有些笨重，速度下降不少。眼看后面的狗精灵和机器人又追上来了。

长脸怪人头目驾着飞毯嗖地一下飞到了他们前面："你们快停下来，否则我对你们不客气了！"说着，前腿举枪对准了他们。

"这下可怎么办啊？"曲丽丽叫着。

大聪忽然大叫一声："抱紧了！"米贵和曲丽丽突然感觉整个身子往下沉去，耳边响起呼呼的风声。原来大聪操纵机器人来了个超低空飞行——贴着地面从长脸怪人的飞毯下飞过去了。

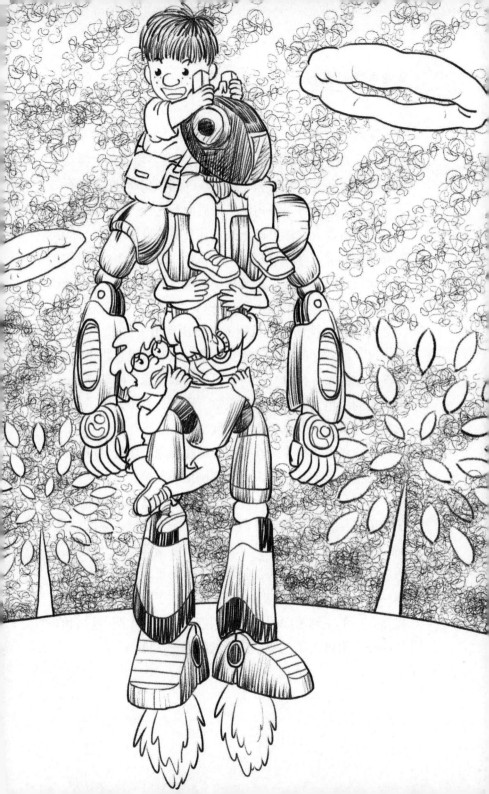

　　这时，大聪忽然大喊："你们快看下面！"两人睁开眼看去，天啊！眼前竟然是条大峡谷，峡谷里有条大溪流，那乳白色的水流发着哗哗的声音，一股股的水汽直冲鼻子。

　　真想不到这一马平川的平地后面有这样一条大峡谷。

　　那个机器人忽然直落下去，几乎要掉进溪流里，惊得曲丽丽大叫着。米贵大喊："大王虫，这是怎么回事啊？快点让它飞起来啊！"大聪用手扳着机器人的头，那个机器人颤抖几下，渐渐地上升起来。

　　后面的长脸怪人、机器人黑压压地追了上来。"大王虫，这下可看你的了！"米贵叫着。大聪操纵着机器人沿着溪流朝前飞，拐过一个弯，只见前面溪流中间耸立着一根粗粗的白色大圆柱，直耸天空。别说，要不是为了逃避追击，这里的风景真值得驻足欣赏。

　　长脸怪人头目紧跟在身后，站在飞毯上用枪对准了三人，飞毯上其他长脸怪人也齐刷刷地举起枪。

　　"妈呀！要被攻击了！"米贵扭着脸惊叫。曲丽丽也闭起了眼，紧紧地抱着机器人。大聪一下降低了高度，紧贴着水面飞行，在机器人火焰喷射下，水花蒸发成水汽，形成了一道水雾。那些长脸怪人在后面紧追不舍。大聪大叫一声，又急忙操纵起那个机器人加快了速度。他驾驶着机器人一下飞到前面的石柱旁围着石柱转了个圈，后面的长脸怪人头目愣了一下，让飞毯放慢了速度。

第二十三章　逃离 X 空间

米贵大喊："大王虫，他们减速了。"

大聪点了下头，见后面长脸怪人头目乘着飞毯缓慢地转着圈，大聪马上操纵机器人围着这根大石柱又转了一圈，后面长脸怪人也跟着慢悠悠地转上一圈。你一圈，我一圈，也不知道转了几圈，米贵只感觉自己头晕目眩，曲丽丽脸色苍白，不断地犯恶心。米贵在后面大喊："大王虫，再这样转几圈我撑不住了！"

让人惊讶的是，那些长脸怪人不知什么时候飞到了他们的前面。原来当大聪还在围着石柱转圈时，那些长脸怪人沿着石柱直接飞到了前面。

"怎么样？现在可以投降了吧！"长脸怪人头目咧着嘴坏笑着，半眯着吊眼。

"我头晕得厉害，能否让我们喘口气？"大聪用手抱住机器人的脖子气喘吁吁地说。机器人直立地悬停在空中，脚下不断地喷射出火焰。

长脸怪人头目挥了下前腿，那些机器人和狗精灵悄悄地将他们围了起来。

"快看那边！"米贵突然用手指向南面。大聪和曲丽丽顺着他的手望去，只见南面有座耸入云端的山峰，三人面露欣喜，说不定那里就是什么毂鲁极地。那个长脸怪人头目却皱了下眉头，一下睁大了吊眼，看得出他有几分担忧。

这时，那些机器人和狗精灵越来越近了，长脸怪人头目又有些高兴起来。米贵和大聪相互看了看，使了个眼色。

"我们可以投降！但你们必须答应我们一个条件！"大聪仰了仰胖脸说。

长脸怪人头目点了下头，"说吧！什么条件？"

"不准伤害我们！当然也不要仿制我们的基因！"

长脸怪人头目沉默着，抓地球人本来就是为了仿制他们的基因，要不是为这个，抓他们有何意义？

曲丽丽又是一阵恶心。长脸怪人头目没有回应，慢悠悠地说："放心吧！我们只是仿制你们的基因，不会伤害你们的！还是快跟我们回去，看你们都要受不了了。"

见长脸怪人头目没有答应自己提出的条件，米贵好奇地反问："宇宙中应该有不少高度发达的生物，他们的智商都要比我们高，为什么你们一定要仿制我们的基因呢？"

长脸怪人头目用柔软的声音说："那是因为在宇宙中，我们目前只探测到银河系中的地球人有很高的智商和强劲的体能。事实证明确实如此，你们能够三番五次地逃过我们的追捕，果然拥有高超的智慧、非凡的勇气、充沛

的精力……"

长脸怪人头目正说着，忽然大喊一声，用前腿紧紧捂住他的左眼。大聪朝米贵看去，是他悄悄地用左轮射线手枪射中了他。

"快跑！"米贵说。

大聪反应过来，趁他们发愣之际，操纵着机器人一下升高冲出了包围圈。长脸怪人头目忍痛愤怒地大声叫着："给我追，可以射击他们！"长脸怪人乘着飞毯朝大聪飞去，机器人紧随其后，成群的狗精灵也飞过去。

身下的机器人不断地抖动着，双脚后面的火焰时强时弱。大聪急了，用胖手不断地拍打着机器人的头。

正当那些长脸怪人和机器人要追上来时，这个机器人又一下加快了速度，脚底的火焰变强了，飞快地朝着南面的山峰飞去。三人抱紧了机器人，渐渐地，离那座山峰越来越近了，已经近到可以清楚地看到上面的景色了，除了四周有几棵五颜六色的大树，中间是一片光秃秃的黑色岩石，岩石上堆积着一些碎石。那些黑石发射出一道道淡红色光线，直射向天空。

"这些光线看上去像什么？"米贵手指那光线问。

"黑石的中间好像有个洞啊！"曲丽丽抬头说。

"会不会就是那个空间虫洞？"大聪问。

"应该是的，我们快去那里！"曲丽丽兴奋地大声说。

这时，机器人飞了一段距离后，已经用光了能源，直朝着那座山峰坠去。三人大声叫着，这下完了，摔在石头上不死才怪。

机器人压断树枝掉在了岩石上，米贵被狠狠地摔了出去，奇怪的是，那些岩石很柔软！米贵跳起来，踢了一块碎石，石头像是海绵一样，很轻，滚了很远。三人开心地大叫起来，相互看了看，飞快地朝那淡红色光线方向跑去。

那些长脸怪人和机器人在身后紧紧追来，渐渐地越来越近，长脸怪人头目着急地大喊："快抓住他们，别让他们跑过去。"最前面的机器人伸出的机械手已经到了大聪的背后……

在这紧要关头，大聪被一块岩石绊了一下，摔在地上，前面是个大斜坡，他的身体顿时沿着斜坡朝下面滑去，原来这片黑石呈倾斜状。大聪一边滑着，一边大声朝米贵和曲丽丽大叫："你们快滑下来！"

米贵和曲丽丽连忙跳进斜坡滑着前行。

淡红色光线就在斜坡里面，三人滚到光圈里，里面很热，淡红色光线越来越强，直射向天空，眼前越来越亮。三人身体不断朝下面滚去，下面竟是深不见底的空洞。三人感觉有一股强大的吸力在吸着他们，他们滚落的速度变得越来越快，突然一下快得让人承受不了，整个人昏了过去，模模糊糊中，摔进了那个洞中……

也不知过了多长时间，大聪醒了过来。

"快点，上课要迟到了！"妈妈进房间喊着。大聪看了看床头柜上的闹钟，时针指着7。他急忙洗漱，吃过妈妈准备好的早点就匆匆上学去了。

　　大聪忽然想起昨晚逃出 X 星球的事，隐隐约约的，这像是梦，又像是真实的经历。对了，自己好像和米小鼠还有曲木兰一起逃出 X 星球，以后在梦里应该不会再去那里了吧？想到这里他不由得开心起来，等下问问他们，昨晚那段经历他们是否也有……

作者简介

尹奇峰，浙江省作家协会会员。出版有少儿幻想小说《我是愤怒的青蛙》《大鹏奇遇记》，魔幻暴龙—恐龙宠物"懒怪怪"系列《抓只恐龙当宠物》《恐龙大战机器猫》《这只恐龙来自外星球》等著作，著有绘本《温柔的泡泡》《妈妈一直都在》，科幻小说《探险左世界》曾在《小学生世界》连载。有作品收录入中小学生课外阅读书籍，曾获优秀科普作品奖。

图书在版编目（CIP）数据

宇宙巨怪的献礼 / 尹奇峰著. -- 北京：北京理工
大学出版社，2023.4
　（大王虫奇幻历险记）
　ISBN 978-7-5763-2120-3

Ⅰ. ①宇… Ⅱ. ①尹… Ⅲ. ①童话－中国－当代
Ⅳ. ①I287.7

中国国家版本馆CIP数据核字（2023）第032383号

出版发行 / 北京理工大学出版社有限责任公司
社　　址 / 北京市海淀区中关村南大街5号
邮　　编 / 100081
电　　话 / （010）68914775（总编室）
　　　　　　 （010）82562903（教材售后服务热线）
　　　　　　 （010）68944723（其他图书服务热线）
网　　址 / http://www.bitpress.com.cn
经　　销 / 全国各地新华书店
印　　刷 / 三河市华骏印务包装有限公司
开　　本 / 880毫米×1230毫米　1/32
印　　张 / 4　　　　　　　　　　　　　 责任编辑 / 徐艳君
字　　数 / 73千字　　　　　　　　　　 文案编辑 / 徐艳君
版　　次 / 2023年4月第1版　2023年4月第1次印刷　责任校对 / 刘亚男
定　　价 / 139.00元（全5册）　　　　　 责任印制 / 施胜娟

序言 / Preface

遨游幻想世界　激发科学思维

用科学事实和预见、想象等为内容进行文学创作的科幻小说，往往让人充满好奇，因为其表现的未来世界和科学技术远景及宇宙天体等都充满着未知数，可以极大地拓展想象空间，所以科幻小说及由其衍生出的相关作品受到大家的关注。如凡尔纳的《海底两万里》《地心游记》及阿西莫夫的《基地》等深深地影响着读者，带动了读者对科幻小说的热爱。国内也出版了不少科幻作品，如《飞向人马座》《三体》《天年》等，形成了一阵科幻热潮。

少年儿童富于想象力和探究性，科幻文学对于少儿读者来说，有着很大的价值，可以让想象力得到极大的发挥，延伸思维的边界，从而使其强烈的好奇心和求知欲得到一定满足。在儿童科幻领域，也有不少作家都走出了新世纪儿童科幻的新路径。

《大王虫奇幻历险记》这套由北京理工大学出版社出版的少儿科幻书，以近乎魔幻般的想象力勾勒出《鸽子窝里的飞船基地》《大战湖底昆虫军》《闯出 X 星迷境》《宇宙巨怪的献礼》四个故事，在湖底和宇宙外太空等独特别致、新奇的背景之下，塑造出了一群鸽子、昆虫、外星生物等非人类对手，通过这些对手，又展现了一个有趣的童话世界。故事中三个人物性格鲜明，智慧又勇敢，历经险境而沉静应对、相互鼓励、顽强奋斗，最终战胜了对手，顺利地完成了任务，激励小朋友们面对困难，要不惧艰险、团结合作、勇往直前。

各种科学小发明的运用和科学知识的普及也是该书一大特色，书中有各种稀奇古怪的科学小工具，如带人起飞的飞行包、发出高温红光的火指环、可大可小的通体刺猬球、能负重飞行的智能飞天鸟等。这些科学小发明用途奇特，设计巧妙，成为主人公探险中的有力武器，反映了科学技术应用的重要性，还延伸出许多科普知识，激发小朋友们对学习科学知识的向往。

书中还展现不少的天体知识，如《闯出 X 星迷境》一书里，X 星球因为所在的星系发生碰撞，成为一颗流浪的行星，所在恒星将告别主序星阶段成为红巨星，让小朋友们知道恒星会经历氢聚变、氦聚变等演变过程；在《宇宙巨怪的献礼》里提到因为宇宙不断地膨胀，出现无数的太空小泡泡，而宇宙巨怪就是住在这样的太空小泡泡里，让小朋友们明白宇宙不是静止，而是在膨胀。

这几个故事情节曲折跌宕、充满惊险，故事的发展层层推进，具有很强的逻辑推理性，过程却又出人意料，令人难以推断出故事发生的结果。每个故事创造出令人惊奇又感觉真实的幻想世界，有着很强的代入感。书中语言风趣幽默，让人忍不住捧腹大笑。

阅读此书后，既能带来阅读快感，也能潜移默化地学到相关知识。

《大王虫奇幻历险记》系列书作者尹奇峰始终坚持着这类少儿题材小说的创作，曾经出版不少同类的书，有着一定创作的功底，也积累了不少的创作经验，希望他能在这类少儿题材小说的创作道路上越走越远。

沈石溪

目录
Contents

第一章　抽奖获得太空旅游

　　"各位观众下午好，最新报道，世界航天局探测发现，近期一段时间太阳将出现剧烈的耀斑爆发活动，形成强烈的太阳风暴，强度可达百年一遇，届时将喷发出高能带电粒子流、等离子体云，严重威胁地球上的各种设备。

　　"不过广大民众不必惊慌，航天局已经发射多颗强流物质卫星，以形成磁圈来极大地增强大气外层的磁性，这将有效抵御太阳风暴的侵袭。

知识点

　　太阳风暴：指太阳上爆发的剧烈活动及其引发日地空间一系列的强烈扰动。太阳爆发活动是发生在太阳大气中持续时间短、规模巨大的能量释放现象，主要以增强的电磁辐射、高能带电粒子流和等离子体云等三种形式释放。太阳爆发活动喷射的物质和能量会造成地球磁层、电离层、中高层大气等地球空间环境的强烈扰动，从而影响人类活动。

"虽然航天局已采取措施,但是大家还要做好断电、中断通信的准备,同时这股强大的带电粒子流会在地球上空形成非常壮观的极光,有兴趣的观众可以去南北两极观看。当然如果能够去太空,那么能享受更精彩的美景。这里是王牌电视台的报道。"

街边大厦外壁上的大型云屏幕在播完新闻后慢慢地缩小,上面播音员的身影消失了,接着发出海浪的声音,屏幕又渐渐地变大,出现了一片大海,在新闻的间隙做起了海洋旅游的广告。

这几天听到的都是即将发生太阳风暴的新闻。报道还说最近会有大量流星进入地球,形成大范围的流星雨,如果在太空中俯瞰流星雨,那将是非常美丽壮观的景色。大聪心想,如果能够去趟太空,那该多好啊!作为一名爱好者,他真想到太空去游览。

大聪边走边想,一辆汽车从他面前驶过,汽车是悬浮的,由于离得有些近,悬浮汽车的斥力将他推开了。汽车驶离后,大聪穿过马路,来到一片智能商店区,里面的营业员全部是智能机器人,它们除了眼神有些呆滞,其他和人类没有什么区别。

走过智能商店区,眼前是一片中心广场,不少商家在这里做广告,有人在大声吆喝着。大聪走过去一看,吓了一跳。今天一下子多出了不少太空旅游公司,可能最近的天文现象是太空旅游最好的契机,商家都想抓住这个机会大赚一笔。大聪饶有兴趣地观看着这些太空旅游公司的一张张大海报,上面纷纷介绍太空旅游的行程:有的公司是

先乘火箭飞到太空基地，然后再从太空基地乘太空飞船旅行；有的公司则是直接乘坐太空飞船到太空旅行。大聪看了看费用，吐了下舌头，差不多是爸爸大半年的薪酬。

"大家快过来看，我们公司推出了免费的太空旅游。"

大聪听了不由一喜，连忙循声寻找。前面围着一群人，大聪走了过去，挤进人群走到前面。

只见眼前斜竖着一个大转盘，上面标着刻度，转盘中间有一根红色指针。有位尖嘴瘦脸的工作人员"吧吧吧"地用飞快的语速介绍着活动情况。原来每人都可以上前旋转那个大转盘，中奖者可免费参加太空旅游。

免费太空旅游？大聪顿时睁大了眼，脸上露出了笑容。这可是个难得的机会，之前他好几次想报名参加太空旅游，爸妈都没有答应，以费用太高、太空旅游不安全等理由拒绝了。

大聪随着工作人员来到大转盘前，听完尖嘴瘦脸的工作人员说明游戏的规则后，就用力转动了转盘。转盘飞快地旋转着，一圈一圈地转过那个红色指针，终于渐渐地慢了下来，大聪两眼紧紧地盯着，紧张得心都快跳出来了。

可是还没等到转盘完全停下来，也没看清指针到底指在哪里，尖嘴瘦脸的工作人员就朝大聪大叫："恭喜，小朋友，你抽中我们公司组织的免费太空旅游了。"大聪一听被抽中了，开心极了，蹦跳着大声欢呼。那位尖嘴瘦脸的工作人员悄悄地露出狡黠的一笑。大聪在填了一张登记表、留下电话号码后，兴冲冲地回家了。

大聪兴奋地将抽中旅游公司免费太空旅游的消息告诉

了爸妈，他们听完皱着眉没有说话，显然非常反对。大聪当然不肯轻易放弃这么好的机会，缠着爸妈说尽好话。经不住死缠硬磨，爸妈答应了他，但也提了一个条件，要求他在这学期的期末考试中，各科成绩必须达到优秀。

为了自己梦寐以求的太空游，大聪咬牙答应了。

回到学校里，大聪开心极了，将自己抽中参加免费太空旅游的消息告诉了米贵和曲丽丽，谁知他们一听，同时惊叫起来："什么？你也抽到免费太空旅游了？"

大聪愣住了，难道他们两个也参加了那家太空旅游公司的抽奖活动，而且也抽中了大奖？竟然会这么巧？大聪想，肯定是这家公司背后策划好的，让大部分抽奖的人都能够抽到奖，这样会有更多的人参加他们公司的太空旅游。

不过不管怎样，可以参加太空旅游，大聪还是很开心的。以后的时间里，大聪全身心地扑在了学习上，认真做作业，主动向老师求教题目，背诵课文不再漏字漏句。期末考试来临，功夫没有白费，大聪的各科成绩全都达到优秀。同学和老师都大吃一惊，要知道平时大聪的地理和历史课只有中上等水平。

大聪的爸妈非常开心，马上答应他参加旅游公司的春季太空旅游。大聪经过旅游公司在身体和心理方面的体验，顺利地过了关。令大聪爸妈气恼的是，虽然这次太空旅游是抽奖获得的免费游，可是旅游公司还是以健康保险费、太空旅游装备费等名目收取了一大笔费用。大聪爸妈核算下来，发现比一般的太空旅游没有节省多少钱。

马上就要参加太空旅游了，大聪兴奋得一连几个晚上都没睡好觉。

　　5月的天气，气温适宜，天空一片蔚蓝，微风轻拂大地，公路两边树木郁郁葱葱。坐车走了好久，大聪才终于被凯江旅游公司送到了宇宙飞船的发射场。下了车，大聪惊呆了，那漂亮的银色宇宙飞船正高高地耸立在发射架上。

　　不远处，几位旅游公司的导游正站在飞船进口处，挥手欢迎各位游客。一群已穿好太空服的游客排着长队等待着进入飞船。大聪高兴地走了过去，在导游的指导下，准备穿上太空服。

　　"大王虫!"有人在叫自己。大聪一愣，连忙转身往后看，只见身后站着米贵和曲丽丽。米贵在衬衫外套了件蓝色运动服，下穿蓝色牛仔裤，脚上是洁白崭新的运动鞋，尖瘦的脸上戴着黑框眼镜，看上去显得很精神。曲丽丽还是一头短发，穿着淡紫色背带裤，睁着一对清澈的大眼睛。

　　大聪想起来他们也参加了这次太空旅游，开心极了。"太好了! 米小鼠，我们又在一起了。"大聪开心地叫起来。三人手拉着手一起跳着。

　　忽然，大聪想起三人以前在一起的时候，总会遇到一些怪事，不免有些担心起来，但马上又被即将开始的太空旅游带来的兴奋劲掩盖了。

第二章 惊艳的极光和流星雨

三人飞快地穿上太空服，戴好头罩。

"各位游客，现在开始登飞船，请做好准备！"广播里传来导游的声音。三人开心地随着人群朝飞船里面走去。

哇！飞船里面真宽敞！高高的船顶，一排排平躺的座位叠层而上，边上是漂亮的弧线船壁，两边是透明窗户，能够清楚地看到外面的风景。游客们进入船舱里面，选择好座位坐下。一坐到座位上，座位就开始向后倒，靠背平贴在地板上，游客们纷纷抱怨座位不够舒服。

导游解释说，等飞船飞行平稳了，座位就竖起来了。

随后，游客们在导游的引导下，扣上安全带。巧的是大聪三人的座位连在一起，三人相互看了看，露出了开心的笑容。

导游又说了一些太空旅游注意事项：不能轻易地离开座位，不能脱去太空服，要听从导游的安排，等等。

"10，9，8，7，……，1，飞船启动！"顿时，几个

人感觉身下一阵震动，飞船徐徐地离开了地面。不一会儿，飞船开始加速，直冲天空。大聪感觉两耳嗡嗡直响，整个人被一股力往下扯着。他瞄了下窗外，外面一片白茫茫，弥漫着浓浓的雾气。

飞船飞行了十几分钟，渐渐地慢了下来，保持着平稳的状态，继续朝前飞行。四周变得安静了许多，大聪耳边嗡嗡的响声消失了。又经过一段航程后，飞船好像停了下来，三人感觉举手、抬腿非常轻松，放在空中不会掉下来，看来已进入太空中的漂浮状态了！

"各位游客，太空旅游即将开始！"广播里传来导游的声音。

三人好奇地看着窗外，蓝色的天空变成了黑色，大小星星在不断闪烁，它们比在地面上看要亮了许多，能够清楚地看到这些星星表面的纹路。

这时，飞船两边的门徐徐打开，门的外面出现一个圆形透明封闭的通道，通道环绕在飞船四周。游客们在导游的引导下，依次离开了座位，身着太空服，漂浮着出了门，进入通道。

大聪和米贵、曲丽丽也松开安全扣，起身朝外漂去。他们隔着头盔面罩相互看了看，异常兴奋。进入通道后，游客们漂浮着朝两边分散开去。

三人开心地摸着通道透明的墙壁，用通话器交流着。他们看到了有着美丽弧线的超大圆形地球，就在脚下，蓝色和褐色的区域界线分明，那是海洋和陆地，还可以看到地球弧线表面上厚厚的大气层的绿色气辉。在地球的周围

是黑色的太空，太阳就像一颗红色的小圆球挂在空中。三人朝下看着地球缓缓地移动。

这里一片宁静，静谧的太空真是漂亮啊！

米贵在通话器里开心地叫起来："哇，我好激动啊！地球就在我的脚下！你们快看，那褐色的突出点可能就是我们小区后面那座大山的山峰。"

大聪和曲丽丽听了哈哈大笑起来："怎么可能？现在就是珠穆朗玛峰也是看不见的。"

"我看像就行了。"米贵不服气地说。

三人沿着通道走着。黑色太空中，不仅能够看到点点闪亮的星星，还能看到一条条不规则丝带状的天体，它们一起形成了绚丽的画面。

"你们有没有发现这些星星都是不眨眼的？"曲丽丽惊讶地说。

大聪作为天文爱好者，知道其中的奥秘，笑了笑说："那是因为从地球上看天空的星星，光线透过大气层会发生折射，弯曲的光会使这些遥远的物体产生闪烁的图像，所以星星变成了眨眼的星星。"

"你真是太博学了。"曲丽丽忍不住夸道。

"这有什么博学的，这些我也知道啊！"米贵轻声嘀咕着。

"那些丝带状的应该是星系吧？"曲丽丽在通话器里问。

大聪点头说是。

"各位游客，太阳风暴将于30分钟后进行一次喷发，不过游客们放心，我们的飞船有强磁场保护，不会受到冲

击，到时请各位游客尽情地欣赏地球上美丽的极光。"广播里响起了导游的声音。

通道里的游客兴奋起来，纷纷驻足朝下看着地球，耐心地等待。

米贵开心地叫着："终于可以看到极光了。"

"那将会出现五颜六色的光芒。"大聪说。

"大王虫，你曾经看到过？"米贵好奇地问。

"我是看书上介绍的，不过看真实的极光还是第一次，而且是在太空上看。"大聪有些激动地说。

渐渐地，黑色的太空中划过一个个小亮点，看来是太阳风暴的前奏。三人扶着通道壁看着下面的地球，大圆球的表面上有一大片蓝色区域，边上呈白茫茫的云雾状。

过了十几分钟。

"来了，太阳风暴来了！"米贵指着下面大声说。

大聪和曲丽丽朝下看去，果然在地球的蓝色区域上空出现了绿色的光芒，这绿色光芒像是在不断渗透，不断延伸，不一会儿就覆盖住了大片蓝色区域。

"哇！真漂亮！"曲丽丽开心地叫着。

绿色的光芒不断变幻着形状，有时成菱形，有时成方形，有时又是圆形。在绿色光芒的周围还出现了大片的红、蓝颜色。

"怎么会变幻出这么多的颜色？"曲丽丽好奇地问。

"那是因为我们看到的光在太阳高能粒子和大气层中出现了折射，所以出现了五颜六色。"米贵快速解释着。

大聪忍不住扑哧一下笑出声来："你这说得不太正确

吧？这极光是太阳射出的高能粒子在地球大气层与磁场发生碰撞后，形成带电粒子并放射出的各种颜色的光，表明它们吸收了从太阳射向地球的高能粒子的能量。"大聪一字一句地说。

米贵不服气地嘀咕着："不是差不多的原理吗！"

曲丽丽跟着说："这差得多了！"

极光还在变幻着，范围不断扩大，也变得越来越亮。

"各位游客，这可是百年来最强的太阳风暴——"这时，广播里出现了嗞嗞的声音，"所以产生的极光也是最壮观的。"导游继续说，"虽然我们加强了磁保护，可还是受到了影响。"三人听到通话器里也发出一阵轻微的嗞嗞声。

飞船在缓缓地移动，移到了地球另一边的上空。这时通道里的游客出现一阵骚动，大家纷纷朝身下看去。

"你们快看，好像有流星雨啊！"曲丽丽说。

知识点

流星雨：在夜空中有许多流星从天空中一个辐射点发射出来的天文现象。这些流星在宇宙中被称为流星体的碎片，它们在平行的轨道上运行时会以极高速度进入地球大气层。大部分流星体都比沙砾还要小，因此几乎所有的流星体都会在大气层内被烧毁，不会击中地球的表面。

大聪和米贵连忙朝下看去，在地球上空茫茫的大气层

里，出现了一道道耀眼的亮光，像是甩下去的银针，前面一波刚消失，后面又亮起了一波。这些细小的亮光，有长有短，有粗有细，在这大气层里表演着壮观的流星烟花。

第三章　遭神秘的黑圈吞噬

太空游船朝前缓慢移动着，前面出现了一道橘红色的光线，光线向两边蔓延，不一会儿就映红了地球上空的大块区域。

曲丽丽正想问这是什么景色，广播里响起了导游的声音："各位游客，我们现在看到的正是地球日落时的情景。"

"这好像地球上的晚霞。"米贵说。

"比晚霞可要壮观多了！"曲丽丽反驳道。

"我觉得差不多，只是所处的视角不一样！"米贵说。

"那你何必要飞到太空，不如爬到地球的高山上看晚霞好了。"大聪反驳道。

通话器里，曲丽丽发出咯咯的笑声。

在地球橘红色光芒上面有一层蓝色的大气层，红蓝交映非常漂亮。

"我只是没有来过太空，来凑个热闹。"米贵解释。

这时，广播里又响起了导游的声音："各位游客，我们最近增加了一个旅游项目，大家可以乘坐小型飞船到外面的太空里绕上一圈，体验一下在外太空飞行的感觉。"

"好啊！我们到外面看看，更近地拥抱下我们的地球。"米贵开心地叫着。

"总不会飞出去就回不来了吧？"曲丽丽有些担心地说。

"你大可不必担心，旅游公司会做好安全保护措施的。"大聪安慰着，"否则这么多游客不是都要有去无回了？"说着他看了看那些不断伸手要申请小飞船的游客。

三人也立即回到船舱，向导游申请了一艘小型飞船。他们被带到大飞船底部，乘着电梯直接到达小飞船里面。小飞船正好有三个座位，三人坐稳了，大聪坐的是驾驶位。小飞船缓缓地驶离大飞船，进入了太空。四周黑幽幽的一片，大小星星远远地悬挂在太空黑幕下。大聪抓住操作杆，驾驶着小飞船朝前飞去。为了保证安全，小飞船只能在大飞船周围的几百米内飞行。大聪驾驶着小飞船尽情地飞旋，三人大声地叫喊着，仿佛这太空就是他们三人的。

他们看到其他小飞船也在周围不断地飞行，有的相互追逐，有的一起并排飞行着。

米贵也想驾驶小飞船，可大聪觉得还没有过瘾，就让他再等一会儿。米贵却嚷着要过去，他松开保险带，朝大聪的座位漂浮过去。大聪不断地推着他，他只得又漂浮回到自己的座位。米贵不甘心，停留片刻又朝大聪那里漂去，伸手要抢操作杆。

正当两人争执不休时，曲丽丽突然大喊："你们快看那边！怎么好像有个很大的白圆圈啊？"两人在通话器里听见曲丽丽的叫声，连忙停手朝曲丽丽指的方向看去。

果然在前面不远处有个篮球大小的白圆圈，在黑色的太空里显得非常亮。更让他们惊奇的是，这个白圆圈好像在快速地旋转，中间还不断地闪着亮光。白圆圈越转越大，像是在移动着，看方向正在朝这里飞来。

"这是什么东西啊？"曲丽丽好奇地问。

"应该是太空里的一大奇观吧！"米贵紧紧地贴着窗户看着那个白圆圈。

"会不会是太空垃圾堆啊？"大聪独自嘀咕着，"不像，垃圾堆不会没有碎片，也不会全是白色。"

这时，通话器里响起一阵嗞嗞声，朝下看去，地球上空出现了一片五颜六色的极光，好像又发生了一次非常强烈的太阳风暴。

白圆圈慢慢地暗下来，逐渐变成了黑色，范围越来越大。

"会不会是宇宙中的黑洞？"曲丽丽说。

"你有没有常识啊？黑洞可是非常庞大的，足有几个太阳那么大，而且具有强大的引力，能够轻易地吸住经过的光线。"米贵快速地说。

"那你说，这到底是什么？"曲丽丽不服气地问道。

"可能只是一艘宇宙飞船。"米贵说。

说话间，那个大圆圈又变亮了，变成了白圆圈，中间的亮光变成红色，向两边延伸，形成了一条直线。之后，

圆圈继续旋转着，没有再变大。

"这不是什么宇宙飞船，它像是要吞噬我们啊！"大聪一边惊叫一边朝外面看去，这时其他小飞船都在快速地驶向大飞船。

小飞船的广播里响起了导游急切的声音："各位游客，外太空出现了意外情况，请迅速返回飞船！"

导游的话音刚落，他们的通话器里就响起了密集的嗞嗞声。那嗞嗞声时长时短，直刺耳膜，让人难受极了。那个白圆圈越来越近，好像有一股强大的吸力，吸着他们的小飞船朝它飞去。大聪强忍着耳边的嗞嗞声，操纵着操作杆往后飞。

白圆圈逐渐变成了黑圆圈，吸力越来越大，小飞船一点点地朝它移去。通话器里的嗞嗞声变轻了，米贵和曲丽丽大声叫喊着："快回去！"大聪操纵着操作杆向后退，可是没有用，三人看到小飞船的头一下被拉长了，这是幻觉吗？渐渐地，三人感到中间那道红色亮光越来越刺眼，不一会儿，小飞船就被吸进了那个黑圆圈里。

三人惊慌地大声叫喊起来。

小飞船进入黑圆圈里面后，强大的吸力消失了，飞船像是漂浮在里面，红光也消失了。大聪连忙推动操作杆，可是小飞船没有任何反应。

"瞧你吓成这副模样！"米贵来到大聪面前，推开他的手，上前推动操作杆，小飞船依然没有反应。

这时，曲丽丽已经吓得面色苍白，毕竟是女生，别看平时大大咧咧，遇到危险时还是胆小。现在，她睁着无神的眼睛，嘴里嘀咕着："完了，看来我们回不去了。"

黑圆圈一下变大，完全吞没了他们的小飞船。通话器里又响起了嗞嗞声，三人顿时头晕目眩，身体好像被拉扯着，有些疼，忽然一阵刺痛传遍全身，接着他们就失去了知觉。

不知过了多长时间，大聪醒了过来，睁开眼睛，坐起身，身上的太空服没有了。"这是在什么地方啊？"他好奇地看着四周，发现四周环境有着皱褶，像烟雾中看物体一样微微弯曲折叠。深蓝色的天空中飘浮着朵朵白云，这里的云很多，而且很低，好像就在头顶上方。大大小小灰白色的丘陵高低起伏，远近成片的树木不高，树木扁长，像是被挤压成这样的。奇怪的是，天空中看不见太阳，却很明亮。

不远处有几座不高的小山丘，这些山丘形状有些扁，山上云雾缭绕，树木郁郁葱葱，而且那些树木也是扁长形状的，树丛里夹杂着五颜六色的鲜花。

正前方有一道飞流直下的瀑布，水流径直垂落到下面清澈的水潭里，就像一块白色的绸布。水潭上面飞舞着一些不知名的小鸟，头上有个小尖角，发着叽叽的叫声，那些小鸟体形扁长，身体薄得像手掌。

第四章　神秘的宇宙巨怪

这里真是个怪地方！整个空间像被压扁了一样，不过环境倒是优美。大聪站起身，深深地吸了口气，顿时心旷神怡，这里的氧气含量很高。地面没有泥土，而是一种灰白的物质，凹凸不平，踩在上面有些柔软，像是踩在气垫上，留不下任何脚印。

"这里是什么地方啊？"不远处的米贵也醒了，摇了摇头站起身，好奇地看着四周喊着，"好像所有东西都被拉长了！"他转身看到了大聪，大叫起来，"大王虫，你怎么也变得奇形怪状的？身体扁平，眼角下拉，嘴角上翘，头顶拉长，真难看。"

"你也是啊！像哈哈镜里一样被拉长了。"说着大聪上前摸了摸米贵的头和身体，手感却很正常。

两人看着一旁的曲丽丽，她也变得扁长了。

"这里所有的东西看上去都是扁长的，会是什么地方啊？不会是另一个世界吧？"曲丽丽睁大双眼，惊恐地看着四周说，接着忍不住哭了起来，"我不会也变得这么丑了吧？"

"你看上去还不错——你的身体变得修长了。"米贵推了下眼镜说。

"真的吗？"曲丽丽反问道，一下破涕为笑。

大聪看了看四周，"这里环境优美，应该不是什么另一个世界！"说着走上前在米贵扁长的脸上狠狠地捏了一把。

米贵顿时跳起来，"好你个大王虫，你捏我干吗？"

"怎么样，感到疼了吧？那就说明我们好着呢，这里也不是另一个世界！"大聪抬了抬变得扁长的脸说。

米贵责怪道："大王虫，你不会在自己身上捏吗？"说着掸了掸身上的蓝色运动服，又没好气地说，"曲丽丽，你什么逻辑啊，另一个世界会这么有生机？"

"那你们说这里会是什么地方？"曲丽丽不服气地问。

"我们进入了一个黑圆圈？"米贵沉思了一会儿，忽然说，"那可能是太空旋风，无意中将我们带到了其他星系中某颗类地星球上！"

"附近星系哪会有这么一个和地球环境相像的类地行星啊？科学家找了一两百年都没有找到一个。"大聪四处看着，疑惑地说，"莫非这就是在地球上？"

> **知识点**
>
> 类地行星：一种与地球相类似的行星，有固体的表面，外层被硅酸盐地幔包围，内部的金属中心主要成分为铁。它们的表面一般都有峡谷、陨石坑、山和火山。

米贵摇着头，"不会的，地球上的云朵哪会有这么低？这里的地上没有泥土，所有的东西都变得扁长。"说着使劲摇着头，"肯定不是地球！"

"既然不是地球，那我们就回不去了？"曲丽丽说着，又忍不住哭了起来。

米贵无奈地说："你真是胆子小，平日里你不是很厉害吗？现在怕成这样。"

大聪安慰着："先别哭了，我们看看这到底是哪里，说不定就是地球上某个神秘的地方呢！"

曲丽丽停止了哭泣，叹口气，"希望是在地球上。"

米贵沉思了一会儿嘀咕着："这里和地球好像是两个截然不同的世界。"

前面的山坡上有一座方形矮房，白云不断地从房子的四周飘过。不知为什么，房子看上去若隐若现，不是很清晰。三人朝房子走去。他们一边走，一边好奇地环顾四周。想不到的是，看上去不远的路却走了一个小时。更神奇的是，走近了才发现这根本不是矮房，而是有三层楼房那么高。

房子周围是斜坡，这斜坡不高，但有些滑，他们费了好大的力才走到房子面前。房子没有门，灰色的墙壁也不知用什么材料砌成，摸上去很平整，没有一丝裂痕。正当三人好奇时，房子一阵震动，接着传来一个震耳的声音："你们是谁？"

那声音犹如洪钟，吓了三人一大跳。

三人连忙看去。天啊！只见房子里面站起一个巨怪，

正在用粗壮的巨手托起房顶。他的身体有五六层楼高，方扁的头上长着杂草一样的黑色短发，头像书柜一样大。长圆形的眼睛深凹，乌黑眼珠有足球般大，它瞪了下眼，眼珠竟然会变大。他张着大扁嘴巴打了个哈欠，露出圆锥形歪歪斜斜的黄牙。胳膊上有厚厚的皱皮，上面还长满了密密的绿毛。巨怪身穿一件黑色的长大褂，好像是用树皮编织成的。

这个巨怪真是恐怖，这里怎么会有这么奇怪的一个巨怪？三人吓得哆嗦着，惊恐地看着他。

"我们还是快跑吧！"米贵支吾着，转身抬腿就跑。

曲丽丽也跟着跑，大聪迟疑了一下，紧随其后。三人几乎是滑下斜坡去的。

巨怪抬腿从房子里跨出来，"嗵！"一声巨响，地面震动，他的大黑右脚一下踩在了他们前面，这脚有小轿车那么大。

三人吓得不敢再动，这时头顶声音震天响："你们跑什么？"

三人一愣，这个巨怪竟然会说地球上的语言！大聪小心地看着巨怪，只见眼前巨怪的大腿粗得像大圆桌，腿上密密麻麻的绿毛就像地面上的杂草，慢慢地朝上看去，他正低着大方扁头，瞪大了眼，看着他们。

"我们——没跑，知道你——要从屋里——出来，所以——离远点。"米贵仰着头惊恐地说。

曲丽丽吓得全身哆嗦，仰起脸看着巨怪，脸上冒着冷汗。

"你们怎么会到 η 空间来？"巨怪又发出震耳的声音。

"η 空间？"大聪三人相互看了看，这是什么空间啊？

三人正疑惑，巨怪轻声地问："你们叫什么名字？"

大聪鼓起勇气报上了三人的名字，又详详细细地把如何参加太空旅游以及被吸进怪圈的事说了。

巨怪听完，哈哈大笑起来，声音响彻天空，三人连忙用手捂住了耳朵。笑罢，巨怪问："如果没有猜错，你们是太阳系里的地球人吧？"三人懵了，他怎么会知道？

"我们怎么会到这里来了？我们只是在地球上面的外太空啊！"米贵大声说。

巨怪张嘴得意地说："那怪圈是我的杰作，是我制造的宇宙旋风。这次的太阳风暴干扰了我的空间，我非常生气，利用宇宙中的尘埃刮起了这道强烈的旋风，想不到把你们给吸到了我的空间里。"说着又是一阵大笑。

"你要把我们怎么样？"曲丽丽小心地问。

"你们放心，我还没有想好怎么处置你们，所以你们现在是安全的。"

第五章　太空小·泡泡η空间

三人一惊，这可怎么办？现在就像是被困在笼子里，感觉随时会被这个巨怪折腾。曲丽丽忍不住又哭了起来："怎么办啊？十有八九要被关在这里回不了家了，为什么我们这么倒霉，被吸进了这里。"她发出呜呜的哭泣声，米贵和大聪也哭了起来。

"哭有什么用，你们以为哭了我就会心软了？"巨怪轻轻地吼了一声。三人相互看了看，停止了哭声，抬头见他扁扁的大鼻子吐出的气流将眼前飘过的白云吹远，心里充满了惊恐，不知这巨怪会对他们做什么事情。

巨怪抬起另一只脚，跨出了房子，转身用巨手将房顶放在房子上，接着慢慢弯下身坐在了斜坡上，伸出两条巨腿，正好将他们围在里面，两条腿垂在斜坡下。

巨怪拍了拍头，收起了刚才凶狠的模样，微笑着又变得可亲起来。

三人渐渐放下心来。

巨怪两眼看着前面，独自轻声地说："其实我当初也像你们一样非常害怕，渴望离开这里回去，不过慢慢地我就适应了。"

三人相互看了看，对眼前的巨怪不觉好奇起来，难道它不是这里的人？

"这个 η 空间就你一个人？你是怎么来到这里的？"米贵大声地问。

巨怪歪了下头，"当然是我一个人，不过现在好了，又有你们三个了。"说着他咧开大扁嘴坏笑着。

三人看他坏笑有些惊恐，不知他葫芦里卖的什么药。

巨怪理了理身上的树皮长大褂，用平缓的口气说："这个 η 空间其实是宇宙星系间的一个缝隙。你们知道，宇宙是在不断膨胀的，正因为这飞速的膨胀，导致出现了无数的太空小泡泡，小泡泡里面是停止膨胀的空间，每个泡泡里面都有各自的世界，这个太空小泡泡呈扁形，所以你们看上去都是扁长的。"

"原来如此，看上去真不舒服。"曲丽丽埋怨道。

"是啊！我们都变成扁扁的了。"米贵看了看身边的大聪，他原来的胖脸，现在有些拉长，变成扁扁的椭圆形。

巨怪用巨手

知识点

宇宙膨胀：根据科学研究及天文观测发现，宇宙从大爆炸开始就处于不断膨胀的状态，星系之间的分离运动也是膨胀的结果，而不是任何斥力的作用。

抓了抓头上杂草样的头发继续说："这 η 空间就是形成在

银河系与麦哲伦星系中间的一个太空小泡泡，你们太阳系围绕银河系做公转，这 η 空间也是在不断地漂移，两者渐渐地就挨近了。正好遇上太阳出现了百年一遇的太阳风暴，吹出了强大的带电粒子流，这 η 空间因此发生震动。"

知识点

麦哲伦星系，属于银河系的两个伴星系，是南天银河附近用肉眼清晰可见的两个云雾状天体。在南半球的夜空中，大小麦哲伦星云是璀璨群星中最壮观的景观之一，它们离银河系非常近，大麦哲伦星云距离地球约16万光年，而小麦哲伦星云距离地球约20万光年，是距银河系最近的邻居之一，也是南半球肉眼能看见的最遥远的天体之一。

听到这里，曲丽丽又哭起来："早知道我就不来这太空看极光了。"

米贵也悲伤地问："我们能再回到地球吗？"曲丽丽马上停止了哭泣，她也想知道这个答案。

巨怪没有回答米贵，而是坏笑着说："你们看这里的环境比你们地球还要优美，待在这里不是挺好？"几人看了下四周，光线明亮，树林繁茂，云雾缭绕，地面没有泥土，显得非常干净。

虽然景色优美，但一想到难以回到地球，三人还是伤心不已。

大聪皱着眉问："难道你就不想回家？"

巨怪眨了下大圆眼，发出粗犷的声音："我是回不去了，再说我也不想回去。"

"你来自哪个星球？"米贵好奇地问。

"我来自几十光年外的一个恒星系，和你们一样，是在进行宇宙旅行时，无意中进入这里的。在进入这里前，受到无数宇宙射线的辐射，结果变成了这副模样。"

三人一惊，看来外星人确实存在啊！

"那你们有没有去过我们地球啊？"曲丽丽问。

巨怪听了忽然仰头哈哈大笑起来，他的笑声如滚滚响雷，响彻天空，三人连忙用手捂住耳朵。

"当然去过了，根据记录我还去过两次。一次去了史前时期的地球，那时候你们的地球上还都生活着恐龙呢，还有一次是最近，在你们人类的科技飞速发展的时候。因为地球的环境及星系位置和我们的行星差不多，又是同样的高级生物，所以我们对地球格外关注。"

说到这里，巨怪低下头看着他们，伸出巨手在三人头上点了点，"我最气愤你们这些地球人，随着高科技的发展，你们越来越不会善待同类，不珍惜自己的家园。"

三人惊愕地相互看着，想不到这巨怪对地球人印象这么差。

"可是我们地球人非常聪明，制造出高科技产品，同样是造福人类啊！"大聪反驳说。

米贵和曲丽丽也附和着。

"但是你们的高科技产品对地球的破坏也非常大，如

果再这样肆意地破坏环境,你们迟早会毁了地球。"说着他抬头长长叹了口气,顿时将身边厚厚的白云一下吹散了,"希望你们地球人能够早日醒悟,利用高科技和平发展自己的文明。"

曲丽丽听了连忙说:"既然你这么关心我们地球人,那你就把我们送回地球吧!"

米贵和大聪也连忙点头。

巨怪低下头说:"别老想着回去,进入我的 η 空间自然有你们的使命。"说着收起垂在斜坡上的腿,慢慢地站起身来,抬起小轿车一样大的脚,从大聪三人的头顶跨过。

他朝前走了几步,到了瀑布前,张开巨手接了一捧水,往嘴巴里灌着,然后从长大褂口袋里拿出一个大红果子,津津有味地吃起来,嘴角还溢出果汁。

原来这就是他的食物。三人呆呆地看着,也觉得肚子饿了,想起身上还带着面包和饼干,立刻从口袋里拿出来吃。

巨怪吃完果子,用手擦了下嘴,走过来说:"你们别看这里的风景不错,就以为这里是 η 空间的全部,实际上这里仅仅是 η 空间的中心,还有其他三处地方,那里的气候非常恶劣。这里与其他三处地方被 η 空间的空隙隔开,这空隙就是一个巨大的气泡,里面非常灼热,每隔一段时间它会变大或缩小。"

三人听了点点头,暗自庆幸,幸好被宇宙旋风给吸到这 η 空间中心,如果被吸到其他三处地方,那就完了。

　　巨怪转过身，用手指着前方说："你们跟我来，我让你们看一些东西。"说着迈开大腿朝前走去。他每走一步，地面就震动一下。三人相互看了看，只得跟着他。巨怪走得不快，可是他跨出的脚步大，三人小跑着跟在后面。

　　走出不过一二百米，三人看到前面有块大洼地，巨怪朝下跨去。三人走到洼地边缘，洼地有两三米深，他们不敢往下跳，巨怪回身见他们没有跟过来，就用巨手抓起他们，将他们拎下洼地。

第六章　怪异的外星生物

　　进入洼地，只见前面有一大片树林，这里的树木不高，看上去也是扁粗的，地面没有落叶。令人好奇的是，歪歪斜斜的树杈上挂了不少木笼子，笼子都有衣柜那么大，仔细看去，里面关着很多稀奇古怪的动物，在地球上都没有见过。它们有的长着大头、歪下巴、短短的四肢；有的长着尖锥脸，身体滚圆，四肢粗壮，前肢短、后肢长；有的脸长在胸口，有八只长脚；还有其他长得模样怪异的动物。它们懒洋洋地待在里面，见了巨怪和大聪三人也不害怕。

　　想不到这 η 空间的动物长得这么古里古怪。正当三人暗自吐槽时，巨怪说："这些动物有的是以前我在宇宙旅行时抓回来的，有的是被 η 空间的旋风吸进来的，不过它们都是来自宇宙其他星系的生物。"他走到一棵树前，低下头用手指着下面木笼里关着的大头歪下巴的矮动物，"它是来自霍格天体里的 YUY 行星，叫哈黎巳。"接着他把手伸到不远处的木笼前，指着里面的尖锥脸、四肢粗壮的动物，"这头叫哥坝西，来自 NGC3738 矮星系里的一颗行星。"那哥坝西见巨怪好像在说自己，动了动趴在地上的滚圆身体，三角眼朝他斜了斜。

巨怪用腿在树林里蹚了蹚，伸手到一棵又粗又高的大树前，摘了片树顶上的树叶塞进嘴里咀嚼着，指着下面木笼里那只长着八只长脚、背佝偻着的动物，说："它来自黑眼星系的 DFD 行星，叫酉怪乌。"

知识点

矮星系：宇宙中光度最弱的一类星系，这类星系非常难以观测。有的矮星系是椭圆星系，也有的是 I 型不规则星系。迄今为止，矮星系是宇宙中数量最多的星系，天文学家称宇宙中可能最先形成的就是矮星系，而后矮星系构成了大的星系。

巨怪接着又介绍了其他几种动物。

三人在树林里转着，看着这些动物，发现没有一头长得漂亮可爱的。

"你说他抓这么多的外星动物做什么啊？"米贵推了下眼镜，好奇地问。

"想办个外星动物园，给自己解闷吧！"曲丽丽跟着说，叹了口气，"可惜没有一头是我喜欢的。"

"不会让我们做这里的动物管理员吧？"大聪抬起变成椭圆的脸说。

"他才不会这么便宜我们呢！"米贵反驳说，扁长的身体看上去更加弱不禁风了。

"不会也把我们关在这里吧？我们相对这 η 空间来说也是外星生物啊！"曲丽丽忽然惊恐地说。

大聪和米贵一愣。大聪摇头说："应该不会，如果想关我们，应该早就下手了。"

这时，一阵微风吹过，树林里的树叶发出哗哗的响声，茫茫的白云随风飘进树林，顿时那些木笼里的动物纷纷骚动起来，发出各种吼声。三人吓坏了，连忙朝树林外面跑去。

不一会儿，白云飘走了，三人微微放下心，喘着气相互看着。

巨怪抬脚跨出树林，"害怕了吧？"他说着拉了拉身上的大长褂，露出了微笑，又低头对他们说，"不要怕，它们在木笼里伤不到你们的。"

"你把我们带到这里来，想要做什么？"米贵鼓起勇气问。

巨怪笑了一下，"看你们心神不定的，干脆就和你们说了吧，我要你们帮我去做一件事。"说着，他抓了抓头上杂草样的短发，"你们看我那房子已经非常旧了，而且非常小，住着一点儿也不舒服！"

大聪不由得好奇地问米贵和曲丽丽："这房子看去很新啊，怎么说旧了呢？"米贵正想回答他，马上响起了震耳的声音："我说话时，你们不许插嘴！"三人连忙捂住耳朵，闭上嘴，惊恐地看着巨怪。对方正板着大方脸，眼珠瞪得大大的，张着嘴露着大黄牙。想不到他这么愤怒，三人不敢再出声，紧张地看着巨怪。

巨怪见他们都吓呆了，马上又露出了笑脸，"自从我来到这 η 空间，一直没有建造出一座住得舒服的房子。"巨怪说着用手撩起从身边飘过的白云，"你们看见这些白云没有，我要在这上面建座大房子。白云上面可是好地方！住得高，看得远。"

大聪、米贵和曲丽丽一下子叫了起来："怎么可能在云朵上面造房子呢？这简直是天方夜谭！"

"你们不要惊讶，告诉你们，在这 η 空间一切事情皆有可能。"说着他从长大褂的口袋里拿出一个小木桶，从里面倒出一种液体在手上，然后再抓向飘过的白云。三人吃惊地看到，白云凝固在了一起。巨怪又倒了些液体，用手抓住白云，捏了捏，顿时白云就像滚雪球一样，不断凝固，渐渐地变成了很大一块。

巨怪扶着一棵粗树，一蹬腿跳上了凝固的白云，踩在上面，竟没有掉落下来。他踩着凝固的白云来回荡着，凝固的白云非常牢固，浮力也非常大，轻松地托起体形庞大的巨怪。

过了几分钟，凝固的白云变得松散，渐渐地散开飘走了。巨怪跳了下来，地面一阵震动。

真是太神奇了！三人有些不敢相信刚才发生的事。

"怎么样？我没有骗你们吧！只要有这凝云水雾，就能将这些白云凝固成一大块。"巨怪拿出那木桶晃了晃，"这是我在 η 空间中心采的，但这里的凝云水雾质量不够好，凝固的时间短；另外一处地方能够产生功能更强大的

凝云水雾，叫 η 空间沟一地。"

"那你不能去那里采些上乘的凝云水雾吗？"米贵说。

巨怪听了，顿时板起脸，凶狠地盯着米贵。米贵连忙捂住嘴。巨怪的表情缓和下来，他微笑着说："要在云上建造一座大宫殿，除了这凝云水雾，还要其他两件重要的东西。"巨怪说着朝他们看了看，"首先要固定住飘动的白云，所以就需要一件东西将白云牢牢地拉住，在 η 空间沟二地有一种非常坚固的藤索，叫漫天捆星索，能够拴住白云，让它不会飘动。"

曲丽丽忍不住地说："白云这么轻，随便什么藤蔓捆住就行了，何必要那里的什么漫天捆星索？"

"你真是什么都不懂，这白云飘浮在天空，看上去好像非常轻，其实它是水蒸气形成的，因为含着水，所以非常重。"米贵说。

大聪听了点了点头。

巨怪又板起脸，用低沉的声音说："我再说一遍，我说话时，你们不许多嘴！如果再这样，就别怪我不客气！"说着他伸出右手抓住米贵，慢慢地捏紧了。米贵疼得大叫起来，瘦长的脸涨得通红，眼镜滑落在鼻子下，眼睛都快凸出来了。

第七章　三件神奇的宝贝

巨怪放开了他，摇了摇头，继续说："还有一件重要东西，云中宫殿的顶必须能遮住每个角落，而且能够抵御带有腐蚀性的坠落物和狂风，所以需要一种防御力极强的火寰树叶和其他一百种不同的树叶，这些树叶只有 η 空间沟三地才有。

"我说的这两件东西加上凝云水雾是我建造云中宫殿必需的，而它们分布在 η 空间的其他三块地上，那里的气候非常恶劣。η 空间沟二地有强烈的狂风，飞沙走石，还遍布着强吸力的巨风旋涡，强大的吸力能够吸走任何物体。在这样的环境下，有些矗立在山顶上的岩石却纹丝不动，就是因为这些岩石全都被漫天捆星索固定住了。

"η 空间沟一地是块干涸、没有水的大荒地，正因为有了可以释放凝云水雾的埗石头，才形成一个水潭，为了得到水，无数被卷到 η 空间的各星球的野兽猛禽守候着水潭，不让外来物上前。

"火寰树叶是 η 空间沟三地一种叫火寰树的树叶，这

种树叶很大，再配上 η 空间沟三地其他一百种树叶就能形成防御力极强的天然遮挡物。火寰树会喷火，周边温度非常高，很难采集。至于其他一百种树，有的上面栖息着腐蚀性很强的颗粒虫，有的生长着专门吞噬外来物的卷叶，有的树根会袭击靠近的动物，要集齐这一百种树叶可以说困难重重。"

三人相互看了看，要采集到这三件宝贝几乎是不可能的，不知道这巨怪要用什么方法去采集。

巨怪说着忽然弯身微笑地看着他们说："我必须待在这 η 空间中心看守，不让其他生物进入，所以采集这三件宝贝的任务，只能交给你们了。"

"什么？"米贵首先喊出声来，顾不得巨怪不准插话的警告说，"凭我们三人肉身凡胎，怎样能够弄到这些宝贝？你这不是纯粹要我们有去无回吗？那还不如被你囚禁在这里好了。"

曲丽丽也大声附和："这么恶劣的地方，别说是采集那些宝贝了，只怕我们连到那里都成问题啊！"

听了他们的话，巨怪哈哈大笑起来，三人连忙捂住了耳朵。巨怪大笑了一会儿，突然停住，凸着大眼球看着三人说："放心，我会替你们准备一些东西。"接着指着身后的木笼说，"我会将哈黎巳、哥坝西、酋怪乌三个外星生物派给你们，让它们帮助你们完成这个任务。哈黎巳能够喷水，可以抵御敌人进攻；哥坝西有快速奔跑的能力，能轻松地将敌人甩在后面；酋怪乌的皮非常坚硬，可以抵挡住敌人的重击。还有，它们三个都长着翅膀，能在高空飞翔。"

巨怪说着走到那些木笼前面，打开了其中三只笼子的门。哈黎巳、哥坝西、酋怪乌从笼子里跳了出来，直立着走到了三人面前。它们有大半人高，见了大聪三人，唧唧、咕咕、呱呱地叫个不停，挥舞着上肢，好像在打招呼。

对这三个模样怪异的家伙，三人没有理会，可是它们还是非常热情，主动打着招呼。

曲丽丽抬头怯怯地问："就算有它们三个，恐怕我们也难以收集到你要的那三件宝贝啊。"

"据观察，地球人是银河系里最聪明的生物，我想你们一定会帮我集齐这三样宝贝的。"巨怪歪着嘴角坏笑着说。

"什么叫我们是银河系里最聪明的生物！我们有这么聪明吗？"米贵眨了眨眼说。

"你还真以为是啊，不知道这是他在故意抬举我们？"大聪跟着回答。

见他们三人窃窃私语，巨怪咳嗽了几声，"只要你们完成了我的这个任务，我会安全地送你们回地球！"说着顿了一下，"你们思考一下，如果决定了就告诉我！"

听到可以回地球，三人相互看了看，这可是极大的诱惑。沉默了一会儿，大聪挺了挺扁平的身体说："要不试上一试吧！也许我们会成功呢。"

曲丽丽毕竟是女孩子，显得有几分害怕和犹豫。这时，米贵大声说："现在只能拼上一拼了！"曲丽丽见他们两人充满信心，也大胆了许多，点了点头。

米贵说:"三个臭皮匠抵得上一个诸葛亮,我们一定能成功!"

大聪点了一下头,"我们可是银河系里最聪明的人类。"

"巨怪先生,我们准备好了,决定去帮你收集这三件宝贝!"三人齐声喊着。

巨怪甩了下大长褂,开心地伸出手,打了个响指,说了声好。

哈黎巳、哥坝西、酉怪乌还是那样的热情,挥舞着上肢,走到三人面前,低下身子,不断地对他们叫着,示意他们骑上来。三人看了看,壮了壮胆骑上去抓紧了,还挺舒服。

"你们准备好,我送你们到中心与沟二地的空隙处。"巨怪说着随手拉过身边的一片云朵,用凝云水雾将白云给凝固了,又将他们三人连同三头外星生物拉了上去。

"你们坐稳了!"巨怪说着,伸手捧起那块白云,转着圈,渐渐地越转越快,三人虽然感到头晕目眩,但奇怪的是被牢牢地定在了白云上,怎么也甩不出去。

接着,巨怪大叫一声,用力一抛,那凝固的白云顿时高速地飞了出去,三人感觉身体一震,耳边响着呼呼的风声,眼前白茫茫一片。

不知飞了多长时间,渐渐地他们的速度慢了下来,凝固的白云逐渐散开,最后,三人朝下面掉去。正在担心时,他们身下的哈黎巳、哥坝西、酉怪乌发出唧唧、咕咕、呱呱的叫声,"噗——"张开了身上的翅膀,扇动起来。

在三人前方，有一条宽阔的深褐色的大沟壑，沟壑里不断地升腾起一个个大气泡，像极了肥皂泡，但又呈现出火红色，带着烟，似乎在燃烧。

大聪大叫："这应该就是中心与沟二地的空隙。"

"这么多的气泡怎么飞过去啊？"米贵抬头望着这些升高到看不见顶的气泡说。

曲丽丽紧紧地抓住酋怪鸟的长前脚，甩了下额前的短发，"这些气泡里面好像是火焰，非常灼热。听那巨怪说，这些气泡每隔一段时间会变大或缩小。"

"你们快看，那边的气泡好像不多，而且也小些。"大聪手指着右边不远处说。

"那我们就到那边去吧！"米贵说着抓紧了哥坝西脖子后的皱皮，朝那里飞去。果然那里的气泡又少又小。别看哥坝西四肢粗壮，一副笨重的模样，行动倒是很灵活，它没有停下来，扇动翅膀径直朝着沟壑深处飞去。这时，下面飞起一个小气泡，哥坝西连忙飞高了躲开，排球大小的气泡从米贵身后飞过，米贵大叫了起来："热死我了。"说着他用手抖了抖后面的衣服，衣服带起了一阵风，那小气泡竟然被吹开了。哥坝西连忙飞快地扇动翅膀，飞过沟壑，到了对面。

第八章　有强旋风的沟二地

这气泡能够被吹动！大聪和曲丽丽相互看了看。"我在前面，你跟在我后面。"大聪说。曲丽丽点了点头。大聪抓了抓哈黎巳的大耳朵，哈黎巳唧地叫了一声，扇动翅膀飞高了。大聪双腿夹紧哈黎巳，一手抓着它的大耳朵，哈黎巳侧身飞着。下面一下升起来两个小气泡，一阵灼热传来。哈黎巳不断扇动翅膀，大聪也使劲抖着衣服，在他俩的"合作"下，两个气泡竟被吹远了。

哈黎巳趁机朝前飞去，顺利地飞过沟壑。曲丽丽紧紧跟在后面，也飞了过来。

哈黎巳、哥坝西、酋怪乌降落到地面上。环视四周，三人顿时大吃一惊：眼前到处沙土飞舞，旋风在半空呼呼地刮着，形成一个个大的旋涡。旋风时圆时扁，三人知道这与 η 空间呈扁形有关。大聪一手抓着哈黎巳的大耳朵，一手挡在脸前遮挡尘土，正好看见身边有块大岩石，连忙吆喝着哈黎巳躲到大岩石的后面。米贵骑着哥坝西，曲丽丽骑着酋怪乌，也紧跟过来。三人看着漫天黄土有些发愁。

"这就是 η 空间沟二地,果然如巨怪说的那样,到处是飞沙走石。这看都看不清,根本是寸步难行,怎么去找那什么漫天捆星索啊?"米贵皱着眉叹了口气说。说话时,他嘴巴都不敢张大。一阵旋风从大岩石上面吹过,发出一阵呜呜的呼啸声,面前的大岩石不断地晃动。曲丽丽俯身紧紧地抓着酋怪鸟前面的两只长脚,低头眯眼说:"连这石头都吹得动,我们一出去,估计会被卷到半空!"

"车到山前必有路,别急,我们会有办法的!"大聪安慰他们说。忽然一道飞尘吹得他睁不开眼,想起米贵戴眼镜,他笑着说:"米小鼠,还是你好,戴着眼镜不怕风沙啊!"

"我的眼镜也容易掉啊!"米贵皱着眉,抿着嘴说。

曲丽丽从身上摸出一条小蓝丝巾,裹在了头上。

"曲木兰,还有没有丝巾,也给我一条。"米贵说。

"我哪里会带这么多的丝巾啊?"

大聪紧紧盯着前面,大声说:"你们有没有发现,这些旋风都是往右边吹的,时快时缓,而且慢慢地往上飘。"米贵和曲丽丽仔细观察了会儿,确实如此。

"那又怎么了?"米贵用手捂住嘴巴说。

"我们可以顺着这旋风的方向走啊,它们往右去,我们就跟着去,等到它升高了,我们再往左边走,这样弯曲着前进。"大聪低着头大声地说。

曲丽丽赞同地点了点头。米贵愣了一下说:"好像可

以试试。"

他们身下的哈黎巳、哥坝西、酉怪乌发出唧唧、咕咕、呱呱的叫声，似乎也在表示同意大聪的意见。

"那我们走吧！"三人裹紧了衣服，瞄准了一道旋风的走势，骑着外星生物冲了出去。

飞尘吹来，旋风呼啸，耳旁响着呼呼的风声，三人一下被吹开一段距离。

"我们低头贴着它们的背。"大聪喊着，说着俯身抓紧哈黎巳的两只大耳朵。哈黎巳摇了摇胖头，低吼一声，慢慢地走稳了，眼看旋风升高了，又往回小心地走了两步。

米贵和曲丽丽骑着哥坝西、酉怪乌也这样来回地走着。别说，这三只外星生物虽然个子不大，但是下肢的抓地能力挺强，顶着旋风走路还是非常稳当的。

三人骑着哈黎巳、哥坝西、酉怪乌不断地往前走着，这样的走路方式确实能巧妙地避开强烈的旋风。

"找到这旋风的规律，我们倒是可以在这强风里行走了！"米贵扶正了眼镜，掸了掸头上的灰尘，从口袋里拿出一条小细绳将眼镜系在了头上。

"其实每个事物都有它运行的规律。"大聪说。

旋风继续刮着，到处都是尘土飞扬，三人透过沙尘环顾四周，整个天空灰红灰红的，地面都是黄色泥土和褐色岩石，灰茫茫的一片，根本看不清远处。

三人骑着哈黎巳、哥坝西、酉怪乌小心地朝前面走了一段距离。

"这么大的地方，谁知巨怪说的漫天捆星索在哪里？"

曲丽丽抬头说，风吹着她头上的丝巾发出呼呼响声。

大聪睁大眼扫了一圈，也长长地叹了口气，"我们只能边走边看了！"三人顺着风向前走。渐渐地，前面的旋风强了许多，地面上大小石头都被刮着朝前滚去。三人发现，不光是前面的石头，周围的石头也都全部朝着一个方向滚过去。

米贵马上大叫了起来："不好，那里有个巨大的旋风旋涡，我们可不能过去，过去一定会被卷进去。"

身下的哈黎巳、哥坝西、酋怪乌停了下来，顺着刮来的旋风向右去，再低头往回走，就这样在原地徘徊。

大聪和曲丽丽瞪大眼仔细朝前看着，果然如米贵所说的那样。

"我们绕着走吧！"曲丽丽捂着嘴大声说。

"这个旋涡好像很大，怕是绕不过去啊！"大聪说。

"巨风旋涡还在不断晃动！"米贵惊叫着，"好像在慢慢地朝这里移过来！"

"那可怎么办啊？"曲丽丽有些绝望地说。

三人明显地感到巨风旋涡离得近了，呼呼的风声也更响了，身边的石头呼地一下被卷到了高空。哈黎巳、哥坝西、酋怪乌发出唧唧、咕咕、呱呱的叫声，快速往后退着。

"这样下去不是办法啊！巨风旋涡会把我们逼到那个空隙里。"米贵急了，对着大聪大喊。

酋怪乌后退得稍微慢了些，巨风旋涡吸住了它，还好处在巨风旋涡的外围，吸力不是很强劲。酋怪乌八只脚紧

紧地抓着地，在地上划出几道痕迹，它胸口的脸绷紧了，大嘴发着呱呱的叫声。曲丽丽俯身紧紧地环抱着酋怪鸟的身体。

眼见不妙，哈黎巳和哥坝西连忙快速冲过来，伸出脚勾住了酋怪鸟的后腿，使劲地往回拉。大聪和米贵也紧张地对曲丽丽大叫，叫她抓住酋怪鸟不要松手。

身边的旋风呼呼地吹来，扬起一阵阵沙尘。大聪和米贵轻轻地拍打着身下的哈黎巳、哥坝西，它们一边用脚勾住酋怪鸟，一边顺着旋风往右走，然后再低身往左走。

巨风旋涡继续朝这边移动，酋怪鸟身体打了一个横，强大的吸力一下将曲丽丽头上的丝巾吸走了，卷到了高空。哈黎巳、哥坝西大叫着一起用力拉酋怪鸟，酋怪鸟拼命后退几步，离开了巨风旋涡。

大聪和米贵长长地松了口气，曲丽丽惊魂未定，抿着嘴喘着气，好险啊！

"快点想办法，怎么躲开风旋涡。"米贵紧张地催着。

大聪手抓着哈黎巳的大耳朵皱眉沉思，忽然开口说："地球上躲避龙卷风最为安全的地方是位于地下的空间或场所，同样的道理，避开巨风旋涡最好是能够藏身地下，如果这里有个地下洞就好了。"

"这里哪有洞，你等于白说啊！"米贵说。

知识点

龙卷风：一种强烈的、小范围的空气涡旋，是由雷暴云底伸展至地面的漏斗状云产生的强烈的旋风，其风力可达12级以上，一般伴有雷雨，有时也伴有冰雹。它影响范围虽小，但破坏力极大。因为旋转力很强，它常把地表面上的水、尘土、泥沙等卷挟而上，从四面八方聚拢成管状，有如"龙从天降"，因而得名龙卷风。龙卷风分为陆龙卷和海龙卷。陆上龙卷风外围多为泥沙；海上龙卷风外围多为海水，因此海上的龙卷风也被称为"龙吸水"。

第九章　躲避风旋涡

　　风越来越大，哈黎巳、哥坝西、酋怪乌不断地发着唧唧、咕咕、呱呱的叫声。酋怪乌用其中的六只长脚飞快地刨着地，尖尖的脚趾不断翻出干黄土，黄土迅速地被旋风卷到空中，地上很快就出现一个深坑。

　　哈黎巳在边上挺直了脖子，张大嘴喷出一股水到地上，地面湿了，黄土也松软了许多，酋怪乌六只脚刨着湿地时变得轻松了。哥坝西也在用脚刨土，不过明显没有酋怪乌来得快。哈黎巳在一边喷着水，哥坝西、酋怪乌在挖着洞，它们配合得非常默契。

　　大聪三人吃惊地看着身下的它们。令人惊讶的是，不一会儿，一个深一米多、长和宽近两米的大洞竟被刨出来。巨风旋涡渐渐逼近，已经可以清楚地看见飞快旋转的气流，卷着碎石黄土飞过。哈黎巳、哥坝西、酋怪乌迅速进入洞里，虽然有些拥挤，但也是不错的藏身地。

　　大聪三人看了看，露出笑容，想不到它们这么灵巧，他们各自伸手拍了拍身下的哈黎巳、哥坝西、酋怪乌。强烈的旋风将黄土吹得整个洞里都是，三人不断地用手挥开尘土。

外面的旋风还在不断地吹，三人出了洞，哈黎巳、哥坝西、酋怪乌抖了抖身体，甩下身上的黄土，然后一边躲避着旋风，一边再次朝前走去。三人也不断甩着头。

"这些外星生物还是挺聪明灵巧的，刚才多亏了它们。"曲丽丽感叹着，用手拢了一下头发，她的衣服上、脸上全是土。

"巨怪将它们派给我们，还是有他的道理的。"米贵手捂着嘴说。

大聪点了点头。

听着三人表扬自己，哈黎巳、哥坝西、酋怪乌走起路来也轻快了许多。

旋风卷着沙尘漫天飞舞，他们在这不见天日的沙尘中，不知走了多长的路，只觉得到处都是一样的环境。

"你们说这什么漫天捆星索怎么找啊？"米贵捂着嘴说。

"是啊！在这茫茫的黄沙中走了半天，都不知走到哪里了，更别说找什么漫天捆星索了！"曲丽丽很沮丧。

大聪低头避着风沙大声说："那巨怪不是说漫天捆星索拉着山上的大石头吗，我们就先寻找四周的山。"

曲丽丽点了点头，抬头望着四周。

"我们骑的外星生物挺有灵性，不如和它们说说，让它们来寻找。"米贵忽然大声说。

大聪觉得有道理，拉着哈黎巳的耳朵，在它的耳边嘀咕起来，哈黎巳马上点着头，对着身边的哥坝西、酉怪乌发出了唧唧的叫声，哥坝西、酉怪乌点头回应它。

"你和它说了什么？"米贵好奇地问。

"没说什么，就是让它们找找附近有没有山。"大聪故作神秘地回答。

这时，"哗"的一声，他们身下的哈黎巳、哥坝西、酉怪乌一下全部张开了翅膀，翅膀有两米多长，纷纷扇动起来。大聪大叫："快抓紧了！"三只外星生物嘶吼了一声，腾空而起。旋风呼呼地刮来，它们顺着旋风向右飞去，快速地飞上了半空，越往高飞旋风变得越弱。

哈黎巳、哥坝西、酉怪乌似乎发现了这个现象，它们不断地扇动翅膀，带着大聪三人越飞越高。不知飞了多久，三人惊奇地发现，空中突然没有了旋风，安静了许多，四周一片红，原来整个天穹呈现橘红色，却没有看见太阳，天空看去像叠在一起的封闭大空间，这正如巨怪所说的 η 空间是太空小泡泡。从上面往下看，可以清楚地看见下面一片飞沙走石，还有移动着的旋风。

"这样可是安静了许多，我们寻找起来要方便不少。"米贵开心说着，他身下的哥坝西也张着尖嘴咕咕地叫着。米贵喝着："别叫，仔细找找附近有没有高山！"

大聪和曲丽丽也叮嘱身下的哈黎巳和酉怪乌仔细寻找。

地面的旋风肆意地刮着，旋涡外圈吸卷着黄土和石块飞快地旋转，有不少石块相互碰在一起，一下被撞得粉碎，如果人被吸进去了，可能会狠狠地撞在一起，还有可能被这些石块砸伤。这些风旋涡升到半空慢慢地就消散了。

三人深深吸了口气，暗自庆幸已经飞到空中。

哈黎巳、哥坝西、酉怪乌在空中飞行了一段时间，可是没有看见高山。

"到处都是灰蒙蒙的，这样飞下去找不到什么高山！虽然空中没有风，哈黎巳、哥坝西、酉怪乌最后还是要回到地面歇息。"曲丽丽说。

米贵点了下头，抱怨道："你们说这荒芜之地，哪里去找什么漫天捆星索，会不会是那巨怪在作弄我们啊？"

"应该不会，他这么作弄我们，也没有什么意义啊！"大聪说。

曲丽丽皱起了眉，没好气地说："好好的一次太空旅游，竟莫名其妙地来到了这种鬼地方。早知如此我怎么也不会参加这个活动了！"

大聪劝道："现在埋怨有什么用？我们只有面对现实，想办法克服困难，才能安全回到地球。"

米贵和曲丽丽一阵沉默，想想也有道理。眼前褶皱的天空橘红一片，也是别有一番景象。

哈黎巳、哥坝西、酉怪乌好像慢下来，翅膀扇动得有气无力。

"如果再不能找到高山，我们只能到下面去和旋风周旋了。"米贵说。

大聪和曲丽丽睁大了眼寻望四周，周围的天空空荡荡的。

正当几人焦急时，曲丽丽身下的酋怪乌伸长了头，朝着前方呱呱地长叫几声。

三人朝那方向看去，前面橘红的天空下隐约出现一个高耸的黑影！

"那是什么？"曲丽丽手搭着额头叫道。

"好像是座山峰啊！"米贵惊喜地喊着。

"终于找到了高山。"大聪也兴奋起来。

哈黎巳、哥坝西不断发出唧唧、咕咕的声音，翅膀扇动得快了起来。

渐渐地飞近了，高山看上去越来越清晰，山体直耸天空，山呈橘黄色，表面光滑没有什么植被，山周围的空间呈现皱褶，看上去在不断出现叠层。

又飞了一段距离，能更清晰地看到那座高山后，几人不由得一惊，这座山非常高，几乎看不到山顶，一股股强烈的旋风沿着山坡从下朝上卷去，滚滚沙石被吸入旋涡，形成一条沙石流，越往上去沙石流越细小。

三人看呆了，人要稍微靠近点，肯定会被吸进去。

"天啊！这样的山怎么上去啊？"米贵叫着。

"恐怕不能在山上着陆。"曲丽丽接着说。

大聪皱着眉，非常失望。好不容易找到一座山，却是这么恶劣的环境。

他们身下的哈黎巳、哥坝西、酉怪乌也不断发出叫声，翅膀扇动得慢了下来。大聪拍了拍哈黎巳的背部，哈黎巳抖了抖身子，使劲扇动翅膀沿着大山快速朝向前飞去。

第十章　高山中有座洞

　　哥坝西、酉怪乌驮着米贵和曲丽丽跟过去，两人相互看了看，"这个大王虫，在做什么？"曲丽丽说。

　　"难道要带我们绕过这山？"

　　"这山这么大，怎么可能绕过去？"曲丽丽回答。

　　"要不我们从山顶上飞过去？"米贵说。

　　"你眼睛是不是被蒙上灰了，这山能看得到顶啊？"曲丽丽没好气说。

　　"那这大王虫往前去是做什么？"米贵嘀咕着。正想大声问大聪，米贵看到前面山上的沙石流突然小了许多，仔细看去，透过茫茫黄沙隐约能看到山腰上有个黑点。

　　"那里应该是个洞，只是要从旋风中穿过去。"大聪指着黑点大声说。

　　"怪事，你怎么知道那是个洞？"米贵好奇地问。

　　"你们仔细看看，山坡往上去的沙石流都在朝那里偏，说明那里肯定有股吸力。"

　　"不愧是大王虫，真聪明，观察得真仔细。"曲丽丽赞扬道。

"这有什么聪明的？谁心细都能看得出。"米贵一边不服气地说，一边看了看面前的旋风，"现在我们怎么进去啊？"

哈黎巳、哥坝西、酉怪乌悬停着，扇动着翅膀，身体左右晃动。

米贵说："大王虫，我看我们只有硬冲进去。"

"你疯了，这样肯定会被旋风卷走。"曲丽丽叫着。

大聪沉思了一会儿说："我们可以从上面往下俯冲，越往上去旋风的风力越小，我们从上往下冲，正好可以相互抵消部分力。"

曲丽丽看了看呼啸而过的旋风，还有它裹挟着的不断撞击在一起的石头，深吸了口气，"这能行吗？"

"只有试一试了。"大聪坚定地说，然后拍了拍身下的哈黎巳。哈黎巳加快扇动翅膀，朝上飞去，到了一定高度，转头朝下，忽然一个侧身朝着两股旋涡的中间猛冲。大聪俯身贴着哈黎巳的后背，石块从身边飞过，不时打在哈黎巳身上，哈黎巳唧唧地叫着。

大聪感觉一阵非常强烈的风卷着自己飘了一会儿，接着便是一阵安静。再看眼前，已是穿过风旋涡到了洞里。哈黎巳降落到地面，收起翅膀，不断地发着唧唧的声音。大聪从哈黎巳身上下来，看它不断发抖，仔细检查了一下才知道它的脖子和尾巴都受了伤，褐色的厚皮上有道口子，肯定是刚才穿过风旋涡时被石头剌的。大聪拍了拍哈黎巳的大头，它斜眼看了看大聪，晃了晃头示意这伤没有事。

"咕咕——""呱呱——"，哥坝西、酋怪乌也飞进洞里降落下来。哥坝西咕咕地哀叫着，像是受伤了，酋怪乌皮厚，倒是没事儿。米贵看了看哥坝西的伤，"还好伤得不严重，这些石块的撞击力真大。"

"是啊，要是石块撞到我们，我们可就惨了。"曲丽丽有些担忧地说。三人拍打着身上的衣服，尘土纷纷落下。

"这里怎么这么安静？"曲丽丽抬头看着周围说。

大聪扫视四周。这个洞的宽度和高度与教室的差不多，洞壁上全是黄土，洞的里面弯弯曲曲。三人小心地朝里面走去，地面坑洼不平。这里真是难得闹中取静的地方，看来这洞应该是天然形成的。

左弯右拐，三人在洞里走了一段距离，发现前面出现亮光，看来出口到了。大聪朝身边的哈黎巳呼了几声，只见它非常听话地朝前面跑去。米贵和曲丽丽也学大聪朝哥坝西、酋怪乌呼了几声，酋怪乌甩开八只长脚跑过去，哥坝西像猩猩一样四肢并用飞跑，马上超过了酋怪乌。

"看看我的坐骑速度有多快？如果在平地上，我肯定能把你们甩在后面。"米贵得意地说。

"它们各有所长。我的酋怪乌皮厚，非常坚硬，大王虫的哈黎巳可以喷水，你有什么可得意的？"曲丽丽翻了个白眼。

大聪忍不住笑出声，米贵朝他俩斜了一眼。

这时，前面的哈黎巳、哥坝西、酋怪乌不断发出叫声，三人一愣，连忙朝前面跑去。风声越来越响，不一会儿就到了出口，眼前依然黄沙弥漫，茫茫一片看不见边际。此处没有旋风，而且风力要小许多，相当于地球上四五级的风力。

三人朝下看了看，脚下深不见底。

"是不是我们穿过了那座山？"曲丽丽说。

"这里面的风小得多。"米贵跟着说。

"你们说，我们要找的什么漫天捆星索会不会就在这附近？"大聪看着前面问。

"有可能啊！一切皆有可能。"米贵顿了顿，"不过只有找寻后才知道。"

曲丽丽点了点头，"我们休息下再出发吧！"

哈黎巳、哥坝西、酋怪鸟靠着洞壁一动不动地歇息着。

三人也靠着洞壁稍微歇息了一会儿，便唤醒哈黎巳它们，准备出发了。

"看来我们要在风里穿行了！"米贵说。

"希望能够寻找到我们要的宝贝。"曲丽丽深吸口气，骑上了酋怪鸟。"唧——"哈黎巳驮着大聪扇动翅膀飞出洞口，曲丽丽和米贵紧跟其后。

三人乘着哈黎巳、哥坝西、酋怪鸟平稳地飞行在风中，不断地扫视四周。不知飞了多长时间，隐约可见头顶天空泛着橘红色。

"这山可真大！我们去哪儿找那捆星索呢！"米贵大声地说，显得有些焦躁。

大聪没有出声，皱眉朝四周看着。

　　曲丽丽倒是一脸淡定，手搭额头看着前面，"都飞这么久了，相信再坚持下我们就能找到那根捆星索了。"说着忽然她低头大声说："我们不如寻找那些矗立在强风中不动的大石块，很有可能这样的大石块就被那捆星索紧紧地拉着。"

　　"有道理，可是现在连风都是四平八稳的，恐怕什么大石块都吹不动，哪里能够找到你说的那种大石块啊？"米贵说，"要不，我们分头寻找吧？"

　　曲丽丽大声说："我们在这里分开，恐怕很难再碰头了，还是在一起吧！"大聪点头附和。

第十一章　捆星索可能就是藤蔓

正说着，忽然前面的风大起来，风声刺耳，黄沙增多，哈黎巳、哥坝西、酉怪乌赶紧靠近了一些。三人仔细看去，远处有一个巨大的风旋涡，按逆时针旋转着，令人惊讶的是，透过黄沙隐约可见风旋涡的中间有一个山头，山顶光秃秃的，山脚却有一块块绿斑。

那旋风很强劲，碎石被卷起飞到高空不见踪影。

哈黎巳、哥坝西、酉怪乌飞到了风旋涡附近，三人感到有股风吸着自己，黄沙一会儿浓厚一会儿稀薄，看里面模模糊糊的。

"这灰蒙蒙的一片，根本看不清里面，喷些水冲开那些黄沙吧！"大聪说着拍了拍身下的哈黎巳，哈黎巳张大了嘴，收缩起肚子，顿时嘴里喷出一道白色水柱。水柱有一米多长，喷在旋风上顷刻化成水珠被甩了出去，好在

也带走了一些黄沙，前面一下清晰不少。不过马上又是一阵强劲的旋风吹来，带着黄土，前面又变得模糊了。

忽然，米贵大声说："你们有没有看到那山头上有一块摇晃的石头？"

大聪和曲丽丽连忙朝里面看去，却没有看清。米贵手指着哈黎巳说："快，再喷水！"哈黎巳又喷出一道水柱，前面清晰了。两人仔细看去，果然在那光秃秃的山头上有块大石头在风中晃动着。奇怪的是，这石头就悬在一个支点上不断摇晃，无论那风多强烈，这石头就是吹不走！

一阵旋风挟带黄沙而来，前面又变模糊了，哈黎巳再次喷出了水柱，不知它身体里哪来这么多的水。

这下三人终于看清了，那大石头上好像由一根绿色细藤条固定着，那藤条不粗，只有小拇指一样粗细。

"不会就是那东西吧？"大聪低头避着呼呼的旋风，手指着里面大声说。

米贵愣了一下，然后惊喜地说："肯定就是它了，在这么强劲的旋风中能够拉住这大石头不被卷走，这东西一定非常坚韧！巨怪说的漫天捆星索肯定就是这藤条。"

大聪和曲丽丽也开心不已，这藤条是漫天捆星索的可能性很大。

"不过奇怪，这里整片都是荒原，连绿色植被都少见，这块石头上面怎么会有这样的藤条？"曲丽丽好奇地说。

"这就是这根藤条的神奇之处啊！"大聪回答。

曲丽丽担心地说："就算这藤条是咱们的目标，可是咱们怎么进入那风旋涡里面，将它弄到手？"

眼前风旋涡发着刺耳的狂啸声，黄沙飞舞。三人相互看了看，面露难色。身下的哈黎巴、哥坝西、酋怪鸟扇动着翅膀，相互交头接耳，发出唧唧、咕咕、呱呱的声音。

三人沉默了一会儿，忽然大聪大声说："我看只有一个办法可以一试！"

米贵和曲丽丽连忙问什么办法。

"我们冲进去，设法抓住那根藤条，然后再顺着旋风从另一边逃出来。"

"你疯了，恐怕我们还没抓住藤条，就被旋风卷到天上去了！"

曲丽丽也害怕地支吾着："是啊！这么大——的风，能——行吗？"

大聪也不敢肯定，可是现在不这样试，没有其他好办法。

"你们看这风旋涡，在右边那个位置离山头要近许多，我们就从那里冲进去。"大聪顿了顿继续说，"我们可以让哈黎巴、哥坝西、酋怪鸟飞低，然后腿连腿，迅速地冲进去，趁着旋风卷起时抓住那根大藤条。"

"这太冒险了！"曲丽丽脸上满是惊慌。

"就算冒险，也要试试。"大聪坚定地说。

米贵皱着眉，扬起头看了看四周，沉默一会儿后鼓起勇气点头说："也只有试上一试了。"

见他们两人都决定了，曲丽丽犹豫了一会儿，也只好点头答应。大聪对米贵和曲丽丽大声说："抱紧身下的坐

骑，我们来一次冲锋！"说着俯身抱紧了哈黎巳，在它耳朵边嘀咕了几句。

米贵和曲丽丽也紧紧抱住哥坝西和酋怪乌。哈黎巳带着哥坝西、酋怪乌沿着风旋涡朝右边飞去，飞到大聪说的位置后悬停着，它们的腿紧紧地相互勾在一起。

大聪拍了拍哈黎巳，哈黎巳抬了下大头，唧地叫了声，带着哥坝西、酋怪乌飞低了，接着收紧了翅膀，一个俯冲进了风旋涡。三人感觉一股强力卷着自己朝上飘去，耳边响着呼呼的风声，头有些眩晕。

大聪透过茫茫黄沙朝上看去，隐约发现山头就在不远处，大石头在上面晃动。

忽然，曲丽丽身体歪了一下，然后被风卷着飞起。

大聪和米贵惊呆了，眼见曲丽丽被风吹走，酋怪乌离开哥坝西、哈黎巳，顺着旋风飞起来，接着迅速地伸出两只爪子抓住了曲丽丽的腿，往回一拉，将她拉回自己的背上。哈黎巳和哥坝西也伸出腿勾住了哥坝西的腿，终于它们再次并排飞在一起。

"好险！"曲丽丽脸色苍白，不断地喘着气。

大聪点头向她示意。

曲丽丽摸了摸头发乱舞的头，用手拍了拍酋怪乌，酋怪乌伸出长舌头舔了舔她的手。

旋风呼呼地裹挟着他们向上飞去。离大石头越来越近了，风也猛烈了许多，吹得三人东倒西歪。三只外星生物半张开翅膀，往后扇着，产生了一股往下的力，顿时往上的速度慢了许多。三人一惊，想不到它们还能反着挥

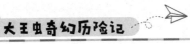

翅膀。由于它们翅膀的遮挡，三人受到旋风的吹力小了不少。

旋风越来越大，三人眼睛都快睁不开了。大聪摇了摇头，费力地睁开眼，隐约看见已到了山头。那块大石头就在身边，有一座假山那么大，呈不规则的圆形，表面被吹得光秃秃的，露着黄褐色。大石头被一根藤条紧紧地缠了一圈，藤条两端向山下延伸，不知扎在哪里。

大聪觉得这是个机会，伸手指了指上面。米贵和曲丽丽紧张地看着他，旋风吹得他们有些眩晕。大聪屏住呼吸，努力使自己保持冷静，不断地瞄着那块大石头。

哈黎巳、哥坝西、酋怪乌低鸣着，扇动翅膀努力地保持着平稳，三人俯身紧紧地趴在了它们的身上。可是旋风的力量太大了，将他们不停往上卷。

第十二章　取得漫天捆星索

　　眼看要远离那块大石头，大聪急了，松开哈黎巳，在米贵和曲丽丽惊讶的注视中，被旋风瞬间卷了出去。大聪觉得耳边风声呼啸，头也晕乎乎的，迷迷糊糊地感觉从大石头旁边飘过，连忙伸手向石头抓去，正好抓到了那根藤条。旋风吹得他整个人不断地摇摆，他紧紧地抓着藤条不松手。

　　哈黎巳飞了过去，张嘴吐出长舌头一下卷住了他的腿，往回拉着，哥坝西、酉怪乌努力地用翅膀挡住旋风。哈黎巳收回长舌，大聪顺势双手抓住、双腿盘住了藤条，停了一会儿，他费力地沿着藤条一点点朝着上面爬去，终于爬到了大石头顶端。大聪趴在大石头上，一手拉着藤条，一手从大石头缝里抠出一块尖石头，狠狠地砸着藤条。不一会儿藤条被砸断了，两根断开的藤条瞬间离开了岩石，被旋风吹到空中。大聪紧紧地抓住其中一根藤条，藤条带着大聪在空中飞舞。再看那大石块，一下被旋风吹离了山头，往山下滚去。

米贵和曲丽丽急了，如果被藤条甩在岩石上，那可就惨了。

米贵伸出手指了指哈黎巳，哈黎巳领会了他的意思，立即伸出爪子来拉藤条。藤条太长，旋风力道太大，只能一点一点地往回拉。哥坝西、酉怪乌也纷纷伸出爪子拉住藤条，在它们的努力下，藤条终于慢慢地被拉回来。

这时，强劲的旋风呼啸着吹来，可怕的是，风中挟带着几块大碎石，米贵吓呆了，曲丽丽低头闭上了眼睛。就在那些碎石撞上来时，酉怪乌突然往高飞了一点儿，大碎石呼呼地撞在了它的身体侧面，马上被酉怪乌坚硬的厚皮弹开了。

这时，哈黎巳飞到了大聪的身下，大聪拉着那根藤条，一个跨步骑上了哈黎巳。哥坝西和酉怪乌也连忙飞着靠近，三只外星生物的腿再次紧紧地勾在了一起。

那根藤条绷紧了，另一头仍牢牢地固定在下面。大聪一手拍了拍身下的哈黎巳，哈黎巳带头向山下飞去，大聪则往左胳膊上缠藤条。

渐渐地，他们离藤条的根近了，哈黎巳张开嘴巴，想用牙齿咬断藤条根。

大聪在它身上不断地晃着。

米贵和曲丽丽紧张地看着大聪和哈黎巳。那藤条根很粗壮，哈黎巳没有咬断。大聪左手抓住藤条，伸出右手，捡起坑里的一块尖石头砸藤条根，藤条根非常坚固，尖石头砸了几下竟然没砸断。

旋风不断狂啸，漫天的黄沙吹得人睁不开眼。旋风卷

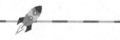
着哈黎巳往上飘,大聪紧紧地拉住藤条。哈黎巳张开嘴喷出了水柱,不断冲刷着藤条根部。

大聪趁机使劲地砸着藤条,砸了十几次,终于砸断了。旋风顿时将哈黎巳和大聪卷上了天空。哈黎巳向后扇动翅膀,哥坝西和酉怪鸟随风飞来,它们的腿紧紧地勾在一起,竖起了翅膀,保护着大聪三人。强劲的旋风卷着哈黎巳、哥坝西和酉怪鸟不断升高,大聪三人紧紧地环抱身下的坐骑,眼前黄茫茫一片,耳边响着呼呼的刺耳风声,不时有东西击打在哈黎巳它们身上。

不知过了多久,三人耳边的声音渐渐地变小,吹过的风也越来越小,又过了一会儿,四周变得一阵安静。"呼啦!"哈黎巳、哥坝西和酉怪鸟张开了翅膀。三人睁眼看着周围,他们终于离开了风旋涡,四周的风轻轻地吹着,天空中橘红色的光线把周围照得闪闪发亮。

"终于拿到了这漫天捆星索。"曲丽丽掸了掸额前短发,笑着说。

"说得好听叫漫天捆星索,其实不就是根藤条吗?"米贵反驳道。大聪伸直左胳膊,三人看清了,藤条上有密密的小根须,这些小根须相互纠缠在一起。

"我们现在怎么回去啊?"曲丽丽问。

大聪看了看四周隐约可见的山顶,"或许我们飞过山顶就能出去了。"

米贵点了点头。三人拍了拍身下的哈黎巳、哥坝西和酉怪鸟,它们向山顶飞去。

不久,三只外星生物带着大聪三人再次来到 η 空间

中心与沟二地之间的大沟壑。有了飞进来的经验，他们灵巧地避开了火红色大气泡，顺利地穿过了大沟壑，回到了η空间中心地。

他们回到了出发的地方。哈黎巳、哥坝西和酉怪乌收起翅膀，降落在那片树林里，三人从它们身上下来。四周空荡荡的，巨怪到哪里去了？哈黎巳、哥坝西、酉怪乌默默地走到它们之前待的笼子旁，用爪子抚摸着树干，抬头不断低鸣着。

"你们回来了！"声音震耳欲聋。三人捂着耳朵，向四周张望，却没有看见那巨怪。人呢？在哪里？三人相互看着。正在这时，头上一阵响动，原来声音是从上面云团里传来的，接着巨怪从上面跳了下来。

他弯着巨大的身体，低下方扁的大头，歪着黑褐色大方脸，张着大扁嘴笑着说："果然厉害，找到那漫天捆星索了，快给我！"

大聪解开缠在左胳膊上的根藤条，小心地递到了巨怪的手上。

巨怪伸长了双手，拉长了漫天捆星索，用力扯也没扯断。"就是它，我曾经到η空间沟二地找了好几次，有一次找到它了，因为风太大，差点儿被带进了旋涡中，所以放弃了。"说着，他看了大聪三人一眼，竖起了大拇指，"你们确实厉害，看来我没有看错你们！"

说完，他看了看手中的漫天捆星索，又发出一阵笑声。大聪三人捂着耳朵相互看了看，心底涌起浓浓的自豪感，脸上露出开心的笑容。要知道，他们可是办成了连巨

怪都没办成的事啊！

巨怪一下跳上了云团，在上面不知忙些什么。过了一会儿，他带着漫天捆星索的一端又从上面跳了下来。原来他将漫天捆星索的一端固定了上面的云团上，接着他走到树林里，将另一端系在了一棵粗壮的树上。

巨怪拍了拍手，看着那云团，脸上露出了紧张的神色。那云团看似轻飘飘，想不到飘动时能产生巨大的力量，一下绷紧了漫天捆星索，发出嘎吱的声响，那棵大树也弯曲了。天啊！看上去轻飘飘的云，却有着无穷的力量！

第十三章 开始又一个任务

这时，天空中又有几朵白云从云团边飘过，几朵白云相互触碰了一下，瞬间引发了一道长长的火花，在云间蔓延开来。

"这不是闪电吗？"曲丽丽叫了起来。

马上三人又听到了一阵轰隆隆的声音。

"这像是雷声！"米贵说。

"天啊！这可是我第一次这么清楚地看到闪电和雷声的产生！原来闪电、雷声就是这么产生的啊！"大聪感叹着。

知识点

电闪雷鸣现象：雷雨时，天上的云有的带正电，有的带负电，两种云碰到一起产生放电时伴随的电光就是闪电，闪电会放出很大的热量，使周围的空气受热、膨胀。瞬间被加热膨胀的空气会推挤周围的空气，引发出强烈的爆炸式震动，这就是雷声。

　　那云团还在飘动，扯动着藤条，系藤条的树更弯了。巨怪露出几分担忧的神色，大聪三人也紧张地看着。这样僵持了一会儿，那云团忽然不再飘动，而是停了下来。

　　巨怪一下露出了轻松的笑容，"这捆星索确实坚韧，有了这东西，那凝结的云团可就飘不走了。"

　　渐渐地，那凝云水雾的凝云功能失效，空中的一整块云团散去，不一会儿就散成一朵朵白云。

　　"你们看这凝云水雾是有时效的，我需要永久有效的凝云水雾。接下来，你们就要做第二件事了，就是去沟一地寻找释放凝云水雾的垗石头。那垗石头释放的凝云水雾在凝云后是不会失效的，可是……"巨怪顿了顿，说，"那沟一地有不少从各个外星球上吸进来的稀奇古怪的野兽猛禽。"

　　曲丽丽打了个寒战，看来这个任务比第一个任务还要难！不过三人完成了漫天捆星索的采集，对接下来的任务还是有几分信心的。

　　"巨怪先生，为了找那捆星索，我们可是累坏了，能否给我们补充些能量？"大聪说，米贵和曲丽丽也点头。

　　巨怪笑了笑，甩开腿走进树林深处，不一会儿，又从里面走了出来，把手伸到三人面前，那巨大的手掌上面有三个和铅球一样大的圆形果子，"这是三个果子，你们把它吃下去，就会有精神了！"

　　大聪、米贵和曲丽丽惊喜地拿过果子。这果子红润润的，捏上去有些软。三人用手擦了擦，张大嘴咬去，顿时一股甜汁溢满了嘴，一股清凉从喉咙蔓延到肚子。味道真好！三人几下就吃完了果子，打了个饱嗝，觉得精神百倍，先前的劳累消失得无影无踪。

巨怪看了看他们，说："快骑上你们的宝贝，继续行动吧！"

"可是它们还没有吃东西呢。"米贵用手擦着嘴说。

"我已经喂好它们了。"

巨怪说着从身上拿出三包鼓鼓的东西，"这是水袋，沟一地非常干旱，你们带着可以解渴。"三人接过放进衣袋，相互看了看，走到哈黎巳它们面前，骑了上去。哈黎巳、哥坝西、酋怪乌展开翅膀朝着沟一地飞去。飞了不长时间，便到了 η 空间中心与沟一地的交界处，这里的沟壑没有沟二地的宽，冒出的大气泡也少很多。

三人骑着哈黎巳、哥坝西、酋怪乌轻松地飞过沟壑进入了沟一地。

眼前是一片露着灰泥土的干旱大地，长着稀稀拉拉的几棵绿色植物，不远处绵延着高高低低的灰色山脉。天空暗黄色，四周空荡荡的，看上去有很多空间皱褶，隐约有热气升起。

"这里像是沙漠！"大聪说着，用手擦着脸上的汗水。

米贵用手在脸前扇了扇，"这里可真热啊！不知地表温度达到多少了！"说着扯低了衣服的领口。

曲丽丽撩了下耳际的短发，"这就是一个热地方，正因为温度高，水才显得宝贵啊！"说着，她瞪大双眼警惕地朝四周看了看，"我们先赶紧找个地方商量一下。"

经历过寻找漫天捆星索后，曲丽丽勇敢了许多。大聪点了点头，见前面有块黄色大岩石，就指着那里说："我们就先到那块大岩石的后面吧！"

三人在大岩石边上坐下来。"你们说那什么堆石头会在什么地方？"米贵推了下眼镜，擦去了脸上的汗珠。曲丽丽一边用手扇着风，一边说："这里缺水，野兽要活下去，必须要有水。因此凡是野兽集中的地方，就是那凝水的堆石头可能存在的地方。"

大聪皱了下眉，往后靠在那大岩石上说："曲木兰，你说的话有道理，可那也是最危险的地方。野兽这么多，我们如何下手？恐怕到时宝贝没找到，我们先成了那些野兽嘴里的美味了。"

"我现在不是很担心了，我们有哈黎巳、哥坝西、酋怪乌，我是越来越喜欢它们了，不仅通人意，还有超强的本领，有了它们，到时一定能和那些野兽周旋！"米贵说着还看了看身边趴在地上的哈黎巳、哥坝西和酋怪乌。曲丽丽也跟着点了点头。大聪心中一喜，现在看他们好像变了个人，没有了以前的胆怯，充满了信心和勇气。

大聪感觉这块大岩石真凉快啊！他忍不住将自己的胖脸靠了上去。米贵和曲丽丽见了，也用手去摸那块大岩石，真的是冰凉，就像是冰块。三人将后背紧靠在大岩石上，哈黎巳、哥坝西和酋怪乌也朝着大岩石靠了过来。

这时，地面好像有轻轻的震动，三人向地上看了看，灰茫茫一片，没有什么东西。过了一会儿，又是一阵震动，要强烈一些。三人紧张起来，难道有野兽过来了？可

是看了看四周，并没有看到什么东西。

这时，哈黎巳、哥坝西和酉怪乌离开了大岩石，在旁边不断地张嘴大叫。酉怪乌用脚指着大岩石，呱呱地不断叫着。三人觉得奇怪，站起身，朝大岩石看去，没有什么不同啊！

三人正要呵斥它们时，"呼哈！"大岩石突然发出一声巨响，三人吓了一跳。天啊！刚才的大岩石已经变成了一头巨大的怪兽，它正慢慢地站起来，抬起了细长的脖子，露出了三角形的小头，睁着细小的眼睛，紧紧地盯着大聪三人。

大聪、米贵和曲丽丽吓得不敢发出一点声音，他们后退着靠近哈黎巳、哥坝西、酉怪乌。大怪兽摇了摇头，站直了身体。三人大吃了一惊，大怪兽有四条腿，两条前腿短些，后腿足有桥墩那么粗，身子有三层楼高，黄色皮肤都是皱褶，它的模样和侏罗纪时期的腕龙有些相像。

它慢慢地低下头，伸出了长长的舌头，露出尖长的牙齿，接着将三角形的头伸到他们面前，不断地嗅着，粗大的鼻孔喘着粗气。忽然，它抬起头，张开大嘴，朝着三人咬来。

"快跑！"大聪大叫一声，跨上哈黎巳的背吆喝着它朝前飞去。米贵和曲丽丽也跨上哥坝西和酉怪乌，叫它们快飞。哥坝西飞得快，带着米贵一下飞出几米远。

大怪兽见三人跑了，勃然大怒，伸长了有两三米长的细脖子，张嘴朝最后面的曲丽丽咬去。这下，它咬住了酉

怪乌的屁股，多亏酉怪乌的皮坚硬，没有被咬破。曲丽丽紧紧地抓着酉怪乌的两只前脚，大叫着催它快飞。可是无论酉怪乌怎样使劲扇动翅膀，也挣脱不出大怪兽的嘴。

第十四章　遭遇大怪兽

　　大聪回头看着曲丽丽，也急了。米贵见了，连忙吆喝着哥坝西回去。他转身对大聪说："我回去引开那大怪兽，你去救曲木兰！"大聪点了点头。

　　米贵先让哥坝西飞高，接着迅速地朝着大怪兽冲去。大怪兽见有东西朝自己飞来，放开了酋怪鸟，转身来咬哥坝西。哥坝西飞得很快，在空中围着大怪兽的脖子不断盘旋。

　　大怪兽转着头，紧紧盯着哥坝西，令人惊奇的是，它的头能够 360 度旋转。米贵见曲丽丽和大聪已经飞出了一段距离，拍了下哥坝西的头，哥坝西一个展翅朝着远处飞去。大怪兽显然知道自己被戏弄了，非常生气，两只前肢使劲挥舞着，抬起头朝天不断狂吼，声音如空中响雷，震耳欲聋。

　　三人害怕极了，一个劲儿催着身下的坐骑快点飞，渐渐地，他们离那大怪兽越来越远。三人正在庆幸时，听得身后传来一道长长的嘶鸣声，三人朝后看去，顿时惊呆

了，只见那大怪兽竟然张开了一对巨大的翅膀飞到了空中。虽然它体形笨重，翅膀扇动速度也不快，但是前进速度并不慢。

眼看大怪兽就要追上来了，三人急忙催促身下的坐骑快朝前飞。大怪兽气急了，伸长脖子，吐出一条长舌，舌头有一米多长，朝着飞在最后面的曲丽丽和酉怪鸟抽来。

酉怪鸟没能躲开，啪的一声，大怪兽的长舌头狠狠地拍打在酉怪鸟的屁股上。多亏酉怪鸟皮厚，否则一定会被抽得皮开肉绽。酉怪鸟顿时身体一沉，发出了呱呱的怪叫声——就算皮厚也很疼。曲丽丽吓了一大跳，抓紧了酉怪鸟前面的两只脚。

"曲木兰，让酉怪鸟飞快些，那大怪兽好像离得又近了。"米贵骑着哥坝西，转身朝后大喊。

曲丽丽不断地用脚踢着酉怪鸟，酉怪鸟也很着急，加大了扇动翅膀的幅度。可是刚飞快一些，那大怪兽就跟了上来，挥舞着长长的舌头，就像挥舞着长长的鞭子，又朝着酉怪鸟抽过来。

大聪见了大急，大喊："快往右飞！"

曲丽丽抓着酉怪鸟的前脚向右转，大怪兽的长舌头甩了个空，谁知一阵大风吹过，大怪兽的长舌头又飘着朝酉怪鸟而去。这时，大聪飞到曲丽丽身边，哈黎已似乎知道大聪的意图，一边往前冲，一边张嘴喷出一道水柱——大怪兽的舌头被强大的水柱冲偏了。

大怪兽收回了淋湿的长舌头，舔了舔嘴唇，嘴巴咕噜着似乎吞咽着口水。紧接着，大怪兽瞬间来了精神，它

伸长脖子，瞪大眼睛朝哈黎已看去，"呼哈！"它大叫一声，扇动着巨大的翅膀朝哈黎已飞来。

大聪一惊，看来大怪兽对哈黎已感兴趣了，连忙拍了拍它的脑袋，让它快飞。大怪兽突然加速了，曲丽丽和米贵吓了一跳，也催促酋怪鸟和哥坝西快点飞。大怪兽一下追上了曲丽丽，曲丽丽吓呆了，骑在酋怪鸟背上一动也不敢动。哗地一阵风吹过，大怪兽竟然没有理她，而是飞了过去，伸出长舌头向前面的大聪甩去。

米贵骑着哥坝西正好飞到大聪后面，大怪兽的舌头卷住了米贵和哥坝西，米贵大叫起来，哥坝西也挣扎着。

正惊慌时，忽然感觉自己被一股巨大的力朝一边甩去，米贵一看，大怪兽竟是将自己和哥坝西甩开了，哥坝西迅速张开翅膀飞起来。

大怪兽收回长舌头，又朝大聪和哈黎已甩去。大聪这下明白了——它想抓住哈黎已。眼看长舌头到了头顶，大聪抓着哈黎已的大耳朵连忙向右飞，大长舌头贴着哈黎已的圆肚子滑过，大聪感觉一阵强风吹过。

米贵和曲丽丽见了惊出汗来。

"这大怪兽为什么就抓哈黎已啊？"曲丽丽靠近了米贵问。

米贵看了看四周的干旱大地，"如果没有猜错的话，应该说大怪兽是看中了哈黎已能够喷水。在这极度缺水的地方，水可是极其宝贵的东西。"

曲丽丽恍然大悟，点了点头。

两人连忙朝大聪那里看去，大聪骑着哈黎已飞得很低，几乎要贴着地面，他和哈黎巳忽左忽右地躲闪着。大怪兽也低飞着，四肢不断碰着地。它不断甩出长舌头，可是都落了空。舌头甩在地上，溅起灰色尘土，它只能不断地收回舌头，再吐去舌头上的灰尘，嘴边积了一层灰。

大怪兽不耐烦了，伸长脖子，连续发着呼哈的叫声，扇动着巨大的翅膀，地面卷起一阵漫天的尘土。哈黎巳带着大聪在弥漫的尘土中钻进钻出，眼看着越飞越慢了。

米贵和曲丽丽骑着哥坝西、酋怪鸟跟在后面，看得紧张极了。

"怎么办？再这样下去，大王虫和哈黎巳肯定会被大怪兽吞了。"曲丽丽着急地说，"我们得设法救他们。"

"可我们怎么救大王虫啊？"米贵皱眉说。

"要不我们去引开大怪兽？"

"可它对我们丝毫不感兴趣啊，怎么引开？"

曲丽丽露出绝望的神色。

这时，前面出现了一座石头山，大聪骑着哈黎巳穿过两个山头之间的空隙，大怪兽追过去，庞大的身体顿时被卡在了空隙里。它使劲挣扎着，长长的脖子不断甩动，巨大的翅膀挥舞着，扇落了山头的土石，四肢踮着地却用不上力。

曲丽丽和米贵长长地出了口气。曲丽丽微笑着夸奖说："原来刚才是大王虫在引诱大怪兽，太厉害了。"

米贵抬起眼不服气地说："这有什么厉害的，大怪兽那么笨，我也会这么做。"

曲丽丽斜了他一眼不屑地说："那你为什么还轻易地被大怪兽抓了呢！"

米贵张着嘴一下愣住，说不出话来。

大聪骑着哈黎巳朝米贵他们飞过来，哈黎巳飞落到地面，大聪喘着气从哈黎巳身上下来，他身上蒙着一层灰尘，头发杂乱，脸色很疲惫，哈黎巳也收起翅膀趴在地上一动不动。

米贵和曲丽丽也落到地面。

"好险啊！差点成为大怪兽的美食。"大聪疲惫有气无力地掸了掸身上的灰尘，低声说。

"坏就坏在那哈黎巳会喷水，在这处处缺水的地方，怎么能不让大怪兽眼馋？"米贵飞快地说。脚下的地面散发着热气，热得人直冒汗，他忍不住从口袋里拿出水袋喝了一小口。曲丽丽和大聪也跟着喝了自己水袋里的水。

"我们还是快走吧！"曲丽丽催着，擦了下脸上的汗水。米贵和大聪点了点头。大聪看了一眼那边的山头，大怪兽庞大的身体还在挣扎着。三人骑上哈黎巳、哥坝西、酉怪鸟，它们振作精神，张开翅膀飞了起来。

茫茫一片灰色的干涸土地，隐约可见地面冒着热气。三人在低空中飞行着，相比地面的酷热，空中有微风吹过，要凉爽许多。

"你说那个堆石头会在哪里啊？"米贵抬头看了看四周，空中黄色的光四射，光源不知来自哪里。

第十五章 发现水源

"曲木兰不是说了吗，应该是在野兽出没频繁的地方，我们只有慢慢地寻找了！"大聪擦了擦脸上被汗水粘湿的灰尘，米贵点了点头。三人在空中不断探头寻找着，可是空荡荡的灰色地面上却不见任何动物的踪迹。三人有些焦躁起来。

"嗡——"后面一阵声音传来，他们回头循声看去，不由得吓了一大跳。不远处一群密密麻麻的鸟正在追逐一只大飞禽，那些鸟看上去很凶猛，长长的尖嘴，不断地追着啄那只大飞禽。渐渐地，大飞禽慢了下来，几只鸟立刻围了上去，近似疯狂地一阵撕咬，那只大飞禽瞬间只剩下没有肉的骨架，直朝地面掉去。

太恐怖了！现在周边只有大聪三人了，那些鸟也看到了大聪他们，嗡地一声，兴奋地朝这里追来。大聪大喊："快跑！"说着双腿夹紧哈黎巳，哈黎巳飞快地朝前飞去。曲丽丽和米贵紧紧地跟在后面。

那群鸟紧跟着在后面追了过来，一边追还一边不时发

出呜呜的叫声。米贵身下的哥坝西飞得快，飞在最前面。曲丽丽的酋怪乌飞得慢，渐渐地被那些鸟追上来。

曲丽丽急了，抓着酋怪乌的两只前脚不断催促着，酋怪乌使劲扇动翅膀，可就是飞不快。

那些鸟终于追了上来。它们和地球上的鸽子差不多大小，一飞扑过来，就用尖嘴啄酋怪乌的屁股。酋怪乌的皮厚，那些鸟啄不开，于是它们马上放弃了酋怪乌，盯上了酋怪乌身上的曲丽丽——她看上去要柔弱许多。

曲丽丽大叫，酋怪乌也急了，连续发出呱呱的叫声，翅膀扇动得慢了一些，身子顿时往下沉去，那些鸟一下扑了个空。米贵见曲丽丽有危险，对后面的大聪大喊："我们快去救曲木兰！"说着，骑着哥坝西掉头往回飞。

渐渐地飞近了，米贵一脚将一只鸟踢飞，接着又用手不断驱赶那些鸟。大聪也赶了过来，挥舞手脚驱赶鸟。曲丽丽闭着眼，手脚乱舞。那些鸟见了，放弃曲丽丽转身分成两群来攻击大聪和米贵。

"它们太多了，我们还是快跑吧！"大聪大喊，骑着哈黎巳迅速飞高。米贵也紧紧地跟在后面。曲丽丽让酋怪乌忽高忽低飞着 M 形。那些鸟在后面紧追不舍。

三人似乎形成了默契，时而交叉着飞，时而平行着飞。前面有个非常高的山头，几乎要挨着黄色的天空，三人绕着山头盘旋着往上飞，渐渐地差不多要到山顶了，三人也被绕得晕头转向。这时他们惊奇地发现，后面那些鸟早已没有了踪影，终于将这些可恶的鸟甩掉了。

哈黎巳、哥坝西、酋怪乌继续朝上飞着，不一会儿到了山顶，高空中的风大了起来，呼呼地吹着。三人摇了摇头清醒过来，低头朝地面看去，远远地可以看到不少小点。

"快看，那里是什么啊？"大聪指着下面说。

米贵和曲丽丽连忙朝下面看去，看见不远处有一些小点，好像还在移动。

"要不我们飞下去看看吧！"米贵拍了下哥坝西，指了指那里。哥坝西开始低空滑翔，朝那里飞去。

不一会儿，三人就到了小点上空，顿时大叫起来。好大的阵容啊！只见各种各样的动物聚集在一起，绵延足有几百米，里外重重叠叠的好几层。此外低空还盘旋着不少刚才见到的鸟！它们这是在干什么啊？

哥坝西悬停在不远处不再靠近了，咕咕地不断叫着。哈黎巳、酋怪鸟也不再飞近，同样发出叫声。大聪马上反应过来："它们是怕那些鸟。"

曲丽丽见了叫起来："那些鸟发现我们肯定要攻击。"

米贵朝下看了看，摇了摇头说："我估计它们不会攻击我们。你们看下面有这么多的动物它们都不攻击，说明这些鸟可能找到了更好的食物。"

大聪点了下头，"米小鼠说得有道理。"

曲丽丽还是犹豫，"要不你们先飞下去看看？"

米贵歪了下头，"瞧你被吓的，这有什么好怕的？大不了再逃嘛！"说着弯下身，拍了拍哥坝西。谁知他忽然又抬头对着大聪说："大王虫，你胆子大，你先下去。"

大聪马上反驳："你的哥坝西飞得快，当然你下去

了。"曲丽丽也连忙点头附和。

米贵咧着嘴委屈地说:"如果我被鸟围攻了,你们可要马上来救我啊!"说着不情愿地吆喝了一声,骑着哥坝西朝下飞去。

大聪和曲丽丽紧张地看着。渐渐地,哥坝西飞近了,悬停在离那些鸟不远的上空。果然那些鸟对米贵无动于衷,米贵朝大聪和曲丽丽不断地挥着手。

大聪和曲丽丽这才放心地骑着哈黎巳、酋怪鸟飞下来。两人朝地面看去,差点儿叫出声,原来下面有一个篮球场大小的水潭,各种野兽正在争先恐后地喝着潭中的水。这些野兽体形和牛差不多大小,长得也是稀奇古怪,但看上去都皮糙肉厚,非常健壮,有的大嘴獠牙,有的歪嘴利齿,有的锯爪尖角,它们相互用头拱着,也有的相互撕咬着。看来这水潭是附近唯一的水源。

三人一阵欣喜,堁石头很有可能就在这水潭里!

米贵大声说:"可是我们怎么才能确定那水潭里有那宝贝?即使真在这水潭里,我们又怎么钻入这群野兽中拿到那宝贝啊?"

大聪和曲丽丽听了,沉默起来,从这么多的猛兽里面拿到堁石头比火中取栗都要难啊!这时,低空盘旋的鸟忽然朝前方飞去,可能它们找到新目标了。

三人骑着哈黎巳、哥坝西、酋怪鸟慢慢地降低,悬停在离水潭四五米高的空中,近处看野兽争斗得更加凶猛。

"如果能把那些野兽赶走就好了!"大聪说。

"要不吆喝几声,看看能不能赶走它们?"米贵说。

曲丽丽点了下头。

三人继续降低高度，同时大声吆喝着。令他们想不到的是，这些野兽有的飞快地朝四周跑去；有的见了他们，张着血盆大嘴，发出了震天的吼声，露出尖锐的牙齿，那模样吓了他们一跳；还有的不断跳跃着，伸长了长满锯齿的利爪要来撕扯他们。

三人继续使劲地大声吆喝着从那些野兽上空飞过，可是效果不大。

"看来是吓不走它们了！"大聪皱起了眉头。

"只能再想其他办法了！"米贵快速说。

三人骑着哈黎巳、哥坝西、酉怪乌在空中盘旋了几圈后，在离水潭远一些的地方落了下来。

第十六章　智驱外星野兽群

此处有一些稀疏的树木，地上有一些枯枝落叶，黄色的亮光照射四周。

"要不我骑着哥坝西贴着地面飞来引开它们？"米贵说。

"这不是将自己送入它们口中？我们在高处，这些野兽没有办法，可是离得近了，那些野兽就可以攻击到我们。"大聪说。

"先引它们出来，然后骑着哥坝西快速逃跑。放心，有哥坝西在，它们抓不住我！"米贵自信地说。

"这不行，刚才观察那些野兽，它们攻击的速度非常快，就怕你和哥坝西一旦飞进野兽的攻击范围就被它们抓了！"曲丽丽说。

大聪点了点头，"这不是个好办法！"

米贵生气了，朝他们两人大喊："那你们倒想个好主意啊？"

曲丽丽和大聪相互看了看，愣着没有说话。大聪朝身后的哈黎巳、哥坝西、酉怪乌看去，它们正悠闲地抖着身子，甩动着翅膀，还不断凑近了彼此交谈着。奇怪，它们来自不同的星球，却能交流。

"我有个办法！"大聪转过身说。米贵拉了拉被风吹歪的衣服，不屑地说："你能想出什么好办法？"

大聪指着哈黎巳，"它可以喷水，我乘着它，让它喷着水引开那些野兽！"

曲丽丽听了摇了摇头，"可是这也不能引开全部的野兽啊，靠近水潭的野兽是不会离开的。"米贵马上叫了起来："是啊！曲木兰说得对，我看你这主意也没有比我的好到哪里去！"

大聪没好气地白了他一眼。

忽然，曲丽丽跳起来大声说："我有办法了！"

米贵和大聪同时好奇地朝曲丽丽看去。

曲丽丽睁大眼，"你们可知道野兽最怕什么？"

大聪支吾着："应该……是火吧！"

曲丽丽点了下头，"对！我们就用火驱赶它们，将它们赶走后，再去拿那块块石头！"

"只是这外星野兽也和地球上的野兽一样怕火？"

曲丽丽说："哈黎巳、哥坝西、酉怪乌都是外星野兽，我们可以找它们先试上一试。"

米贵点头说："这是个办法，可是到哪里去弄火呢？"

"取火的办法是有的！像钻木取火什么的。"曲丽丽环顾四周，"这里这么干燥，取个火应该不难！"

知识点

钻木取火：硬木棒对着木头摩擦或钻进去，靠着摩擦取火的一种方式。这是历史最悠久的天然取火方式之一。传说在一万多年前，燧人氏在燧明国（今河南商丘一带）发明了钻木取火，开启了华夏文明的源头。

"我们用石头来取火，我以前在家里玩过。"大聪兴奋地起身四处寻找着。不一会儿，他就从不远处找来两块大石头，又将枯叶拢在一起。然后他拿起两块大石头，不断地摩擦着，溅出不少火花，火花掉在那些枯叶上，慢慢地冒出了浓烟。

大聪放下石头，用嘴轻轻地吹着，浓烟里一下冒出火光来，"好了，有火了！"

哈黎巳、哥坝西、酉怪鸟见了火，一脸惊恐，一边叫着一边往后退着。

"看来它们还是怕火的。"曲丽丽说。

"可是我们怎么把火带到那水潭边上？"米贵皱着眉说。

大聪看了看那堆火，火光在渐渐地小下去。他赶紧将一些细枯枝放进火中，然后又捡起两根粗枯枝拿在手上点燃。大聪举着两个着火把朝哈黎巳跑去，哈黎巳吓得直往后退着，大聪大声说："没事的，不要怕！"哈黎巳小心地站住了，大聪快步冲过去骑上哈黎巳，高举火把，两腿夹紧哈黎巳。哈黎巳马上领会了大聪的意图，张开翅膀，

快速朝水潭边飞去。

米贵和曲丽丽也连忙骑上哥坝西、酋怪鸟跟在后面。

很快，哈黎已飞到了水潭上空，火把上的火势正旺。哈黎已唧唧地发出了害怕的叫声，小心地收缩翅膀，慢慢地降低了高度。

大聪大喊着吆喝起来，接着将手中的火把朝着它们中间扔去，火把落在了水潭边。那些野兽一下反应过来，低吼着往后退去，使劲地往外挤。不一会儿下面的水潭空了出来，水潭里的水有些浑浊，是那些野兽搅浑的。

大聪示意哈黎已落到水潭边，大聪爬下哈黎已，他有些紧张地左右看了看，然后小心地走到水潭边，用手摸了摸水，水温正适宜，他又将脚伸进水潭里。

"你快点！这火一旦烧完，那些野兽就要回来了！"米贵骑着哥坝西飞到了水潭上空喊着。

"那你怎么不下来啊？"大聪回道。他咬了咬牙，跳下水潭。水潭有些深，水面足以盖过大聪的头顶。他憋足气钻到水底，不停地用手摸着，水底平整光滑，没有水草，也没有淤泥，好像是块完整的大石头。

大聪在潭底摸了一会儿，没有摸到什么石块之类的东西。大聪浮出水面，用手摸了下脸，踩着水朝米贵和曲丽丽大喊："没有啊！我都摸遍了，什么都没有啊！这水潭里没有那个宝贝。"

米贵见水潭边火把的火势在变小，不由心急，"你再到水潭中间摸摸！"大聪应着挥手朝中间游去，深吸口气沉入水中。

那些野兽没有跑远，不过离开水潭几十米，它们紧紧地盯着水潭；有的张嘴伸出舌头，露出尖尖牙齿；有的一边用爪子刨着地，一边咆哮着。

曲丽丽大喊："有没有找到啊？火把快熄灭了。"

"可能真的不在这水潭里！"大聪匆匆忙忙地又在水潭中间摸了几下后，快速地游向水潭边。水潭边的哈黎已不安地唧唧叫着，翅膀轻轻扇动。

可是已经来不及了，火把熄灭了，冒出两缕黑烟。有几头野兽疯了似地朝水潭边飞快地奔跑过来，地面震动，扬起灰尘。米贵和曲丽丽大惊失色，朝着水潭大喊："大王虫，快点游啊！"大聪一个哆嗦，使劲挥动手臂拍打着水朝水潭边游去。野兽的速度很快，离水潭越来越近。大聪心里念叨着：完了，看来要被那些野兽活吞了。

米贵和曲丽丽让哥坝西、酋怪乌飞低了，朝着冲过来的野兽大声吆喝着。

有一头像狼一样的野兽瞪着通红的眼，露出尖牙，飞奔到水潭边，一个鱼跃就朝水中的大聪扑去。大聪见状慌了，右手正好碰到一个东西，他抓起来朝那野兽头上打去，"砰——"那野兽被打了个正着。

第十七章　不起眼的埉石头

　　这时，哈黎巳张开翅膀，从水潭上方掠过，伸出两个前爪紧紧抓住大聪的肩膀迅速地飞离了水潭。米贵和曲丽丽见状，也连忙骑着哥坝西、酉怪乌飞升。

　　哈黎巳迅速飞高，哥坝西、酉怪乌紧随其后，它们飞到了山顶上。"好险啊！差点就被野兽吃了！"大聪瘫坐地上不断地喘着气。

　　"多亏了哈黎巳，否则你这身胖肉就成了那些猛兽的美味。"米贵感慨地说。大聪点了点头，起身走到哈黎巳面前，拍了拍它的大头，拎了拎它的大耳朵，在它皱巴巴的脸上亲了一口。哈黎巳发出低鸣的声音，用两只前肢拥抱了一下大聪。这段时间相处下来，他们与哈黎巳、哥坝西、酉怪乌已经成了生死与共的朋友。

　　"大王虫，你带回来的是什么东西啊？"米贵看着手里的东西大叫。

　　大聪朝那里看去，正是自己刚才在水潭里随手捞起用来击打野兽的那块石头。米贵拿着石头仔细观看，那石头

不过半块砖头大小，呈扁平椭圆形状，黑皱皱的，中间有个圆凸点，由圆凸点向四周有一道道直线。

"你说这是不是那块埑石头啊？"米贵问。

"不会吧！就这块不起眼的石头？"曲丽丽皱着眉，带着几分疑惑。

大聪也走过来仔细地看着那块石头，"这个倒是难说，你说我们之前找的那捆星索，我还以为是什么高级东西，后来发现不过就是一根藤条！"

米贵点了点头，"说得有道理，可是怎么能够确认这块石头就是我们要找的宝贝呢？"三人一下沉默起来。

忽然曲丽丽说："我们可以再到那水潭去看看，如果那里没有水了，不就证明这石头就是那宝贝了？"

大聪和米贵连忙点头，"对啊！这是好主意！"

两人来到哈黎巳和哥坝西的身边，骑了上去，径直朝那水潭飞去。不一会儿到了水潭上空，发现一大群野兽正在凶猛地相互攻击着，扬起团团的灰尘，不时有一声声怒吼响彻天空。两人仔细地寻找着水潭，发现那水潭只剩下深凹的大坑，里面的水消失得一干二净。

大聪和米贵顿时惊讶不已，那么多的水去哪里了？就算是流失和蒸发也没有这么快啊！看来这块石头就是埑石头，其凝水功能非常强大，能将沟一地的水凝聚在一起，没有了它自然就没有了那水潭。

这埑石头真是个好宝贝，放在地面可以聚集水，在云中能够聚集云！两人心里感叹着。

大聪和米贵回到了山顶上，将看到的情景向曲丽丽说

了。曲丽丽看了看手中的那块石头，肯定地说："看来那巨怪找的什么堁石头就是它了！"

米贵点了点头，开心地说："我是越来越佩服我们了，顺利地完成了这两个不可思议的任务，如果再完成最后一个，我们就能回家了。"

曲丽丽也露出了笑容，"这真是一次奇特的太空旅游啊，让我们经历了难以想象的事情。"

大聪挺直了身体，抬起头环顾四周。茫茫的黄色天空下是望不到边的灰色土地，这个干燥单调的世界别有一番风景，让人惊讶的是这里却是星系间的一个太空小泡泡。

"大王虫，别感慨了，我们还是赶快回去复命吧！"米贵说着骑上了哥坝西。曲丽丽理了理头发，拉了拉背带裤爬上了酉怪乌。大聪也连忙骑上哈黎巳。

三人骑着哈黎巳、哥坝西、酉怪乌，飞过 η 空间中心与沟一地的沟壑，回到了 η 空间中心。哈黎巳、哥坝西、酉怪乌降落在那巨怪房前的树林里。

头顶上白云不断飘过。怎么又不见那巨怪？

"你们拿到那块堁石头了？"声音从空中传来。三人朝头顶看去，那里有一片固定的白云，白云被一根藤条拉着，藤条的一端绕在不远处的几棵大树上，这藤条正是之前找到的漫天捆星索。

巨怪从白云上跳下，身上的黑色长大褂甩动着。三人见是巨怪，连忙兴奋地说："我们找到那宝贝了！"大聪将堁石头高高举起。

巨怪用手摸着头上的短发，弯腰看着大聪三人，瞪大了眼睛，眼神里透露着惊喜，"你们确实厉害，能够在这荒芜的沟一地上找到它，并避开那么多野兽的围攻拿到宝贝！看来地球人类确实非同一般啊！"巨怪说着从大聪手中拿过块石头，一边仔细看着，一边饶有兴趣地轻声说："我倒很想知道你们是怎么拿到这个宝贝的。"

大聪将事情的前前后后说了一遍，巨怪听了不断点头，"看来你们非常有智慧，照此进化下去，你们地球人类必将成为宇宙中的强者。"说着他一个跨步跳上了那片白云，把那块石头放在了白云的下层。

三人吃惊地看到，块石头周围的白云纷纷被它吸进去，过了一会儿，块石头就喷出水雾来，周围飘过的白云又被水雾吸了过来，而且越聚越多，渐渐地，原来的一片白云形成了一大块厚厚的云团，挡住了天空中的光线。

巨怪在云团上哈哈大笑起来，声音响彻天空，像是滚滚的雷声。接着听到砰的一声巨响，大聪三人连忙捂住了耳朵，想必是巨怪用他巨大的脚在跺着那云团。

"这下好了，我再也不用担心这些云会消散了！"

巨怪从云团上跳下来，抬头看着云团开心地说："现在就差一个屋顶了，如果有了这个顶，我就可以美美地住在里面了！"

大聪好奇地问："你这云中宫殿有没有顶好像没有什么关系吧？"

巨怪马上板起脸说："那关系可大了！你没有看见每天都有宇宙尘埃落下来？还有那些被 η 空间吸进来的宇宙垃圾，有时落得到处都是。以前就下过尘埃雨和垃圾雨，我都打扫过好多次了！"

知识点

宇宙尘：一般我们把来自地球外的固体微粒通称为宇宙尘，它是由众多细小粒子组成的一种固态尘埃，自宇宙大爆炸起，便四散在浩瀚的宇宙中。实际上，宇宙尘主要是行星际尘、彗星尾部物质和微陨星，其大小为几个微米至几百微米。

三人不觉好奇起来。他们抬头看着天空，深蓝色的天空中飘着几朵白云，空中透着明亮的光线，那光线显得温和舒适，也不知是从哪里射过来的。

这天空如此干净清爽，真不知巨怪说的宇宙尘埃和垃圾在哪里！

第十八章　可怕的沟三地

　　"现在只要你们再帮我找到沟三地的火寰树叶和其余一百种树叶，做成个大屋顶，建造好这云中宫殿，我就送你们回地球！"

　　三人相互看着，点了点头。有了前两次的成功，他们三人现在更有信心了。

　　"那你们准备好了，这次可是比前面两次更艰难些！因为沟三地不仅有凶残的动物，还有致命的植物，而且我至少要一百零一种树叶。"巨怪说时，大圆眼收缩了一下，露出了几分害怕。

　　被他这么一说，刚才还信心十足的三人都有了几分胆怯。

　　"不过你们也不要怕，相信你们一定能够完成最后一个任务。"巨怪说完跳上了云团，不一会儿从云团上落下三个果子，"你们快吃吧，补足能量就可以出发了！"又是那圆形果子，三人连忙捡起来。

　　吃了果子，三人又去瀑布那里往水袋里灌了些水，让哈黎巳、哥坝西、酋怪鸟吃了些树叶，之后就骑上它们出发了。

　　三人越过边界之间的沟壑，飞入了沟三地。眼前是另外一番景象：到处是茂密的森林，森林中的树木不高，阴沉沉的天空下有低厚的黑云层，云中亮着闪电，伴随轰隆隆的雷声，不时传来野兽的嚎叫声。三人骑着哈黎巳、哥坝西和酋怪乌在上空盘旋着，寻找落脚地。可是除了森林，就是沼泽地，没有一处宽阔的平地。

　　哈黎巳、哥坝西和酋怪乌驮着三人又飞了很长的一段路，远远地看见前面森林中有一小块空地，哈黎巳、哥坝西和酋怪乌飞低了，慢慢地降落在那块空地上，那里的土地非常柔软，踩在上面，马上陷到脚跟。

　　大聪站在地面上，小心地朝四周看着，满眼茂密的森林，半空中也出现了皱褶的空间。

　　"想不到这 η 空间沟三地的环境和我们地球很相像。"米贵说。

　　"准确说是这里与地球演化的过程非常相像，η 空间在不断吸入太空的尘埃和各种物质后，经过几十亿年的演化，渐渐地就形成与地球一样的环境了！"大聪说。

　　"不过这也太相像了！"曲丽丽感叹地说。

　　"宇宙如此浩瀚庞大，在近百万年的演化过程中，总有几处相似的地方吧？"大聪说。

　　"这里的环境挺美，如果我们人类能够移民到这里该多好啊！"曲丽丽望了望四周说。

　　想不到米贵不屑地说："得了吧，如果将人类移民过来，用不了多久，这些地方就会被毁得乱七八糟！"

　　大聪蹲下身，用手挖了挖泥土，拿到鼻子前嗅了嗅，

"连泥土的味道都和地球的差不多。"

"干脆我们不要回去了，就在这里住下吧！"米贵说。

"我可是要回去的，我想我爸妈了！"曲丽丽说。

大聪和米贵马上沉默了一下，然后低声说："我们也想啊！"

三人正说着，前面忽然响起一阵哗啦啦的声音，三人连忙看去，只见有一只和狗差不多大小的动物正使劲地在树木间跑着，后面有一群紫黑色的小东西紧跟着跳跃追赶，这些小东西的模样和体形像老鼠。不一会儿，有只小东西跳到了那动物身上，那动物不断地抖动身子，想甩掉那小东西，可是没用。

三人清楚地看见了，那小东西全身是紫黑色的毛，尖尖的头，睁着外凸的三角眼，白色眼珠几乎瞪出眼眶，几颗尖而亮的牙齿露在嘴外，格外惹眼，身后有条长长的尾巴。

天啊！这小东西看上去够吓人的。

那小东西一下咬住了身下动物的颈部，没有用牙齿撕咬，而是紧紧地咬住不放！它好像在毒杀那动物！马上又有不少小东西跳到了那动物身上，纷纷张嘴用尖牙紧紧地咬住它。不一会儿，那动物像是泄了气的皮球，整个身体收缩着变得有些瘪，接着耷拉着四肢无力地趴倒在地，不断抽搐着。

真可怕！整个猎杀过程不过几分钟，三人惊恐地颤抖着。

那些小东西毒杀了那动物，却不吃它，而是纷纷地上了树，而后瞪着三角眼看着大聪三人，张开了嘴，口水从尖牙缝里流下，想必这口水有毒。大聪吓得轻手轻脚地爬上了哈黎巳，米贵和曲丽丽也骑上了哥坝西和酋怪乌。那些小东西伸着四肢慢慢地从树上爬到地上，朝着三人爬过来。

"快逃！"大聪大叫。想不到的是，哈黎巳、哥坝西和酋怪乌竟然也哆嗦着身体，翅膀几次都没有张开。那些小东西爬得越来越近了。三人又是连忙催促着，这次哈黎巳、哥坝西和酋怪乌终于张开了翅膀，腾空而起，飞上了森林上空。三人顿时长长地松了口气。

突然，后面的哥坝西一声尖叫，尖脸露出痛苦的神情。三人一惊，米贵大叫："那有毒的紫鼠已经爬上来了，就在哥坝西的屁股上！"他一边叫着，一边用衣袖挥打着毒紫鼠。

那毒紫鼠四只尖爪紧紧地抓着哥坝西的屁股，米贵大声吆喝着用手驱赶，没想到毒紫鼠突然一下跃到了米贵身上，米贵吓得惊慌失色，大声叫喊着。大聪和曲丽丽也担心不已，喊着："它在你的手臂上，快甩手啊！"

那毒紫鼠用前面两只爪子抓着米贵的运动服，米贵急了，使劲地甩着手臂，见还没有甩掉毒紫鼠，米贵想脱下运动服，没想到身体一下倾斜，摇晃几下就从哥坝西身上掉了下去。

曲丽丽和大聪看了都大叫起来。

米贵叫喊着落到了一棵茂密的大树上，他伸手紧紧地抓住树枝，然后小心地弯腰趴着骑在树枝上。树枝的响动惊动了那些毒紫鼠，马上一道道紫黑色影子朝米贵奔去。

"哥坝西，快去救米小鼠！"大聪朝哥坝西大喊。哥坝西咕地尖叫一声，迅速低身朝米贵飞去，就在那些毒紫鼠包围米贵的一刹那，哥坝西展翅从米贵头上掠过，用两前爪一把勾住米贵的衣领将他从那树枝上拉起。

那些毒紫鼠见猎物跑了，朝着天空发出吱吱的叫声，接着迅速散去。好险啊！大聪和曲丽丽长长地出了口气。哥坝西带着米贵降落在一棵树的顶上，让米贵爬上自己的背，接着它又飞起追上了大聪和曲丽丽。

米贵惊魂未定地说："差点儿就见不到你们了！"

"好险啊！以后我们可千万要小心！"曲丽丽心有余悸地说。

两人点了点头。

"这是我们最后的任务，我们一定要完成，顺利地返回地球！"大聪接过话说。

"看下面这么多的树，我们下去采些树叶吧！"曲丽丽提醒着。

大聪和米贵点了点头，骑着哈黎巳、哥坝西贴着那些树低飞着，伸手抓了一把那些树叶，放在了衣服口袋里。

第十九章　倒置的空中岛屿

　　"看这些树叶没有什么奇怪之处，不知那巨怪为什么用它们来做云中宫殿的顶。"米贵好奇地说。

　　"这些树叶是它做宫殿顶的辅助材料，最主要的是那棵能喷火的火寰树上的树叶！"大聪说。

　　"树能够喷火，真是稀奇！"米贵说。

　　"这里本来就有许多稀奇古怪的东西！"曲丽丽说。

　　三人骑着哈黎巳、哥坝西和酋怪乌继续朝前飞去。

　　"在这里要采一百种的树叶也不容易啊！"米贵感叹地说。

　　"如果没有那些什么可怕的野兽和袭击人的植物就好了！"曲丽丽说。

　　"没有危险，巨怪也不会叫我们来了！我觉得我们就像唐僧师徒，那巨怪故意设了这些磨难，要让我们经历九九八十一难！"米贵皱着眉说。

　　"你可真是会想！"曲丽丽笑着说。大聪也跟着笑起来。

　　前面出现了一个大峡谷，渐渐靠近，三人不由得吓了一跳。那峡谷非常大，一眼望不到边，朝下看去，黑乎乎的深不见底。在大峡谷右边悬浮着一个很大的空中岛屿。

三人朝那空中岛屿飞去。飞到峡谷的上空，从下面冒上来阵阵凉意，耳边响着嗡嗡的声音。飞了几分钟，三人飞到了那空中岛屿上，上面非常空旷。三人从坐骑上下来，踩在地面上，感觉有些柔软，仔细一看，灰白的地面平整光滑却没有泥土。三人有些奇怪，蹲下身用手按了下，地面马上又弹了起来，非常有弹性。地面中间也没有缝隙，像是一整块。

米贵伸出手指去戳，看着非常柔软，却始终无法戳个洞，"奇怪！这地不知是由什么物质构成的！"

"这地不长草、不长树。"曲丽丽说。

"这里倒是歇息的好地方！"大聪点了下头。

"安静之下肯定会潜伏着危险，我们不能放松警惕。"米贵说。

大聪和曲丽丽觉得米贵说得有理，他们小心地看着四周。

这时，有声音渐渐响起，三人紧张地看着四周，可是没有发现什么动静。曲丽丽忽然大叫起来："地好像在动啊！"

大聪和米贵也感受到了来自地面的震动，这震动像是水的波纹，一下传到四周。

"不会是地震吧？"米贵说。

"这悬空的地方还会发生地震？"大聪好奇地说。

正说着，哗啦啦的声音响起，几只大鸟从下面飞了上

来，扑棱着翅膀快速飞到了高空。

"看来这空中岛屿的下面有情况啊！"米贵看着空中说。

"我们飞下去看看！"曲丽丽说。三人马上骑上哈黎巳、哥坝西和酉怪乌飞到了空中岛屿的边界，接着朝下飞去。刚飞到下面，三人大吃一惊，没想到空中岛屿下面竟然别有洞天：一大片茂密的树林出现在眼前，更神奇的是，这些粗直的大树都倒长着，树梢朝下，在树的根部堆积着厚厚的落叶。三人惊讶极了，看来这个地方有引力，能够吸引树叶依附着而不飘落。

真是太神奇了！三人骑着哈黎巳、哥坝西和酉怪乌在树林里面不断穿梭，树林里刮出的凉风吹拂在脸上，非常舒适。三人大声叫喊着、追逐着、嬉闹着，阵阵笑声在林中飘荡。

米贵从树枝上摘下一把树叶朝下扔去，发现那些树叶没有落下，而是慢悠悠地朝上飘，最后飘在了树根边。

三人骑着哈黎巳、哥坝西、酉怪乌飞出了树林，在树梢顶上飞行着。

"这地方能够让树叶飘起来，不知人能不能被吸住！"说着，米贵一手抓着哥坝西脖颈上的皱皮，将身体慢慢地离开哥坝西。大聪和曲丽丽紧张地看着，米贵身体竟然没有落下去，而是往上去，"真的有引力！这可真是个奇妙的地方！"

这时，曲丽丽突然大叫起来，并用右手使劲地拍打着自己的左手。大聪骑着哈黎巳飞到她身边，问她怎么回事。"一只虫子掉在我手臂上，把我的衣服腐蚀了一个大洞！"大聪朝曲丽丽右臂看去，果然，衣袖上有一个巴掌大小的洞。

"刚才多亏我没有用手驱赶，否则粘到手上肯定会被腐蚀掉一层皮！"曲丽丽说着露出几分惊恐。

米贵也靠了过来，"估计这就是巨怪说的腐蚀性很强的颗粒虫，我们还是快走吧！"大聪和曲丽丽点了点头。"等下，我摘些树叶！"米贵正要让哥坝西朝下飞到树枝上去，突然听到后面响起一阵嗡嗡声。三人连忙朝后看，天啊，黑压压的一群小虫朝这里飞来。

"就是那些颗粒虫！"曲丽丽惊恐地大叫。

"我们快跑！"大聪骑着哈黎巳迅速朝前飞去。米贵和曲丽丽也紧紧地跟着。那些颗粒虫飞得很快，迅速追了上来。哥坝西飞得快，迅速飞到了前面。酋怪乌飞得慢，落在了最后。

嗡嗡的声音越来越响，曲丽丽不断地尖叫着。眼看那些颗粒虫就要碰到酋怪乌了，但很快又被酋怪乌甩开了。

"大王虫、米小鼠，你们快救救我！"曲丽丽朝他们大声地喊着。

大聪让哈黎巳转身飞回去，同时伸手示意曲丽丽朝下飞。等曲丽丽飞下去了，他又拍了下哈黎巳，哈黎巳立即张开嘴喷出了一道水柱，将那些颗粒虫冲得七零八落，可那些颗粒虫马上又聚集在一起，黑压压地飞过来。

米贵骑着哥坝西也飞了过来，朝着那些颗粒虫挥手大声喊叫，颗粒虫见了，迅速分出一拨朝他飞来。

哥坝西马上加大了翅膀扇动的幅度，飞行速度变快了，一下将颗粒虫甩到后面。米贵朝大聪和曲丽丽那边看去，见他们被颗粒虫渐渐地追近了，拍了下哥坝西，哥坝西一个急转弯飞向大聪他们。

飞到那群颗粒虫的上空后，米贵又朝它们挥手喊叫，可是这次那些颗粒虫没有理会他，而是对大聪和曲丽丽继续穷追不舍。

米贵急了，抬头看了下头顶茂密的树林，忽然大声喊叫："你们可以飞进树林里绕着树来回转，避开那些虫子！"

大聪愣了一下，疑惑地问："这样能行吗？"说话间，那些颗粒虫发着嗡嗡的声音，已经离哈黎巳、酉怪乌不过一两米远。

"我们只有试试了！"曲丽丽微微抬起贴在酉怪乌背上的头惊慌地说。大聪点了下头，两人骑着哈黎巳、酉怪乌迅速地飞高，朝树林里飞去。

米贵也追了上来。大聪和曲丽丽骑着哈黎巳和酉怪乌不断地绕着树飞行，颗粒虫也跟了进来，立刻分成两群，速度变得慢了些。这时，树上有一些鸟跳来跳去，响亮地叫着。颗粒虫感觉到了响动，又分出一小群朝那些鸟飞去。前面的米贵骑着哥坝西突然飞低，飞出了树林，大聪和曲丽丽见了也跟着飞出了树林。

第二十章　会卷人的树根

那些颗粒虫竟然没有跟出来！三人骑着哈黎巳、哥坝西、酉怪乌飞了一会儿，始终没有见到颗粒虫，三人高兴极了，终于甩掉这些会腐蚀人的可怕虫子了。

"快去摘些树叶，离开这地方！"曲丽丽提醒着。米贵应着，朝哥坝西吆喝了一声，飞到头顶上的树梢，摘了一些树叶塞进了裤袋。

三人降落到空中岛屿上，一边喝水歇息，一边扫视四周。两边是茂密的绿色森林，飞鸟在森林上空穿梭，两边是灰白色的空中岛屿与昏暗的天空相交成的长长的交界线，真是少有的美景。

"这儿的景色优美，空气清新，真舒服啊！"曲丽丽深吸口气说。米贵摘下了眼镜，用衣袖擦了擦眼镜片，拉了拉细绳，"再舒服也不如家舒服啊！"

"是啊！我们还是继续寻找那火寰树吧，采到这种树的叶子，再集齐其他树叶，交给巨怪好回地球。"大聪说着朝哈黎巳走去。米贵和曲丽丽也跟着骑上了哥坝西、酉

怪鸟。

哈黎巳、哥坝西、酉怪鸟飞离了空中岛屿，朝前面的一片森林飞去。一路上，天空都是阴沉沉的，厚厚的云层仿佛就在头顶，让人感觉透不过气。

凡是看到不同类型的树，三人就让哈黎巳、哥坝西、酉怪鸟飞下去采摘一些树叶。

"我们采了多少种树叶了？"大聪问。

"这个可记不清了，几十种肯定有了！"曲丽丽回答。

米贵带着几分轻松说："那巨怪说这里的植物都很危险，好像也没有它说得那么恐怖，除了毒紫鼠和颗粒虫有些可怕，还没有遇到什么危险，是不是那巨怪在吓唬我们？"

曲丽丽马上反驳："我们还没有采集到火寰树的树叶呢，接下来可能就会遇到那些非常危险的树了！"

"曲木兰说得对，我们要保持警惕，现在说轻松还早呢！"大聪附和着，接着转身对米贵大声说，"米小鼠，你可不要轻敌，到时受到那些树的攻击，我们可不救你！"

米贵马上朝大聪啐了下，"你这乌鸦嘴，希望我受到树的袭击啊？"

这时，前面出现了一个高高的山坡，山坡上有一大片树林，那些树和其他地方的树不同，有的是淡黄色树皮，有的是粉红色树皮，还有的是灰白交映，各色交杂让人炫目。

不过这些树都又粗又高，甚至可以说是巨大的，它们

的树干足有圆桌那么粗，笔直高耸入云，看不见顶。由于 η 空间的关系，所以整片树林看上去是扁平的。

哈黎巳、哥坝西、酋怪乌在树林前悬停下来。

"在 η 空间，我还没有看见过这么粗壮的树！"大聪感叹着说。

"这些树叶在高处，我们要尽量往高处飞！"米贵说着拍了下哥坝西。哥坝西一边扇动着翅膀，一边点头回应着。三人骑着哈黎巳、哥坝西和酋怪乌朝树林飞去。渐渐地，离树林近了，却没有听到里面发出一丝声音，而且地面非常干净，也没有看到一片落叶。

"这里静悄悄的，会不会潜伏着什么危险？"大聪皱着眉说。

"我们采摘些树叶就走，应该不会遇到什么危险！"米贵轻松地说。

"那我们就快采吧！"曲丽丽顺手从身边的树枝上采下一片树叶放进裤袋里。

这时响起了一阵阵窸窣的声音，好像有飞鸟被惊飞了，身边一棵大树的树枝晃动着，从上面落下一片手掌大小的树叶。

正当那树叶慢悠悠地飘落到地面时，突然从地下钻出一条粗树根朝着树叶伸去，迅速地将它卷住，而后又钻回地下。整个过程很快，三人还没有反应过来，这个过程就已经结束了。

"这树根怎么是活的？"曲丽丽哆嗦着。

"怪不得这里这么安静，会动的东西都被这些树根卷

进地下去了。"米贵说。

"快逃!"大聪大叫。

"就怕已经来不及了!"米贵拍了下哥坝西的头,哥坝西连忙扇动翅膀朝上飞去。曲丽丽用脚轻轻地碰了碰酋怪鸟,酋怪鸟也跟着飞高了。

他们身后传来叫声:"快救救我!"曲丽丽和米贵朝下看去,大聪和哈黎巳中间被一条粗树根卷住了。哈黎巳使劲扇动着翅膀,可就是摆脱不了那粗树根的缠绕。

"怎么办?"米贵问曲丽丽。

"我们必须想办法救他们!"

"怎么救啊?还好他们没有被树根卷进地下。"

"你的哥坝西飞得快,飞过去吸引那树根,看看能不能把它给吸引住!"

米贵瘦瘦的身体哆嗦了下,"这能……行吗!"

"只能试试了!"曲丽丽坚定地说。

米贵咬了咬牙,拍了下哥坝西。哥坝西朝下面飞去,飞到那树根前不断盘旋,可那树根竟没有动静。这时,他身后响起嗖嗖的声音,曲丽丽大声提醒他后面有两条树根卷上来了,米贵大惊,连忙催着哥坝西快朝上飞,多亏哥坝西飞得快,才甩掉了树根。

"不行啊!"米贵飞到上面焦急地说,"这样救不了大王虫!"

"可惜我们没有带刀,否则可以去砍掉它!"曲丽丽说。

"有刀也没有用,根本不能靠近!"

两人又想了几个办法,都觉得不可行。再看下面的大聪和哈黎巳，已经被树根卷在地上了，他们不断地挣扎着。

"曲木兰，我倒有个办法！"米贵把自己的想法说了出来。

曲丽丽点了点头，"现在只能试一试了！"

两人骑着哥坝西、酉怪乌飞出了树林，从不远处捡来几块石头，又悄悄地飞回了树林。他们慢慢地朝下飞去，刚接近地面，地面马上冒出两条树根朝他们卷来。两人分别甩出一块石头，果然，那两条树根立刻将两块石头卷住缩进了地里。

曲丽丽迅速让酉怪乌飞到大聪面前，举起手中的另一块石头朝那树根砸去，树根被砸中了，抽动了一下，竟然松开大聪和哈黎巳缩进地下去了。哈黎巳立刻飞了起来。

曲丽丽见大聪逃脱，开心地骑着酉怪乌朝上飞去。令他们想不到的是，大地一阵震动，许多树根破土而出，那些树根晃动着飞快地朝上伸来，这场面非常壮观，三人呆了一下，马上意识到了危险。

大聪大喊："快跑！"三人骑着哈黎巳、哥坝西和酉怪乌使劲朝上飞去。那些树根似乎长了眼睛，在后面紧跟着追来。

"我们分开飞吧！"米贵叫着。

大聪和曲丽丽点了下头。三人正要分开，忽然迎面伸过来好几条大树根，它们非常柔软，其中一条分叉形成两条小树根分别卷住了大聪与哈黎巳、曲丽丽与酉怪乌。哥坝西飞得快，趁着树根还没完全卷拢，快速地飞了出去。

那条树根卷着两人和哈黎巳、酉怪乌往地下缩去。

第二十一章　喷火的火寰树

耳边响着呼呼的风声，大聪哭丧着脸："我又被抓了，刚逃出去还没有几分钟呢！"

曲丽丽也惊恐地说："这些树根就是树精，怎么办啊？"边说边挣扎着，可越挣扎树根卷得越紧。哈黎巳和酋怪乌发出唧唧、呱呱的声音。

树根将两人和哈黎巳、酋怪乌拖到地上便没了动静，估计它就想这样耗着他们。其他树根纷纷钻进了地下，四周又恢复了之前的安静。

大聪朝天上看去，那高大的树枝密密麻麻连在一起，遮住了整个天空。曲丽丽着急地说："大王虫，快想想办法，我们怎么逃出去？"

大聪皱了下眉，"刚才是你和米小鼠用石头砸中了它们，才让我逃出去的。"说着看了看四周，"现在也只能期盼米小鼠继续用这招来救我们了！"

"可是他现在是一个人，能救得了我们吗？"曲丽丽叹了口气，"他千万不要再被抓了，他可是我们唯一的希望了。"

哈黎巳、酋怪乌张着嘴想要咬那树根，却够不着。这时上面传来窸窣的声音，两人连忙看去，不一会儿，树枝上出现一个黑影，渐渐地近了，大聪看清了，"是哥坝西和米贵！"

米贵从哥坝西背上伸出头，把手指放在嘴边做了个"嘘"的动作。哥坝西半收起了翅膀，轻轻地往下飞，好像没有惊动那些树根，四周仍是静悄悄的。大聪和曲丽丽悄悄地挣扎几下，卷着他们的树根没有动。

米贵骑着哥坝西继续下落着，那些树根还是没有什么动静。

不知米贵要用什么办法来救自己，大聪和曲丽丽的心悬起来！马上他们担心的事发生了，一阵响声传来，几条树根一下破土而出，朝着米贵伸过去。

"米小鼠，快跑啊！"大聪大声喊着。米贵见了，一下绕过一棵树，甩开了那几条树根，接着从哥坝西背上拿起两块石头朝卷着大聪和曲丽丽的树根扔去，不偏不斜正好砸中了那条树根。那条树根像是被激怒了，立即放开大聪和曲丽丽，朝米贵伸去。

米贵连忙拍着哥坝西向上飞去，其他树根竟然也一齐朝米贵快速伸去，眼见离哥坝西近了，米贵身体朝右一偏，哥坝西迅速地飞进了一丛树枝中，触碰到了树枝，掉落下不少树叶。其中几条树根马上不再追米贵，而是卷起那些落叶缩回地下，剩下三条树根继续跟着米贵。

骑着哈黎巳正往上飞的大聪大喊："米小鼠，快再弄

下些树叶来，让它们去卷树叶。"

"不用了，看我怎么甩开它们。"米贵自信地回道。他抓着哥坝西脖颈上的皱皮往左一拉，哥坝西往左飞去，绕过一棵大黄树，盘旋着朝上飞。

后面的树根也绕着树伸去，可很快它们却绕在了一起，绕成了一个结，上不得、下不去，相互使劲扯着，整棵树都摇晃起来，掉落下大量树叶。

这下可热闹了，地面上钻出了无数的树根，朝着飘落的树叶卷去。

大聪和曲丽丽骑着哈黎巳、酋怪鸟趁机飞快地向上飞，树非常高，飞了足有半分钟，才穿过树梢飞到了树顶。

"总算逃出来了！"大聪仰起头，深深地吸了口气，看了看低沉的天空，大声喊着。曲丽丽也露出了笑容。米贵骑着哥坝西随后追上了他们。

"我们去摘树叶！"曲丽丽说。

"我的哥坝西飞得快，我去吧！"米贵开心地说。哥坝西扇动翅膀左右飞着。

米贵骑着哥坝西在树顶上来回地飞着，只要见到不同的树，就摘下它们的树叶，像是勤劳的蜜蜂。

这时，下面树林已恢复了平静。

最后，米贵骑着哥坝西飞到大聪和曲丽丽身边，拍了下右边鼓鼓的裤袋，"这里的各种树叶都摘了。"

曲丽丽叹了口气，"早知道，我们就不飞进树林，直接在树顶上采些树叶好了，害得我们差点被困在了树林里。"

米贵说："现在不是逃出来了？"

大聪皱了下眉说："我们已经采集了不少树叶，不知道够不够！"

"可是那关键的火寰树还没有找到。"米贵说。

"这树到底在哪里啊？"曲丽丽说。

"巨怪说这树会带着火，我们只要找到有火光的地方应该就能见到那树了。"米贵说。

大聪点了下头，"那我们就继续找吧！"说着骑着哈黎巳朝前面飞去。米贵和曲丽丽跟在后面。

天空仍旧阴沉沉的，云层中不时电闪雷鸣。三人一路上又遇到了几片树林，倒是没有什么危险，他们又摘了一些树叶。飞着飞着，前面的天空一下亮了许多，三人好奇地朝那里看去，地面上好像有亮光。渐渐地三人飞近了，惊奇地发现，原来是一些树正向上喷着火，而且那些树在熊熊的烈火中完全没有丝毫焦痕。

三人顿时惊喜地叫了起来："火寰树！"

"这是些什么树啊？竟然不怕火烧！"米贵好奇地说，"这里的树真是千奇百怪，什么样的都有！"

"η 空间是吸附各处星系的物质构成的，虽然这里的环境像地球，可是很多物质却是地球上所没有的，所以产生地球上没有的物种也很正常。"大聪分析道。

"你的意思就是我们不能以看待地球的眼光来看待这里。"米贵快速地说。

大聪点了点头，"你们看这里只有光，没有光源，估计光线也是 η 空间从外面吸进来的。"

"那这 η 空间不就成为黑洞了？"米贵惊讶地说。

"可能这 η 空间和黑洞存在着部分相同的属性。"大聪说。

知 识 点

黑洞：现代广义相对论提出的，存在于宇宙空间的一种天体。黑洞的引力极其强大，使得视界内的逃逸速度大于光速，故而称"黑洞是时空曲率大到光都无法从其视界逃脱的天体"。

2019年，人类首张黑洞照片面世，该黑洞位于室女座巨椭圆星系M87的中心，距离地球5500万光年，质量约为太阳的65亿倍。

曲丽丽睁大了双眼，透着佩服的眼神，"大王虫，我太佩服你了，分析得太有理了。"

米贵撇着嘴说："这些都是猜的，谁知道是不是这个原理？"接着大声说，"我们现在还是想想怎么接近这些喷火的树吧！"

大聪接过话，"我有办法！"

米贵和曲丽丽惊讶地问："你有什么好的办法？"

"你们忘了啊？我的哈黎已会喷水啊！"说着，大聪用手拍了拍身下的哈黎已，哈黎已也抬起了大圆头不断点头回应着。

"那我们马上过去吧！"曲丽丽说。

三人骑着哈黎已、哥坝西和酋怪鸟快速朝那片火树林

飞去。渐渐地越来越近了，迎面感到一阵热浪！

"不行啊！这样恐怕还没有靠近那些树，我们就被烤干了！"米贵大叫。

"那让哈黎巳喷下水试试！"大聪拍了下哈黎巳。哈黎巳抬起头，张开大嘴，喉咙咕噜地动了下，嘴里一下喷出了一道大水柱。可还没等三人开心庆祝，喷出的水就蒸发成水汽消失了。

三人看呆了，没有了刚才的乐观劲儿。

第二十二章　顺利完成任务

"这下可怎么办？喷出的水根本没有用！"米贵大声地报怨。哈黎已又连续喷了几次水，都化为了水汽。大聪这下也皱起眉来。曲丽丽睁大眼没有说话。

看着熊熊的烈火，三人百思不得其解，为什么这些树枝和树叶就烧不着呢，难道是这树里有强大的耐高温物质？

正当三人无计可施时，哈黎已突然开始不断地张着大嘴低鸣着。

三人不由得奇怪。大聪拍了拍它的身子，哈黎已突然快速扇动翅膀朝着上空飞去，大聪没有防备，大叫了一声，紧紧地抓住了它的大耳朵。曲丽丽和米贵连忙看去，也吓了一大跳。天啊！这哈黎已飞到高空，忽然一个急速下落，竟然带着大聪朝着下面的火海俯冲而去。

两人吓得脸色苍白，使劲叫着大聪，可是根本没有用。

哈黎已发疯了！这样不是让火烧死了吗？曲丽丽和米贵紧张地看着他们，不知哈黎已到底要做什么，为了这火

寰树的叶子也太奋不顾身了！哈黎巳带着大聪冲进了火海，只听见大聪大叫一声，接着便没有了声音。米贵和曲丽丽紧张地看着下面，默默地为他们担心着。

火寰树的树顶喷着烈火，可是树下的火势很弱，只有蓝色火苗环绕着树。哈黎巳不断地喷着水，蓝色火苗变小了，它唧唧地叫着，提醒大聪摘树叶，大聪马上醒悟过来，顾不得身边火烤般的灼热，伸出手去摘树叶。这树叶形状像芭蕉叶，但比芭蕉叶更大更圆，呈火红色，直接长在树干上，火烧似乎对它没有用。烫！大聪马上把手缩了回来，他拉下衣袖裹住了自己的手，慢慢地伸过去折断了树叶的根，将树叶拿在了手里。

哈黎巳见大聪已经摘到了树叶，连忙扇动翅膀朝上飞去，到了树顶喷出的大火圈时，哈黎巳喷出一大股水柱，大聪将树叶顶在头上，趁着那水柱化成水汽的瞬间，哈黎巳一抖翅膀，迅速地穿过火圈，飞到了空中。

米贵和曲丽丽开心地叫了起来，朝他们飞去，飞近后关心地问大聪："没事吧？你们是怎样压制里面的火的？"

大聪摇着熏黑的脸，"多亏有哈黎巳，是它喷水让我摘的树叶。"哈黎巳点了点它的大头，发出唧唧的声音。哥坝西和酋怪鸟伸长了头，朝哈黎巳发出声音，和它亲密地交流着。米贵伸手拿过大聪手中轻如蒲扇的树叶，仔细地端详，上面有黑乎乎的经脉，整张树叶硬邦邦的，像是铁质的。

曲丽丽拿过来看着感叹道："总算采到了这神奇的火

寰树树叶。"

三人摸了摸口袋。

"不知其他树叶是否有一百种了。"曲丽丽说。

米贵肯定地说:"肯定有了。"

大聪点了点头,"那我们就回去吧!"

"我们终于可以回地球了。"米贵和曲丽丽兴奋得手舞足蹈。

三人骑着哈黎巳、哥坝西、酋怪鸟飞过了 η 空间中心与沟三地的沟壑。

回到巨怪的房前,三人跳下坐骑,向四周张望起来,半空中的庞大云团还在。

"你们回来了!"巨怪从云团上跳下来,弯腰瞪着足球大的眼珠看着大聪三人。

等他看到了大聪手中的火寰树树叶,就一把拿了过来,打量了一会儿,不由得佩服地说:"确实厉害!这片叶子都能够摘到,真的不简单!"说着朝大聪三人伸出了大拇指,"百余种树叶中就数这火寰树树叶最难摘,也是这树叶最有价值,不仅能防火,还能防闪电。有了这树叶,我住在云中宫殿就可以高枕无忧了!"

大聪三人将口袋里的树叶全部拿出来放在地上,巨怪满意地点了点头,用巨手拨弄着,大扁嘴数着:"85……89……98……99……"再看地面没有了树叶,巨怪皱起了眉,"好像少了一种树叶!"

米贵急了,"这怎么可能?我们采集了一百多种树叶呢。"

曲丽丽和大聪也点头附和。

"你们可以自己点啊，确实只有 99 种啊！"巨怪有些生气。

三人相互看了看，皱起了眉头，这可怎么办？看来要重新回到沟三地去采摘一种树叶了。在一旁的哈黎巳、哥坝西、酉怪乌似乎知道了眼前的情况，不断地朝大聪他们叫着，仿佛示意能够带着他们去完成这最后的任务。

忽然，巨怪挥了下巨手，发出响雷般的声音："还差一种树叶，我就用这树林里的树叶代替吧！"说着伸出巨手从身边的树上摘下几片树叶，再抓起地上的一堆树叶和火寰树的树叶，迈开大步跃上了空中的大云团。

不一会儿，云团上传来巨怪的声音："终于造好了云中宫殿，以后可以不再住那破屋了！"大聪、米贵和曲丽丽也非常开心，因为他们完成了巨怪的任务，终于可以回地球了。

这时，蓝色天空突然暗了下来，刚才还飘着的白云瞬间化成乌云，遮住了整个天空，乌云中电闪雷鸣。空中一道亮电闪过，击中了巨怪的云中宫殿，可宫殿完全没有受到任何损害。接着黑厚的云层掉下手掌大小的硬块，像是冰块，又像是石块。

巨怪大声喊着："你们快躲到我的宫殿下面！"正瑟瑟发抖的大聪三人和哈黎巳、哥坝西和酉怪乌连忙躲进了云团下面。

"想不到这里的天气变化这么快！"米贵感叹着。

"是啊！怪不得巨怪要我们去寻找这些东西造宫殿，

看来他在这里遭受了不少磨难。"大聪说。

过了一会儿，天空又晴朗起来，低空中浓厚的黑云化成缕缕白云飘在深蓝的天空。

云团中响起了巨怪的声音："现在你们完成了使命，我遵守我的承诺，送你们回地球！"巨怪的话音刚落，大聪三人身边吹起了一股强烈的旋风，一下将他们卷了起来。

三人感觉到一阵眩晕，眼前闪现了一道道光圈，感觉自己在这光圈里飞速地移动，身边快速飞过一道黑色长影，还有高速旋转着的黑洞，整个场景绚丽多彩，让人眼花缭乱。

也不知过了多长时间，三人清醒过来，好奇地看着四周。白色船壁，两边透明的窗户，几张太空椅，前面的窗口下有各种仪表，窗外是黑漆漆的太空。

"我们终于回来了！"大聪一边开心地大叫，一边用手操纵前面的操作杆，他们又回到了之前的小飞船里面。

"王大聪、米贵、曲丽丽，你们在吗？"座位前面的小喇叭里响起导游着急的呼叫声。

"我们在的，现在就回大飞船！"大聪转身朝米贵和曲丽丽看了看，相互笑了一下。

小飞船朝大飞船驶去……